三島由紀夫

その愛と献身という徒爾

三田益可

鳥影社

三島由紀夫

その愛と献身という徒爾

目次

—序—

三島由紀夫のあの事件を、小林秀雄は「孤独な事件」と言っている。三島の起こした事件について意見を求められた小林は、「ジャーナリスティックには、どうしても扱う事の出来ない、何か大変孤独なものが、この事件の本質にあるのです[1]」と述べているのである。小林は、テレビに出た林房雄が、三島は大真面目に事件を起こしたのだと言っているのを聞いて、涙が出て来たという。小林の心を揺さぶった三島の「孤独」とは何だったのであろうか。

あの事件は、少なくとも形式的には、決して孤独の中で起こされたものではない。三島は楯の会の同志と共に蹶起したのである。事件の中に小林の言う「孤独」があったとすれば、それは、事件自体の構造の中にあったものである。

事件について、中村雄二郎は次のように述べている。

> 一つには、色濃いニヒリズムがその背景にあること、もう一つには、いわば劇的構造上「他者」がないことであり、この二つは互いに結びついている。「殉教」はなんといっても「他者」の手になる死であり、まずその意味でも、「他者」の厳存を前提として成り立つ。そし

て、翻って考えるに、本質的な意味で「他者」の存在しないところでは、果たして「ドラマ」がありえようか。あるいは、いかなる「ドラマ」がありえようか。この問いは、三島事件と三島に向けられる問いであるとともに、三島自身がほとんどその生涯にわたって自問しつづけていた問いであったはずである(2)。

中村は、三島の起こした事件には「劇的構造上」〈他者〉が存在しないと言う。そしてそこには、「色濃いニヒリズム」が結びついているというのである。中村の指摘が当を得ているとすれば、それこそが小林の言う「孤独」ではないだろうか。中村は、〈他者〉と「ドラマ」の問題は、三島自身が「生涯にわたって自問しつづけていた問いであったはず」だと言う。三島は「劇的構造上」〈他者〉のない現実を生きていたのであろうか。〈他者〉のない現実がニヒリズムを呼び、「孤独」な三島は「孤独な事件」を起こしたのであろうか。

現実ではない三島の小説にも〈他者〉がいないという評はたびたびあらわれた。前出の小林秀雄は『金閣寺』を評して、そこには「現実の対人関係っていうものが出て来ない」、「対社会関係も出て来ない」、『金閣寺』はリアリズムの小説ではなくて、「コンフェッションの主観的意味の強調」、すなわち「抒情詩(3)」であると言っている。また清水徹は「三島氏の小説には――少なくとも「陽画的」系列のそれには――他者は不在である。それらは独白の劇だ」とし、「他者の切り棄てと美への信仰によって彼の小説は高次の完成度へと達していることに、なんぴとも異論はあるまい[4]」と述べる。

〈他者〉の存在しない「ドラマ」はあるか、〈他者〉の存在しない「ドラマ」とはどのようなものかという問いは、「三島事件と三島に向けられる問い」であり、三島自身が「自問しつづけていた問いであったはず」だと中村は言う。三島由紀夫と〈他者〉の問題は、その実人生と作品の両方における最大のテーマだと考えられるのである。

さて、中村の言う「他者」は、「劇的構造上」存在する〈他者〉である。すなわち、「ドラマ」のなかで〈自己〉と対峙して存在するものである。そのような〈他者〉ならば、〈自己〉はその〈他者〉との葛藤を経て、変化せざるをえない。一方、〈他者〉もまたその「ドラマ」を通じて変化する。両者の関係性は、「ドラマ」のはじめと終わりでは異なったものとなり、それこそが「ドラマ」だということになる。

しかるに、中村や小林が指摘するように、三島事件のような三島の現実、あるいは三島の小説において、三島自身や小説の主人公に対峙する、いわゆる「劇的構造上」存在する〈他者〉はほとんどいない。三島自身や三島の小説の主人公たちは、それぞれ〈自己〉の内に閉ざされ、なんら変化しないままに生き、そして死んでいったとしか言いようがないのである。

しかし、〈他者〉のいない現実を生きる人間はいない。それはフィクションである小説の主人公にとっても同様である。小林秀雄や清水徹が、三島の小説には〈他者〉がいないと言うとき、そこには、中村雄二郎の言う「劇的構造上」存在する〈他者〉がいないのであって、現実に、小説の場合は小説の現実において、〈他者〉が存在しないという意味ではない。

中村は、「本質的な意味で「他者」の存在しないところ」に「ドラマ」はないはずだとして、三島事件や三島自身の生き方に疑問を投げかける。だが、三島の人生や作品の数々が示すように、〈他者〉のいない「ドラマ」というものもあるのではないだろうか。否、正確に言えば、それは〈他者〉のいないように見える「ドラマ」なのかもしれないのである。

本稿では、三島由紀夫の小説と実人生における〈他者〉の問題を明らかにし、その問題が三島の小説と実人生に与えた影響について考察することを目的とする。

ところで、〈他者〉がないとされる三島の実人生と小説であるが、実は「劇的構造上」〈他者〉の存在しないテクストの中にも〈他者〉は存在する。「それは発話がその本性からして対話的なものだからだ[5]」。

「人生は素晴らしい」「人生は素晴らしい」――これは二つのまったく同一な判断、つまり実質的には、二度にわたって書かれた(あるいは発音された)たった一つの判断であるが、この「二」という数は、言語表現だけに関わっているのであって、判断そのものには関わってはいない。確かに、ここで二つの判断の同一性の論理的関係を云々することも、できることはできる。しかし、もしもこの判断が二つの異なった主体の二つの言表の中に表現されるならば、それら二つの言表の間には対話関係(賛成、承認)が生じることになるだろう。[6](太

字ママ）

文学研究は、純言語学的に、言語のレベルで研究するだけでは圧倒的に不十分である。文学テクストが、たとえ虚構においてであったとしても、人間を扱っているのである限り、そこにおける発話のすべては、単なる言語が受肉されたものとして扱わなければならない。発話の背後にはかならず、その〈言葉〉を発した主体が存在するのである。そして発話は受け手の発話を志向し、そこに対話関係が成立する。

バフチンによれば、対話関係はまとまった言表同士の間だけではなく、言表の任意の有意部分に対しても、また個々の語に対しても、「その語がある言語に含まれる主体のない単語としてではなく、他者の意味的立場の表象として、他者の言表を代表するものとして知覚されるとすれば、すなわちそこに他者の声を聞き取ることができるとすれば(7)」、成立可能だという。

さらにバフチンは次のように、主体の発話が〈自己〉の外部に受け手を想定していなくても対話関係は成立すると言う。

対話関係は自分自身の言表全体に対しても、その言表の一部分や個々の語に対しても、もしもその言表から我が身をどうにかして引き離し、内的な留保条件づきで話をし、あたかも自分が作者であることに制限を加えるか、あるいは自分という作者を二分するかのようにその言表に一定の距離を保てるならば、そのときには成立可能なのである。[8]

バフチンは「対話的交流の諸条件のもとで、すなわち言葉の真の生活の諸条件のもとで不可避的に生じてしまう、**二つの声を持った言葉**（太字ママ）」・「複声的な言葉[9]」を検討対象とする。「我々の発話の中に導入された他者の言葉は、否応なくその体内に新しい我々の理解、我々の評価を引き込んでしまう、つまり、複声的な言葉になってしまう[10]」ことを重視するからである。バフチンの言うように、「我々の実際の日常生活的な発話には、他者の言葉が満ち溢れている[11]」。

我々は、ある他者の言葉については、それが誰の言葉であるのかを忘れて、それに自分の声を完全に融合させたり、また別の他者の言葉については、それを自分にとって権威ある言葉として受け取り、それによって自分の言葉を補強したり、さらにまた別な他者の言葉については、そこにその言葉に無縁な、あるいは敵対的な自分自身の志向性を組み込んだりしているのである。[12]

〈他者〉の〈言葉〉、すなわち〈他者〉と関わりのない発話はない。私たちの〈言葉〉のすべては「複声的な言葉」なのである。

なお、バフチンが挙げている現象の中でもっとも興味深いのは、「隠された対話関係」と呼ばれるものである。

ここで、二人の人間が対話していて、その内片方の応答は欠けているのだが、全体の意味は少しも損なわれない、といった場合を想定してみよう。つまり一方の対話者は目に見えない形で参加していて、彼の言葉そのものは存在しないのだが、彼の言葉の深い痕跡がもう一方の対話者の実在する言葉をすべて規定しているのである。この場合、話をしているのは一人でも、これは対話だと感じられる。しかもきわめて緊張した対話だと感じることができる。それは、実在の言葉の一つ一つが、全身全霊を挙げて、不可視の対話者に反応応答し、自分の外に、自分の枠外にある、発せられざる他者の言葉を指し示しているからである。(13)

バフチンはドストエフスキー作品の研究を、この「隠された対話」という視点から行っている。そしてたとえば『地下室の手記』の「文体全体が、強力無比な万能の決定力を持った他者の言葉の影響下にあ(14)」り、「(主人公の…引用者註) 他者の意識に対する緊張した関係が、それに負けず劣らず緊張した彼の自分自身に対する対話的関係によって複雑化されている(15)」として次のように述べる。

世界についての彼の言葉は、公然、隠然の論争を含んでいる。しかもそれは、他の人間や他のイデオロギーと論争するばかりか、自分の思考対象、すなわち世界や世界の構造とも論争するのである。（中略）世界、自然、社会に関する思索の一つ一つに、声同士、評価同士、視点同士の闘いが存しているのである。彼はあらゆる事物の中に、何よりもまず、彼をあらかじめ規定しようとする**他者の意志**を感じ取るのである。[16]（太字ママ）

『地下室の手記』の主人公は、「彼をあらかじめ規定しようとする**他者の意志**」に反駁する。だが、彼は「他者の意見を**恐れている**と思われるのではないか、ということを**恐れて**（太字ママ）」おり、「他者の意識に対するその依存性」と、「自分自身の自己規定に安住する能力の欠如を証明している[17]」とバフチンは言う。『地下室の手記』の主人公は〈他者〉の〈言葉〉にとらわれ、〈他者〉の意志に依存して、〈他者〉に支配されているのである。

バフチンの言うように、「自分自身との関係は他者との関係と切り離しがたく結びついている[18]」。『地下室の手記』の主人公は、自分自身との対話関係においても実にシニカルである。彼は〈他者〉との関係もうまくいっていなければ、〈自己〉との関係もうまくいっていない。『地下室の手記』の主人公はだから、恐ろしく孤独なのである。小林秀雄は三島事件を「孤独な事件」と言ったが、三島の「孤独」も、『地下室の手記』の主人公の孤独に通ずるかもしれない。

さて、発話が複声的であるのは誰にとっても同様である。複声的な〈言葉〉の中には、〈自己〉の〈言葉〉と〈他者〉の〈言葉〉がある。〈自己〉の〈言葉〉、すなわち〈自己〉の意志と、

〈他者〉の〈言葉〉、すなわち〈他者〉の意志とを峻別し、決して〈他者〉に自らを規定させることなく、常に〈自己〉を自立した存在として保てれば問題はない。あるいは〈他者〉の〈言葉〉を参照し、自らの中に取り込んで、〈自己〉を変容させ、日々成長していければよいのである。この〈自己〉の変容を助けてくれる〈他者〉が、中村雄二郎や小林秀雄の言う「他者」である。そのような〈他者〉と〈自己〉は「ドラマ」の中で、対話を重ね、お互い絶え間なく主体を更新し続ける。だが、『地下室の手記』の主人公は自分を規定する〈他者〉の〈言葉〉、「**他者の意志**」に反発しつつ、自らの主体を閉ざして、一向に変わろうとしないのである。このことは、彼が〈自己〉を規定する際に、〈他者〉の〈言葉〉に依存しており、〈自己〉の精神を〈他者〉に支配させてしまっているからだと考えられる。

三島由紀夫の、あるいは三島作品における発話も当然複声的なものである。そこには必ずや〈他者〉の〈言葉〉が入り込んでいる。だが、その〈他者〉は「劇的構造上」存在する〈他者〉ではない可能性が高い。三島自身や、その小説の登場人物たちの主体は閉ざされているようなのである。三島、および三島作品に登場する人物たちの発話は、〈他者〉の〈言葉〉、すなわち〈他者〉の意志に依存している状態の発話だと予想される。だとすると、そのような〈他者〉とは一体どんな存在なのであろうか。また、その〈他者〉の〈言葉〉とはどのようなものだったのであろうか。そのような〈他者〉、そしてその〈言葉〉は、三島の人生とその作品にどのような影響をあたえたのであろうか。それらについて、バフチンの「複声的な言葉」という考え方を踏まえて分析・考察をしていく。

なお本稿では、三島由紀夫の『仮面の告白』、『金閣寺』、『太陽と鉄』、『豊饒の海』の四作品を主たる対象とし、それぞれにおいて、登場人物（『太陽と鉄』の場合は三島自身）にとっての〈他者〉がどのように描かれているかということに注目し、その意味と影響について考察する。

本稿の形式としては、一章につき主に一作品を扱い、それぞれの章に序論をつけ、問題への視点と研究の方法を提示したのち、分析・考察を行う。そして、各章ごとに得たすべての結論を終章において総括し、本稿全体の結論とする。

《註》

（1）小林秀雄（談話）、「感想」、『文芸読本三島由紀夫』、河出書房新社、一九七五年八月、五六～五七頁。
（2）中村雄二郎著、『ミシマの影』、福武書店、一九八八年六月、二二八頁。
（3）対談・「美のかたち——「金閣寺」をめぐって」、初出『文藝』、一九五七年一月。『決定版三島由紀夫全集39』、新潮社、二〇〇四年五月、二七八～二八〇頁。
（4）清水徹著、「ジョルジュ・バタイユと三島由紀夫」、『國文學解釈と教材の研究』、學燈社、一九七〇年五月、一五五頁。
(5) ミハイル・バフチン著、望月哲男・鈴木淳一訳、『ドストエフスキーの詩学』、筑摩書房、二〇〇七年九月、三七〇頁。
(6) 前掲書、三七一頁。
(7) 前掲書、三七二頁。
(8) 前掲書、三七三頁。
(9) 前掲書、三七三頁。
(10) 前掲書、三九三頁。
(11) 前掲書、三九三頁。
(12) 前掲書、三九三頁。
(13) 前掲書、三九七～三九八頁。
(14) 前掲書、四七一頁。
(15) 前掲書、四七一頁。
(16) 前掲書、四八七～四八八頁。
(17) 前掲書、四七二頁。
(18) 前掲書、四七四頁。

第一章

『仮面の告白』論——「告白」というフィクションと「不在」化する「私」——

はじめに

三島由紀夫は、自作について、自分自身でたびたび解説をする作家であった。『仮面の告白』についても以下のように、さまざまなところで複数回言及している。

この本は私が今までそこに住んでいた死の領域へ遺そうとする遺書だ。この本を書くことは私にとって裏返しの自殺だ。飛込自殺を映画にとってフィルムを逆にまわすと、猛烈な速度で谷底から崖の上へ自殺者が飛び上がって生き返る。この本を書くことによって私が試みたのは、そういう生の回復術である。(「『仮面の告白』ノート」[1])

だからあの小説では、感覚的真実と一知半解とが、いたるところで結びついている。人間性について、人々がつつましく口をつぐんで言わずにいたことを、あばき立てた勇気と共に、そういうものすべてに論理的決着をつけようとした焦燥とがまざり合っている。(「私の遍歴時代(2)」)

「仮面の告白」のような、内心の怪物を何とか征服したような小説を書いたあとで、二十四歳の私の心には、二つの相反する志向がはっきりと生れた。一つは、何としてでも、生きなければならぬ、という思いであり、もう一つは、明確な、理智的な、明るい古典主義への傾斜であった。(「私の遍歴時代(3)」)

『告白の文学』で、文学作品における「告白」のありかたについて考察した伊藤氏貴は、「〈**告白は主体性の動揺を前提条件とする**〉のではないか(太字ママ)」と言う。そして「〈**分裂した自己像は、統一を希求する**〉(同前)」、「〈**告白は分裂した自己像を収束させるための優れた手段である**(4)〉(同前)」と結論付ける。三島は、『仮面の告白』の執筆は、「生の回復術」であったと言う。確かに、三島自身の「人々がつつましく口をつぐんで言わずにいたこと」「すべてに論理的決着をつけようとした」という言葉、また、「「仮面の告白」のような、内心の怪物を何とか征服したような小説を書いた」という言葉からは、伊藤の言うように、「告白」による自己像の統一が自我に安定をもたらし、「告白」した人物を生きやすくしたのではないかと思えないこともない。だが、三島は、『仮面の告白』という小説を書いて、自身の何かを「告白」したのだろうか。そして「告白」は本当に、「告白」した人物の「生」を「回復」したのであろうか。
『仮面の告白』で実際に「告白」を試みたのは誰だったのか。それは一人の人間としての三島由紀夫でも、『仮面の告白』の作者としての三島でもなく、『仮面の告白』というテクストの主人公である「私」である。[5]「私」がテクストの中で「告白」をした。そして、「私」が「告白」することによって、「分裂した自己像を収束」できたかどうかを確認することはできない。テクスト中にその効果を想像させる言及がないからである。

小説である『仮面の告白』を書いた三島自身は、「告白」をしたわけではない。だから、その言葉のとおりに、三島が「生の回復術」に成功したとしたなら、それは「告白」によって「自己像を収束」したからというよりはむしろ、「内心の怪物を何とか征服したような小説を書いた（傍点引用者）」からである。しかし問題はそう単純ではない。そうだとしても、作者としての三島とテクスト中の「私」を判然と区別するのは難しい[6]のである。なぜならば以下にあげるように、三島は自分にとっての真実（と思うもの）を「告白」しようとして、「嘘」を利用せざるを得なかったと言っているからである。

告白とはいいながら、この小説の中で私は「嘘」を放し飼にした。好きなところで、そいつらに草を喰わせる。すると嘘たちは満腹し、「真実」の野菜畑を荒さないようになる。

同じ意味で、肉にまで喰い入った仮面、肉づきの仮面だけが告白をすることができる。告白の本質は「告白は不可能だ」ということだ。（「「仮面の告白」ノート」）[7]

「告白とはいいながら、この小説の中で私は「嘘」を放し飼にした」という言い方がされるのは、そもそも「告白」が、〈真実を語るもの〉だという了解が前提とされているからである。ルソーの『告白』執筆の意図は、「自分の「したこと」、「考えたこと」、自分の「真の姿」を見せ」、「自分の「内部をあらわに」示すこと、自分の内面の真実を包み隠さずに示すこと、しかも神の前でも恥じる必要がないように、「率直に」、「誠実」に示すことで」、「ひとりの人間を自然のままの真実において見せてやりたい[8]」ということだったという。

このように「告白」は「真実」を話すこととされている。だが三島は、それは「不可能だ」と言う。「真実」を話すという「告白」は「不可能」なので、三島は「「嘘」を放し飼にし」、「「真実」の野菜畑を荒さ」れないよう温存したと、「肉にまで喰い入った仮面、肉づきの仮面だけが告白することができる」と言うのである。

では「仮面」とはなんであろうか。「肉にまで喰い入った仮面」とは、「肉づきの仮面だけが告白をすることができる」とはどういうことなのであろうか。また前にも見たように、作家としての三島は、『仮面の告白』を書くことによって、精神的な一応の安定を得たらしいのだが、それはどうしてであろうか。

まずは「仮面」についての考察を試みたい。

ペルソナ、つまり仮面は、たんなる顔面彫刻ではない。それは、実際、舞台上において、特定の役を演ずる役者のおもてにかけられ、他の劇中人物あるいは観客との間に、人と人との〈間〉に、おかれることによって、はじめて、ペルソナとして、〈おもて〉として、生きる。（中略）〈人〉を〈人〉たらしめるもの、〈人間〉を〈人間〉たらしめるものは、その総体がときに〈世間〉〈世の中〉などと呼ばれる人と人との〈間〉ないしは〈間柄〉にほかならない。このことは、〈仮面〉としてのペルソナにも、〈人格〉としてのペルソナにも、共通していえることといってよい。〈役柄〉をして〈役柄〉たらしめるのは、他のもろもろの役柄との間にとりむすばれる関係のあり方としての〈間柄〉であり、〈人柄〉を〈人柄〉たらしめるのも、また、〈間柄〉にほかならない[9]。

坂部恵による「仮面」の考察は、「たんなる顔面彫刻」としての「仮面」の考察ではない。それは、「仮面」を「ペルソナ」、または「おもて」[10]と言い換えつつ、各々の言葉のもつ意味合いと関係性を明らかにすることによって、それらの言葉自体のもつ重層性をあぶりだす。そのことは、「ペルソナ」という言葉が「人格」と訳されることからもわかるように、同時に人間の存在様態についての考察ともなるのである。

わたしたちの存在の場面は、ラカンがあきらかに示したように、もともと〈他者〉をその必然的な構造契機として含むことによってはじめて成立し、いわゆる〈主体〉としての人間は、こうして構造化された場の一契機ないしは結節点として、その奥底にいたるまで〈他者〉たちとのかかわりにおいてあるものとして、はじめてたちあらわれてくる。[11]

坂部によれば、「〈主体〉としての人間」は、〈他者〉を含んで「構造化された場の一契機ないしは結節点」として成立するものであるが、それはまた決して、固定した同一性をもつものではない。なぜなら、「いわゆる客体的な世界もその相関者としての主体の世界も、絶対的同一性のうちに孤立し閉ざされることなく、また超越的・絶対的な固定項にささえられることもなく、重層的なシステムの〈映り〉〈移し〉あう相対のたわむれの場にその存在の境位をもつ[12]」からである。

したがって坂部は、「〈仮面〉〈おもて〉とは、まさに、在来の自我と世界、自己と他者とのかたどりの自己同一性が根底から震撼されて、意味の領野のまったくあらたな再編成のおこなわれる、まさにそのはざまに、根源的な不安の中からたちあらわれてくるもの[13]」であるとして、「素顔は真実に、仮面は〈偽り〉ないしは〈絵空ごと〉により近い、と考えるのは、特定の文化的限定を受けた、一つの特殊な偏見以上のものではない[14]」と言うことになるのである。

このように見てくると坂部の「仮面」は、存在の一種のありようを一定条件のもとで認識可能にする媒体ともなり、ある瞬間、ある条件のもとでは実であり、別の瞬間、別の条件のもとでは虚であるということになる。また「仮面」は、関係性と差異のシステムの網の目の中で変化し続ける存在の一部を、それによって瞬間的に捉えた、ある観念そのものだとも言えるかもしれない。そもそも「仮面」が坂部の言うように、根源的なカオスの不安の中から、何らかの刺激によって、その都度再編成されてたちあらわれてくる意味のあらわれそのものだとしたら、それは虚だとか実だとか言うべきものではない。なぜならばそうであるなら、「仮面」そのものが存在の自己目的であるということになるからである。「仮面」は手段ではない。「仮面」によって存在が暗示されることはあっても、「仮面」が隠す素顔はないのである。

さてここで思い出されるのは、バフチンの言うドストエフスキーの芸術世界における「対話」である。バフチンはドストエフスキーの芸術世界においては、「存在するということ」は、「対話的に接触交流すること」[15]だと言っている。バフチンによれば、「対話」とは、主体という実体がまずあって、その主体が〈自己〉をあらわすためにするものなのではなく、「対話」における不断の意味生成自体が、ある人物の本性そのものだというのである。バフチンの言う「対話」の場では、他者性を構造的に孕んだ「対話」によって、主体が千変万化しながら存在する。そのような「対話」の場は、「客体的な世界もその相関者としての主体の世界も、絶対的同一性のうちに孤立し閉ざされることなく、また超越的・絶対的な固定項にささえられることもなく、重層的なシステムの〈映り〉〈移し〉あう相対のたわむれの場」（坂部・前出）ではないだろうか。

『仮面の告白』の冒頭に掲げられているエピグラフは、ドストエフスキーの『カラマーゾフの兄弟』、第一部、第三篇の三におけるドミートリイの告白の一部である。アリョーシャを聴き手としたドミートリイのその「告白」はまた、他者性を含んだ「対話」でもある。したがって、そこでは不断の意味と主体の生成が行なわれる。であるからその「告白」が、実であるとか虚であるとかいう議論はありえない。対話の場に現前するのは、ドミートリイの人間性というある種の意味なのだが、それは坂部の言う「仮面」のように、根源的なカオスの中から、「対話」によって、その都度再編成されてあらわれてくるものだからである。

坂部は、「素顔は真実に、仮面は〈偽り〉ないしは〈絵空ごと〉により近い」と考えるのは一種の偏見であると言う。ではなぜそのような偏見が生れてくるのだろうか。

坂部の言う「仮面」も、バフチンの言う「対話」の場に立ちあらわれてくる主体も、両者の言うとおりなら、変幻自在の動的なものである。それらは厳密に言うと、片時も同じ形を保ってはいない。ある人の人格も、意味も観念も、ある程度の触れ幅の間で、揺らぎつつ変化してあらわれ、認識されるものということになる。その時に認識の媒体となるものが、「仮面」であり、言葉なのである。

さてその「仮面」や言葉であるが、今ここでそれらを、それらの背景である根源的なカオスから切り離してみるとどうなるか。「仮面」も言葉も孤立し、カオスによる干渉を受けることがないので、もはや変化することはない。それらは固定した同一性のうちに閉ざされ、カオスの実相からは次第に遠ざかっていくこととなるだろう。このように、「仮面」や言葉は孤立して、カオスという存在の実相、つまりはある種の真実から離れていくことがある。かくして「仮面」は偽りと、言葉は虚しいと、言われるにいたるのである。

だが、どれほどの人々が、変転するカオスをカオスのままに受け容れることができるだろう。伊藤氏貴も、「〈**告白は主体性の動揺を前提条件とする**〉（同前）」からであり、そこで「〈**告白は分裂した自己像を収束させるための優れた手段**〉（同前）」となると言っている。主体性の動揺を意識した人物は、カオスの中に身を置き続けることに耐えられず、「告白」によって自己像を統一したいと願うというのだ。

しかし、真実を語るという意味での「告白」はそもそも可能なのであろうか。「告白」するために、まず自己像を「仮面」としてかたどり、それを言葉にしていく。だが、「告白」の内容を言葉として定着させると、それらは固定した同一性のうちに閉ざされ、それらが出てきたところの背景である根源的なカオスからは切り離されてしまう。「肉づきの仮面だけが告白をすることができる」と言うときの「肉づきの仮面」とは、いまだカオスから切り離されていないところの「仮面」であろう。カオスから浮かび上がってきて、「仮面」として結晶した瞬間の「仮面」のことであろう。カオスから切り離されない限り、「仮面」は真実でありうるからである。だがやがて「仮面」は固定して、カオスを離れる。そのとき「仮面」は偽りという意味を帯びるのである。

一方「仮面」と同様に、根源的なカオスの実相から立ち上ってきて、やがて固定した言葉ということを説明すると、また次のように言えるであろう。

言葉はいわゆる事物や事象をみごとに代行して表わし、再び現前させる能力としての記号ではない。本来そのようなものとして存在している事象や観念・カテゴリーなどを表象するかに思われても、実はそうではなく、いわば事物や事象に至る手前にあるようななにものか、不定かつ非限定な、いつも流動しているなにものかを不在化させることで言葉として現われ、そしてそのなにものかを不在のまま現前させるのだ。だからそういう仕方で不在のまま現前するなにものかは、けっして真に現前しているのではなく、充満した同一性をつねに欠いている現前なのであり、いわば刻印されると同時に消滅しているような現前、痕跡としての現前なのである。[16]

ここで言われている「言葉」には、「事物や事象に至る手前にあるようななにものか、不定かつ非限定な、いつも流動しているなにものか」とのつながりはすでにない。[17]と言うよりも、ここにおける「言葉」は、そのつながりがないからこその「言葉」である。ここでの「言葉」は対象を表わすことを目的としていて、「いわゆる事物や事象」を向こう側にして、こちら側にあることを仮定して成立するものである。「事物や事象に至る手前にあるようななにものか、不定かつ非限定な、いつも流動しているなにものか」は、決してそれ自体で「なにものか」であることはなく、「言葉」によって、偶然それとして切り取られ、「いわゆる事物や事象」になる。だがその結果、それらはもともとの存在の場においては、「不在化」するしかない。語られるべきだったものは、語られると同時に姿を消す。もしくは、語られるべきだったものは、はじめからそれとしては存在していない。なぜならば、語られたものはすでに、「事物や事象に至る手前にあるようななにものか、不定かつ非限定な、いつも流動しているなにものか」ではないからである。

対象を語ることを目的とする「言葉」は、このように常に語りきれないものを後に残すということになる。このことは言葉それ自体と、それが属する言語システムのもつ虚構性という性格を示している。そして言葉が前述のようなものであるとするなら、また以下のように言わなければならない。

言語情報と主体の真意との同定は、主体の真意なるものが言語情報による以外にないために、厳密には不可能というほかにない。あらゆる表現活動は、表現された瞬間に消滅し、後に残るのは文字痕跡でしかない。この論理を徹底すれば、いかなる解釈・読解も、原理的には内面なるものに到達しえないことになる。コミュニケーションとは、本来、痕跡と痕跡との間の不断かつ終わりのない同定作業の連続であり、これを便宜的に、行為・結果・表情などの非言語情報を動員して、ある慣習的な水準を満たせば十分なものとしてプラグマティズム的に処理し、そのような慣習を〈伝達〉と称しているのが日常言語なのである。（中略）その意味で日常言語なるもの、コミュニケーションなるものは、常に原理的には、人為的・人工的に構築された、虚構の一種と見なさなければならない。この論理を援用するならば、ディエゲーシスすら、それが言葉によってなされる限りにおいて、虚構的・形象的呈示としてのミメーシスにほかならないと言うべきなのである。[18]

「告白」は、真実を語るということを、特に期待された表現形式であったはずである。だが、「あらゆる表現活動は、」「それが言葉によってなされる限りにおいて、虚構的・形象的呈示としてのミメーシスにほかならないと」いうのである。「告白」も例外ではない。したがって『仮面の告白』について、稲田大貴は次のように言うことになる。

そこに起こった出来事はすでに「世界」に書き込まれたものである。その上に書くことで、原体験として「世界」に書き込まれたものは抹消され、そこには変容した何ものかが生じる。これは書くこと、語ることが必然的に孕む作用であり、「真実」を語ることは原理的に不可能であることを指す。『仮面の告白』の場合、書かれる「私」の原体験は、書き手としての「私」に書かれることで、抹消され、「不在」化する。そしてそこには変容したものが生じる。しかし原体験は、語ることによってのみ、そこに現前しうる。つまり真実を語るという告白は不可能であり、(中略)フィクションとしての告白にならざるを得ないのである。書き手としての「私」の「告白」はこのようにしてある。[19]

「告白」を含んだ、フィクション一般の構成過程は以上のとおりである。しかし、言葉の本質的作用ということを考えると、坂田恵の言う「仮面」の概念は実はまだ有効なのではないだろうか。[20]「仮面」が、「意味の領野のまったくあらたな再編成のおこなわれる、まさにそのはざまに、根源的な不安の中からたちあらわれてくる」ように、発生過程にある言葉も、「事物や事象に至る手前にあるようななにものか、不定かつ非限定な、いつも流動しているなにものか」の中から、新しく再編成されつつある意味とともに立ち上ってくるものとして考えられるからである。そのときの言葉は、「自らの由来と発生を」忘却することもなく、「まだ「対象＝客体」として成立する手前にあるなにものか」[21]を十分暗示しうるものとしてあるだろう。だからそのような言葉によって構成されるフィクションも、一概に、真に対する偽であるということはできなくなる。そもそもフィクションとは、坂部の言う「仮面」のように、真でも偽でもない何ものか、そのあらわれ自体が目的であるような何ものかなのである。

フィクションも「仮面」と同様、何らかの刺激を受け、一連なりの言葉となって意味を帯び、混沌たる原体験の中から浮かび上がってきた一つの形であり、秩序であると言えよう。だからそれは当初、存在を暗示しており、認識の媒体ともなる。ところが、フィクションが一度その出自を離れてしまうと、虚偽情報としての否定性を強調されてしまう。フィクションも、「仮面」と言葉と同様に、固定したものとなった瞬間に虚という性格を発揮しだしてしまうのである。テクスト中の書き手の「私」が、「告白」を行ったことによって、自己像の統一を果たすことができたかどうかはわからない。だが、作家である三島由紀夫が、『仮面の告白』という小説を書いたことによって、一応の精神的安定を得たというのは事実のようである。

「自己をめぐる無数の仮定的な実在（勿論自己の内面も含めて）を作品という決定的な実在に変容させる試みが芸術であるとすれば」（「川端康成論の一方法[22]」）、と三島は言う。「自己」というカオスの中から、何がしかを契機として浮かび上がってきた「仮面」（「仮定的な実在」）を、「作品」として固定することを試みるのが「芸術」だというのである。そうであるならば、三島にとって、「芸術」「作品」は「決定的な実在」となり、それ、つまりは「芸術」が確かな足場となって、三島自身の存在をささえたと考えることができる。

その際、「作品」は必然的にフィクションである。そしてフィクションは、「芸術」「作品」として定着し、自らの出自である存在の実相としてのカオスの干渉を受けることなく、揺らぐことのない「決定的な実在」として存在し続ける。フィクションは、存在のカオスからたまさかに瞬間浮かび上がった秩序でありながら、それが固定されたときにはまた確かな存在となるのである。かくして三島は、嘘であるという意味のフィクションであるところの「作品」を作ることによって、「芸術」を確実な足場とし、「主体性の動揺」に悩まされることがなくなったのではないだろうか。三島は言う。

芸術とは私にとって私の自我の他者である。(「重症者の兇器」[23])

三島は〈自己〉の「芸術」を創造する過程で、自分という存在が「不在」と入れ替わる瞬間に立ち会ったのではないだろうか。そのことは、言葉が、存在を不在化して現前させながら成立するという、あの表現の宿命と同様の事態である。三島は〈自己〉の存在を不在化するという犠牲を払って、いやもしかしたら、喜んで〈自己〉の存在を手放して、フィクションという「芸術」を創作したのではないだろうか。しかし、その時の「芸術」はあくまでも「私」、つまりは三島の、「自我の他者」である。他の誰でもない、三島の「自我の他者」として三島の「芸術」はある。つまりは、その「他者」が三島の「自我」を、なんらかのかたちであらわしていると考えることもまた可能なのである。

「告白」という〈自己〉の真実を語るという試みは、「告白は不可能だ」という否定を通過することにより、フィクションというユートピアに行き着く。もちろん、三島はそのことに自覚的であった。

私は完全な告白のフィクションを創ろうと考えた。「仮面の告白」という題にはそういう意味も含めてある。（「仮面の告白ノート」）[24]

『仮面の告白』のテクストの中で、「告白」する「私」は「告白」する過程で、自己像を整理、再編成しながら、〈自己〉の同一化を試み、次第に〈自己〉の変化と揺らぎを排除することを目指してはいないだろうか。

「仮面」の変化と揺らぎを排除するには、カオスの中から「仮面」が立ちあらわれてくる継起を排除すればよい。「仮面」が立ちあらわれてくる継起とは、〈他者〉との邂逅であった。〈他者〉と「対話的に接触交流すること」によって、自己像、すなわち「仮面」はその都度生成されるのである。存在に揺らぎを与えるのは、存在自体の内包する〈他者〉である。したがって、テクストにおける他者性がどう描かれているかを考察することによって、『仮面の告白』における「告白」の不可能性と、『仮面の告白』というフィクションの成立の過程が明らかになるであろう。

本稿では、『仮面の告白』における「私」の「告白」の全容の中から、「私」の内的な構成要素としての〈他者〉、また、登場人物となって、「私」と対話的にコミュニケーションする〈他者〉たちと「私」の関係性に着目し、「告白」というフィクションの態様について明らかにするとともに、それが「芸術」として成立することの意味を考察することを目的とする。

《註》

（1）「「仮面の告白」ノート」、初出・書き下ろし長篇小説「仮面の告白」月報、河出書房、一九四九年七月。『決定版三島由紀夫全集27』、新潮社、二〇〇三年二月、一九〇頁。

（2）「私の遍歴時代」、初出・東京新聞（夕刊）、一九六三年一月〜五月。『決定版三島由紀夫全集32』、新潮社、二〇〇三年七月、三〇二頁。

（3）前掲書、三〇四頁。

（4）伊藤氏貴著、『告白の文学』、鳥影社、二〇〇二年八月、二八〇〜二八一頁。

（5）近年の『仮面の告白』研究においては、テクスト中の書かれる「私」と書き手としての「私」、さらに「作者」と「作家」の同一性と差異の問題をめぐる論考が多い。佐藤秀明の「「作者」についての提起――『仮面の告白』を例として――」（『日本近代文学』、二〇〇七年一一月。）、梶尾文武の「三島由紀夫『仮面の告白』論――書くことの倒錯――」（『日本近代文学』、二〇〇七年五月。）、稲田大貴の「「作者」という仮面――三島由紀夫『仮面の告白』論――」（『九大日文』、二〇一〇年三月。）などである。これらの中では、稲田の論がもっとも精緻で高い到達点にあると考えられる。

書かれる「私」と書く「私」、「作者」と「作家」が厳密に区別される中、「「仮面の告白」ノート」や「私の遍歴時代」を書いた「作者」としての三島由紀夫は、自分は決して「告白」をしたとは言っていない。三島は『仮面の告白』を、「この本」とか「あの小説」と言って、それがあくまでもフィクションであることを常に暗示している。

（6）井上隆史は、『仮面の告白』に書かれていることを、あくまでも作者であり実在する存在であった三島由紀夫の経験と連続して捉え、「同性愛者であると自己表明し他者にそう訴えかけることは、三島本人に明確なアイデンティティの拠点を与え」、「「同性愛」は」「危機に瀕した不安定な存在を救済する観念であり、同性愛の傾向を持っていたことは三島にとって恩寵ですらあった。」とする。一方「「告白」はどこまでいっても「仮面の告白」に終わるのであり、何かを語ろうとした時、必ず語りえない部分が生み落とされるという意味で、〈告白の本質は「告白は不可能だ」〉ということになる」ので、「三島は『仮面の告白』において、同性愛という観念に従って自作及び自分の生涯の全体を再構成しようとする営みを通じて、実はいかなる観念に従おうとも、生の再構成は不可能であることを、最終的に示していると言わなければならない」（井上隆史著、「仮面の恩寵、仮面の絶望――『決定版三島由紀夫全集』収録の新資料を踏まえて読む――」、『三島由紀夫研究③三島由紀夫・仮面の告白』、鼎書房、二〇〇六年一二月、五六〜五七頁。）と述べ、それを「仮面の絶望」と表現するもののようである。だが前に確認したように、作者である三島にとって、『仮面の告白』を書くことは「絶望」ではなく、「生の回復術」であった。

「生の再構成」が「不可能」であることは、三島にとってさしたる問題ではないばかりか、むしろ積極的な意味をもっていた可能性すらあるのではないか。そしてそのことを明らかにするためには、「仮面」の意味の考察が有効なのでないかと考えられる。

(7) 前掲、「「仮面の告白」ノート」。『決定版三島由紀夫全集27』、新潮社、二〇〇三年二月、一九〇頁。

(8) 中川久定著、『自伝の文学』、岩波書店、一九七九年一月、三五頁。

(9) 坂部恵著、『仮面の解釈学』、東京大学出版会、一九七六年一月、七九頁。

(10) 坂部による「おもて」の説明は次のようなものである。

〈おもて〉は、自己同一的な〈実体〉の論理、〈主体〉の論理、〈主語〉の論理によってはとらえられない。〈おもて〉は、「述語となって主語とならない」根源的な〈述語面〉を、二元論的発想を出発点とすれば「あらわすと同時にかくす」といった矛盾の相においてしかとらえられない場面をその成立の境位としている。(中略)〈おもて〉は、自己同一的な主体や主語ではなく、また、〈内〉と区別された意味での〈外〉でもない。むしろ、〈おもて〉は、ものごとのあらゆるかたどりの源としての根源的な〈述語面〉であり、あらゆる同一性と差異性の措定の源である。(前掲書、九～十頁。)

〈おもて〉とは、〈主語とならない述語〉であり、また、〈意味されるもののない意味するもの〉である。〈おもて〉とは、また、カオスの根源的な不安から意味をもったコスモスが立ちあらわれ、〈おもみ〉と〈おもひ〉として〈かたどら〉れ、〈かたり〉出るはざまそのもの、対象化されえない述語面が〈声〉を根として自在な変身のうちに〈かたり〉出、〈かたどら〉れ、〈おのれ〉と〈おのれ〉がはじめて〈おもて〉をあわせて立ちあらわれる〈原人称〉のはざまそのものにほかならない。（前掲書、二一〜二二頁。）

(11) 前掲書、一四頁。

(12) 前掲書、三七頁。

(13) 前掲書、一三頁。

(14) 前掲書、八三頁。

(15) ミハイル・バフチン著、望月哲雄・鈴木淳一訳、『ドストエフスキーの詩学』、筑摩書房、一九九五年三月、五二八頁。

(16) 湯浅博雄著、『他者と共同体』、未來社、一九九二年六月、五三〜五四頁。

(17) 前出の湯浅は、ここに挙げられたような言葉の「本質的な作用を「文学を除く他の書き物すべて」はほとんど忘却して」いるが、「詩的な文章行為は語たちに自らの由来と発生をつねに忘れることなく思い出させ、それで「おのれに潜在する非現動的な力を再び取り戻」させようと」し、「もともと定まっていると思いこまれていた事物や事象の自己同一性が疑問に付され、まだ「対象＝客体」として成立する手前にあるなにものかが仄めかされ、暗示されるように」（湯浅博雄著、『未知なるもの＝他なるものランボー・バタイユ・小林秀雄をめぐって』、哲学書房、一九八八年三月、一五八〜一五九頁。）なされる、と述べている。湯浅の言う「文学」や「詩的な文章行為」における言葉は、坂部恵の言う「仮面」および「おもて」を想起させるものがある。もっとも言葉は、文学や詩的な言葉でなくとも、永遠に固定されたものではなく、それなりに変化していくものである。そしてその変化の際に、「「対象＝客体」として成立する手前にあるなにものかが仄めかされ」ている可能性はあると考えられる。

(18) 中村三春著、『フィクションの機構』、ひつじ書房、一九九四年五月、七四頁。

(19) 稲田大貴著、「「作者」という仮面——三島由紀夫『仮面の告白』論——」、『九大日文』、二〇一〇年三月、五〇頁。

(20) 註(17)を参照。

(21) 湯浅博雄著、『未知なるもの＝他なるものランボー・バタイユ・小林秀雄をめぐって』、哲学書房、一九八八年三月、一五八〜一五九頁。

(22) 「川端康成論の一方法——「作品」について」、初出『近代文学』、一九四九年一月。『決定版三島由紀夫全集27』、新潮社、二〇〇三年二月、一三九頁。

(23) 「重症者の兇器」、初出『人間』、一九四八年三月。前掲書、三二頁。

(24) 前掲、「「仮面の告白」ノート」、前掲書、一九一頁。

一、「私」の戦略的語りと、理解としてのイメージ化

『仮面の告白』で選択されたのは、主人公の「私」＝語り手の「私」による告白手記という形式である。そのためにまず読者は、そこには真実が語られているはずだと考えることになる。「告白という物語装置は、」「隠された真実の暴露という要素の最も強いもの[(1)]」だと言えるからである。だが、「告白は虚構形式として採用された場合、まず告白内容を仮構し、次いでその仮構性を隠蔽し、さらにそれを真実として読者に伝達すべく作動する[(2)]」。告白は、その内容が真実として受容されるような戦略的な語りを採用しているはずなのである。ことに全四章のなかでも第一章は、語り手によって、以後に語られることの「前提」を述べているとされている。したがって、そこにはきわめて戦略的な語りのあり方を見出すことができると考えられる。また告白の内容が、そのように周到に真実として提出されているとすると、その真実とはどのようなものなのかということも考慮しなければならない問題となる。

中村三春によれば、告白形式には「告白内容の真実化」という「虚構の原理」が内在するという。そこで、仮構された告白内容を真実として読者に伝えるために、「テクスト内部で虚構の深度を多重化する額縁構造型フレーム」の手法が採用される。『仮面の告白』もその一例であり、「私」「という人物は創造された実在としては一人であるが、テクスト的機能としては、告白内

容に登場する主人公としての」「私」「と、その告白内容を真実化して語る語り手としての」「私」「とに二重化(3)」している。語り手としての「私」は、告白内容の主人公である「私」に対してメタ・レベルに位置しているのである。このような手法を採用することによって、語り手の「私」は、告白内容の主人公である「私」が本来知りえないであろうことまで語ることができる。「本書の書き手が「告白」という名目の下に過去の「私」を対象化し、明晰に記述しうる眼差しを担うのはまず、書く現在が書かれる過去から非同一化されている」からであり、「書き手はいままさに「私」と書くその行為において、かつて「私」が見た以上のものを見ようとする(4)（傍点ママ）」というのである。そしてそのことは語り手の「私」にも正確に自覚されている。

幼年時。……

私はその一つの象徴のような情景につきあたる。その情景は、今の私には、幼年時そのものと思われる。それを見たとき、幼年時代が私から立去ってゆこうとする決別の手を私は感じた。

私の内的な時間が悉く（ことごと）私の内側から立ち昇り、この一枚の絵の前で堰（せ）き止められ、絵の中の人物と動きと音とを正確に模倣し、その模写が完成すると同時に原画であった光景は時の中へ融け去り、私に遺されるものとしては、唯一の模写――いわば、また、私の幼年時の正確な剝製――にすぎぬであろうことを、私は予感した。誰の幼年時にもこのような事件は一つ宛（ずつ）

用意されている筈だ。

第一章の終わりでは、ある年の夏祭りの光景が語られる。その時の光景を記述する前に、語り手の「私」は以上のような前置きをするのである。「象徴」、「模写」、「剝製」という言葉に注目すべきであろう。ここでは、手記の主人公である「私」のとある原体験が、「幼年時」の「象徴」として定着したことが述べられているのである。原体験は、主人公の「私」のその後の経験的時間の中において、思い起こされるたびに元の時間と体験から切断され、体験としては不在化し、徐々に「象徴」的なイメージとしてかたどられていったものと考えられる。「私は予感した」とあるので、それは主人公の「私」がその光景を見た直後から起こっていたのかもしれない。語り手の、「私の内的な時間が悉く私の内側から立ち昇り、この一枚の絵の前で堰き止められ、絵の中の人物と動きと音とを正確に模倣し、その模写が完成すると同時に原画であった光景は時の中へ融け去り」「唯一の模写」が遺される、といった適格な表現によって原体験の「象徴」化はなされ、原体験は、それ自体最終的に不在化し、不在化することによってフィクションとして現前し定着するのである。

さて、ある光景が「私」の幼年時代の「象徴」となるためには、「私」は、原体験をする「私」と、それを対象化する「私」というように二重化しなければならない。それは書かれる「私」と書く「私」という「私」の二重化と同義である。そしてそのように「象徴」として定着した光景は原光景そのものではなく、あくまでも「模写」である。それは「剝製」となったいわば死んだ時間であり、有機的な運動をし続ける生きた時間ではない(5)。原体験は対象化され不在と化し、「象徴」としてのみ現前することができるのである。

では、原体験がこのように対象化され、「象徴」となされる契機とはなんであろうか。『仮面の告白』第一章は、以後の章とは違ってイメージの提示が多い。以下にあげる箇所もそのイメージの提示の一つである。

> 坂を下りて来たのは一人の若者だった。肥桶(こえおけ)を前後に荷(にな)い、汚れた手拭で鉢巻をし、血色のよい美しい頬と輝やく目をもち、足で重みを踏みわけながら坂を下りて来た。それは汚穢屋(おわいや)——糞尿汲取人——であった。彼は地下足袋を穿(は)き、紺の股引を穿いていた。五歳の私は異常な注視でこの姿を見た。まだその意味とて定かではないが、或る力の最初の啓示、或る暗いふしぎな呼び声が私に呼びかけたのであった。（傍点ママ）

語り手によればその「若者」の姿を見た時、「いわん方ない傾斜が、その股引に対して私に起った」。そして幼時の「私」には何故だか「わからなかった」という。けれども書き手となった「私」が、「私はこの世にひりつくような或る種の欲望があるのを予感した」と書くように、後年の「私」にはそれは「欲望」と自覚されたものと考えられる。

サルトルによれば、「感情は対象物を思念する（狙う）が、それは己の対象物を自分流の仕方で、つまり感情的な仕方で思念する（狙う）」のだという。そのように「感情的な仕方で思念」された対象物はもはや知覚の可能な存在そのものではなく、「あたらしい性質」や「意味を賦与」され、「あたらしい次元にもとづいて構成」された「像」と呼ぶべきものとなる。そして、それらの「像（イマージュ）」は、「対象物の意味をなし、対象物の感情的な構造そのもの(6)（傍点ママ）」となる。「欲望は現に己にあたえられたその感情的《何ものか》に向い、それを欲望の対象物の代表物として把握する。かくて欲望の感情的意識の構造はすでに想像的意識の構造と同じである。何故なら、像の場合と同様に、一つの現存する心的綜合が、不在の表象的綜合の代替物としての機能を果すからである(7)（傍点ママ）」というのである。

このように、原体験の「象徴」化は、対象物に向かう主観的で感情的な「思念」を契機になされる。「欲望」もまた、主観的で感情的な「思念」の一つであるから、「象徴」化とイメージ化の契機となるのである。

夏祭りの光景の記述と同様に、書き手の「私」は、「汚穢屋」の「若者」について記述する際にも前置きをしている。サルトルによる「像（イマージュ）」についての考察を参考に、前に引用した箇所の前置きについて見てみよう。

この影像は何度となく復習され強められ集中され、そのたびごとに新たな意味を附されたものであることはまちがいない。何故なら、漠とした周囲の情景のなかで、その「坂を下りて来るもの」の姿だけが不当な精密さを帯びているからだ。

「影像」が「何度となく復習され強められ集中され」たというのは、前にあげた夏祭りの光景が「象徴」化する過程と同様であろう。そしてそれぞれの「影像」とはその都度、さまざまな「意味」が「附されたもの」だというのである。そのように考えると、その「影像」、つまりイメージ（サルトルの言う「像（イマージュ）」に準ずるもの）とは、「意味」そのものである。そのことはサルトルの言葉を借りて、次のように言うことができる。

理解は像（イマージュ）として en image 実現されるが 像（イマージュ）によって par image 実現されるのではない[8]。（傍点引用者）

サルトルはまたこうも言っている。「想像的意識は識知、及び諸志向を含み、言葉と判断とを含むことが出来」、「像の構造そのものの中に、判断が、特別な一形式、想像的形式、をとって、入り込み得る[9]」。「理解」は「その（図式の…引用者註）構造の中に、またその構造を通じて、実現される」。「理解されるべき概念の構造は図式の起草のための規則となって働くし、それを適用するという事実を通してこの規則は意識されるものとなる[10]」というのである。

「私」によって、くりかえし「影像」化され、「象徴」化された対象物のイメージは、ある「概念の構造」の「規則」に基づいて構成され、その「概念の構造」の「規則」は、そのようなイメージ化の作業を通して意識される。各々のイメージは、「私」にとっての「対象物の意味」であり、「感情的な構造そのもの（傍点ママ）」である。「私」の対象物に対する理解は、イメージとなって実現する。つまり「象徴」化された「影像」は、「私」の原体験についての理解そのものなのである。「私」による、「私」と「私」の原体験についての理解が、それらの「象徴」をかたどったのである。

各々のイメージにおいて、「理解されるべき概念の構造」がその「図式の起草のための規則となって働く」ので、書き手の「私」は、「それを適用するという事実を通してこの規則」を「意識」する。それはそのような「私」自身が、対象物についてどのような感情を持ち、どのような意味を見出していたかということを、理解するということなのである。

そしてそれは、あまりにも有名な、あの書き出しについても同様のことが言える。

永いあいだ、私は自分が生れたときの光景を見たことがあると言い張っていた。

『仮面の告白』はこのように書き出されるが、この主張にまつわるエピソードも、やはりある一つのイメージに帰着する。

下したての爽やかな木肌の盥で、内がわから見ていると、ふちのところにほんのりと光りがさしていた。そこのところだけ木肌がまばゆく、黄金でできているようにみえた。ゆらゆらとそこまで水の舌先が舐めるかとみえて届かなかった。しかしそのふちの下のところの水は、反射のためか、それともそこへも光りがさし入っていたのか、なごやかに照り映えて、小さな光る波同士がたえず鉢合わせをしているようにみえた。

この光景が、物語世界内における事実であったか否かということは問題ではない。これはイメージなのである。イメージは原光景を不在化して成立するものなので、どのみち事実そのものではない。問題はこのようなイメージとして実現された理解の内容である。つまり、書き手の「私」にとってそのイメージが体現している意味とは何なのかということである。そして、次に引用する箇所にもあるように、書く「私」はそのことについて自覚的で、読者に対して、それらのイメージが自分にとって何らかの重要な意味を持っているということを強調する。

……私が人生ではじめて出逢ったのは、これら異形の幻影だった。それは実に巧まれた完全さを以て最初から私の前に立ったのだ。何一つ欠けているものもなしに。何一つ、後年の私が自分の意識や行動の源泉をそこに訪ねて、欠けているものものなしに。

私が幼時から人生に対して抱いていた観念は、アウグスティヌス風な予定説の線を外れることがたえてなかった。いくたびとなく無益な迷いが私を苦しめ、今もなお苦しめつづけているものの、この迷いをも一種の堕罪の誘惑と考えれば、私の決定論にゆるぎはなかった。

第一章で語り手の「私」は、「告白」の「前提」として三つの「前提」をあげる。「第一の前提は、糞尿汲取人とオルレアンの少女と兵士の汗の匂い」、「第二の前提は、松旭斎天勝とクレオパトラ」、そして第三の「前提」は、「殺される王子」である。これらはすべて象徴化されたイメージと言ってよいだろう。語り手の「私」は、それらの幼年時の「私」が抱いていたとするさまざまなイメージを「異形の幻影」と言い、すべてが「幻影」であることを認識している。だが語り手の「私」によれば、それらの「幻影」が現われたことには確固たる理由があり、しかもその事実は「決定論」によって裏付けられているというのである。

中村三春は告白形式という虚構形式には、「様々な虚構の意匠を駆使して告白内容を真実化するための装置」が導入されており、その中には「文芸的「説得」のレトリック」[11]もあると言う。『仮面の告白』第一章の場合、「「説得」のレトリック」とは、畳みかけるような、このイメージ構成の列挙であると言えるだろう。そしてイメージについては、ふたたびサルトルの言葉を参照したい。

像（イマージュ）は説得力をもたないが、私たちは私たちが像（イマージュ）を構成するその作用そのものによって説得される結果になる[12]。

ここにおける「像（イマージュ）」はもちろん、その「像（イマージュ）」を抱く人自身が抱く「像」についてのことであり、他者の抱く「像（イマージュ）」をただ提示される人にも適用されるものではない。だが『仮面の告白』第一章では、書き手の「私」が、「私」の原体験をイメージ化していく過程をくりかえし記述していて、その作用のうちに「私」自身が「説得」されていくかのような様子を見ることができる。読者は語り手の「私」によって、さまざまなイメージが構成されていく過程に立ち会い、「私」と同様に、それらのイメージが構成されていく作用そのものによって、また「説得」されていくということが起こりうるのである。

これこそが『仮面の告白』第一章の「「説得」のレトリック」とでも言うべきものである。このようにイメージとして実現される理解というものが、第一章において提出されている真実なのである。そしてその内容は、冒頭のエピソードが掲げる「私」の人生の始まりを象徴するイメージとしても実現されている。すなわち「背理のうちへ、さしたる難儀もなく歩み入ることができ」るというのである。

《註》

（1）中村三春著、『フィクションの機構』、ひつじ書房、一九九四年五月、二五六頁。
（2）前掲書、二五六〜二五七頁。
（3）前掲書、二五六〜二五七頁。この「私」の二重化の問題が、「はじめに」でも触れた「私」をめぐるテーマの中心として考察されている。
（4）梶尾文武著、「三島由紀夫『仮面の告白』論――書くことの倒錯――」、『日本近代文学』、二〇〇七年五月、一八七頁。
（5）　サルトルは、「如何なる時間的決定をも受けず意識にあらわれる非現実的対象物がある」として、例えば「半馬人を表象すれば、この非現実的対象物は、現在にも、過去にも、また未来にも属して」おらず、「持続をもたず不変のままにとどまっている」という。「半馬人」のような「非現実的対象物」は、「《非時間的》」であり、「如何なる時間的限定をも担ってはいない」ということである。（サルトル著、平井啓之訳、サルトル全集第十二巻『想像力の問題』、人文書院、一九五五年一月、二四四〜二四五頁。）
（6）前掲書、一三三〜一三五頁。
（7）前掲書、一三八頁。
（8）前掲書、一九六頁。

（9）前掲書、一八二頁。
（10）前掲書、一九四頁。
（11）中村三春著、前掲書、二五七頁。
（12）サルトル著、前掲書、一八二頁。

二、「私」という主体の生成と、不可能な恋

この論の目的の一つは、『仮面の告白』に描かれている「私」と〈他者〉との関係性について考察することである。先行研究で、テクストにおけるこの関係性に着目しているものは少なく、阿部孝子が、第一章で示される「悲劇的なもの」の定義を打ち破るものとして、第二章の近江と「私」の関係について考察しているくらいである。「悲劇的なもの」の定義とは、「私の官能がそれを求めしかも私に拒まれている或る場所で、私に関係なしに行われる生活や事件、その人々」という、「私」と〈他者〉との関係性のあり方を暗示するものである。阿部はその「悲劇的なもの」という定義を、「作品初期段階での幼い主人公の意識の上に表れた定義として受け取るならば、作品が展開し時間が経過するに従って、この均衡が崩される可能性が予測できる[1]」とするが、この定義を定義したのはいつの時点の誰なのか。

この定義自体を、漠然とでも、告白内容の主人公として現れる幼い「私」がしたということはあり得ない。なぜならば、定義は、原体験がイメージ化されるのと同様に、書かれる「私」の幼い頃の漠たる経験が、その後たびたび言語化されて不在化し、最終的に定義たり得たものだからである。したがって、定義しているのは手記を書いている「私」である。少なくとも、テクストで語られている物語内の時間がすべて流れ終わった時点以降にいる「私」なのである。つまり「悲劇的なもの」を定義した「私」は、テクストで語られていることの原体験とそれ以外のことを経験し、それらの中から取捨選択をした一部を言語化し、「告白」という形で整序しているのである。であるから、この定義は物語世界内においては「前提」とされているけれど、物語世界の外においては、むしろ「理解」という結論である。このことは、一で述べたように、「前提」として提出されたさまざまなイメージが、実は、「告白」する「私」にとっての「理解」を示していたのと同様である。

「私」は一連の原体験からさまざまなイメージを得た。それらのイメージはそれ自体が、対象物と自分との関係性についての「理解」である。「私」はそのような「理解」を結論とし、それを演繹して「告白」として語るのだが、その一部を、読者の理解を助けるための「前提」と称して、早い段階で呈示したのである。それゆえこのような定義を、テクストを読み解くカギとして扱うのはあまり意味のあることではないだろう。そのような定義にもとづいてテクストを読み解こうとしても、「告白」する「私」の論理をたどり、用意された解釈と結論に導かれていくだけである。それよりも、そのような定義がなされた理由を探り、それが定義として定着していく過程を追うことのほうが意義深い。

では、「悲劇的なもの」という定義のような「理解」を、「私」はどのような経験から導いていったのだろう。前にも述べたように、「悲劇的なもの」の定義は、「私」と〈他者〉との関係性のあり方を暗示しているものである。であるから、テクストにおいて、「私」と〈他者〉との関係がもっとも直接的に語られている部分に注目する必要があるだろう。そしてそれは阿部が、「悲劇的なもの」という定義に惑わされつつも指摘した、「私」と近江との関係ではないだろうか。阿部は「私」にとって近江は、「自らを開かせ、解放し、接近と接触へと自らを牽引するもの」[2]であると述べる。阿部の表現は、近江が、「私」にとって本来的な意味での〈他者〉であることを示している。

近江と「私」の関係性についてはまた、佐藤秀明が、冬の祭日の「遊動円木の遊びにおいて、「私」と近江の視線は交叉し、指と指がからみ合う」というように、「二人の身体は接近し、関係づけられた」として、「私」にとっての近江の他者性を示唆する。佐藤はこの「私」と近江との関係を、「一つの例外」[3]として片付けてしまう。だが、例外は例外だからこそ、大きな意味を持ってはいないだろうか。『仮面の告白』における例外的な「私」と〈他者〉との関係、「告白」する「私」の制御から洩れて、はからずも本来的な相互交流の様相を呈するのが、「私」と近江の関係である。それはより直接的な「私」と〈他者〉との関係性なのである。

『仮面の告白』は、「私」として成立した「私」が自分自身の存在について得たある「理解」と結論に基づいて仮説を設定し、それを演繹して自分の半生について語るという形をとっている。したがってテクストを読み解くためには、テクストにおける「私」の成立について、考察することが求められる。「私」という主体が成立するためには、その主体のうちに構造化された〈他者〉を必要とする。そこでテクストにおいて、「私」にとっての〈他者〉がどう現れ、またその〈他者〉が「私」によってどう語られているかを考察することにより、「私」の成立過程が明らかになると考えられる。全編の中で、より原初的な〈他者〉との出会いが中心的に語られているのは[4]、第二章である。したがって第二章を精査することにより、「私」の成立と「私」によって仮定された「私」についての仮説の抽出ができるであろう。

1、「私」自身の肉体という〈他者〉との出会い

すでにここ一年あまり、私は奇体な玩具（おもちゃ）をあてがわれた子供の悩みを悩んでいた。十三歳であった。

第二章の冒頭において、「私」は〈他者〉との遭遇をいきなり語っている。その〈他者〉、「奇体な玩具」とは、自身の肉体であった。

その玩具は折あるごとに容積を増し、使いようによっては随分面白い玩具であることをほのめかすのだった。ところがそのどこにも使用法が書いてなかったので、玩具のほうで私と遊びたがりはじめると、私は戸惑いを余儀なくされた。この屈辱と焦燥が、時には募って玩具を傷つけてやりたいとまで思わせることがあった。しかし結局、甘やかな秘密をしらせ顔の不逞な玩具に私のほうから屈服し・そのなるがままの姿を無為に眺めている他はなかった。

十三歳の「私」にとって「その玩具」は決定的な〈他者〉である。「玩具」は、「子供」であるはずの「私」には制御できず、「私」の内にあって違和を生じさせる。戸惑う「私」は「不逞な玩具」という〈他者〉を観察することにする。

そこで私はもっと虚心に玩具の嚮(むか)うところに耳を傾けようという気になった。そう思って見ていると、この玩具にはすでに一定の確たる嗜好・いわば秩序、が備わっていた。

「私」は「玩具」に備わっている「一定の確たる嗜好・いわば秩序」に気付き、それを精査し、構造化していく。そしてそのような「私」の作業の過程それ自体が、告白する「私」の語りとなっている。「私」の語りとは、同章で詳しくなされている、「私」の男色傾向とサディスティックな傾きについての言及である。「私」は、自分の意志では支配しきれない自身の肉体という〈他者〉に遭遇し、それと向き合い、あらためてそれを〈自己〉の中に構造化して、「私」という存在を規定していく。「私」自身の肉体という「私」にとっての〈他者〉は、「私」によって観察され、特徴が整序され、やがて「私」自身の特徴ということになっていくのである。

第二章の中ではまた、「聖セバスチャンの絵画」に関する「私」の経験が、「私」の肉体的傾向と嗜好の象徴であるかのように語られている。「聖セバスチャンの絵画」を見て犯した最初の「悪習」について語る「私」の語りは、一段と熱を帯び、精緻を極めている。さらに、「聖セバスチャン《散文詩》」と題した未完の詩を、「私」は「私」の「告白」に挿入する。「私は、私の官能的な激甚な歓びが、いかなる性質のものであったかを、もっと深く理解されたいために」それをあげたというのだが、ここにはさらに高次の、「私」にとっての〈他者〉の存在が明らかになっている。それは「告白」の読者という〈他者〉である。したがってここにおける〈他者〉は、「告白」を書いている時点の「私」が遭遇する〈他者〉である。

十三歳の「私」が、自身の肉体という〈他者〉を〈自己〉の中に構造化して「私」を成立させつつあったという話を、読者という〈他者〉を想定して、「告白」する「私」が書いている。「告白」を書きつつ、そのような〈他者〉に対して「私」は〈自己〉を規定しようとする。そうして「私」は、読者という〈他者〉を〈自己〉のうちに構造化することによって、また、〈自己〉の規定を可能にしようとするのである。ヒルシュフェルトの説を引いて、「倒錯的衝動とサディスティックな衝動とが、分かちがたく錯綜している」自分を、「先天的な倒錯者」とするのも、「私」のそんな自己規定の一種であると考えられる。

2、「私」の恋

十三歳の「私」が自身の肉体という〈他者〉と向き合い、それを取り込み、新たな「私」を規定しつつあったころ、「私」は一人の同級生に心引かれるようになった。その同級生が、「いわゆる「不良性」のれっきとした烙印」を押された落第生、近江である。「私」は、当時流行っていた「下司ごっこ」に、「至極無邪気な気持ちで」加わっていたのに、近江の「あれ」(傍点ママ)を意識させる同級生の言葉で、「あの「悪習」――私のひとりきりの生活――とこの遊戯――私の共通の生活――とを、避けがたい関聯の上へ置くように思われ」、以後加われなくなった。「私」の肉体の問題は、近江への傾倒とつながっていたというのである。

一方、近江と「私」に関するエピソードの中には、美しく感動的なものがある。「雪晴れのある朝」の場面である。

私は窓から身を乗り出して、瞳を凝らしてその靴跡にある若々しい黒土の色を見た。それは何か確乎とした・力にみちた足跡のように思われた。言おうようない力が、私をその靴跡へ惹きつけた。体を逆さにそこへ落ちかかり、その靴跡へ顔を埋めたいと思った。（中略）窓を超えて雪の上へとび下りたとき、その軽い痛みは私の胸を快く引きしめ、私をわななくような危険な情緒でみたした。自分のオーヴァー・シューズをそっとその靴型にあてがった。

「若々しい黒土の色」、「確乎とした・力に満ちた足跡」という近江を思わせる清新な表現、また「靴跡へ顔を埋めたい」、「わななくような危険な情緒」、「自分のオーヴァー・シューズをそっとその靴型にあてがった」などというぎりぎりの初々しい表現は、ここにおける「私」の恋情が、「私」自身の感情の源泉から直接湧いて出てきたものだと感じさせる。「私」は知的な反省なしに、恋情に支配されて、「靴跡」を見、窓から飛び下り、「自分のオーヴァー・シューズ」を「その靴型」にあてがった。「言おうようない力」によって「私」は「靴跡」に惹きつけられていたのである。

この箇所を美しく感動的だと感じるのは、ここに表現された「私」の感情が、直接的かつ根源的なものだと思われるからであろう。「雪晴れのある朝」の場面はここに限らず、全体的に美しく感動的である。「靴型」を追って雪景色の校庭を歩く「私」が目にした光景は、「無辺際な光りと輝き」に満ちた「新鮮な廃墟」であり、「この展開のまばゆさ」には「私」自身が感じ入る。そして「私」は雪に描かれた「ＯＭＩ」の文字を発見する。

「おーい」

近江がおおかた不機嫌な反応をしか示さないだろうという懸念はありながら、私は得体のしれぬ熱情に促され、そう叫ぶやいなや高台の急坂を駈け下りていた。すると思いがけない・彼の力に充ちた親しげな叫びが私に向かってひびいてきた。

「おーい。字を踏んじゃだめだぞう」

たしかに今朝の彼は、いつもの彼とはちがっているように思われた。（中略）今朝に限ってこの早朝から、一人ぼっちで時間をつぶしているばかりか、日頃は子供扱いにして洟も引っかけない私を、彼独特の親しげでいて粗暴な笑顔で迎えていてくれるとは！　どんなにこの笑顔を、この若々しい白い歯並を、私は待っていたことであろう。


「近江がおおかた不機嫌な反応をしか示さないだろうという懸念」は、日頃の近江の行動から「私」が導き出した「懸念」である。「私」をはじめとした近江の同級生たちは、近江がとるであろう行動の型を心得ていた。つまり「私」たちは、近江という人物の像を、ある程度はっきりとした形で認知していたということである。しかしこの朝は「思いがけない」反応が返ってきた。近江の「親しげな叫び」、「親しげでいて粗暴な笑顔」は、「私」には意外なものであった。近江がいつもの近江ではない。このことはまさに、主体としての人間が固定した同一性をもたず、状況とそこに介入する〈他者〉によって変化する可塑性のある存在だということの一例である。「私」はそんな近江に接して、「どんなにこの笑顔を」「待っていたことであろう」と喜びを隠さない。この「私」の感情も極めて素直である。だが、近江にいつもの近江らしくない行動をとらせたものは何であろう。

「私」に「おーい」と声をかけさせ、「高台の急坂を駈け下りて」いかせたものは「得体のしれぬ熱情」であった。それは「私」が「靴跡」に惹きつけられたときにも働いた、「言おうようない力」と同質のものである。この「熱情」、この「力」は「私」には未知なものである。「私」の中にあって「私」の理解の範疇を超えた、いわば〈他者〉である。「私」はこの〈他者〉に促されて、いつもの「私」らしくない行動をとった。「得体のしれぬ熱情」、「言おうようない力」という〈他者〉を取り込んで、「私」はいつもとは違う「私」自身を生成したのである。そして近江は、いつもと違うそんな「私」という〈他者〉に触発された。いつになく素直な「私」という〈他者〉が近江の中で作用して、いつもと違う近江を作り上げたのである。

このことにくわえて、さらに「雪」という非日常的な条件を忘れてはならない。「私」は、「雪景色の仮面劇は、えてして革命とか暴動とかの悲劇的な事件を演じがちだ」と述べ、「雪」の非日常性が、「悲劇的な事件」という非日常性を誘発するとでも言いたげである。「私」は「雪景色」を「仮面劇」と言う。「仮面劇」、それは原初の混沌を暗示する極めて多義的なものである。「私」にとっての「仮面劇」も、単なる非日常を超えて、汲みつくせぬ謎や惑溺を暗示するものであっただろう。「革命」や「暴動」や「悲劇」というのは、混乱であると同時に底知れぬ謎である。そして近江は、いや、「私」も、「雪」の非日常性に〈自己〉の存在の根源を軽く揺すぶられた可能性がある。「雪」の「仮面劇」においては、両者とも〈自己〉の存在の根源から湧き上がる生の感情を垣間見せ、とても素直で直接的である。

私は雪にえがかれた巨大な彼の名ＯＭＩを見た刹那、彼の孤独の隅々までを、おそらくは半ば無意識裡に了解した。彼がこんなに朝早くから学校へ出て来たことの、その彼自身も深くは知るまい本質的な動機をも。

このときの「私」の直観は正しい。「雪」の非日常性が、近江のいつもの姿という「仮面」（ペルソナ）を打ち破って存在を根底から揺すぶった。同様に「私」も、〈自己〉の存在の根底に達するような感情的な経験をして、近江の「孤独」を「了解した」のである。このあと「私」は、近江に「革手袋」を頬に押しあてられる。

私は身をよけた。頬になまなましい肉感がもえ上がり、烙印のように残った。私は自分が非常に澄んだ目をして彼を見つめていると感じた。

――この時から、私は近江に恋した。

これを「恋」と名付けたのは、近江に惹かれている当時の「私」ではなく、「告白」している「私」である。語る「私」が、「今私が「愛」と書き「恋」と書くようには、一切私は感じていたわけではなかった」と言うように、語られる「私」が当時、「愛」だとか「恋」だとかいう言葉で近江への気持ちを認識していたわけではない。しかし、それはやはり「恋」と呼ぶべきものであった。近江に「恋」する「私」の「恋」は、両者の存在の根源に触れ、同時に主体としての両者の生成の場となっているからである。恋の相手となる〈他者〉、さらには非日常的であるという状況の他者性、当然のことながら、恋に〈他者〉は欠かせない。そのような恋という場において、主体としての人間は、〈自己〉の中に〈他者〉を構造化して取り入れ、〈自己〉の原初の混沌の中から新しい自分の像となる素材を汲み上げて生成する。このようなことから、「恋」の相手としての近江は、「私」にとって、劇的構造上存在する本来的な意味での〈他者〉であると言うことができる。

3、「理解」が恋を遮(さまた)げるということ

前に見たように、「私」の近江への「恋」は、少年らしい初々しい通常の初恋と変わらない側面を持つ。だがその「恋」は、「私」に独特な奇妙な側面もあわせ持っていた。

しかしこの笑顔が近づくにつれてはっきり見え出すと、私の心は今しがた「おーい」と呼んだときの熱情も置き忘れ、居たたまれない気おくれに閉ざされた。理解が私を遮（さまた）げるのだった。彼の笑顔が『理解された』という弱味をつくろうためのものであろうことが、私を、というよりは、私が描いてきた彼の影像を傷つけるのだった。（傍点引用者）

「私」の「恋」は、相手を「理解」することで深まるのではなく、「理解」することでその場に立ち止まってしまうというのだ。「私」は「彼の笑顔が『理解された』という弱味をつくろうためのものであろう」と「理解」して、「居たたまれない気おくれに閉ざされ」る。つまり、前にもあげた、「私」が雪の上に「ＯＭＩ」の名を見つけて、近江の「孤独の隅々までを」「了解した」というのは、「私」にとっては決して輝かしい瞬間ではなかったのだ。恋する相手の「孤独」を「理解」するというのは、「私」の場合、心揺さぶられる感動的な経験ではなく、もちろん相手に共感などできない。そんな経験は、「私が描いてきた彼の影像を傷つける」だけなのである。では、そのようにして「私が描いてきた彼（近江…引用者註）の影像」とはどのようなものであろう。また、その「影像」が傷つけられるということには、「私」にとってどのような意味があるのであろうか。

粗野な顔かたち。――と謂ったところでそれはありふれた青年の顔が、少年たちの間にたった一人まじっていることの印象にすぎなかった。骨格こそ秀でたれ、彼の背丈は私たちの間でいちばん高い学生よりも余程低かった。ただ海軍士官の軍服めいた私の学校のいかつい制服は、少年の成長しきらぬ体では、ややもすれば着こなしかねるのを、近江一人は自分の制服に充実した重量感と一種の肉感を湛えていた。紺サージの制服の上からそれと窺われる肩や胸の肉を、嫉妬と愛のこもった目で見ている者は、私一人ではない筈だった。

彼の顔には何か暗い優越感と謂ったものがしじゅう浮んでいた。それは多分傷つけられるにしたがって燃え上る種類のものだった。落第、追放、……これらの悲運が、彼には挫折した一つの意欲の象徴のように思われるらしかった。何の意欲？　私には漠然と、彼の「悪」の魂が促す意欲があるに違いないと想像された。そしてこの広大な陰謀は、彼自身にすらまだ十分には識られていないものに相違なかった。（傍点引用者）

語る「私」によって近江はこのように描写される。近江の外見とその肉体的な特徴を描写する前半部分にはほとんどないが、近江の精神性の表れとして描写がされる後半部分には、「多分」、「らしかった」、「想像された」などというような、「私」の想像の介入を示唆する言葉が頻出する。そのような想像を経て「私」は、近江の顔を、「一個の野蛮な魂の衣裳（傍点ママ）」と言って、象徴化する。そして「誰が彼から「内面」を期待しえたろう」、「彼に期待しうるものは、われわれが遠い過去へ置き忘れて来たあの知られざる完全さの模型だけであった。」と言い切る。「私」がここで言う「内面」とは、ある人物の内なる、単なる「魂」のことではない。それは「理智」のことである。「私」は近江が「書物なんかに興味を持つこと、そこで彼が不手際を見せること、彼が自分の無意識な完全さを厭うようになること」などを「予測」するのが「辛い」と言うのである。

「私」はやがて、近江の「完全無欠な幻影を仕立ててしまった」と言う。近江もイメージ化された。「告白」する「私」は、「記憶のなかにある彼の影像から何一つ欠点を見出だせない」。「それを拾い上げることでその人物を生々とみせる幾つかの欠点」が何一つ、「記憶のなかの近江からは引き出せない」と言う。一般に、恋は相手を批判する能力を麻痺させると言われる。「私」の場合もそうなのであろうか。「私」の場合、近江の欠点を捨象すると同時に、「近江から別の無数のものを引き出していた」。一般の恋が、当人が無自覚のうちにその批判能力を失わせるのに対して、「私」は近江を批判することを避け、極めて自覚的に、「私」にとって好ましいものばかりを「引き出した」。そうして近江は、特定の具体的な人物であることをやめて、抽象化されていくのである。

それ（近江から引き出したもの…引用者註）をもといに、淘汰が行われ、一つの嗜好の体系が出来上った。私が智的な人間を愛そうと思わないのは彼ゆえだった。私が眼鏡をかけた同性に惹かれないのは彼ゆえだった。私が力と、充溢した血の印象と、無智と、荒々しい手つきと、粗放な言葉と、すべて理智によって些かも蝕まれない肉にそなわる野蛮な憂いを、愛しはじめたのは彼ゆえだった。

抽象化されて近江は、特定の具体的な存在に付き物の曖昧さを失う。抽象化された近江は変化することもなく、輪郭のはっきりとした同定可能な存在として、「私」の「嗜好の体系」を表象するのである。そして語る「私」は語られる「私」の「嗜好」について、次のように結論付ける。

　この不埒な嗜好は、私にとってはじめから論理的に不可能を包んでいた。およそ肉の衝動ほど論理的なものはない。理智をとおした理解が交わされはじめると、私の欲望は忽ち衰えるのだった。相手に見出されるほんの僅かな理智ですら、私に理性の価値判断を迫るのだった。

　愛のような相互的な作用にあっては、相手への要求はそのままこちら自身への要求となる筈だから、相手の無智をねがう心は、一時的にもせよ私の絶対的な「理性への謀反」を要求した。それはどのみち不可能だった。そこで私はいつになっても、理智に犯されぬ肉の所有者、つまり、与太者・水夫・兵士・漁夫などを、彼らと言葉を交わさないように要心しながら、熱烈な冷淡さで、遠くはなれてしげしげと見ている他はなかった。

「私」自身が「愛のような相互的な作用」と言っているように、愛とは本来、相互に交わされることをめざすものであろう。はじめは一方的な愛であっても、そこには相手への理解と配慮があり、いずれ相手からも、同様な理解と配慮を受けることを待つともなく待つ。そのような愛は、いつかは関係が相互的になることを目指しているのである。一方、愛を介在させた二者の間では、絶え間ない相互作用によって、愛を更新し続けることになるだろう。互いへの理解と配慮は、その時々に応じて形を変え、表現され続けなければならない。そして愛し愛される両者自身も、互いの存在という〈他者〉とその刺激を取り込んで、主体として生成し続ける。愛も主体としての人間も、刻々と生成し続けるものであって、固定はできないのである。

しかるに「私」の「愛」はどうであろう。「私」の「愛」の対象は、完全なる客体である。「私」という確固とした主体が、「理性」を絶対に手放さず、あくまでも一方的に対象を思慕することを貫こうとする。「私」は彼らからの働きかけを必ずしも望まないのである。「私」は、「私」の「愛」の対象とする相手と「言葉」を交したくない。端的に、彼らと交流したくはない。「私」はその理由を、「理解」が自分の「欲望」に水をさすからだと言うが、それは「理解」が、相手の存在のうちに入り込まなければ得られないものだからではないだろうか。つまり「私」の「欲望」は、「理解」という、相手の精神性のうちに深く入り込まなければ得られないものとは両立しないということだ。

「私」は相手を「理解」したくない。「私」は相手の存在のうちに入り込みたくないのだ。「愛のような相互的な作用にあっては、相手への要求はそのままこちら自身への要求となる」と「私」は言う。そのことはまた、「私」が相手に自分を「理解」してもらいたいと思わないことと同義だ。「私」は「恋」の相手にすら、自分の精神性や存在のうちに入り込んでほしくはないのである。「理智に犯されぬ肉の所有者」とはおそらく、もっとも「私」を「理解」できない人々を無意識に想定してのことである。「私」は自分のことを「理解」してくれないだろうからこそ、彼らを愛するようになったのである。

4、「私」の愛の形と血の欲求

「私」は、「愛のような相互的な作用」を、「恋」する相手とは交したくない。そして「私」は自分の存在を、「理性」を手放さない絶対的な主体として固定しようとする。このような「私」の「恋」や「愛」や「欲望」が行き着くところはどこなのか。それらは一体どのような形で表現されるのであろうか。

ド・サァドの作品については未だ知らなかった私であったが、私は私なりに、「クオ・ヴァディス」のコロッセウムの描写の感銘から、私の殺人劇場の構想を立てた。そこではただ慰みのために、若い羅馬（ローマ）力士が生命を提供するのであった。死は血に溢れ、しかも儀式張ったものでなければならなかった。私はあらゆる形式の死刑と刑具に興味を寄せた。拷問道具と絞首台は、血を見ないゆえに敬遠された。ピストルや鉄砲のような火薬を使った兇器は好もしくなかった。なるたけ原始的な野蛮なもの、矢、短刀、槍などが選ばれた。苦悶を永びかせるためには腹部が狙われた。犠牲は永い・物悲しい・いたましい・いうにいわれぬ存在の孤独を感じさせる叫びを挙げる必要があった。すると私の生命の歓喜が、奥深いところから燃え上り、はては叫びをあげ、この叫びに応えるのだった。

（中略）

私は愛する方法を知らないので誤まって愛する者を殺してしまう・あの蛮族の劫掠者（ごうりゃくしゃ）のようであった。

ここには「私」のサディスティックな傾向が明らかに示されている。「私」は「愛する者」と相互交流ができない。「私」は「愛する者」の存在の深部に入り込むことも、「愛する者」が自分の存在の深部に入り込むことも望まない。「私」は「私」の想像世界の中で、見る者、認識する者として絶対的な立場を確保して、「愛する者」の「苦悶」の様子を一方的に楽しむのである。そうして「私」は「愛する者」を徹底的に屈服させ、その運命を完全に支配する。

「私」は「愛する者」の人格を認めることができない。「私」の「愛する者」は人であって人ではない。「犠牲」に供されるには人でなければ意味がないのだが、同時に彼らは人である資格を失う。なぜならば彼らは、人として、「私」に対して何の働きかけをすることも許されていないからだ。「私」は「愛する者」たちが、人として「私」に働きかけるのを封じ込めること自体に「歓喜」していたのではないだろうか。かくして「私」の「愛」の形はサディスティックなものとなる。

倉林靖は三島由紀夫とサディズムを論じた文章の中で、「サディズムは、悪と快楽の行使という点において、意識の充溢、自己の全能化、自由意志の絶対化、という主題にたどりつく[5]」と述べる。サディストである、見る者、認識する者は、〈自己〉の「意識の充溢」、「全能化」、「自由意志の絶対化」を目指す。サディストは「理性」を決して手放さない。なぜならば、「犠牲」の「苦悶」を見届けるためには、〈自己〉の「意識」を充溢させていなければならず、対象に対して「全能」で、絶対的に「自由」でなければならないからである。

「私は愛する方法を知らないので誤まって愛する者を殺してしまう」とある。「愛する方法」、それはどのようなものであるべきだろう。「永い・物悲しい・いたましい・いうにいわれぬ存在の孤独を感じさせる叫びを挙げ」ていたのは、実は「私」のほうではなかったか。

5、劇的構造上存在する〈他者〉としての近江

これまでに見てきたように、「私」は〈他者〉と相互交流をし、互いに理解し配慮し合うという愛をはぐくむことができない。「私」は〈自己〉を絶対的な位置に固定して、自由で全能な存在として、最後まで意識を手放さず、「愛」と「欲望」の対象を完全支配することを「夢みる」。だが、そのような「私」の「夢想」の世界を揺るがすのが、やはり近江なのだ。

冬の祭日の朝、式日の日にはめて登校することとなっていた「白い手袋」をした少年たちが、遊動円木で落としっこをするという遊びに興じていた。その遊びで近江は、抜群の強さを見せ付けていた。「私」は、遊動円木の上で敏捷な動きを見せる近江を見ていた。

遊動円木は無表情に、乱れのない波動を左右へ移していた。

……見ているうちに、ふとして私は不安に襲われた。居ても立ってもいられない不可解な不安であった。遊動円木の揺れ方から来る目まいに似ていて、そうではなかった。いわば精神的な目まい、私の内なる均衡が彼の危うい一挙一動を見ることで破られかかる不安かもしれなかった。この目まいのなかにはなお、二つの力が覇を争っていた。自衛の力と、もう一つはもっと深く・もっと甚だしく私の内なる均衡を瓦解させようと欲する力と。この後(あと)のも

のは、人がしばしば意識せずにそれに身を委ねることのある・あの微妙な・また隠密な自殺の衝動だった。

「私」の「不安」とは何であろう。「私」は、〈自己〉の「内なる均衡」を意識している。「均衡」とは、いくつかの物や事の間で力や重さの釣り合いがとれていて、決してどちらかへ傾いたり、揺らいだりしない状態のことである。「私」は、〈自己〉の内なる様々な要素の釣り合いを保ち、安定した存在であり続けるはずだったものを、揺れる遊動円木の上の近江を見ているうちに、その「均衡」が破られるような「不安」を感じたというのだ。

だがそもそも主体としての人間とは、常に〈他者〉を構造化しつつ、絶え間ない生成をし続けるものではなかったか。そのような主体は絶えざる変化をし続けるもので、均衡のとれた状態で変質しないということのほうが難しい。だから「私」が「均衡」を失うまいとするならば、「自衛」しなければならない。主体としての自分が動揺しないためには、〈他者〉を取り込むことはしないで、孤立しなければならない。そうすれば、完全に「自衛」することはできなくとも、「自衛」し続けようとすることはできるだろう。

もっとも「私」の中には、それとはまったく反対の、別の望みもあったという。それは「もっと深く・もっと甚だしく私の内なる均衡を瓦解させせようと欲する」というものであった。「私」はそれを、「人がしばしば意識せずにそれに身を委ねることのある・あの微妙な・また隠密な自殺の衝動だった」と言うが、はたしてそうなのであろうか。「自殺」し、また甦るのは、主体としての人間の生成の過程で、それを繰り返すのが生きるということなのではないのか。

　ところで、この箇所の描写はまた秀逸である。視覚的な、揺れる遊動円木のイメージが酩酊を誘い、瓦解しかかる「私の内なる均衡」、そして不安に揺れ動く「私」の心と重なって、感覚的、官能的な共感を喚起するような感じがある。それも道理で、ここにおいて「私の内なる均衡」を揺るがしたものは、その感覚的、官能的なものだったのだ。

　近江は遊動円木の上で軽く体を左右へ揺(ゆす)りながら白手袋の両手を腰にあてていた。帽子の鍍金(めっき)の徽章(きしょう)が朝陽に光った。私はこんなに美しい彼を見たことがなかった。

近江の美しさが「私」を動揺させたのである。「私」はついに「欲望に負け」て、勝てるはずのない近江の相手となる。勝負の結果は予想通りである。

私はじりじり押されながら目を伏せた。その隙を、彼の右手の一と薙ぎにさらわれた。落ちまいとして、私の右手が、反射的に彼の右手の指先にしがみついた。白手袋にきっちりとはまっている彼の指の感覚をまざまざと握った。

　その一刹那、私は彼と目と目を合わせた。まことの一刹那だった。彼の顔から道化た表情は消え、あやしいほど真率な表情が漲（みなぎ）った。敵意とも憎しみともつかぬ無垢なはげしいものが弓弦（ゆづる）を鳴らしていた。それは私の思いすごしであったかもしれなかった。指先を引かれて体の平衡を喪（うしな）った瞬間（たまゆら）の、むしろ虚しい露わな表情であったかもしれなかった。しかし私は、二人の指のあいだに交わされた稲妻のような力の戦（おのの）きと共に、私の彼を見つめた一瞬の視線から、私が彼を――ただ彼をのみ――愛していることを、近江が読みとったと直感した。

　二人は殆ど同時に遊動円木からころがり落ちた。

　ここには具体的で官能的な、主体としての「私」と〈他者〉との相克の様子が余すところなく語られている。「じりじり押され」る、「一と薙ぎにさらわれ」る、「指先にしがみつ」く、そして「指の感覚をまざまざと握」る。これらの表現には、〈他者〉との接触によって剝き出しになった、双方の人間の根源が見え隠れする。「私」と近江が「目と目を合わせた」その刹那、近江の顔に漲ったのは「あやしいほど真率な表情」である。「私」と近江の存在の根源が出会った瞬間、そこに現れたのは、未だ「敵意とも憎しみともつかぬ無垢なはげしいもの」である。それはまだ、何に対するどういう感情なのかということも定まってはいない、純粋な熱情そのものなのである。

　おそらくそれは「私の思いすごし」ではないだろう。〈自己〉の存在の根源を剝き出しにして自分に迫ってくる「私」に対して、近江も、原初の感覚から湧き上がってくる〈自己〉をさらけ出さないわけにはいかなくなったということなのである。だからこそ、「二人の指のあいだに」は「稲妻のような力の戦き」が交わされ、「私」は、「私の彼を見つめた一瞬の視線から、私が彼を――ただ彼をのみ――愛していることを、近江が読みとったと直感した」のだ。

「殆ど同時に誘導円木からころがり落ちた」二人であったが、「私」は近江にたすけ起こされる。それだけではなく、近江は「私の腕をとって歩き出した」。

> 彼の腕に凭れて歩きながら、私の喜びは無上であった。ひ弱な生まれつきのためかして、あらゆる喜びに不吉な予感のまじってくる私ではあったが、彼の腕の強い・緊迫した感じは、私の腕から私の全身へめぐるように思われた。世界の果てまで、こうして歩いて行きたいと私は思った。

近江の「腕に凭れて歩」く「私」の「喜び」の感情が、実に率直に表現されている。この箇所には語りに軽い興奮の調子があるが、その時の「私」の気持ちを回想して語る「私」にも、何がしかの感慨があったと見える。「私」は、「世界の果てまで、こうして歩いて行きたいと」「思った」と言う。その言葉には素直な共感を誘うものがあり、全編のなかでももっとも美しく、感動を呼ぶ箇所である。[6]
「私」は、近江の「腕の強い・緊迫した感じ」を自分の腕に感じて、その感覚が全身へと広がっていくように感じたと言うが、腕と腕のからみ合った感覚は、その時のことを語る「私」にも蘇ってきたことであろう。このような官能的な身体感覚の蘇りが、語る「私」の感情を揺さぶって、感動的な場面の語りとなったと言えるだろう。

近江に恋をする「私」は、官能をとおして、〈自己〉の主体の動揺を経験する。そのようなことから、この場面での近江は「私」にとって、劇的構造上存在する、本来の意味での〈他者〉であると言うことができるであろう。

6、不可能な恋

——こうした近江への故しれぬ傾慕の心に、私は意識の批判をも、ましてや道徳の批判をも加えるではなかった。意識的な集中が企てられだすと、もうそこには私はいなかった。持続と進行をもたない恋というものがもしあるならば、私の場合こそそれなのであった。私が近江を見る目はいつも「最初の一瞥」であり、言いうべくんば「劫初の一瞥」だった。無意識の操作がこれに与り、私の十五歳の純潔を、たえず浸食作用から守ろうとしていた。

「私」は恋が進展しそうになるとその場から去ってしまう。だからその度ごとに恋する相手に出会って、あらたに恋に落ちなければならない。だが、恋の場で不在化することによって、「私」

は現実の生身の自分を守ることができる。そうすることによって「私の十五歳の純潔」は、近江という〈他者〉による「侵食作用」から守られることになるのである。

愛とは求めることでありまた求められることだと知らない私に、それ以上の何が出来たであろう。愛とは私にとって小さな謎の問答を謎のままに問い交わすことにすぎなかった。私のこのような傾慕の心は、それが何らかの形で報いられることを想像することさえしなかったのだ。

対象を理解することも、対象から理解されることをも決して望まない「私」の恋の到達する当然の帰結であった。

体操の時間「私」は、懸垂の手本を見せる近江の腋窩に豊穣な毛を発見して、性的な興奮を覚えると同時に、意外な感情に襲われる。それは「嫉妬だった」。このフレーズは二度繰り返される。

それは嫉妬だった。私がそのために近江への愛を自ら諦めたほどに強烈な嫉妬だった。

「私」は風呂に入るとき、鏡に自分の裸身を映しては、自分の肩や胸が、いつか近江のそれらに似ることを期待しつつ、「薄氷（うすらい）のような不安」、「というよりは一種自虐的な確信、「私は決して近江に似ることはできない」」という「神託めいた確信」を抱いていたという。

愛の奥処（おくが）には、寸分たがわず相手に似たいという不可能な熱望が流れていはしないだろうか？　この熱望が人を駆って、不可能を反対の極から可能にしようとねがうあの悲劇的な離反にみちびくのではなかろうか？　つまり相愛のものが完全に相似のものになりえぬ以上、むしろお互いに些（いささ）かも似まいと力（つと）め、こうした離反をそのまま媚態に役立てるような心の組織（システム）があるのではないか？　しかも悲しむべきことに、相似は瞬間の幻影のまま終るのである。なぜなら愛する少女は果敢になり、愛する少年は内気になるにもせよ、かれらは似ようとしていつかお互いの存在をとおりぬけ、彼方へ、——もはや対象のない彼方へ、飛び去るほかはないからである。

近江に嫉妬を覚えた経験をもつ「私」は、「愛の奥処（おくが）には、寸分たがわず相手に似たいという不可能な熱望」というものがあるのではないかと言う。嫉妬は、相手になりたい、相手になり変りたいという「熱望」だからである。だが愛する者は必ず、そのような「熱望」をもつものであろうか。愛する者は誰でも、相手との一体化を望むものであろうか。そもそも、〈他者〉との一体化幻想とは何であろう。また、その〈自己〉と〈他者〉との一体化幻想に、愛は介入できるのだろうか。

「私」の愛が抱く一体化幻想は、「私」のサディスティックな傾向について考察した際にも指摘した、〈他者〉との相互交流を拒む「私」の心性に一致していると考えられる。「私」は〈他者〉の中に入り込みたくないし、〈他者〉にも「私」の中に入り込んでほしくない。それでも〈他者〉との愛を実現したいのなら、愛する相手と一体化するしかない。そうすれば、お互いがお互いを侵食することなく、愛し愛される至福をむさぼれるというわけだ。

だが、主体が〈他者〉との交流をとおして、絶え間ない生成をくりかえしているのと同様に、愛というものが〈自己〉と〈他者〉との間で絶え間なくやりとりされる感情であるなら、相手と一体化してしまったら最後、それは固着するしかない。そして固着してしまったものは、現実から離れた「幻影」、フィクションとなるのである。

なお、それでもそこに愛の介入を見ようとするなら、それは自己愛である。なぜならば、相手と一体化してしまった〈自己〉、〈他者〉でありかつ〈自己〉である存在に注がれる愛とは、自己愛でしかなくなってしまうからである。「私は自分の腋窩に、おもむろに・遠慮がちに・すこしずつ芽生え・成長し・黒ずみつゝある・「近江と相似のもの」を愛するにいたった。……[7]」という記述も、「私」の自己愛傾向を表しているものと考えられる。

かくて〈他者〉に注がれる愛という意味での「私」の愛は、不可能なものとなる。「私」の愛は熱を帯びて、「彼方へ、——もはや対象のない彼方へ、飛び去るほかはな」くなる。「私」の恋は進展せず、最初から終わりの予感にさらされ、その「予知の不安」は快楽でさえある。これが「私」の不可能な恋の理由である。[8]

さてしかし、「告白」する「私」は、ここで重大な心得違いをする。「私」の恋が不可能なのはなぜか。それは「私」の心性が、〈他者〉と対話的に接触交流し、互いに侵食したり侵食されたりしつつ、自らの主体を更新し続けるということを好まないからである。ところが、「告白」する「私」はそのような問題設定をしなかった。さらにそればかりでなく、「告白」する「私」は、この後、語られる「私」が自身の男色傾向についての懸念を大きくしていくことを述べ、語られる「私」が、問題の方向をそちらへ向けていくということを示唆する。恋が不可能な理由とは別個にあるはずの、性倒錯の問題が拡大されてしまうのである。

そうしてすでに、そのような傾向を仮説的な規定として語る[9]「告白」する「私」と語られる「私」は、やがて軌を一にする。すると、「告白」する「私」にとっても、語られる「私」にとっても、それ以外の問題設定はもはや困難になってしまう。かくしてそのような仮説的な規定にそった「私」という存在は、テクストのさまざまな状況の中で、あるいは揺らぎ、またあるいはかたくなになりつつ生きていくということになるのである。

第二章の終わりには、「片倉の母」をめぐる「私」と級友とのやりとりが置かれている。まだ若く美しい「片倉の母」に、明らかに異性としての興味を抱いていた級友と、そのことを全く理解できなかった「私」との決定的な関心のズレが、「私」を絶望的にさせたというのである。

私は人生から出発の催促をうけているのであった。私の人生から？　たとい万一私のそれでなかろうとも、私は出発し、重い足を前へ運ばなければならない時期が来ていた。（傍点ママ）

「私」の言う「人生[10]」とは何であろう。そこへは、すでに人生を歩みながら、あらためて「出発」しなければならないものなのであろうか。「万一私のそれでなかろうとも」とあるが、「人生」が自分のものでないことなどがあるのだろうか。ともあれ「私」はこのように、「人生」へ一歩を踏み出さざるをえなくなる。第三章以下は、その「私」の「人生」の模様が語られているということになるだろう。

《註》

（1）阿部孝子著、「『仮面の告白』「悲劇的なもの」の定義の問題――接近と解放の過程」、『新大国語』二七巻、二〇〇一年三月、六頁。
（2）前掲書、一一頁。
（3）佐藤秀明著、「『仮面の告白』――身体の図像学（イコノロジー）」、『國文學解釈と教材の研究』、學燈社、一九八六年七月、五二頁。

（4）杉本和弘は、『仮面の告白』では「記述される過去の〈私〉と、記述している現在の〈私〉という時間的に異なる二つの〈私〉を措定しなければならない」として、「記述している〈私〉の位置という観点から」、「おおよそ、①過去の〈私〉に寄り添っての記述、②現在の視点から過去の〈私〉を距離を置いて捉えるような記述、③記述しつつある〈私〉または、記述しつつある手記そのものを対象化する記述、という三つの位置を措定しなければならない」と述べている。（杉本和弘著、「『仮面の告白』覚書──記述する〈私〉を視座として──」、『名古屋近代文学研究』、一九八八年一二月、一九頁。）第一章に比べ、第二章では杉本の言う①のような記述が増える。そのような、会話を採録し、状況を実況するような具体的な記述の中には、構造的に他者性を含んで動揺する主体としての書かれる〈私〉が活写されていると考えられる。

（5）倉林靖著、『澁澤・三島・六〇年代』、リブロポート、一九九六年九月、一〇五頁。

（6）佐藤秀明はこの言葉を、「つつましい恥じらいさえ籠められた、美しい恋愛描写だと言っていいだろう」と述べる。佐藤著、前掲書、五二頁。

（7）テクストには引用箇所の後、「私」が夏の海で、自分の腋窩にも生えそろってきた毛に欲情して自慰に及んだことが書かれている。

（8）同様の指摘はすでに、三浦雅士、橋本治、清眞人などによってなされている。三浦は次のように言う。

第三章の主題が同性愛者の偽悪的な恋愛というものではなく、他者や外界に対して自然な位置を保つことができない人間の不幸な恋愛というものであるとすれば、第一章、第二章で語られる同性愛は、第三章で繰り広げられる事件の原因であるよりもむしろ結果であると考えるべきだろう。（三浦雅士著、『メランコリーの水脈』、福武書店、一九八四年四月、五七頁。）

また橋本は次のように述べる。

『仮面の告白』に、「名」を持って登場する他者は、女の園子と男の近江――この二人しかいない。女の園子が「望まれぬ他者」を担当し、男の近江が「望まれる他者」を担当するというのなら話は簡単だが、しかし、そうはならない。「私」が同性愛者であるのなら、女の園子と男の近江の差は大きいはずだが、この二つの差はそんなに大きくはならない。なぜかと言えば、女の園子が「望んで、しかし望みたくはない他者」であるのと同じように、男の近江もまた、「望んで、しかし望みたくはない他者」だからである。三島由紀夫にとって、他者とは、「望んで、しかし望みたくはないもの」であるという点において、同じだったのである。（橋本治著、『「三島由紀夫」とはなにものだったのか』、新潮社、二〇〇五年一一月、一九九頁。）

さらに清は以下のように言う。

> 『仮面の告白』において主人公の「私」は、近江とのホモセクシャルな肉の情動においても、園子とのプラトニックな精神的愛の情動においても、いずれにおいても応答の相互性を生きることができない。応答に乗り出す瞬間に、彼の手元で二重の崩壊が生じる。情動の真正さの崩壊と愛の応答性の崩壊とが。だが、それが彼の運命ならば、彼はナルシシズムのなかにたてこもる他はない。それが彼の運命愛を生きる存在姿勢となるからだ。（傍点ママ）（清眞人著、『三島由紀夫におけるニーチェ　サルトル実存的精神分析を視点として』、思潮社、二〇一〇年二月、一九六頁。）

そして倉林靖は、三島作品すべてを見渡して次のように述べる。

> （『サド侯爵夫人』における…引用者註）不在のサド侯爵と、サド侯爵夫人という一対のカップルは、不可能性および逆説によって結びついているという意味において、観念がそのまま肉化されたような三島文学に登場するカップルの典型的な一対なのである。『盗賊』の藤村明秀と山内清子、『愛の渇き』の杉本悦子と園丁の三郎、『沈める滝』の城所昇と顕子、『獣の戯れ』の幸二と優子、その他、三島文学に登場する数多くの、不可能性ゆえに結びついた男女の群れ……。サド

侯爵の生涯のなかで三島がまずサド侯爵夫人という存在に引かれたというのも強く頷ける。三島はおそらくサド夫妻のなかに、自らの永遠のテーマである、人間の結合の不可能性を、人工的な愛の匂いを嗅ぎ取ったに違いない。(倉林靖著、前掲書、一〇九頁。)

(9) 少年時代の「私」は近江への思慕を、「恋」や「愛」だと意識していたわけではなかったが、「告白」する「私」が「告白」する際には、それを「恋」であり「愛」であると呼び称している。

(10) 『金閣寺』においても「人生」という言葉は頻出する。「これを人生と考えるべきなのだ。前進し獲得するための一つの関門と考えるべきなのだ。今の機を逸したら、永遠に人生は私を訪れぬだろう。」などの表現がある。

三、人生と〈生〉

『仮面の告白』の第三章以下は、神西清によって「前半と後半とが、まるで異質」、「後半、「私」が女の世界へ出ていってからは、もちろんその性生活が不能という呪いを受けることは当然だとしても、それでは説明しがたい作品としての無力と衰弱を示しているように思えた」[1]と評されている。確かに神西の言うように、鮮やかな手並みで幼年時代の経験を分析していく一章、同性の恋の相手との交流をみずみずしく描いた二章までとは一転、三章以下は内省的な語りが多くなって、前半にあった勢いがなくなってしまったようにも見える。

にもかかわらず杉本和弘は、第三章の重要性を指摘する。杉本によれば「「告白」は、（中略）「私」の性倒錯が中心的なテーマに据えられ、さまざまなエピソードは、基本的には、「私」がどのように性倒錯であるかということ、あるいは、性倒錯者であるがゆえの葛藤を語ろうとする大きなコンテクストの中で捉えられうる」が、「「私」の性倒錯を語るべく組織化された文章としてこの「告白」を見るとき、構成上著しいアンバランスがある」という。そのアンバランスとは、「全四章の中で第三章が全体の半分ほどの分量を占めていることである」。杉本はこれらに「園子との物語の重みを示す指標[2]」を見るのである。

杉本は、「園子との交際の物語の叙述において」は、「「私」の罪責感を示す表現の頻出」が「目につく[3]」と言う。そして「園子との交際における罪障意識の大きさが、「告白」の動機の重要な一つになっているだろう[4]」とする。では、そのように「私」に「罪責感」を抱かせる園子とは、「私」にとってどのような存在だったのであろう。このような「告白」の物語において、園子は何を表象しているのであろうか。第三章で語られている時期はおおむね、主人公である「私」の高校から大学時代、昭和十九年末から昭和二十年夏までで、戦争の時期に重なっている。そこには、「私」にとっての戦争が意味するものも大きく関わっているだろう。

第三章の長さにはおそらく必然性がある。さらに第三章の語りは勢いを失って、神西の言うように、「無力」と「衰弱」を示しているように見えないこともない。そして「告白」を、性倒錯者の「告白」というコンテクストで読めば、女である園子の存在が物語と「私」の「無力」と「衰弱」を惹き起こしたと考えることもできる。しかし神西も言うように、「それでは説明しがたい」のである。そのようなコンテクスト以外の原因があるのではないだろうか。このことは園子という存在が単に、同性愛的傾向を持つ「私」の、装われた異性の恋愛対象者であったということを意味しない。園子という存在にはさらに、別の意味が附されていたと考えるべきなのである。以下では、第三章における物語の「無力」化と「衰弱」ということを踏まえて、「私」にとっての園子の意味を明らかにし、物語の展開との関係を中心に考察する。

1、「人生」と〈生〉

第二章は、少年期の終わりにさしかかった「私」が、「人生」ということを意識せざるをえなくなったことが語られて終わっている。そこには「私は人生から出発の催促をうけている」とあった。第三章はこの「人生」という言葉から書き起こされている。

人生は舞台のようなものであるとは誰しもいう。しかし私のように、少年期のおわりごろから、人生というものは舞台だという意識にとらわれつづけた人間が数多くいるとは思われない。それはすでに一つの確たる意識であったが、いかにも素朴な・経験の浅さとそれがまざり合っていたので、私は心のどこかで私のようにして人は人生へ出発するものではないという疑惑を抱きながらも、心の七割方では、誰しもこのように人生をはじめるものだと思い込んでいることができた。私は楽天的に、とにかく演技をやり了せれば幕が閉まるものだと信じていた。

「告白」する「私」はこの後、「念のために申し添え」るとして、「ここで言おうとしていることは、例の「自意識」の問題ではな」く、「単なる性慾の問題であ」ると断りを入れている。このことは第二章の終わりで、「私」の性倒錯の傾向への不安とともに「人生」が意識され始めたこととも一致する。つまり「私」が「人生」ということを意識するときには、自身の性倒錯の問題も意識されるということなのである。したがって、「私」が「人生は舞台のようなものである」と言う時には、そこにおける「演技」は「私」の「性慾」についての「演技」となる。

「私」においては、「人生」を意識することが自身の性的な傾向を意識させることとなった。「人生」が何がしかの「演技」を迫るものであるなら、「私」にとってそれは性倒錯を隠す「演技」に他ならない。事実はどうあれ、それが「私」の認識であった。語られる「私」が「人生」を意識し始めた「少年期のおわりごろ」には、同性愛傾向にある性的嗜好を、自身の規定的な事実として認め始めたということを、語る「私」が暗示しているのである。したがって、語られる「私」の存在と行動はそのような自己規定に基づくものとして、以後語る「私」によって記述される。

ところで第三章で語られる時間の内では、「戦争」が始まり、やがて終る。「私」は、自分にとって「戦争」がどのような意味をもつものであったかということにたびたび言及する。

> 戦争がわれわれに妙に感傷的な成長の仕方を教えた。それは廿代で人生を断ち切って考えることだった。それから先は一切考えないことだった。人生というものがふしぎに身軽なものにわれわれには思われた。（傍点引用者）

> 空襲を人一倍おそれているくせに、同時に私は何か甘い期待で死を待ちかねてもいた。たびたび言うように、私には未来が重荷なのであった。人生ははじめから義務観念で私をしめつけた。義務の遂行が私にとって不可能であることがわかっていながら、人生は私を、義務不履行の故をもって責めさいなむのであった。こんな人生に死で肩すかしを喰わせてやったら、さぞやせいせいすることだろうと私には思われた。（傍点引用者）

「私」にとって、「戦争」も「人生」を意識させるものの一つであった。それは「私」の「人生」を断ち切るものとして、「戦争」のはらむ「死」の危険性を恐れるということではない。「人生」が「はじめから義務観念で私をしめつけ」ており、「私には未来が重荷」であったために、

「戦争」における「死」の可能性はむしろ歓迎するものであったというのである。

では、「人生」が「私」に強いる「義務観念」とはどのようなものであったろう。「人生」とは生きてこそ成立する。したがってそこに義務を見るのなら、まず、生きることを義務として感じることになる。だから「戦争」による「死」は、そこからの解放の一つを意味するのである。

「私」はまた、「人生」を「舞台のようなもの」ととらえている。「舞台」であるからには、そこでは「演技」することが義務として感じられる。そしてそこでの「演技」は「私」の場合、自身の性倒錯を隠す「演技」である。したがって、テクストにははっきり書かれていないけれども、「人生」は「私」に、異性愛者であることを義務として課すという意識も「私」にはあったと考えられる。

「私」にとって「人生」とは、なんらかの義務を課すものであった。「人生」とは、自分の嗜好や興味にしたがって自由に生きることではなくて、なんらかの義務をはたしつつ生きなければならないものであった。「私」にはただ生きるということが許されておらず、生きること自体をも含む、すべてが当為だったのである。

だが戦争は「私」に、ただ生きるだけという意味での、〈生〉そのものを意識させる契機ともなっている。戦争の最後の年に飛行機工場へ動員された「私」は、たびたび空襲に見舞われる。空襲警報のサイレンが鳴ると、工場の人々は防空壕へ向かって走るのだが、それは「ともかくも「死」ではないもの、よしそれが崩れやすい赤土の小穴であっても、ともかくも「死」ではないもののほうへと駈ける」ことであった。そして召集令状をうけとって入隊検査をうけたものの、誤診で即日帰郷を命ぜられた時には、「営門をあとにすると私は駆け出した」。「あの飛行機工場でのように、ともかくも「死」ではないもの、何にまれ「死」ではないもののほうへと、私の足が駈けた」というのである。

「私」は死にたいはずであった。「何か天然自然の自殺」を求めていたはずであった。それなのに、軍医にむきになって嘘をつき、即日帰郷を宣告されたときには、「隠すのに骨が折れるほど頰を押して来る微笑の圧力を感じた」。「私」は考えないわけにはいかなかった。

> 軍隊の意味する「死」からのがれるに足りるほどの私の生が、行手にそびえていないことがありありとわかるだけに、あれほど私を営門から駈け出させた力の源が、私にはわかりかねた。私はやはり生きたいのではなかろうか？　それもきわめて無意志的に、あの息せき切って防空壕へ駈けこむ瞬間のような生き方で。
>
> すると突然、私の別の声が、私が一度だって死にたいなどと思ったことはなかった筈だと言い出すのだった。（傍点引用者）

「私」は当為としての〈生〉、すなわち「人生」からは逃れたいと感じていた。だがそれは即「死」を求めることとは違っていた。「私」は「無意志的」にであるなら、「生きたい」と思っていたのだ。〈生〉が無為なものであるなら、「私」は生きたかったのである。「戦争」は「私」の前に、当為としての〈生〉である「人生」と、無為の〈生〉の対照を明らかにした。

2、園子との出会いとピアノの音

「告白」する「私」によれば、昭和十九年の九月、「私」は大学に入学し、「宿命的な」異性と出会う。特別幹部候補生として入隊することになっていた友人草野の妹で、当時十八歳の園子である。

……下手なピアノの音を私はきいた。

その出会いは、極めて印象的な一文によって語り始められる。

——きけばきくほど、十八歳の、夢みがちな、しかもまだ自分の美しさをそれと知らない、指さきにまだ稚(おさ)なさの残ったピアノの音である。私はそのおさらいがいつまでもつづけられることをねがった。願事は叶えられた。私の心の中にこのピアノの音はそれから五年後の今日までつづいたのである。何度私はそれを錯覚だと信じようとしたことか。何度私の理性がこの錯覚を嘲ったことか。何度私の弱さが私の自己欺瞞を笑ったことか。それにもかかわらず、ピアノの音は私を支配し、もし宿命という言葉から厭味な持味が省かれうるとすれば、この音は正しく私にとって宿命的なものとなった。（傍点引用者）

神西清のように、テクストの第二章までを高く評価し、第三章以下に物語の「無力と衰弱」を見ると、このような記述は見過ごされる可能性がある。だが杉本和弘のように、「園子との物語」を重視してみると、ここでその「ピアノの音」を「宿命」と書かざるをえなかった「私」の切実な思いを読み取ることができる。「告白」する「私」は、「私の心の中にこのピアノの音はそれから五年後の今日までつづいた」と言っている。

杉本は、「「告白」の半分にも及ぼうとする分量の園子との物語を叙述しているのは、それが、「私」に「告白」を促す大きな要素であるからであろう[5]」と言う。さらに杉本は、「園子との交際における罪障意識の大きさが、」「私」の「「告白」の動機の重要な一つになっているだろう[6]」としている。園子との関係が、「私」の「「告白」の動機の重要な一つ」になっているというのはおそらく正しい。だが杉本の言うように、「私」の園子に対する感情は、「告白」執筆時、「罪障意識」に決定されていたのであろうか。

「告白」する「私」は、「ピアノの音」を、「私を支配」する「宿命的なものとなった」と書いている。書くことによって、原体験の意味を決定していくという「告白」の機能は、ここでも無視できない。[7]「私」は自分にとっての「ピアノの音」の意味するものがわからずにいて、なぜそれを「宿命」とまで感じるのかをずっと考えていた。「私」にとってそれは謎であった。「ピアノの音」の意味するものを考え、その意味を決定するために、「私」は「告白」を書いたということはできないであろうか。

もっともその試みが成功したかどうかというのはまた別の問題である。「告白」をする人物が、自分自身の真実を見極めることができないということも大いにありうるからである。そこで以下では、「告白」をする「私」自身も気づいていなかったと思われる「私」と園子との関係性、および「私」にとっての園子の意味を考察する。

3、園子とその美しさの意味するもの

「告白」の中で「私」は、たびたび園子の美しさに言及する。

ピアノの音が、彼の妹に対して私をぎごちない人間にしてしまった。あの音に耳を傾けて以来、何かしら私は彼女の秘密を聞き知った者のように、彼女の顔を正面からみつめたり彼女に話しかけたりすることができかねた。たまたま彼女がお茶をはこんでくるとき、私は目のまえに軽やかに動く敏捷な脚だけを見た。モンペやズボンの流行で女の脚を見馴れないでい

るせいか、この脚の美しさが私を感動させた。（傍点引用者）

この後「告白」する「私」は、「――こんな風に書くと私が彼女の脚から肉感をうけとっていたと釈られても仕方がない」が、「そうではなかった」と弁明する。確かに、「肉感」をともなわない「脚の美しさ」というものはあるであろう。では、そのような「美しさ」の、何が「私」を「感動させた」のであろうか。特に、「脚」である。肉体の一部である「脚」の「美しさ」というものの中にある何に、「私」は「感動」したというのであろうか。

「私」は草野の家族と一緒に、すでに入隊している草野の面会に行くことになった。戦争の最後の年の、三月九日の朝のことである。駅で草野家の人々を待つ「私」は、小さい妹の手を引いて階段を下りてくる園子を見つける。その時にも「私」は園子の美しさに心を動かされる。

園子はまだ私に気づいていない様子であった。私のほうからはありありとみえた。生れてこのかた私は女性にこれほど心をうごかす美しさをおぼえたことがなかった。私の胸は高鳴り、私は潔らかな気持になった。

園子はもう二三段で下りきろうとするとき私に気づき、寒気にさえた新鮮な頬のほてりのなかで笑った。黒目勝ちの、幾分瞼の重い、やゝ睡たげな目が輝やいて何か言おうとしていた。そして小さい妹を十五六の妹の手にあずけると、光りの揺れるようなしなやかな身ぶりで私のほうへ歩廊を駈けて来た。

初々しい園子の美しさが感動的に描かれている。「告白」する「私」は、そのような感動が人生で初めてのものだったことを強調する。「私」による園子の姿の描写には特徴的なものがあり、「新鮮な頬のほてり」というように、「新鮮」という言葉を使っての表現が多い。またここでは「目が輝やいて」や、「光りの揺れるようなしなやかな身ぶり」などという、輝きと光をイメージした描写がされているが、このような表現もやはり園子を描く際にはたびたびあらわれる。(8)

「私」は、かつての自分が友人の姉に対する「人工的な片思い」を作り上げていたことと、園子に対する気持ちを比較する。

私は私のほうへ駈けてくるこの朝の訪れのようなものを見た。少年時代から無理矢理にえがいてきた肉の属性としての女ではなかった。もしそれならば私はまやかしの期待で迎えればよかった。しかし困ったことに私の直感が園子の中にだけは別のものを認めさせるのだった。それは私が園子に値いしないという深い虔(つつ)ましい感情であり、それでいて卑屈な劣等感ではないのだった。一瞬毎に私へ近づいてくる園子を見ていたとき、居たたまれない悲しみに私は襲われた。かつてない感情だった。私の存在の根柢が押しゆるがされるような悲しみである。今まで私は子供らしい好奇心と偽わりの肉感との人工的な合金（アマルガム）の感情を以てしか女を見たことがなかった。最初の一瞥（いちべつ）からこれほど深い・説明のつかない・しかも決して私の仮装の一部ではない悲しみに心を揺（ゆす）ぶられたことはなかった。悔恨だと私に意識された。しかし私に悔恨の資格を与えた罪があったであろうか？　明らかな矛盾ながら、罪に先立つ悔恨というものがあるのではなかろうか？　私の存在そのものの悔恨が？　彼女の姿がそれを私によびさましたのであろうか？　ややもすれば、それは罪の予感に他ならないのであろうか？

「私」は、「駈けてくるこの朝の訪れのような」園子を見て感動する。その感動は「まやかし」ではなく、園子は「私」の感情の源泉に触れた。園子を見て「私」は、自分の「存在」を意識したのである。(9) 園子に対する「私」の感情は、「罪に先立つ悔恨」、「私の存在そのものの悔恨」と意識され、「私」にとって、「私」の「存在」そのものに対する問いかけと問題提起のきっかけとなっていく。そして、「悔恨」や「罪」という言葉が表しているように、その「存在」は常に否定されるのである。

　園子の美しさをみとめるたびに「悔恨」の感情を抱くこととなって、「私」はその都度、〈自己〉の存在そのものを否定せざるをえない。たとえば「園子の目と唇がかがやいた」時、「その美しさが私自身の無力感に翻訳されてのしかかった」と感じたりする。だがまた「私」は、この「新鮮な少女」の中にだけは、「別のものを認め」ざるをえず、決して自分の「仮装の一部ではない」感情を呼び覚まされ、〈自己〉の存在のあり方に対して、何がしか考えないわけにはいかないのである。

ところでテクストには、園子の美しさの本質を一言で言い表しているかのような箇所がある。疎開先の某村で、二人で自転車に乗っている時の描写である。ここには再び園子の脚が登場する。

> 私たちは樅（もみ）や楓（かえで）や白樺（しらかば）の林の間を走った。樹々は明るい滴（したた）りを落していた。風に流れている彼女の髪は美しかった。健やかな腿がペダルを小気味よく廻していた。彼女は生それ自身のように見えた。

前に出てきた園子の脚は、「軽やかに動く敏捷な脚」であり、ここでの園子の脚は、「ペダルを小気味よく廻」す「健やかな腿」である。どちらも園子の肉体を動きとともに捉えており、それが園子の美しさの一つとされている。「風に流れている彼女の髪は美しかった」という表現も同様に、動きのある園子の肉体の一部が美しかったということである。もっとも「風に流れている彼女の髪は美しかった」としても、「私」がそこから肉感を感じることはなかったであろう。だがその美しさは「私」を感動させるには充分だった。なぜならば、「彼女は生それ自身のように見えた」からである。

「私」にとって園子は、つねに「新鮮な」存在である。園子は日々新たな存在となって生まれ変わり、「私」に意外な姿を見せる。某村を離れる「私」を見送る園子は次のように描かれる。

するると明るい声が思わぬ方角から私を呼んだ。それは正しく園子の声だった。今の今まで聞き馴れていた声が、遠い新鮮な呼び声になって私の耳をおどろかした。その声がたしかに園子のものだという意識が、朝の光線のように私の心に射し入った。私は声の方角へ目をむけた。彼女は駅員の出入口をくぐりぬけて、プラットフォームに接した焼木の柵につかまっていた。チェック縞のボレロの間から夥しいレエスが溢れて風にそよいでいた。彼女の目は活々と私へ向かって見ひらかれていた。

その声を聞き、姿を見て、「園子！　園子！」と、「いおうようない神秘の呼名のようにも」思われるその名を、「私は列車の一ト揺れ毎に」「心に浮べ」、「その名の一ト返し毎に打ちひしがれた」。「この一種透明な苦しみの性質は、私が自分自身に説明してきかそうにも、類例のない難解なものだった」というように、「私」には、自分にとって園子という存在が何であるのかということがわかりかねた。園子は「神秘」である。また「私」の園子に対する感情は、決して自分の

「仮装の一部ではない」真実のものなのであるが、それが何であるかは「私」にはわからなかった。[10]

「私」にとっての園子の意味は、園子との原体験をする「私」にはもちろん、「告白」する「私」にも、結局わからなかったようである。だが、「私」による園子の描写からは、「私」にとって園子が、〈生〉を表象する存在だったことが暗示されている。

『仮面の告白』においては、主人公の「私」にとって、〈自己〉の存在を揺すぶられるほどの大きな存在であった〈他者〉は二人である。この章の園子と、第二章に登場した近江だ。しかし、近江と園子との間には決定的な違いがある。それは両者の性別の違いではない。『仮面の告白』を同性愛者の「告白」というコンテクストで読んだ時には、両者の性別の違いは決定的なものとなってしまう。だが前にも述べたように、全体の半分近くの分量を占めている第三章の園子との物語に注目すると、また別のものが見えてくる。両者の違いとは、テクストの中で、その存在がイメージ化しているかしていないかということなのである。

第二章のところでも触れたが、当初近江は「私」の存在の根源に触れえた〈他者〉であった。だが「私」はやがて、近江の「完全無欠な幻影を仕立ててしまった」。近江はイメージ化されたのである。「告白」する「私」は、「記憶のなかにある彼の影像から何一つ欠点を見出だせない」、また「それを拾い上げることでその人物を生々とみせる幾つかの欠点」が何一つ、「記憶のなかの近江からは引き出せない」と言っていた。現実の近江は「私」によって、イメージ化され固定して、「告白」の中に不在化して現前した。近江は、「私」の心の中では最終的に生命を失って死んだのである。

園子が近江のようにイメージ化されなかったのは女だったからであろう。その意味では二人の性の違いというものは大きい。「私」は恋愛の対象であり、性欲を感じる対象である男を、最終的にすべてイメージ化してしまう。聖セバスチャンの像が象徴するように、「私」の性欲の対象は常にイメージである。テクスト中の「私」は、それらのイメージに対して一方的に情欲を感じるのみで、具体的な〈他者〉と具体的な相互交流である性交、もしくはそれに近い交流に発展する例はない。「私」の欲望の対象である男たちは、イメージ化されて不在と化し、「私」の意識の中で現実の存在としては死ぬ。そしてそれはまた、それらの男たちが、「私」のサディスティックな空想の中で殺されていくのと無関係なことではないと思われる。

園子がイメージ化されず、ずっと生きた存在でい続けたのは、「私」が園子に性欲を感じることができず、園子をイメージ化することがなかったからである。「私」はもっぱら園子の中に見る、〈生〉の美しさに憧れるばかりであったということだ。このことは、「私」の中にある性と〈生〉の問題が、「私」の記述にもある「細長い紙片を一トひねりして両端を貼り合せて出来る」メビウスの輪のような構造をもっていたということを示している。すなわち「表かとおもうと裏なのであった。裏かとおもうとまた表なのであった」。

「私」は園子には性欲を感じずにいられたから、園子をイメージ化することもなかった。そしてイメージ化されない園子は不在化することなく、「私」の心の中で生き続け、〈生〉の輝きを放ち続けた。「私」はそのような園子の中に見る〈生〉そのものに恋い焦がれることとなったのだ。〈生〉そのものへの思慕は恋愛とは違う。だから、その感情は理解しがたかったのである。園子はテクストの中で、記述する「私」によっても確たるものとして決定しえない存在であり続ける。園子は常に「新鮮」で動きをともない、刻々に変化し続けて存在する「生それ自身」なのである。

園子が「私」に一家で疎開することを告げた場面では、「私」は園子に触発されて、〈生〉自体について考えることとなる。

> **すべてこのままの状態**で、二人がお互いなしには過せない月日を送るだろうという錯覚が、いつのまにか私の居心地のよさから導き出されていた。（中略）たとえ別離が訪れなくても、男と女の関係というものはすべてこのままの状態にとどまることを許さないという覚醒で、もう一つの錯覚をも壊したのである。私は胸苦しく目醒めた。どうしてこのままではいけないのか？（中略）何だってすべてを壊し、すべてを移ろわせ、すべてを流転の中へ委ねねばならぬという変梃（へんてこ）な義務がわれわれ一同に課せられているのであろう。こんな不快きわまる義務が世にいわゆる「生」なのであろうか？　それは私にとってだけ義務なのではないか？　少くともその義務を重荷と感じるのは私だけに相違なかった。（傍点ママ）

「すべてを壊し、すべてを移ろわせ、すべてを流転の中へ委（ゆだ）ねねばならぬ」とはまさに〈生〉ではある。ただし、それが「義務」であったとすると、それはただの〈生〉というよりは、「私」の言う「人生」に近いものとなる。「人生」を生きるということは、「私」にとって、「ねばならぬ」を列挙することである。とりわけ「私」にとって「人生」とは、性的に正常でなければならないという義務を課すものだった。

　戦争を契機に、「私」は「人生」を厭うても、「生」きたいとは思っていることが明らかになった。「私」はただひたすら無為に生きることを切望していた。そして〈生〉とは、千変万化する流転そのものだ。だが「私」は〈生〉を、「すべてを壊し、すべてを移ろわせ、すべてを流転の中へ委（ゆだ）ねねばならぬ」ものだと言う。本来の〈生〉は、あるがままに流転するものであるのに、「私」はそこから身を離し、参入しかねているのだ。

　「ねばならぬ」とは、「人生」が「私」に突きつける言葉だったはずだ。「私」の言う「人生」が当為であったとしても、〈生〉そのものは本来無為である。だが「私」の場合、「人生」に〈生〉を占拠され、それが当然となっていたために、本来の〈生〉を生きることが怖くなってしまっていた。〈生〉はもともとどんな義務も課さない。それなのに、義務を課されることが常態となっていた「私」は、「人生」に安住して〈生〉を拒みたい。「すべてこのままの状態で」ありたかったのだ。だがそれは不可能である。

園子は「私」にとって「生それ自身」であった。〈生〉は「新鮮な」美しさで「私」を魅了する。「私」自身も〈生〉それ自体に魅力を感じている。何よりも、「私」は生きたいのである。だが生きるということは、すべてのものの変化を受け入れなければならないということだ。さらに、「私」が園子とともに生きるということは、そのように変化しつつ、「人生」の課す不可能な義務を果さなければならないということである。「人生」の課す義務を果すことができない「私」は、園子を意識することで強い罪責感を覚える。「私」は逡巡し、無力感に衰弱するしかなかったのである。

4、「私」の幸福と不在との関係

草野との面会に向かう日の朝、駅で園子らと落ち合い、遅れてくるという園子の祖母や母を一緒に待つ間に、「私」は「幸福」を感じたことが述べられている。それは、「私たちはわずかな幸福をも恩寵だと考える悪習に染まっていた」という皮肉な言い方で記述されてはいる。だがその「幸福」の内容は、「豊かにめぐまれた日光が私の上にあり、こんなに何事もねがわない刻々が私の心にあること」である。

「私」が園子と出会ってからの記述には、しばしば「幸福」という言葉が使われる。それはまずここに挙げたような、穏やかな一般的にも幸福な状況と思われるような「幸福」である。そのような「幸福」は、園子と一緒にいる時に感じられるものとされているか、もしくは、園子を含んだ状況自体を指している。たとえば園子たちの姉妹喧嘩を見たことは次のように記される。

このふざけ半分の騒々しい姉妹喧嘩が私の目にこの世の幸福のいちばん鮮やかな確かな映像として映った。それがまた私の苦痛をよびさました。

「私」は「幸福のいちばん鮮やかな確かな映像」に触れても、自分自身が幸福感に浸ることはできない。駅で園子を見た時と同様に、自分の存在のあり方を意識して、「苦痛」を感じざるをえないからである。他にも、「(園子に…引用者註)愛されているという幸福は私の良心を刺した」という表現がある。また、「私」にだけわかるように合図を送る園子を見て、「私」は「幸福に酔いかける」という記述がある。

私の心がふと幸福に酔いかけるのはこうした瞬間だった。すでに久しいあいだ、私は幸福という禁断の果実に近づかずにいた。だがそれが今私を物悲しい執拗さで誘惑していた。私は園子を深淵のように感じた。

そして「幸福」は「私」の中で「結婚」ということと結びつけられる。

『(中略) 結婚という些細な幸福も、戦争の激化のおかげで、在り得ないような錯覚がしていただけだ。その実結婚は、僕にとって何か極めて重大な幸福かもしれないいんだ。何かこう、身の毛のよだつほど重大な……』(傍点ママ)

「結婚」は「私」にとっては「人生」そのものであった。なぜなら、「結婚」はいろいろな意味で、「私」に様々な義務を課すからである。「幸福」は本来、「豊かにめぐまれた日光」のもとの、「何事もねがわない刻々」であったはずである。そしてそれは園子と一緒にいて感じられたものだ。それなのに、園子と一緒にい続けようとすると、やがて「結婚」という「人生」を選択しなければならなくなる。だから「結婚」は「私」にとって、「身の毛のよだつほど重大な」「幸福」になってしまうのである。

一方「告白」には、「幸福」という言葉こそ決して使われてはいないが、「私」が楽しげな気分になった時のことが書かれている。それは通常の恋人同士にはあまり見られないことである。園子との別離が「私」を「陽気」にするというのである。

「私」は園子が疎開すると聞いた翌日、「もう彼女を愛さなければならぬという当為を免れた安らかさ」を感じ、「楽天的な状態」になる。「私」は別離が「たのしみ」であった。そして園子が疎開してからは、手紙をやり取りするようになり、「手紙の中では私は心置きなく大胆に振舞った」という。

不在が私を勇気づけているのであった。距離が私に「正常さ」の資格を与えるのだった。いわば私は臨時雇の「正常さ」を身につけていた。時と所の隔たりは、人間の存在を抽象化してみせる。園子への心の一途な傾倒と、それとは何の関わりもない・常規を逸した肉の欲情とは、この抽象化のおかげで、等質なものとして私の中に合体し、矛盾なく私という存在を、刻々の時のうちに定着させているのかもしれなかった。私は自在だった。日々の生活はいわん方なくたのしかった。（傍点引用者）

園子が近くにいないからこそ、「私」は自分たちを普通の恋人たちのように感じることができた。「不在」が「私」という「存在を抽象化し」たのである。「存在」の「抽象化」とは存在のイメージ化と同様に、存在の「不在」を前提とする。[11]「矛盾」を孕んだ具体的な生きた存在として園子に相対する必要がなくなって、「私」は開放感を味わっている。「私」は「時と所の隔たり」を得て、自分と称して「自在」な像を描くことができる。「不在」の園子に対しては、どのような「私」も在りうる。現実の「私」はこのように「不在」化し、「抽象化」して手紙の中に現前したのである。

「私」は欲望を感じる対象を「不在」化し、イメージ化するということをたびたび行ってきた。それがここでは自らが「不在」化し、「抽象化」している。そして自らが「抽象化」するということは、「私」にたのしい日々をあたえてくれるというのである。だが語る「私」は、そのような状態を決して「幸福」だとは言っていない。そのことにはまた大きな意味がありそうである。

5、革命がもたらす昂奮

草野との面会を翌日に控えて、「私」は考え事にふけったというが、それは次のようなものであった。

一人になるといつも私をおびやかす暗い苛立たしさに搗(か)てて加えて、今朝ほど園子を見たときに私の存在の根柢をおしゆるがした悲しみが、また鮮明に私の心に立ち返っていた。それが今日私の言った一言一句、私のした一挙手一投足の偽りをあばき立てた。それというのも、偽りだとする断定が、もしかしてその全部が偽りかもしれないと思い迷う辛い憶測よりもまだしも辛くはなかったので、それを殊更にあばき立てるやり方が、いつかしら私にとって心安いものになっていたからだ。こうした場合も、人間の根本的な条件と謂ったもの、人間の心の確実な組織と謂ったものへの私の執拗な不安は、私の内省を実りのない堂々めぐりへしか導かなかった。

ここで「私」は、「人間の根本的な条件と謂ったもの、人間の心の確実な組織と謂ったもの」の具体的な内容については言及していない。だが、そのようなものにしたがったとするならば、人間はその人本来の生き方をするであろう。

さて、翌日の草野との面会であるが、それは「私」をおびやかす現実そのものだったという。現実は草野の、「赤ぎれとひびと霜焼けが、塵芥と油に固められて、海老（えび）の甲羅のようないたましい手（傍点ママ）」として「私」に迫ってきた。

その手が私をおびやかした仕方は、ちょうど現実が私をおびやかす仕方そのままだった。私はそういう手に本能的な恐怖を感じた。その実私が恐怖を感じているのは、この仮借ない手が私の中に告発し、私の中に訴追する何ものかだった。この手の前にだけは何事も偽れないという怖れであった。こう考えるやいなや、園子というもう一つの存在が、この手に抵抗する私の柔弱な良心の、唯一の鎧（よろい）、唯一の鎖帷子（くさりかたびら）と謂った意味をもち出した。私は是が非でも彼女を愛さなければならぬと感じた。それが私の、例の奥底の疾ましさよりも更に奥底によこたわる当為となった。（傍点ママ）

「私」は自分の中にある、「人間の根本的な条件と謂ったもの、人間の心の確実な組織と謂ったもの」に「不安」を抱いている。「私」という存在を決定するそれらの条件を偽らなければ、「私」は「人生」を生きてはいけないと感じているからである。「私」は「現実」を恐れる。「現実」は「私」の中に、何ものかを「告発し」、「訴追する」からである。「私はただ生れ変りたかった[12](傍点ママ)」という。「私」は、それはもう単純に、女を愛することができれば、同性愛的嗜好をもつ自分を偽って生きる必要がなくなると考えたのであろうが、園子を「愛さなければならぬ」というのは「当為」である。当為とは「人生」が「私」に強いるものであり、戦時にあらわになった「私」の無意識の中の望み、ただ無為に生きるということとは対極にあるもののはずである。

　面会は三月十日であった。「私」たちの一行は東京に戻り、省線電車に乗り換えるところで、前夜の「空襲の被害の明証」にぶつかった。「私」はそこでおびただしい戦災者を見た。想像を絶する不幸を経験し、難を逃れた人々は放心状態で、「その間をとおる私たち一行は非難の眼差でさえ報いられ」ず、「黙殺された」というのである。だが「私」は自分の中で燃え出すものを感じた。

　それにもかかわらず、私の中で何ものかが燃え出すのだった。ここに居並んでいる「不幸」の行列が私を勇気づけ私に力を与えた。私は革命がもたらす昂奮を理解した。彼らは自分たちの存在を規定していたもろもろのものが火に包まれるのを見たのだった。人間関係が、愛憎が、理性が、財産が、目のあたり火に包まれたのを見たのである。そのとき彼らは火と戦ったのではなかった。彼らは人間関係と戦い、愛憎と戦い、理性と戦い、財産と戦ったのである。そのとき彼らは難破船の乗組員同様に、一人が生きるためには一人を殺してよい条件が与えられていたのである。恋人を救おうとして死んだ男は、火に殺されたのではなく、恋人に殺されたのであり、子供を救おうとして死んだ母親は、他ならぬ子供に殺されたのである。そこで戦い合ったのはおそらく人間のかつてないほど普遍的な、また根本的な諸条件であった。

私は目ざましい劇が人間の面にのこす疲労のあとを彼らに見た。私に何らかの熱い確信がほとばしった。ほんの幾瞬間かではあるが、人間の根本的な条件に関する私の不安が、ものの見事に拭い去られたのを私は感じた。叫びだしたい思いが胸に充ちた。（傍点引用者）

「私」は「革命」という徹底的な非日常性のもたらす「昂奮」を、「自分たちの存在を規定していた」もろもろのものが火に包まれる」と表現する。そのような「存在を規定していた」ものとは、「人間関係」、「愛憎」、「理性」、「財産」などの社会的な条件である。戦災者たちは生き残ろうとするなら、自らの「根本的な諸条件」だけをもって、すべての「規定」を火の中に残して逃げなければならなかった。生きるか死ぬかという場面では、「規定」など何ほどのものでもなくなるのである。そう「確信」して「私」は、「ほんの幾瞬間かではあるが」、自分の「人間の根本的な条件に関する」「不安が、ものの見事に拭い去られたのを」「感じた」。

「革命」は人間の剝き出しの〈生〉をあらわにする。そこでは人間はひたすら生き残る努力をするだけである。それぞれの人間は、生き残るために、自らを「規定」するものをかなぐり捨てなければならない。そのとき人間は、それぞれの「根本的な条件」だけを残す存在になる。「私」は、昂奮のうちに見た〈生〉の力に魅了される。その〈生〉とは、あるがままにただ生きようと、生きながらえようとする生命そのものである。

しかし「私」は、自分でも「滑稽なことに」と言うように、そのときの「一種の夢想の熱さ」から、園子の胴にはじめて腕を廻すということをする。園子を「愛さなければならぬ」という当為がそこに反映してしまうのである。

あるがままの〈生〉に対して、「私」の言う「人生」や「日常生活」は、「自分たちの存在を規定」し、義務を課すものである。「私」には「人生」の課す義務を果すことができるとは到底思えない。とりわけ、園子の存在によって突きつけられる義務の一つは、性的指向において多数派となるということである。「私」はそのようなことが不可能だと知っていたので、園子と交際する「幸福」には常に、罪責感が伴っていたのである。「私」は戦争が終わるのが怖かった。「人間の「日常生活」」が再開することは、「私」にとって「怖ろしい日々」だったのである。

《註》

（1）神西清著、「ナルシシスムの運命」、『文芸読本三島由紀夫』、河出書房新社、一九七五年八月、一九頁。（旧仮名遣いは現代仮名遣いにあらためた。）

（2）杉本和弘著、「「仮面の告白」論——園子との物語をめぐって——」、『三島由紀夫論集２三島由紀夫の表現』、松本徹、佐藤秀明、井上隆史編、勉誠出版、二〇〇一年三月、二〇六頁。同論稿の中で杉本は、三浦雅士も第三章の重要性に言及していると述べている。（三浦雅士著、『メランコリーの水脈』、福武書店、一九八四年四月。）

（3）杉本和弘著、前掲書、二〇七頁。

（4）前掲書、二〇八頁。

（5）前掲書、二〇八頁。

（6）前掲書、二〇八頁。

（7）このことについては、杉本自身も次のように述べている。

過去は現在の「私」が想起する出来事や物語としてしか存在しないのであり、ここでの「告白」は、現在の「私」にとっての一つの過去物語であるということだ。我々に呈示されているのは、現在の「私」が回想し、構成し、意味づけている、「私」の過去の物語なのである。（前掲書、二〇四頁。）

また物語るという行為が、それを語る人にとってどのような機能をもっているかということについては、アーレントが次のように言っている。

> リアリティは、事実や出来事の総体ではなく、それ以上のものである。リアリティはいかにしても確定できるものではない。「存在するものを語る」（略）人が語るのはつねに物語である。そしてこの物語のうちで個々の事実はその偶然性を失い、人間にとって理解可能な何らかの意味を獲得する。イサク・ディーネセンの言葉を借りれば、「あらゆる悲しみも、それを物語にするか、それについての物語を語ることで、耐えられるものとなる。」これは申し分のない真理である。（中略）彼女は、悲しみだけでなく喜びや至福もまた、それらについて語ることができ、物語として語ることができて初めて、人間にとって耐えられるもの、意味あるものになると、つけ加えることもできたであろう。事実の真理を語る者が同時に物語作家でもあるかぎり、事実の真理を語る者は「現実との和解」を生じさせる。（ハンナ・アーレント著、引田隆也・齋藤純一訳、『過去と未来の間』、みすず書房、一九九四年九月、三五七頁。）

（8）「新鮮」や、「光り」、「輝き」といった言葉を使った表現は、第二章の近江と過ごした「雪晴れのある朝」にも出て来る。このことから、近江も、当初は「私」にとって、生命感溢れる幸福を連想させる存在だったことが想像される。

（9）テクストの中には、たとえば第三章のはじめのほうに「私は私でありたくないという烈しい不可能な欲望」という記述がある。また第三章の末尾近くには、「私はただ生れ変りたかったのだ（傍点ママ）」などとあり、高原英理はこれを、「自己が十全な「主体」でないという欠如感の表明である」と言う。高原は、「（「私」は…引用者註）常に自己の在り方そのものを否定し、疑いと不安を持たざるをえない」とし、「『仮面の告白』全編に「告白」されているのは「同性愛者である私」ではなく、「私でありたくない私」である」と述べる。（高原英理著、「不完全な青年と押し隠された少年」、『群像』、講談社、二〇〇一年一二月、二四六～二四九頁。）
　高原の言うように、「私」が自己の存在を否定的に捉えていると思われる記述は随所にあり、そのような「自己の在り方そのものを否定」する意識が、園子に対する感情を「悲しみ」や「悔恨」という言葉と感情に変換していると考えられる。

（10）「私」が園子について述べる際には、「いおうようない神秘」の他にも「深淵のように感じた」、「間柄の神秘的な豊かさ」などという表現がされ、「私」にとって園子は謎めいた存在であったことがうかがえる。

（11）対象物のイメージ化の条件については、以下のサルトルによる説明が参考になるであろう。

ピエールが像（イマージュ）として私にあらわれるかぎりは、ロンドンに現に存在しているそのピエールは、私に不在のものとしてあらわれる。この原理的不在性、この像（イマージュ）的対象物の本質的空無性は、それを知覚の対象物から区別づけるのに充分である。（傍点ママ）（サルトル著、平井啓之訳、サルトル全集第十二巻『想像力の問題』、人文書院、一九五五年一月、三四四頁。）

想像上の対象物は、非存在として、或は不在として、或はどこか他所にあるものとして、措定されるか、それとも存在するものとして措定されないかのいずれかである。（前掲書、三四九頁。）

(12) 第三章の末尾、園子への拒絶の手紙を出したことが語られた後に書かれた言葉である。

四、「「不在」に入れかわる」ということ

第四章に語られているのは戦後のことである。「私」の婉曲な断りを受けて、園子はすでに別の男と結婚した。「私」は「思い出」や「過去から、自由になったような錯覚にしばらく陥っ」ていたが、ある時都電の中で園子を見たように思って、園子に対する感情を再び思い出す。そして、その後偶然園子と再会する。「私」は一緒に歩きながら、「幸福を感じた」という。「私」にとって「幸福」は、必ず園子とともにあるのだ。「私」は懇願して園子とつかの間の逢瀬を重ねるようになる。

あいかわらず園子は常に生きている。園子は、「別のあたくしが別の生き方をしようとしているのを想像してみる」と言い、「人間の心って、どんな風に動いてゆくか誰も言えない」と言って、生きているものの不確かさを強調する。一方「私」は、いまだに疑惑の中にある。「私」は、「園子に逢いたいという心持は神かけて本当である」が、「それに些かの肉の欲望もないことも明らかである」、「逢いたいという欲求はどういう類いの欲求なのであろう」かと思い迷うのである。

「私」は自分にとって、園子という存在がどういう意味をもつものなのかと考える。

皮相な言い方をするならば、霊はなお園子の所有に属していた。私は霊肉相剋という中世風な図式を簡単に信じるわけにはゆかないが、説明の便宜のためにこう言うのである。私にあってはこの二つのものの分裂は単純で直截（ちょくせつ）だった。園子は私の正常さへの愛、霊的なものへの愛、永遠なものへの愛の化身のように思われた。

しかし「私」はこのような定義が絶対であるとは思っていない。「感情は固定した秩序を好ま」ず、「灝気（エーテル）の中の微粒子のように、自在にとびめぐり、浮動し、おののいていることのほうを好む」と知っているからである。「私」に園子は定義できない。「私」の園子に対する感情は定まらない。それはおそらく、園子自身が変化しつつある、生きた存在だからでもあるだろう。だが、園子との原体験をする「私」はもちろん、「告白」する「私」もそのことには気づかない。

「私」にとって、園子と一緒にいることが「幸福」なことであったのは間違いない。「私」は園子に「逢うたびごとに静かな幸福を享（う）けた」という。このことは、生きるということが、本来は「幸福」なことであるということを示している。「私」の言う「人生」は決して「幸福」を約束してはくれないが、園子のように、生き生きと生きることは常に「幸福」をともなっているのだ。

だが、二人の「逢瀬は、重ねてみるとぴったり合うカルタの札のように、どれもおなじ大きさとおなじ厚さとの、判で押したようなもの」であり、そこには何の変化も進展もなかった。二人は「目ざめ」、このままではいられないと考えるが、変化を怖れる園子と変化を望まない「私」とではその意味するものが違う。

園子を伴って入った、園子にはふさわしくない真夏の踊り場で、「私」は決定的な瞬間に立ち会う。「私」の目はそこで、一人の若者の姿に釘付けとなる。

これを見たとき、わけてもその引締った腕にある牡丹の刺青を見たときに、私は情欲に襲われた。熱烈な注視が、この粗野で野蛮な、しかし比いまれな美しい肉体に定着した。

（中略）

私は園子の存在を忘れていた。私は一つのことしか考えていなかった。彼が真夏の街へあの半裸のまま出て行って与太仲間と戦うことを。鋭利な匕首があの腹巻をとおして彼の胴体に突き刺さることを。あの汚れた腹巻が血潮で美しく彩られることを。彼の血まみれの屍が戸板にのせられて又ここへ運び込まれて来ることを。……

「あと五分だわ」

園子の高い哀切な声が私の耳を貫ぬいた。私は園子のほうへふしぎそうに振向いた。

この瞬間、私のなかで何かが残酷な力で二つに引裂かれた。雷が落ちて生木が引裂かれるように。私が今まで精魂こめて積み重ねて来た建造物がいたましく崩れ落ちる音を私は聴いた。私という存在が何か一種のおそろしい「不在」に入れかわる刹那を見たような気がし

た。（傍点引用者）

園子と一緒にいる時に、「私」は自分の情欲をそそられる対象に出会ってしまった。「私」は「園子の存在」を忘れて、嗜虐的な空想にふける。園子の声によって「私」は我に帰るが、その瞬間に、少なくとも表向きには、それが要求する義務に応えてきた「私」の「人生」が崩れ去るように感じた。

「私」は「この瞬間」に、粗野で野蛮な美しい肉体を持つ若者に情欲を感じる者として自らを認めた。「私」は「私」自身の「存在」を、そのようなものとして決定したのである。「告白」の中における「私」という「存在」は以後、そのような規定に沿った「存在」としてあり続ける。と言うよりも、「告白」はこの結末から書き起こされており、はじめから「私」をそのような「存在」として規定していたのである。

「私」は記述する「私」によって、嗜虐的な趣味をもつ同性愛者として一般化された。するとその時、肉体をもって生きている現実の「私」は「不在」化した。なぜならば、そのように抽象化された「存在」はもはや、それ以外のものには変化しないが、現実の「私」は移ろうものであり、かならずしもずっとそのとおりであるとは限らないからである。

そのような抽象化は、言語によってなされる。すなわち「告白」という原体験の言語化は、書かれる現実の「私」を「不在」化し、抽象化してそこに現前させ、それ自体をフィクションにするのである。記述する「私」自身がそれと意識していたかどうかはわからないが、「私という存在が」「不在」に入れかわる」とはそのようなことを言っているのである。

「私」にとって園子の意味は最後まで謎であり神秘であった。これまでに見てきたように、「告白」を性的少数者の葛藤というコンテクストで読むと、その存在の意味はわからない。だが園子が「私」にとって、〈生〉を表象する存在であったと考えると、そこには「告白」における別の問題が浮上する。すなわち、「私」の意識の中にあった「人生」と〈生〉の対比である。

「人生」は「私」に義務を課す禍々しいものであった。だから「私」はその重圧に耐えかねて、あるがまま、無為に生きるという意味の〈生〉に憧れたのである。

「私」は「人生」の課す義務の一つに、性的多数派であることがあると考えた。すると「私」にとって「人生」は、ことさら呪わしいものとなった。「人生」の課す義務を果すことができないと考える「私」の罪責感には痛ましいものがある。「私」の葛藤の根本には、この「人生」と〈生〉の対比がある。性的少数派の葛藤とは、あくまでも、二義的なものなのである。「分裂した自己像を統一する」ために「告白」する必要に迫られた「私」は、「告白」をしても結局、自身の抱えていた根本的な問題には到達しえなかったと言える。

ところで語る「私」は、嗜虐的な空想にふけることを、決して「幸福」とは言わない。それは快楽ではあっても、「幸福」ではないのだ。このことはまた、「幸福」があるがままの〈生〉とともにあるものであるのに対し、快楽が「私」の言う義務感でしめつける「人生」と関係のある概念であることを暗示しているだろう。

おわりに

『仮面の告白』の冒頭に掲げられているのは、ドストエフスキーの『カラマーゾフの兄弟』、第一部、第三篇の三におけるドミートリイの告白の一部である。ドミートリイは、カラマーゾフの一族にふさわしく、情欲に翻弄される男として描かれているが、そんな我と我が身を嘆いて、時おり詩の引用を交えながら、弟のアリョーシャに延々と語り続ける。エピグラフには、ドミートリイのセリフの、「美―美という奴は恐ろしい怕(おっ)かないもんだよ!」という一文から始まる箇所が採録されている。そしてエピグラフに掲げられることによって、この箇所は極めて強い印象を与えることとなる。

エピグラフの中で、ドミートリイは「美という奴は恐ろしい」と言っている。なぜ「美」は「恐ろしい」のだろうか。ドミートリイは、「(美は)杓子(しゃくし)定規に決めることが出来ないから」「恐ろしい」と言っている。「美の中では両方の岸が一つに出合って、すべての矛盾が一緒に住んでいる」というのである。このセリフは、美学的に言っても至極妥当である。ドミートリイがここで言っているのは、〈美〉の両義性である。

十八世紀半ばにバウムガルテンによって提唱された美学は、もともとは感性的認識をテーマとする哲学の一部であった。感性的認識なので、認識するのは人間の理性でも悟性でもなく、感性である。また、美学は肉体の言説として登場したという側面をもち、感性的認識の中には、肉体のある器官を通じてえられる感覚が含まれる。すなわち視覚・聴覚・触覚・嗅覚・味覚の五感である。これらの五感でもって〈快〉と感じるものを、ひとまず〈美〉と呼んでおこう。ところが、西洋の美学の歴史においては、これら人間のもつ五つの感覚を、二つに分けて考える伝統があったという。視覚と聴覚を高級感覚とし、触覚・嗅覚・味覚の三覚を低級感覚として、これらが〈美〉と関係付けて語られる際には、前者のみが対象となってきたというのである。

谷川渥は、漢字の〈美〉の語源的意味に関する議論をあげて次のように説明する。

> 美とは羊が大きい、と書く。まるまる太った大きな羊はおいしい、だから美という語は味覚に関係している。「美味」という言い方がその証左である。このような説に対して、〈美〉からいかなる「低級感覚」的なニュアンスをも排除しようとする向きは、たとえば『論語』(八佾)に見える「告朔(こくさく)の餼羊(きよう)」という言葉をもち出してきて、羊が告朔の礼において宗廟に供えられる犠牲獣であったことを強調する。つまり〈美〉は、「羊」を部首とするところの〈義〉や〈善〉と同様、もともと倫理的ないし宗教的価値をになった語であったというのである。一方は〈美〉を感覚に、それも「低級感覚」たる味覚に関係づけ、他方はプラトン的に〈美〉を感覚性のレヴェルを越えた超越的なものに関係づけようとする。(1)

谷川によれば、「〈美〉がその語源的意味として」「こうした両義性をはらむことは」「否みえない事実である」という。そして、「一方で味覚という「低級感覚」へ、他方で非感覚的なものへ向かおうとする、二様の意味志向は、」「訳語としての「美学」のうちにももちきたらされている」という。問題の所在は、「漢字の〈美〉のうちに認められる両義性が、西洋における「美学」そのものの成立と展開のうちにもはじめから内在しているかのごとき事態に(2)」あるというのである。

さて、エピグラフにおけるドミートリイの言葉である。ドミートリイの言う「謎」は、「美」の「神秘」である。つまり、「両方の岸が一つに出合って、すべての矛盾が一緒に住んでいる」ような、〈美〉の両義性の「謎」であり、「神秘」なのである。ここでは〈美〉のもつ二つの志向性のうち、高級なものが「聖母(マドンナ)の理想」と呼ばれ、低級なものが「悪行の理想」と呼ばれている。先にあげた谷川の言葉を借りれば、前者は、「倫理的ないし宗教的価値」を体現し、「プラトン的に〈美〉を感覚性のレヴェルを越えた超越的なものに関係づけようとする」態度で、後者は「〈美〉を感覚に、それも「低級感覚」に関係づける態度である。さらに、後者について補足するのなら、その「感覚」とは、情欲にともなうものであると言ってよいだろう。情欲と官能性を満足させるためならば、ドミートリイは悪を実践することをもいとわない。それなのに、本人も告白しているように、「聖母の理想をも否定しないで、まるで純潔な青年時代のように、真底から美しい理想の憧憬を心に燃やしている」。まさに、「両方の岸が一つに出合って、すべての矛盾が一緒に住んでいる」のである。

あるものが「理性の目で汚辱と見える」というのは、そのものを感覚的なレベルを越えた超越性をもって見ているからであり、同時に同じものが「感情の目には立派な美と見える」というのは、そのものを感性的、感覚的に見た場合、快いというのである。〈美〉が、倫理的、もしくは宗教的でもある超越性をもつものと考えられるか、感性や感覚における〈快〉と考えられるかによって、一人の人間の中でも、ものの見方はまったく反対になってしまうのである。ドミートリイは、「一体悪行（ソドム）の中に美があるのかしらん？……」と言う。が、「悪行（ソドム）」の中に〈美〉はあるのである。なぜならば、感覚的な〈快〉という意味での〈美〉が、「悪行（ソドム）」の中にないはずはないからである。

三島由紀夫には、「美について」（『近代文学』昭和二十四年十月）というエッセイがある。このエッセイは最後に、「一九四九、六、二五」と、記述をしたと思われる日付が付されているが、その時期は『仮面の告白』が刊行されたころと近い。そして三島はそこで、ドストエフスキーの〈美〉の観念について触れているのである。三島はふたたび『仮面の告白』のエピグラフとされた箇所の一部を引用している。

彼（ドストエフスキー…引用者註）も美を、人間存在の相対性に対する解決の場としてではなく、又絶対者としてではなく、人間存在の悲劇的な相対性のありのままな矛盾相克の場として見た。（中略）「美――美という奴は恐ろしい怕かないもんだよ！ つまり杓子定規に定めることができないから、それで恐ろしいのだ。（中略）美の中では両方の岸が一つに出会って、すべての矛盾が一緒に住んでいるのだ」――ドストエフスキーにあっては、美は人間存在の避くべからざる存在形式であり、存在形式それ自体が謎なのであり、これが彼の神学の酵母となっている。(3)

三島によれば、ドストエフスキーは〈美〉を、「人間存在の悲劇的な相対性のありのままな矛盾相克の場として見た」という。「美は人間存在の避くべからざる存在形式」であるから、生きている限り、人間は「矛盾」から逃れられないばかりでなく、相容れない二つのものが、〈自己〉の中で絶え間ない戦いを繰り広げるのに耐え続けなければならないのである。このような相容れない二つのものの戦いについて、実はドミートリイは告白の中で語っている。しかしそのようなドミートリイの言葉はなぜか、エピグラフとして三島に採録されることはなく、排除されているのである。『仮面の告白』のエピグラフの終わり、「しかし、人間て奴は自分の痛いことばかり話したがるものだよ。」の前に、「……」「……」と表記された部分がある。原典にはそこに、ドミートリイの言葉がまだあったのである。その言葉とは次のようなものである。

ところで、お前は信じないだろうが、大多数の人間にとっては、全くソドムの中に美が潜んでいるのだ、——お前はこの秘密を知ってたかい？　美は恐ろしいばかりでなく神秘なのだ。これが俺にはおっかない。云わば悪魔と神の戦いだ、そしてその戦場が人間の心なのだ。[4]（傍点引用者）

「人間の心」の中にある「悪魔」と「神」という矛盾したものは、矛盾したまま双方の力が釣り合って、そのまま固定してあるのではない。戦いの形勢は常に変化している。一方が一気に相手に攻め込んでいったかと思うと、打ち負かされそうになったほうは、渾身の力でそれを押し戻す。また逆に、不利な状況にあったほうが急速に力を得て、さっきまで優勢だったほうを押しつぶしそうになる。しかもこの勝負は、決してどちらかの勝利に終ることはなく、矛盾する両者は「人間存在」が存在し続ける限り、永遠に存在し続け、戦い続けるのである。

「美について」で三島は、最終的に「日本の美の観念」について言及している。

神の不在。宗教道徳との対立のないこと。それにもましてギリシャを持たないこと。人間中心の伝統を持たないこと。

平安朝時代以来、美の観念は主として自然から抽出された。生活と美（芸術）と相克はない。美がはじめて生活の上位に立ったのは秩序崩壊期の新古今集時代である。宗教的末世思想と美の優位との並行関係。トオマス・マンの暗示が思い出されるように、そこには明らかに美と死との相関がある。この相関は謡曲において完全な一致に到達する。日本に於て美は、人間主義の復活を意味せず、「生の否定」という宗教性を帯びるにいたる。[5]

三島は、新古今集時代の「宗教的末世思想と美の優位との並行関係」から、「美と死との相関」を見出したと言う。「日本に於て美は、人間主義の復活を意味せず、「生の否定」という宗教性を帯びるにいたる」というのである。さらに三島は、「仏教的厭世観と美との結婚（中略）は、実は、宿命観と現世主義との微妙な結合ではないのか？」[6]、「現世主義の宗教化という矛盾せる設定が美ではないのか？」と述べる。「美と死との相関」、「生の否定」、「宿命観と現世主義の微妙な結合」などの表現から想起されることは、人間存在のあり様の、固定であり、停止である。「死」は、有機的な存在の活動が停止した状態をいう。また「宿命」は、自助努力ではいかんともしがたい、定められた運命である。

三島の言う日本の〈美〉は、現世的でありながら宿命によって固定されており、〈生〉が本来もっているダイナミズムを有しない。それは「死」との相関性をもち、「生の否定」とも言うべき静的なものである。三島の言うこの〈美〉の特徴は、いみじくも、エピグラフに取り上げられなかった、「戦い」と「戦場」のダイナミズムの排除に一致しないだろうか。

三島由紀夫はドストエフスキーの抱いていた〈美〉の観念に、部分的に賛同していた。それは

〈美〉の中には、矛盾したものが同時に存在しうるということだ。背理は〈美〉の上には成立するということだ。このことは美学的に言っても無理のないことで、観念の〈美〉のうちには、両義性が存在する。

だが、三島とドストエフスキーの見解には決定的な違いがある。それは〈美〉を人間の〈生〉に引き寄せて考えたときのことだ。ドストエフスキーが、人間の心の中で、〈美〉の二様のあり方、すなわち高級と低級、善と悪、神と悪魔が絶え間なく戦い続けるとしたのに対し、三島は〈美〉を「現世主義の宗教化という矛盾せる設定」と言い切ってしまって、〈美〉における、相異なる二様のあり方の相克という事態を想定していない。そこには動きも変化もないのである。

三島はドストエフスキーの〈美〉を、「人間存在の悲劇的な相対性のありのままな矛盾相克の場」であるとし、「人間存在の避くべからざる存在形式」であるとした。それに対して三島自身の〈美〉においては、「自然」の一部であるはずの「人間」の「存在」が、ドストエフスキーほど深く吟味されることはない。けれども「現世主義」と言うからには、やはり三島の〈美〉は「人間」の〈生〉とともにあり、にもかかわらず「「生の否定」という宗教性を帯び」、そのダイナミズムを失うにいたるのだ。

バフチンによると、ドストエフスキーの世界には、「自らの最後の言葉をもはや言いきってしまった確固とした、生気のない、完結した、返答のないものは何一つ」[7]存在しないという。バフチンは、ドストエフスキーの芸術世界における対話に注目し、ドストエフスキーにとっての「人間存在」について以下のように述べる。

ドストエフスキーの芸術世界の中心に対話が、しかも手段としてのではなく、自己目的としての対話が位置しなければならないのは、自明の理である。そこでは対話は、事件の入口ではなく、事件そのものなのだ。対話は、いわば人間の既成の性格というものを暴き出し、現前させるための手段ではない。そうではなくて、人間はそこで自分自身を外部に向かって呈示するばかりか、そこで初めて、繰り返し言っておけば、他者に対してだけではなく自分自身に対しても、彼がそうであるところの存在となるのである。存在するということ――それは対話的に接触交流するということなのだ。対話が終わるとき、すべてが終わるのである。だからこそ、対話は本質的に終わりようがないし、終わってはならないのである。[8]

バフチンによれば、対話の相手は〈他者〉でなければいけないということでもない。「ドストエフスキーの主人公の自意識は不断に対話化されて[9]」おり、ラスコーリニコフのモノローグが内的に対話化されているように、その相手は自分自身であるということもあるのである。そうであるならば、ドミートリイの告白も不断の対話である。ドミートリイの心の中の戦場で戦っている悪魔と神の戦いは、悪魔的なドミートリイと神聖なドミートリイとの対話であってドミートリイを成し、また、告白自体もアリョーシャを相手とした対話であって、その対話のうちにドミートリイは存在するのである。

冒頭のエピグラフには、原典からは取り上げられなかった部分がある。それは三島が、おそらくは意図的に削除したドミートリイの言葉である。そのことは前に見たように、美的なものの持つ、動的でカオティックな性質を考慮しないという姿勢に一致すると同時に、存在の実相であるカオスの、変化と揺らぎを排除するという態度でもある。三島は、「作品」を「決定的な実在」として、美的なものを〈美〉として固定して、芸術という足場を確保するのである。

『仮面の告白』の「告白」の場合、それはまず「私」という〈自己〉の周囲の現実をイメージ化して、もともとの現実を「不在」化し、言語として現前させ定着させることから始まっている。そして近江の場合に見るように、「私」にとって劇的構造上存在している〈他者〉であり、当初「私」との間に「自己目的としての対話」が存在していた〈他者〉であっても、「私」はやがてそれを抽象化して、現実の存在としては「不在」とし、言語によって現前させ描出し、「告白」を完成させていくのだ。近江は「私」の恋愛対象であったが、「私」は基本的に〈他者〉と「対話的に接触交流」できない。そこで彼は抽象化されることとなったのだ。

だが、ドストエフスキー作品における登場人物のように、抽象化されることなく常に生きた存在としてあり続ける例外的な〈他者〉があった。それが園子である。

「私」は園子の存在を抽象化することができなかった。その理由は本論で詳しく述べたように、園子が、主人公である「私」にとって、恋愛対象とはならない女であったのと同時に、〈生〉

を表象する存在であったからだ。「私」は園子の発する生命のきらめきに魅了され続け、あるがままの無為の生命の有する「幸福」な状態に触れて、園子から離れがたく思い続けたのである。

そのことは「私」が、あるがままの自分の〈生〉を生きることができていなかったということをあらわしている。「私」が生きるということは、自分を義務感でしめつける「人生」を生きるということだった。「私」は「人生」によって規制され、制御されて生きなければならなかった。それは「私」のありのままの生命が、制御され支配されていたということである。この問題はしかし、「告白」することによっても、「私」に気付かれることはなかった。だから園子は「私」にとって、ついに謎のままであったのだ。

自分の周囲の現実や〈他者〉を抽象化するというのは、「私」の言う「人生」が「私」に対して行ったことと同様である。千変万化する現実や〈他者〉の動きを奪って、固定し、再構成するということは、ある意味、それらを支配することだからである。「私」はまた、性的にサディスティックな嗜好をもっていた。サディストは〈他者〉の人格を否定し、絶対的な権力をもって、その人物を支配することをのぞむ。「私」は「人生」に支配されつつ、また、すべてを支配することを欲していたのである。

「私」のめざした現実の抽象化と再構成は、第二章までは成功している。その鮮やかな手並みは多くの評者が指摘しているとおりである。「私」はそのように現実を支配することによって、自分を優位な立場に置くことを欲した。すべての現実を抽象化し再構成したなら、もう自分の存在を脅かすものはない。「私」は、すべてを把握していると思うことができるからだ。

だが、そのような生きかたは、自分自身をも抽象化することを余儀なくする。すべて抽象化された世界にはまた、自分も存在するからである。「私」は、「告白」という「作品」の完成とともに、これまでは生きた存在として、動的でカオティックであった〈自己〉を固定して、「「不在」に入れかわる」。現実の「私」は「不在」化し、「告白」というフィクションの中に、抽象化して現前することとなったのである。

『仮面の告白』の「私」は現実の中で、「人生」に支配され、次第に抽象化する自分自身にどこかで気付いていたのだろう。それは現実の中で、生命を失って生きるということに等しい。だから「私」は、生命力に溢れた園子の美しさに憧れ続けたのである。園子は、決して抽象化も再構成もできない、「私」の支配を逃れ出る存在であった。「私」は無意識の中では、園子のように、すべての支配を逃れ、あるがままに自由に生きたいと切望していたのだろう。

多くの研究者が詳細な研究を行って証明してきたように、三島由紀夫にとって、『仮面の告白』はやはり、現実にあった事実を書くという意味での「告白」であったろう。[10] しかし見てきたように、「告白」は必然的にフィクションとならざるをえない。そこに書かれた〈自己〉は決して現実の〈自己〉ではないのである。書かれた〈自己〉と現実の〈自己〉との間には距離と時間があり、「告白」が書かれると同時に「告白」の中では、現実の存在である書き手自身の存在が「不在」と化してしまうのだ。

しかし前に述べたように、現実を書くということは、書く本人にとっては、その現実を支配するということである。ある現実の意味を把握していると思うことは、自分を優位な立場に置く。意味さえわかっていれば、いかようにも対処できるからである。書くことによって現実を支配できたなら、そんな危険からは身を離し、自分を安全なところにおいて一応の安定を得ることができるのである。だから、作者である三島由紀夫が『仮面の告白』を書くことによって、再生を果したように感じたというのも本当であろう。三島は小説という芸術を、生きる足場として確保したのである。

もっとも本来、現実も生命も、絶対に支配できるものではない。三島が小説という芸術によって、ある現実を制圧したと感じたとしても、それは一時的なものであり、その事実に気付くまで、現実、とりわけ、つかみどころのない生命と人間存在という現実には、以降もさらされ続けることとなったと思われる。

《註》

（1）谷川渥著、『美学の逆説』、筑摩書房、二〇〇三年一二月、一四～一五頁。
（2）前掲書、一五～一六頁。

（3）「美について」、初出『近代文学』、昭和二十四年十月。『決定版三島由紀夫全集27巻』、新潮社、二〇〇三年二月、二一九頁。

（4）米川正夫訳、『第十一巻カラマーゾフの兄弟上』、河出書房、一九五一年一一月、一一一頁。

（5）前掲、「美について」、前掲書、二二〇〜二二一頁。

（6）前掲書、二二一頁。

（7）ミハイル・バフチン著、望月哲雄・鈴木淳一訳、『ドストエフスキーの詩学』、筑摩書房、一九九五年三月、五二七頁。

（8）前掲書、五二八頁。

（9）前掲書、五二七頁。

（10）村松剛は次のように言う。

『假面の告白』が、「能ふかぎり正確さを期した性的自伝である」ということばは、それ自体がフィクションであることはいうまでもない。だが性的倒錯にかかわる部分を除けば、この小説は昭和二十三年ころまでの彼の生涯(しょうがい)を、きわめて忠実に再現している。（村松剛著、『三島由紀夫の世界』、新潮社、一九九六年一一月、一六一頁。）

村松は小説の中の園子のモデルの特定もしており、三島の「失恋」が事実であったことを証明している。そして、「初恋とその破局とが三島の生涯と文学とに投げている翳は、一般に考えられているよりもはるかに大きい」（前掲書、一一一頁。）とする。村松は三島作品を評する際に、この「初恋」の影響を指摘することが多いのである。

村松は同書の中で三島の性的倒錯を否定する立場をとっている。だが、その見解に全面的に賛成するわけにはやはりいかないであろう。しかし、本稿で考察したように、三島の「初恋」の相手が三島にとって〈生〉そのものを表象した人物であったとしたのなら、村松の言うように、その後の作品の中にも「初恋」の挫折の影響は強く現われているのに違いない。

第二章

『金閣寺』論——〈他者〉と〈言葉〉という「私」の問題——

はじめに

『金閣寺』を評して「観念的私小説」だと言ったのは中村光夫である。中村によれば、「『金閣寺』の「私」はいつも作者の持つ青春の観念のなかに生き、そこから一歩もでられず」、「感情すら、ただ作者が必要とみとめたやうにしか動かさず、はじめから予定された道をすすむだけ[1]」だという。また三好行雄は、「美をみずからの手でほろぼす精神の秘密を、作者は外から、客観態としてふちどることを避けて、青年の内部から、かれの眼とかれの心を通してのみ語ろうと」し、「主人公以外の登場人物はつねに語り手、つまり主人公の心象に影をおとした姿でしかあらわれない[2]」と述べる。

三好の言う「主人公以外の登場人物」とは、『金閣寺』の主人公である「私」にとっては〈他者〉である。しかしそれらの人物は、〈他者〉であるにもかかわらず、三好の言うように、「私」の「心象に影をおとした姿でしかあらわれない」。このようなことから、小林秀雄は『金閣寺』

を「抒情詩」だと言う。小林は、『金閣寺』は「コンフェッションの主観的意味の強調」、すなわち「抒情詩」であるから、そこには「非常に美しいものが、たくさんある」と高く評価しながらも、「現実の対人関係っていうものが出て来ない」、「社会関係も出て来ない」[3]と言うのである。

清水徹はさらに、『金閣寺』に限定せず、「三島氏の小説には――すくなくとも「陽画的」系列のそれには――他者は不在である。それらは独白の劇だ」とし、「なにも、他者の登場しない小説は小説ではないなどと実もふたもないことを言うつもりはない」が、「すくなくとも、他者の切り棄てと美への信仰によって彼の小説は高次の完成度へと達していることに、なんぴとも異論はあるまい」[4]と述べる。そして中村雄二郎は、あの劇的な、三島由紀夫の自決自体について、次のように言っている。

一つには、色濃いニヒリズムがその背景にあること、もう一つには、いわば劇的構造上「他者」がないことであり、この二つは互いに結びついている。「殉教」はなんといっても「他者」の手になる死であり、まずその意味でも、「他者」の厳存を前提として成り立つ。そして、翻って考えるに、本質的な意味で「他者」の存在しないところでは、果たして「ドラマ」がありえようか。あるいは、いかなる「ドラマ」がありえようか。この問いは、三島事件と三島に向けられる問いであるとともに、三島自身がほとんどその生涯にわたって自問しつづけていた問いであったはずである。[5]

中村は「『仮面の告白』以来の三島の作品世界」を、「本質的な意味で「他者」の存在しない世界」、すなわち「自己完結的な美意識の世界である」[6]としながら、三島自身の生き方と死に方にあらわれたものをもって、その「作品世界」が敷衍できる可能性を示唆している。

このように、『金閣寺』をはじめとした三島由紀夫の作品世界、はては、三島由紀夫の生き方と死に方そのものにも〈他者〉がいないという評は、同時代評以来かなり一般的なものである。

さて、中村光夫、三好行雄、小林秀雄らのもっとも古い世代による『金閣寺』評以降は、田中美代子[7]が嚆矢となって、ナラトロジー（文学理論。物語の構造や語りの機能を分析する。）を導入した研究が主流となった。前にあげた三好行雄は、『金閣寺』が、主人公である「私」のモノローグ形式で書かれていると述べた。[8]だが『金閣寺』は、一人称の告白体で書かれた手記であるという見方が、現在では一般的である。[9]したがって、ナラトロジーを導入してなされた後年の評はすべて、『金閣寺』は一人称で書かれた告白体の手記だとして論じられている。そして興味深いことには、それらの論においても、〈他者〉の問題がまた取り上げられているのである。

『金閣寺』の場合、その物語内容が主人公と〈他者〉とのコミュニケーションの困難を語っているために、どうしても〈他者〉の問題は避けられないもののようである。[10]また、『金閣寺』が手記であるとするなら、それは物語世界内における読み手である誰かに向けて書かれたものだということになり、その誰かこそが「私」にとっての〈他者〉であるということになる。小説としての『金閣寺』を形式の面から考えれば確かにそのとおりである。だが喜谷暢史は、ナラトロジーを導入して、そこにコミュニケーションの問題を見ることを批判している。[11]

喜谷によれば、ナラトロジー的方法論者は、主人公「私」に対して「肯定的」か「否定的」かで二分されるという。つまり「私」が、〈他者〉に対して主体的に関わろうとしているかいないか、ナラトロジー的方法を導入して分析した手記が、「他者に対して開かれているか否かで二つの論調に大別できる」[12]というのである。そして、先にあげた田中美代子や杉本和弘[13]が「否定的」な評価をしているのに対し、有元伸子[14]や佐藤秀明[15]は「肯定的」な評価をしているという。

喜谷は、手記が〈他者〉に対して開かれていないとする田中論や杉本論に対して、小林秀雄や中村光夫の評を例にあげて、「何もナラトロジー的方法を使うまでもなく言われてきたことであ[16]」ると言う。一方、手記は〈他者〉に対して開かれているとする佐藤論にも同調しない。佐藤は次のように述べている。

深い思考に入りつつも、「考へてもらひたい」「想起してもらいひたい」と、他人との通路を求めて書く『金閣寺』の「私」にとっては、自分一人の隘路から抜け出られない狂気は恐ろしいはずだ。「私」は、金閣を焼いて「生きよう」と思い、そしてこの手記を書いている。生きるとは、他者と交わることにほかならない。生きかつ書くとは、「私」の思考が、思考の筋道において深められ、同時にそれが他者に開かれていなければならない。[17]

同じ箇所を引いて喜谷は、「しかしここで言われるように、「テクスト」とは「他者」に必ずしも開かれなければならないのか」、また「「生きる」ということは、すなわち「他者」との接触がその条件となるのだろうか[18]」と疑問を呈する。喜谷は、「「わかってもらいたい」というような懇願された「理解されたい」という「他者」への欲求や、「他者」を渇望する態度が、手記の全体を眺めたとき果たして浮上してくるのであろうか[19]」と言う。

一方喜谷によって、主人公に対して否定的な論を展開したとされる杉本は、次のように述べる。

〈私〉の記述は読み手に謙虚に理解を求める態度からは程遠い。むしろ、一方的、高圧的に理解を迫る態度だとさえ言える。(中略)〈私〉の手記は自己の思想と行為の誇示ではあっても、釈明や反省とは無縁のものなのである[20]。

杉本は手記の文体から、「私」と〈他者〉とのコミュニケーションの不全をストレートに読んで、佐藤とは逆に、手記を、〈他者〉には開かれていないものだとしている。しかし逆説的にではあるが、「高圧的に理解を迫る態度」や、「自己の思想と行為の誇示」が切実に〈他者〉を渇望する態度だと、言って言えないことはない。だから一見、「私」の記述が〈他者〉に開かれていないように見えたとしても、それをただちに〈他者〉を求める態度ではないと言うことはできない。つまり、喜谷の言うナラトロジー的方法論を導入した論者は、手記が〈他者〉に対して開かれているとする論者も、開かれていないとする論者も、両者の明確な差を明らかにできているとは言いがたいのである。そもそも、『金閣寺』における〈他者〉の問題を考えるのに、手記が〈他者〉に対して開かれているかいないかと問うこと自体に、それほどの重要性があるのだろうか。

喜谷は佐藤論に、「小林や中村に代表される「自閉」的な評価を覆す[21]」意図を読んでいる。そして佐藤はあくまでも、手記の送り手と受け手を実体的に捉えようとしているとして言う。

佐藤論では、『金閣寺』は「他者に対して開かれたテクスト」であると評価されていたが、むしろ〈他者〉の問題性とは、そのようなコミュニケーションの虚偽、〈他者〉の不在を撃つことであり、実体的な「送り手」が存在し、実体的な「受け手」がそのメッセージを受け取るというような単純な〈他者〉理解によって、この『金閣寺』の〈他者〉の問題は成り立っているのではないのである。[22]

では「この『金閣寺』の〈他者〉の問題」とは、どう成り立っているのであろうか。前にあげた論の中で杉本は次のように言っている。

> 三島由紀夫の『金閣寺』（昭31）が、金閣放火犯溝口（作中名）による手記の形をとっていることは、『金閣寺』という作品を考える際、充分考慮されねばならない前提であろう。形式上、物語はすべて放火犯である〈私〉の手になるものであり、終始〈私〉の意識の支配の下にあると考えられるからである。『金閣寺』の作品世界を考える場合、一旦語り手の〈私〉を相対化しないと、〈私〉の物語世界の内に閉じ込められてしまい、〈私〉が意図した構図や物語を再確認するだけで終わってしまうことにもなりかねない。[23]（傍点引用者）

中村光夫や小林秀雄らによる、『金閣寺』を〈他者〉のいない自閉的な作品だとする評価は、テクストを読んでいくうちに、「〈私〉の物語世界の内に閉じ込められてしまい、〈私〉が意図した構図や物語を再確認するだけで終わってしまう」ということを指摘していると言える。「私」の展開する論理をいくら解明したところで、「私」の語る物語世界の外に出ることはできない。また、『金閣寺』に登場する「私」にとっての〈他者〉は、三好行雄の言葉を借りれば、「私」の心象における影であるに過ぎず、「私」の物語世界を自由に出入りする存在ではないのである。したがってそれらの〈他者〉によって「私」が相対化されることもない。このようなことから、『金閣寺』の〈他者〉の問題を考えるには、〈他者〉のいない自閉的な作品だと言って終わるのはもとより、手記の実体的な送り手と〈他者〉としての受け手を想定するナラトロジーを導入するだけでも不充分だと言わざるをえない。
では、『金閣寺』の〈他者〉の問題を考えるにはどうすればよいのであろうか。
『金閣寺』は一人称の告白体で書かれた手記という形式をとっている。そしてテクストとしてはその手記だけが提示されていて、手記の前後に、語り手やその他の登場人物による説明的な部分、いわゆる額縁や枠と言われる部分を持たない。そのため「私」の手記の背後には、『金閣寺』というテクストのあらわす現実という物語世界があるということがわかりにくくなっている。

そこでここではまず、『金閣寺』における二つの物語世界の存在について、明らかにしておかなければならない。二つの物語世界とは、『金閣寺』というテクストの物語世界と、「私」の手記の物語世界である。『金閣寺』というテクストがあらわしている世界と、「私」の手記があらわしている世界は違う。「私」は自分の展開する論理に基づいて構成した物語を手記にして語るが、その物語の背景には『金閣寺』の現実とでもいう物語世界があり、「私」は、その現実の素地から、主観的に物事を選択し、解釈し、構成して、手記としてまとめているのである。「私」は、とある現実を主観的に解釈して手記としている。「私」の主観的解釈の向うには、テクストとしての『金閣寺』における現実というものが存在しているのである。

であるから当然、テクストとしての『金閣寺』には〈他者〉が存在する。にもかかわらず、手記を書く「私」は、〈他者〉を〈他者〉として描いていない。手記の書き手である「私」は、手記の中で、それらの〈他者〉に対して、選択・解釈・構成の上で終始支配的にふるまい、その結果、現実的な対人関係というものを描くことができていない。このことは長年、『金閣寺』を自閉的な作品であるとしてきた数々の評価が拠って立つところの要因である。

杉本は、「『金閣寺』の作品世界を考える場合、一旦語り手の〈私〉を相対化しないと」ならないと述べるが、「私」の相対化は、テクストとしての『金閣寺』の現実という物語世界における〈他者〉をしてなすことができるだろう。テクストとしての『金閣寺』の現実における〈他者〉が、「私」の物語世界の中でどう選択され、解釈されて、「私」の物語の論理の一部としてどう再構成されているかということを精査する必要があるのである。そのようにして、「私」にとっての現実の〈他者〉と、「私」には気づかれることがなく、手記には取り込まれなかった「私」にとってのその存在の意味を考察することによって、この複雑な『金閣寺』における〈他者〉の問題は解明することができるのではないだろうか。

『金閣寺』の場合、テクスト内における手記の読み手と、小説としての『金閣寺』の読み手は、語り手の「私」によって同じ情報を与えられる。だが、テクスト内の現実とその外の現実は当然違い、さらにそこに「私」の物語世界という「私」の内的現実が複雑に関わってくる。まずはこの構図をよく理解しておくことが肝要である。『金閣寺』における〈他者〉の問題を考える際には、テクストの外にいる私たちが、「私」に解釈される前のテクスト内の現実を、「私」の手記から推測し、それらを比較して、そこにある問題を明らかにするという形をとらざるをえないだろう。

バフチンは文学研究において、「文体論的・言語学的な研究のカテゴリーには納まりきらないまったく新しいアプローチ」として、「対話的なアプローチ[24]」が成立可能であると述べる。「対話的なアプローチ」の成立についてバフチンは次のように述べる。

（相対的に）まとまった言表同士の間に対話関係が成立可能であるばかりではなく、言表の任意の有意部分に対しても、対話的なアプローチが成立可能である。対話的なアプローチはまた個々の語に対してさえも、もしもその語がある言語に含まれる主体のない単語としてではなく、他者の意味的立場の表象として、他者の言表を代表するものとして知覚されるとすれば、すなわちそこに他者の声を聞き取ることができるとすれば、そのときには成立可能なのである。したがって対話関係は、言表内部に、個々の語の内部にまで、もしもそれらの中で二つの声が対話的に衝突しているならば、入り込むことができるのである。[25]（傍点引用者）

バフチンによれば、発話は「その本性からして対話的なもの」だという。そして「言語が生息するのは、言語を用いた対話的交流の場をおいて他にはな」く、「言語の生活は一から十まで、それが活用されるどんな分野においても（日常生活的分野、事務的分野、学問的分野、芸術的分野等々）、対話関係に貫かれている[26]」と述べる。

バフチンはまた、「言語」という語と「言葉」という語を使い分ける。単に論理的関係や対象指示的な意味関係を表わすものには「言語」という語を用い、その「言語」が受肉され、それらの論理的関係や対象指示的な意味関係が対話関係になるような存在圏に参入したものを「言葉」と呼ぶのである。バフチンによる「対話的なアプローチ」は、「言語」ではなくその「言葉」を対象にするものである。そして「言葉」は、その言表の「創造主」である主体を獲得し、一方、「対話的反応は、反応を引き起こすあらゆる言表を人格化してしまう」[27]。つまりそのようなアプローチの行く先には、肉体をもって存在する人間がいるのである。それはまた、肉体をもって存在する、とある主体としての人間と、彼と対話的に交流する〈他者〉との関係が存在するということを示してもいる。

我々は、ある他者の言葉については、それが誰の言葉であるのかを忘れて、それに自分の声を完全に融合させたり、また別の他者の言葉については、それを自分にとって権威ある言葉として受け取り、それによって自分の言葉を補強したり、さらにまた別な他者の言葉については、そこにその言葉に無縁な、あるいは敵対的な自分の志向性を組み込んだりしているのである。[28]

したがって、一人称の告白体で書かれている[29]、『金閣寺』における「私」の手記の〈言葉〉

も、「ある他者の言葉」に、「自分の声を完全に融合させた」〈言葉〉や、「別の他者の言葉」を「自分にとって権威ある言葉として受け取」って補強した〈言葉〉や、あるいは、「また別な他者の言葉」に「敵対的な自分自身の志向性を組み込んだりした」〈言葉〉なのである。『金閣寺』における〈他者〉の問題とは、そのように、「私」の〈言葉〉の中に存在する〈他者〉の問題なのではないだろうか。

森田健治は、ナラトロジーを導入して『金閣寺』を論じることの限界を示し、テクストにおける〈言葉〉の作用に着目して新たな局面を開こうとする。森田はナラトロジーによる記述行為者の中心化によって、「〝内面〟と連関しそれを代行するものではなく、主体の〝内面〟とは無関係に自己や他者に〈作用〉を及ぼすパフォーマティブな力を持つ〝言葉〟のありようこそが鮮明になる」[30]と述べるが、そのような「〝言葉〟」は対話的なあり方をして、言表主体と、それと対話関係にある〈他者〉の存在を示していると考えられる。

森田は、テクストにおける「金閣」という〈言葉〉が、「〝言葉〟として「私」に〈作用〉するものであったということは、このテクストに反復されるパターン、すなわち、(「私」の表現に従えば)「外界」から発される〝言葉〟や身振りに〈作用〉されることで「内界」が形成されるというパターンを端的に指し示している[31]」と言う。そして「「私」の記述は、「金閣」を焼くに至るまで「外界」の〝言葉〟の〈作用〉のうちにある「私」のありようを繰り返し提示している[32]」として、「私」の金閣放火はそのような「〝言葉〟の〈作用〉」によるものであったとする。

バフチンの言うように、「言語の生活」が一から十まで「対話関係に貫かれている」としたら、森田の言う「〝言葉〟の〈作用〉」はあらゆる「言語の生活」において当然のこととなる。であるから、単に『金閣寺』の「私」における「〝言葉〟の〈作用〉」について指摘をしただけでは不充分である。それだけではなくて、「私」が「外界」、すなわち〈他者〉の〈言葉〉から受ける「〈作用〉」の特徴について考察しなければならない。「私」が〈他者〉の〈言葉〉から受ける作用とは、「私」が〈他者〉の〈言葉〉を受けて、それをどう解釈し、どう反応するかということである。そこには「私」に「固有な他者の言葉の感じ取り方と、それに対する反応の仕方」[33]があるはずなのである。

森田が「〝言葉〟の〈作用〉」に注目して必然的に浮かび上がったのが、「私」にとっての「外界」、すなわち〈他者〉の問題である。〈他者〉は〈言葉〉として訪れる。それはバフチンの言うように、人間の言語生活がすべて対話関係に貫かれているからである。私たちは、その〈言葉〉に対して肯定的であっても、否定的であっても、それを引用しないわけにはいかない。私たちの〈言葉〉は、純粋に私たち自身のものであったためしはなくて、それらは引用に次ぐ引用によって成り立っている。私たちは〈言葉〉を共有しているのである。

ただし、それでも私たちは〈言葉〉によって、私たち自身のことを言い表すことができる。対話関係の中で、自身が何をどう解釈し、どう反応してどう表現するかということで、私たちは自分自身のことを示すことができるのである。対話関係の存在に気づき、そこにおける〈他者〉の

〈言葉〉を合理的に理解し、調和をもってその影響を乗り越えたとき、私たちは自分自身の〈言葉〉を獲得しているといえるのではないだろうか。しかし、それはまた簡単なことではない。

テクストの中で、主人公である「私」は、〈他者〉の〈言葉〉や、〈言葉〉に翻訳されうる〈他者〉のそぶりに対話的に反応して、自身の思考を深め、金閣を焼くという行為に至ったと考えられる。そこには「私」に特有の、〈他者〉の〈言葉〉やそぶりの受けとめ方と、それらに対する反応の仕方があるであろう。本稿では、そのような「私」の反応の仕方を検証して、「私」にとっての〈他者〉の意味とその関係性について考察し、『金閣寺』における「私」の〈他者〉と〈言葉〉の問題を明らかにすることを目的とする。

《註》

（1）中村光夫著、「「金閣寺」について」、初出『文藝』、一九五六年一二月。『三島由紀夫『金閣寺』作品論集』、クレス出版、二〇〇二年九月、一一～一六頁。

（2）三好行雄著、「背徳の倫理――「金閣寺」三島由紀夫」、初出『国文学解釈と鑑賞』、一九六七年四・五・六月。『三島由紀夫『金閣寺』作品論集』、クレス出版、二〇〇二年九月、三五頁。

（3）対談「美のかたち――『金閣寺』をめぐって」、初出『文藝』、一九五七年一月。『決定版三島由紀夫全集39』、新潮社、二〇〇四年五月、二七八～二八〇頁。

（4）清水徹著、「ジョルジュ・バタイユと三島由紀夫」、『國文学解釈と教材の研究』、學燈社、一九七〇年五月、一五五頁。

（5）中村雄二郎著、『ミシマの影』、福武書店、一九八八年六月、二二八頁。

（6）前掲書、二二八頁。

（7）田中美代子著、「美の変質――「金閣寺」論序説」、初出『新潮』、一九八八年一二月。『三島由紀夫『金閣寺』作品論集』、クレス出版、二〇〇二年九月。

（8）三好行雄著、前掲書、三五頁。

（9）『金閣寺』の回想がオーラルな発話ではなく、手記であることを証明している論には、東郷克美著、「「金閣寺」――監獄のなかのエクリチュール」（『國文学解釈と教材の研究』、學燈社、一九九三年五月）などがある。

（10）東郷克美は前出の論の中で、「この作品は主人公の他者に対するコミュニケーションの失敗・挫折の物語である」と述べている。前掲書、八三頁。

（11）喜谷暢史著、「三島由紀夫『金閣寺』論――手記の中の〈認識〉と〈行為〉――」、『国文学論考』、都留文科大学国語国文学会、二〇〇〇年三月。

（12）前掲書、四七頁。

（13）杉本和弘著、「〈私〉の手記という方法――『金閣寺』の場合――」、初出『名古屋近代文学研究』、一九九二年一二月。『三島由紀夫『金閣寺』作品論集』、クレス出版、二〇〇二年九月。

(14) 有元伸子著、「『金閣寺』の一人称告白体」、初出『近代文学試論』、一九八九年一二月。『三島由紀夫『金閣寺』作品論集』、クレス出版、二〇〇二年九月。
(15) 佐藤秀明著、「『金閣寺』論—対話することばの誕生—」、『日本文学』、一九九四年一月。「『金閣寺』観念構造の崩壊」、初出『椙山文学』、一九九五年三月。『三島由紀夫『金閣寺』作品論集』、クレス出版、二〇〇二年九月。
(16) 喜谷暢史著、前掲書、四七頁。
(17) 佐藤秀明著、前掲、「『金閣寺』論—対話することばの誕生—」、三七頁。
(18) 喜谷暢史著、前掲書、四八頁。
(19) 前掲書、四八頁。
(20) 杉本和弘著、前掲書、一八九頁。
(21) 喜谷暢史著、前掲書、四八頁。
(22) 喜谷暢史著、前掲書、五〇頁。
(23) 杉本和弘著、前掲書、一八四頁。
(24) ミハイル・バフチン著、望月哲男・鈴木淳一訳、『ドストエフスキーの詩学』、筑摩書房、二〇〇七年九月、三七二〜三七五頁。
(25) 前掲書、三七二〜三七三頁。
(26) 前掲書、三七〇頁。

(27) 前掲書、三七二頁。
(28) 前掲書、三九三頁。
(29) バフチンは、「内的論争が文体形成にきわめて大きな役割を果たすのは、自伝あるいは告白タイプの一人称の叙述の形式においてである」と述べている。
ミハイル・バフチン著、前掲書、三九六頁。
(30) 森田健治著、「〈作用〉する〝言葉〟——三島由紀夫『金閣寺』論——」、初出『昭和文学研究』、二〇〇〇年九月。『三島由紀夫『金閣寺』作品論集』、クレス出版、二〇〇二年九月、三六一頁。
(31) 前掲書、三六三頁。
(32) 前掲書、三六五頁。
(33) ミハイル・バフチン著、前掲書、三九六頁。

一、序章としての第一章

三好行雄は、『金閣寺』の「第一章と小説の全体像との、いわば序章的な対応関係」を指摘している。三好は、「「金閣寺」の最初の章は一部であると同時に全体である」、「第一章自体が以後に展開する事件の伏線として、小説の全構造をいわばミニアチュアのように明示する[(1)]」と述べる。三好の言うように、『金閣寺』の第一章は、以後に展開する物語を貫く論理としてまず提示されたものだと考えることができる。このような構成は『仮面の告白』にも見られ、『仮面の告白』では語り手の「私」によって、以後の記述を理解してもらうために、第一章では「前提」を述べると断りがされている。

したがって、この序章的な第一章に語られていることを、物語を読み解くための手がかりとしてテクストを読んでいくと、語り手の「私」が意図した構図のとおりに読まされてしまうということになりかねない。三好の言葉で言うと、「主人公の判断の追跡だけを強いられ、それをうたがう根拠を手渡されぬ読者[(2)]」になってしまうのである。語り手の「私」の意図から遁れるためには、「それをうたがう根拠」を見つけ出さなければならない。その点でも『金閣寺』は『仮面の告白』と同様で、これらのテクストを批判的に読もうとするのなら、語り手の「私」の提示する必然の法則とやらを相対化しなければならないのである。

しかし、とは言うものの、語り手の「私」が第一章にあげている各エピソードにおける各要素は、テクストの物語内容を読み解くためには依然有効である。語り手の「私」は第一章の各エピソードをそれぞれ、やがて実行される金閣放火につながるものとして記述している。それらは金閣放火の必然性としてあげられているのである。だが、金閣放火が必然的であったのは、あくまでも「私」の理屈からである。「私」の理屈は相対化することができる。あるいは、金閣放火自体は相対化できるのである。以下では、第一章における各エピソードから抽出した要素に検討を加えることによって、「私」という人物の思考の傾向とそのような思考をするようになった要因などを明らかにする。そしてその後、それらの「私」の思考や感情的反応が引き起こす行動と、金閣放火のいきさつを考察し、「私」の提示する金閣放火の必然性を相対化することを試みる。

1、隠された対話関係と、〈他者〉としての父の〈言葉〉による支配

幼時から父は、私によく、金閣のことを語った。（傍点引用者）

『金閣寺』の場合、書き出しがすでにすべてを物語っているようで感に堪えない。この書き出しの一文が、『金閣寺』における「私」と〈他者〉と〈言葉〉の問題の所在を示している。金閣とは「私」にとって、まずは父によって語られた〈言葉〉であった。「私」は、実物の金閣を直

接見たのではなく、父の〈言葉〉によって表現された金閣に初めて出会ったのである。

父によれば、金閣ほど美しいものは地上になく、又金閣というその字面、その音韻から、私の心が描きだした金閣は、途方もないものであった。

金閣は次に、「美しい」という〈言葉〉となって「私」にもたらされた。父は金閣を「美しい」と語り、今度は「私」に「美」という観念を示したのである。そして「私」はやがて、金閣と「美」を自身にとっての絶対の価値としていくこととなる。

森田健治は次のように言う。

このテクストをめぐる議論の中で大きなポイントとされている「金閣」とは、そもそも「金閣ほど美しいものは地上にな」いと「父の語つた」〝言葉〟にほかならないのであり、その〝言葉〟の「字面」や「音韻」に〈作用〉されながら、「私の心が描きだした」ものなのだ。そして、「金閣ほど美しいものは地上にな」いという父の〝言葉〟が、「私」が繰り返し言及する「美」という〝言葉〟を誘発し、「はては、美しい人の顔を見ても、心の中で、『金閣のやうに美しい』と形容」するにいたるのを踏まえるならば、「美」も「金閣」もともに

〝言葉〟として父から付与されたものであり、「私の心が描きだ」す「金閣」は、そうした〝言葉〟による〈作用〉の結果であることがテクストの冒頭から既に明示されていると言えるのである。(3)

ここでは確かに、「私」における父の「〝言葉〟による〈作用〉」を指摘することができる。しかし同時にここでは、そのとき父とは対話関係にあったはずの「私」の〈言葉〉がほとんど聞こえてこないということにも注意すべきである。「私」は父に、美しい金閣と金閣の「美」について語られ、反対する〈言葉〉も、疑問を呈する〈言葉〉も発せず、それをすんなりと受け入れ、父の〈言葉〉を自分の〈言葉〉としてしまっている。そして父の〈言葉〉のもつ意味と、そこに示された価値意識を、そっくりそのまま自分の価値意識としてしまっているのである。「私」は、父の〈言葉〉を肯定する自分の〈言葉〉を父の〈言葉〉に重ね合わせ、以後は自分の〈言葉〉として金閣や「美」を語り始める。そしてやがて「私」は、父が語ったよりもはるかに多彩で堅固な金閣や「美」の観念を築き上げていくのである。

これはバフチンの言うところの「隠された対話関係という現象」の一つだと言うことができるであろう。バフチンによれば、「一方の対話者は目に見えない形で参加していて、彼の言葉そのものは存在しないのだが、彼の言葉の深い痕跡がもう一方の対話者の実在する言葉をすべて規定している」という場合、そこには「隠された対話関係(4)」があるということだ。バフチンの研究対象であったドストエフスキー作品の場合、主人公の〈言葉〉における「隠された対話関係」は、主人公が、存在しない〈他者〉の〈言葉〉に反論を試みる論争的なものが多い。ところが『金閣寺』の「私」の場合、父という〈他者〉の〈言葉〉をひたすら肯定しようとする〈言葉〉しか発していないのである。

それゆえ、初めて実物の金閣を見るというときには、「私」の心に「躊躇(ちゅうちょ)が生じ」る。「どうあっても金閣は美しくなければならなかった」からである。だが、「私」の懸念は的中する。

私はいろいろに角度を変え、あるいは首を傾けて眺めた。何の感動も起らなかった。それは古い黒ずんだ小っぽけな三階建にすぎなかった。頂きの鳳凰も、鴉(からす)がとまっているようにしか見えなかった。美しいどころか、不調和な落ち着かない感じをさえ受けた。美というものは、こんなに美しくないものだろうか、と私は考えた。(傍点引用者)

田中美代子は「私」にとっての金閣の「美」を、「「私」自身がまず最初に現実の金閣に出会い、その建造物自体に触発され、「私」一個の感動、「私」個人の感覚的受容によって、形成されたものではな」く、「まるで不可避的に父親から鼓吹され、是が非でも美しくあるべきもの、として「私」に与えられたものだ(5)(傍点ママ)」と言う。初めて実物の金閣を見た「私」には「感動が起らなかった」。「私」の目という感覚器官は、金閣を美しいと感じなかった。だが「私」は自分の本来の感覚を信じず、自分の感性を麻痺させてまで、父の〈言葉〉を信じようとする。「すべては、金閣そのものの美しさよりも、金閣の美を想像しうる私の心の能力に賭けられた」のである。

「殆ど無条件なほど絶対の父に対する信頼と敬愛が、「私」に金閣寺の美への感応力を目覚めさせる」(6)と田中美代子は言う。「私」には父に対する「信頼と敬愛」があったというのだ。父の死に際して無感動な態度をとっていた「私」であるが、田中の言うように、その〈言葉〉をここまで無条件で全面的に受け容れることができるということは、少なくとも幼時には、父への「私」の「信頼と敬愛」があったと言えるだろう。さらに「私」は、「幼時から」金閣についての父の〈言葉〉を聞かされていたわけである。子どもであった「私」に、その〈言葉〉を相対化できるだけの知識があったとは思えない。そこで、「信頼」し、「敬愛」する父との対話において、「私」はその〈言葉〉を全面的に肯定し、金閣の「美」を信じることとなった。「私」は、「地上でもっとも美しいものは金閣だと、お父さんが言われたのは本当です」と、父への手紙で書くまでになっていく。

東郷克美は「私」と父との間にあったのは「暗黙のコミュニケーション（傍点ママ）」だとして、「金閣の美しさを繰り返し語った父のことばは「私」の生涯を規定することになった(7)（傍点引用者）」と言う。父の〈言葉〉が「「私」の生涯を規定することになった」とは、「私」の生涯は父の〈言葉〉によって支配されることになったということである。「私」の言う金閣も「美」

も、「私」を支配し、「私」から人生を奪った。そのような局面がテクストでは随所に語られている。父という〈他者〉の〈言葉〉によって〈自己〉を規定されるようになったことを原点として、「世界、自然、社会に関する」「私」の「思索の一つ一つに、声同士、評価同士、視点同士の戦いが存」するようになり、「私」は「あらゆる事物の中に、何よりもまず、」「私」を「あらかじめ規定しようとする**他者の意志**を感じ取るのである(8)（太線ママ）」。

その支配の頂点に父という〈他者〉がいることに「私」は気づいていない。「私」は、〈他者〉の〈言葉〉の融合した「私」の〈言葉〉の世界の中で自閉的にもがき続け、やがて金閣を焼くことになるのだが、「私」によって示されたその必然性は、父という〈他者〉とその支配という視点をもうけることによって相対化されるであろう。後ほど、そのような父の支配がもたらしたものとして「私」の物語を読み解き、物語内容における内部法則の抽出を試みる。その際には、「私」の記述の中の隠された対話関係に着目し、その構造と意味の考察を行う。

2、〈言葉〉として訪れた「美」に規定される「私」

私が人生で最初にぶつかった難問は、美ということだったと言っても過言ではない。父は田舎の素朴な僧侶で、語彙（ごい）も乏しく、ただ「金閣ほど美しいものは此世にない」と私に教えた。私には自分の未知のところに、すでに美というものが存在しているという考えに、不満と焦燥を覚えずにはいられなかった。美がたしかにそこに存在しているならば、私という存在は、美から疎外されたものなのだ。

父という〈他者〉の発した「金閣ほど美しいものは此世にない」という〈言葉〉は、「私」に「美」ということについて考えさせる。そして「私」は自らの存在を不安に感じながら、「美」を向こう側に置き、自身をこちら側に置くという規定をおこなう。「私」は自分自身を「美から疎外されたもの」だとして否定的にとらえるようになる。父の〈言葉〉は、「私」の存在を直接否定したものではなかったが、「私」はその〈言葉〉から、〈自己〉を嫌悪するようにしかなれなかったのである。

「私」の「美」、つまり金閣に対する期待は理不尽なまでに大きい。

金閣は私の手のうちに収まる小さな精巧な細工物のように思われる時があり、又、天空へどこまでも聳えてゆく巨大な怪物的な伽藍（がらん）だと思われる時があった。美とは小さくも大きくもなく、適度なものだという考えが、少年の私にはなかった。

「私」が初めて実際に金閣を見て幻滅した後、法水院でその模型を見たときにも、このような極小の金閣と極大の金閣の想像が現れる。

この模型は私の気に入った。このほうがむしろ、私の夢みていた金閣に近かった。そして大きな金閣の内部にこんなそっくりそのままの小さな金閣が納まっているさまは、大宇宙の中に小宇宙が存在するような、無限の照応を思わせた。はじめて私は夢みることができた。この模型よりもさらにさらに小さい、しかも完全な金閣と、本物の金閣よりも無限に大きい、ほとんど世界を包むような金閣とを。

「美とは小さくも大きくもなく、適度なものだという考えが」なかったというのは、美を現実的、相対的なものではなく、絶対的なものだと考えているということだろう。さらに「私」は「小さい、しかも完全な金閣」と言って、美に「完全」を期待する。また「無限に大きい、ほとんど世界を包むような金閣」という言葉には、金閣、つまりは「美」が、世界のすべてに優先するという考え方が潜んでいる。「私」の美に対する考え方は極端である。それは「私」が「美」に絶対の価値を見出しているからであり、だからこそまた「美」に対する期待が無限に大きくなるのである。

このような「私」の場合、現実の美しいものを前にしても、「美」そのものへの期待が勝って幻滅することがある。初めて「私」が現実の金閣を見たときに起こったことは、「美」を絶対とする「私」の厳しい価値意識から来ていると言える。だがそれは、もともと「私」の中にあった価値意識ではなく、「私」が、金閣は「美しい」と言った父の〈言葉〉を無批判に受け入れ、絶対の価値としていったことによるのである。

「私」は、「美がたしかにそこに存在しているならば、私という存在は、美から疎外されたものなのだ」という意識をもつ。「私」の「美」に対する期待と絶対化は、そのまま自分の存在を徹底的かつ絶対的に否定する理由となる。「美」に対する期待が大きければ大きいほど、「私」は自分を激しく嫌悪せざるをえなくなるのである。

〈他者〉の〈言葉〉に支配される「私」が「吃り」であるのは象徴的である。「吃り」であるために、〈他者〉との対話においては常に反応が遅れるからだ。

吃りは、いうまでもなく、私と外界とのあいだに一つの障碍(しょうがい)を置いた。最初の音(おん)がうまく出ない。その最初の音が、私の内界と外界との間の扉の鍵のようなものであるのに、鍵がうまくあいたためしがない。一般の人は、自由に言葉をあやつることによって、内界と外界との間の戸をあけっぱなしにして、風とおしをよくしておくことができるのに、私にはそれがどうしてもできない。

「私」は「自由に言葉をあやつ」って、「外界」、すなわち〈他者〉と対等に対話をすることができない。「私」の〈言葉〉は遅れがちで、ときには沈黙を余儀なくされる。「私」は、自分の

〈言葉〉も支配することができないという意識をもつ。

一般に状況の認識は、〈言葉〉にすることによって、確実なものとすることができる。とある現実は、それを〈言葉〉で語ると、自分のものにすることができるのである。認識や理解は所有の一つの形であり、所有はその対象の支配を可能にする。〈言葉〉による支配をされる一方で、支配することのできない「私」は、「二種類の相反した権力意志を抱くようになる」。「私」は「吃りで、無口な暴君」となって「日頃私をさげすむ教師や学友を、片っぱしから処刑する空想をたのし」んだり、「静かな諦観にみちた大芸術家になる空想をもたのしんだ」りして、支配することへの欲求を募らせていく。「私」は、「自分はひそかに選ばれた者だ」と考えていたと言うが、このように抑圧や支配を受けて、激しい自己嫌悪に苛まれている人物が陥る考え方としては典型的なものである。(9)

「私」は、「暴君や大芸術家たらんとする夢は夢のままで、実際に着手して、何かをやり遂げようという気持ちがまるでなかった」と言うが、このような「私」の心性では「何かをやり遂げ」る自信など育たないであろう。「人に理解されないということが唯一の矜りになっていた」というが、それでは孤独に陥らざるをえない。

第一章における海軍機関学校の生徒の短剣に傷をつけるエピソードは、そのような「私」の怒りに満ちた行為である。「私」は、自分には縁がないと思われる「光り」の世界の住人である「若い英雄」に嫉妬して、彼の持つ「美しい短剣の黒い鞘の裏側に、二三条のみにくい切り傷を彫り込」む。「私」は、短剣の象徴する「光り」と「美」の世界の住人ではないと〈自己〉を規定しているので、激しい嫉妬にかられたのである。そこには怒りの感情がある。「私」は決して感情的な人物ではないが、「私」の抑圧された怒りの感情は、テクストの随所に見出すことができる。そしてそのような「私」の怒りの感情が、「私」の破壊的な行為へとつながっていくのである。

3、官能の可能性と破局の予兆

第一章における有為子の事件とその顚末（てんまつ）は、金閣放火というテクストの破滅的な結末を暗示する。「私」は、「人生」、「官能」、「裏切り」、「憎しみ」、「愛」というような「あらゆるもの」をその事件の中に見たと言う。有為子の事件の中にある要素も、「私」にとっての金閣放火への必然性を示しているだろう。

有為子は、「私」が異性を意識した初めての女である。有為子に対する「私」の思慕はまさしく「官能」から発しており、夏の暁闇の道で有為子を待ち伏せしたのも、「有為子の体を思って」のことであった。

有為子の体は、白い、弾力のある、ほの暗い影にひたされた、匂いのある一つの肉の形で凝

> 結して来たのである。私はそれに触れるときの自分の指の熱さを思った。またその指にさからってくる弾力や、花粉のような匂いを思った。（傍点引用者）

「白い」は視覚、「弾力」は触覚、「匂い」は嗅覚と、ここでは感覚にまつわる表現が多用されている。官能が身体と、五感にうったえるものなので当然のことではあるが、テクストの全体を見渡すと、このような感覚的な表現は他にはあまりないのである。特に、触覚や嗅覚についての記述は多くなく、五感と言えばもっぱら視覚、つまり見ることである。[10]

感覚とは、きわめて個人的なものである。誰かと同じ匂いを嗅ぎ、同じ料理を味わって、同じような感想を述べ合ったとしても、経験として、私の感じた匂いと、他人の感じた匂い、私の感じた味と、他人の感じた味は絶対に違う。知識や観念は他人と共有できるものであるが、感覚は絶対に他人とは共有できない。感覚とはおそろしく個別的で、しかも一回的な経験である。「私」も官能を通路にすれば、感覚の世界へ、身体を起源とした本来の「私」固有の〈生〉へと至ることができるかもしれないのである。

しかし有為子は「私」のものにはならない。それどころか「私の恥の証人」になる。

> 寝ても覚めても、私は有為子の死をねがった。私の恥の立会人が、消え去ってくれることをねがった。証人さえいなかったら、地上から恥は根絶されるであろう。他人はみんな証人

だ。それなのに、他人がいなければ、恥というものは生れて来ない。私は有為子のおもかげ、暁闇のなかで水のように光って、私の口をじっと見つめていた彼女の目の背後に、他人の世界――つまり、われわれを決して一人にしておかず、進んでわれわれの共犯となり証人となる他人の世界――を見たのである。他人がみんな滅びなければならぬ。私が本当に太陽へ顔を向けられるためには、世界が滅びなければならぬ。……

有為子は「私」にとって愛する女だったはずが、拒絶されると一転、憎しみの対象となる。「私」はどうしてその死を願うまでに、有為子を徹底的に憎まないとならないのだろうか。ここにもまた「私」の思考の極端な傾向が表れている。「私」は自分の失敗について恥じているのではない。失敗をした自分の存在そのものを恥じているのだ。このように「私」の思考は常に、自分の存在の是非に関わってしまう。だから「他人」は「恥」の「証人」なので、「私」が晴れて「太陽に顔を向け」て生きていくためには、「世界が滅びなければならぬ」ということになる。「私」は「金閣は美しい」と言った父の〈言葉〉に反論せず、ひたすらその〈言葉〉を反芻し、やがて自分の〈言葉〉としていったが、ここでも、自分を非難する〈他者〉の〈言葉〉を反芻しながら反論せず、〈他者〉に対する敵意だけを募らせていく。そして自分が滅びるか、世界が滅びるかというある種の完全主義的な考え方に陥っていく。

幸か不幸か、有為子の死を願った「私」の願いはいみじくも成就する。有為子は悲劇的な事件のヒロインとなった。事件のヒロインは他人を、そして世界を敵に回す。

　私は今まで、あれほど拒否にあふれた顔を見たことがない。私は自分の顔を、世界から拒まれた顔だと思っている。しかるに有為子の顔は世界を拒んでいた。月の光りはその額や目や鼻筋や頬の上を容赦なく流れていたが、不動の顔はただその光りに洗われていた。一寸（ちょっと）目を動かし、一寸口を動かせば、彼女が拒もうとしている世界は、それを合図に、そこから雪崩（なだ）れ込んで来るだろう。

　有為子を暁闇の中で待ち伏せして失敗したとき、彼女は「私」の「証人」だった。しかし今度は「私」が、有為子の「証人」の一人となる。「私」は、有為子は「証人」たちのいる「世界」を拒んだと考える。そして「世界」を拒む有為子の顔は美しく、「私は有為子の顔がこんな美しかった瞬間は、彼女の生涯にも、それを見ている私の生涯にも、二度とあるまいと思」って、「息を詰めてそれに見入った」。

　だがやがて有為子は「裏切り」を決意し、「証人」たちと共に恋人の追跡の先頭に立つ。「私」は、有為子の「裏切り」を、「われわれ証人と一緒にこの世界に住み、この自然を受け容れることだ」と言う。

　有為子はその後再び「証人」たちを裏切る。有為子は、「世界を全的に拒みもしない。全的に受け容れもしない。ただの愛慾の秩序に身を屈し、一人の男のための女に身を落としてしまった」という。そうして男に撃たれて死んでしまうのだ。

「私」が有為子の事件でもっとも感銘を受けたのは、有為子の人々に対する決然たる態度である。「私」は、自分が「世界」に拒まれることしか考えられないのだが、有為子は「世界」を拒んだ。「世界」は拒みうるものでもあると「私」は考えたであろう。また「裏切り」もたやすく、「世界」への復帰もたやすい。〈他者〉たちへの帰属も自分次第である。しかし、どうして「世界」は「全的に拒」んだり、「全的に受け容れ」たりしなければならないものなのだろう。「私」はまたしても極端な考え方をして、「世界」の「全的な」拒否か、もしくは「全的な」受け容れしかないと考えたようであるが、有為子の現実は、「ただの愛慾の秩序に身を屈し、一人の男のための女」だったということだ。そしてそれこそが、「私の記憶」が「好んで否定し、看過した」有為子の事件の中に「ひそんでいる崇高な要素」だった可能性がある。

有為子はこの後「私」の官能の象徴となる。「私」は後に、「人生」へと漕ぎ出そうとする際には女、すなわち官能を通路としようとするのだが、有為子はその都度、女の原型として「私」の中に蘇る。それは前にも述べたように、官能という感覚的なものが個人に帰するものであって、それの追求が自分自身の〈生〉を生きることにつながるかもしれないからであろう。だが、「私」が有為子の事件に見たものは、官能と「人生」の追求の挫折と破局であった。「私」は自身の官能と「人生」のたびたびの挫折を、そしてそれらの究極的な破局を規定のこととして予測し、実現していくことになる。

《註》

（1）三好行雄著、「背徳の倫理――「金閣寺」三島由紀夫」、初出『国文学解釈と鑑賞』、一九六七年四・五・六月。『三島由紀夫『金閣寺』作品論集』、クレス出版、二〇〇二年九月、三七頁。
（2）前掲書、三六頁。
（3）森田健治著、「〈作用〉する〝言葉〟――三島由紀夫『金閣寺』論――」、初出『昭和文学研究』、二〇〇〇年九月。『三島由紀夫『金閣寺』作品論集』、クレス出版、二〇〇二年九月、三六三頁。
（4）ミハイル・バフチン著、望月哲男・鈴木淳一訳、『ドストエフスキーの詩学』、筑摩書房、二〇〇七年九月、三九七頁。
（5）田中美代子著、「美の変質――「金閣寺」論序説」、初出『新潮』、一九八八年一二月。『三島由紀夫『金閣寺』作品論集』、クレス出版、二〇〇二年九月、九六頁。
（6）前掲書、九七頁。
（7）東郷克美著、「「金閣寺」――監獄のなかのエクリチュール」、『國文学解釈と教材の研究』、學燈社、一九九三年五月、八三頁。

（8）ミハイル・バフチン著、前掲書、四八八頁。

（9）これは「自滅的なプライド」と呼ばれ、不安感に根ざしていると言われる。「自滅的なプライド」をもつ人は傲慢で自己陶酔的であることが指摘される。『金閣寺』の「私」の場合、同時に「自滅的な羞恥心」も持ち、自分自身を実際以上にダメな人間だと見なしてもいる。グレン・R・シラルディ著、高山巌監訳、『自尊心を育てるワークブック』、金剛出版、二〇一一年一〇月、四三頁。

（10）後に触れるように、「私」が見るということには重要な意味があると考えられる。佐伯彰一は、作者である三島由紀夫を「眼の人、明晰に見ぬくことに憑かれた作家である」と言い、『仮面の告白』、『金閣寺』、『午後の曳航』などをあげて、「印象的な、しかも中核的な見る場面が立てつづけに幾つも浮んでくる（傍点ママ）」（佐伯彰一著、「眼の人の遍歴三島由紀夫の国際性」、白川正芳編、『三島由紀夫批評と研究』、芳賀書店、一九七四年十二月、三一七頁。）と言っている。

二、金閣による支配とその影響

第一章があらかじめ示していたように、「私」は、「金閣ほど美しいものは地上にな」いと言った、父という〈他者〉の〈言葉〉に「人生」を規定されて生きることになった。それは父、すなわち金閣に支配されて生きるということであった。ここでは、テクストに表れた金閣が「私」を支配する具体的な状況を精査し、「私」の金閣による被支配の特徴を抽出する。そのためにはまず「私」の心的状況と金閣の関係について検討を加える。次に、第一章にもすでに示唆されている「私」の支配への欲求はどのような形で表れているかを明らかにして、その意味を考える。そして最後に、「私」の感覚と官能を通じての「人生」への参与の試みとその挫折についての考察を行う。

1、「私」の心的状況と、疎外される感情

金閣を語る「私」の言葉からは、「私」が自身の心的状況を金閣に投影していることがわかる。

戦乱と不安、多くの屍と夥しい血が、金閣の美を富ますのは自然であった。もともと金閣

は不安が建てた建築、一人の将軍を中心にした多くの暗い心の持主が企てた建築だったのだ。美術史家が様式の折衷をしかそこに見ない三層のばらばらな設計は、不安を結晶させる様式を探して、自然にそう成ったものにちがいない。一つの安定した様式で建てられていたとしたら、金閣はその不安を包摂することができずに、とっくに崩壊してしまっていたにちがいない。(傍点引用者)

この箇所には「不安」という言葉が四回も出て来る。金閣を「不安が建てた建築」だとするのは「私」の独創である。「私」は自身の心的状況を金閣に投影していると考えられる。そして、その「私」の心の状態とは、「不安」なのである。

「私」の場合、金閣に「人生」を規定されている。したがって、自らの心情も金閣を介して規定され、表現されるものである。そこで、金閣の媒介なしに「私」が自分の感情を意識するとなると、それは自分にもよくわからないものになる。

私の感情にも、吃音(きつおん)があったのだ。私の感情はいつも間に合わない。その結果、父の死という事件と、悲しみという感情とが、別々の、孤立した、お互いに結びつかず犯し合わぬもののように思われる。一寸した時間のずれ、一寸した遅れが、いつも私の感情と事件とをばらばらな、おそらくそれが本質的なばらばらな状態に引き戻してしまう。私の悲しみというものがあったら、それはおそらく、何の事件にも動機にもかかわりなく、突発的に、理由もなく私を襲うであろう。……

「私」は本来の自分の感情というものを意識できない状態にあると思われる。もともと「私」はなんらかの感情を持っているはずなのだが、疎外するものがあって、それをストレートに感じることも、表現することもできないでいるのだ。自分の本来の感情に素直に向き合ってそれを表すということをしないでいるうちに、「私」の感情はおそろしく複雑なものになっていく。

一つの正直な感情を、いろんな理由づけで正当化しているうちはいいが、時には、自分の頭脳の編み出した無数の理由が、自分でも思いがけない感情を私に強いるようになる。その感情は本来私のものではないのである。

このような記述は、『仮面の告白』の「私」を想起させるだけではなく、三島由紀夫が絶賛していたラディゲの『ドルジェル伯の舞踏会』のアンヌを思い起こさせる。「私」にもともとの感情というものはもちろんある。だが、それを疎外するものが、その感情を表現することはもちろん、感じることさえ許さないようである。「私」の存在を規定しているのは金閣である。金閣に〈自己〉の存在を規定された「私」は、本来の自分の感情を見失っていく。金閣、すなわち

「美」による「私」の支配は、「私」が自分の感情を表現できないようにしているばかりではなく、それを感じることさえ禁止していると言えるであろう。そうして抑圧された「私」の本来の感情は、「私」に意識されることなく、どんどん無意識の領域に蓄積していくのである。

2、対象の支配という意味をもつ、「見るということ」

「私」が、「見るということ」を強く意識したのは、父の葬儀に際してであった。

> さて、母や檀那たちは、私と父との最後の対面を見戍っていた。しかしこの言葉が暗示している生ける者の世界の類推を、私の頑な心は受けつけなかった。対面などではなく、私はただ父の死顔を見ていた。（傍点ママ）
> 屍はただ見られている。私はただ見ている。見るということ、ふだん何の意識もなしにしているとおり、見るということが、こんなに生ける者の権利の証明でもあり、残酷さの表示でもありうるとは、私にとって鮮やかな体験だった。大声で歌いもせず、叫びながら駈けまわりもしない少年は、こんな風にして、自分の生を確かめてみることを学んだ。

屍のほうからこちらへ及ぼす力などありえず、それはただ「見られ」、「私」は「見る」という力を一方的に行使することができる。「見るということ」を、「生ける者の権利の証明」、「残酷さの表示」という「私」は、ここで生者と死者の力関係を見ている。「私」は生者として、死者に対する優越意識を持っているのである。

このように、見ることの優位については、柏木について述べる際にも触れられている。

肉体上の不具者は美貌の女と同じ不敵な美しさを持っている。不具者も、美貌の女も、見られることに疲れて、見られる存在であることに飽き果てて、追いつめられて、存在そのもので見返している。見たほうが勝ちなのだ。弁当を喰べている柏木は伏目でいたが、私には彼の目が自分のまわりの世界を見尽くしていることが感じられた。

「見たほうが勝ち」というのには、人間関係を上下、勝ち負けで考える「私」の特徴が表れているだろう。そしてその勝負は、「見たほう」の勝ちに終わるというのである。

『金閣寺』を論じているのではないが、佐伯彰一は作者の三島由紀夫を「眼の人」と呼んで次のように述べている。

眼の人にとって目ざす所は、眼による対象の領略である。見ることによって測り、見ぬき、相手を位置づけ、定着し了せることである。眼の人は、測量技師であり、地図製作者だ。対象を精密に測定し、その周囲を明らめて、全体として誰にも見通しのきく展望図を作り上げること。対象を位置づけ、その地殻の構造をきわめつくすことが、対象の領略であり、征服である。(1)

佐伯は作者である三島自身において、「見ること」が大きな意味を持っていることを指摘する。そしてその意味とは、「眼による」「対象の領略であり、征服である」というのである。これは、ここで見た『金閣寺』の「私」とそっくりの、見ることによる対象の支配を目指す傾向である。「私」にとって見ることとは、対象の支配を可能にすることである。金閣に支配され続ける「私」は、自らも支配することを望んでいるのである。

もっともテクストにおける、「私」自身が見ることによって対象を支配できたかに感じられた経験は、前にあげた父の屍を見たときのことのみである。それどころか、「私」はたびたび金閣の幻影を見て、その「美」という〈言葉〉によって支配され続けるのである。

ところで、母の不貞行為を見る「私」と、その目を覆って目隠しをした父の行為についての記述で、「私」は「私」にとっての見ることの意味をもっとも尖鋭な形で語っている。

そのとき、突如として、十三歳の私のみひらいた目は、大きな暖かいものにふさがれて、盲らになった。すぐにわかった。父のふたつの掌が、背後から伸びて来て、目隠しをしたのである。

今もその掌の記憶は活きている。たとえようもないほど広大な掌。背後から廻されて来て、私の見ていた地獄を、忽ち(たちま)にしてその目から覆い隠した掌。他界の掌。愛か、慈悲か、屈辱からかは知らないが、私の接していた怖ろしい世界を、即座に中断して、闇の中に葬ってしまった掌。

私はその掌の中でかるくうなずいた。諒解と合意が、私の小さな顔のうなずきから、すぐ察せられて、父の掌は外された。……そして私は、掌の命ずるまま、掌の外されたのちも、不眠の朝が明けて、瞼がまばゆい外光に透かされるまで、頑(かたく)なに目を閉じ続けた。

健康な母に対して、病身の父はいわゆる弱者である。弱者である父が、「広大な掌」、すなわち大きな力で、自らの屈辱から目を覆うように、「私」が現実を見る目をも覆ってしまう。父は「私」が、「愛か、慈悲か」と問うほどに事を荒立てずに「怖ろしい世界」を「闇の中に葬ってしま」った。その掌の中でうなずくということは、「私」は父の側に立って、父の意志に従うことに同意したということである。

「金閣ほど美しいものは地上にな」いと言って、「私」の「人生」を規定した父は、あるいは弱者であるからこそ、ここでも大きな力を振るって、「私」の合意を取り付ける。しかし、このことは「私」の中に禍根を残す。

――後年、父の出棺のとき、私がその死顔を見るのに急で、涙ひとつこぼさなかったことを想起してもらいたい。その死と共に、掌の羈絆(きはん)は解かれて、私がひたすら父の顔を見ることによって、自分の生を確かめたのを想起してもらいたい。私はあの掌、世間で愛情と呼ぶものに対して、これほど律儀な復讐を忘れなかったが、母に対しては、あの記憶を恕していないこととは別に、私はついぞ復讐を考えなかった。（傍点ママ）

「私」は、「愛情」と称して「私」の見る権利を奪い、自分の意志に従わせた父に対して、怒りをおぼえている。不貞をはたらいた母に対してよりも大きな怒りである。それは父が「私」に対して振るった支配的な力に対するものである。支配されたことに対する「復讐」はやはり、支配、「私」の場合、それは「見ること」であった。「私」は、「父の顔を見ることによって」、父に復讐したというのである。

3、「私」と金閣の関係性について

「私」はしばしば金閣との対話を試みている。

『金閣よ。やっとあなたのそばへ来て住むようになったよ』（中略）『今すぐでなくてもいいから、いつかは私に親しみを示し、私にあなたの秘密を打明けてくれ。あなたの美しさは、もう少しのところではっきり見えそうでいて、まだ見えぬ。私の心象の金閣よりも、本物のほうがはっきり美しく見えるようにしてくれ。又もし、あなたが地上で比べるものがないほど美しいなら、何故それほど美しいのか、何故美しくあらねばならないのかを語ってくれ』

京都に出てきた当初の「私」は、自分の信じる金閣とその「美」に対する従順な気持ちでいっぱいである。このような語りかけはもともとは、「金閣ほど美しいものは地上にな」いと言った父に対してなされるべきものであったが、「私」が父に対してそのような語りかけをしたという記述はなく、「私」は金閣自体に問いかけ、金閣自体から答えを得ようとする。その様子は、もっぱら自分の感覚を、無理にでも父の〈言葉〉に合わせようとしているように見える。「私」は何故か、父の〈言葉〉を疑おうとはしないのである。

現実の金閣は、戦時下という特殊な状況の下でついに「私」の「心象の金閣に劣らず美しいものになった」。「私」は疑問をもつこともなく、そんな金閣と「対面し、対話」することができたのである。「私」は戦時下の金閣に自分自身の存在を投影する。

この世に私と金閣との共通の危難のあることが私をはげました。美と私とを結ぶ媒立が見つかったのだ。私を拒絶し、私を疎外しているように思われたものとの間に、橋が懸けられたと私は感じた。

私を焼き亡ぼす火は金閣をも亡ぼすだろうという考えは、私をほとんど酔わせたのである。同じ禍い、同じ不吉な火の運命の下で、金閣と私の住む世界は同一の次元に属することになった。私の脆い醜い肉体と同じく、金閣は硬いながら、燃えやすい炭素の肉体を持っていた。

金閣すなわち「美」は、「私」にとって、「私」を疎外しているものである。だが、できるものなら「私」はそれとの合一を望んでいる。「私」は気付いていないが、それは父の〈言葉〉、父の価値意識と同化したいと考えているということだ。「私」は父の賛美した金閣のようになりたいと思っているということだ。戦争中金閣は、「私」を拒絶するいつもの金閣ではなく、「私」と同じ運命のもとにあった。戦時下、金閣が「私」と同じ危難のもとにあると思うことによって、「私」は金閣との一体感を感じることができて幸福だったのである。

だが終戦を境に、金閣は再びその威信を取り戻す。敗戦後、金閣と向き合った「私」は、金閣から「昔から自分はここに居り、未来永劫ここに居るだろう」といった表情を読み取る。「私」の目に金閣は「この日ほど美しく見えたことはなかった」。

> 誇張なしに言うが、見ている私の足は慄え、額には冷汗が伝わった。いつぞや、金閣を見て田舎へかえってから、その細部と全体とが、音楽のような照応を以てひびきだしたのに比べると、今、私の聴いているのは、完全な静止、完全な無音であった。そこには流れるもの、うつろうものが何もなかった。金閣は、音楽の怖ろしい休止のように、鳴りひびく沈黙のように、そこに存在し、屹立していたのである。

「完全な静止、完全な無音」、「流れるもの、うつろうものが何もなかった」という表現は、金閣が生命とはまったく別の存在であるということを表している。「私」は、金閣の上に、生命の特徴を備えた「流れるもの、うつろうもの」を一切認めないというメッセージを読み取った。そのような金閣の支配を予想すれば、「足は慄え、額には冷汗が伝わっ」ても無理はないだろう。金閣は、「私」の〈生〉や命を嘲るかのような「美」をたたえていると「私」には見える。つまり、「私」にとって金閣は、「私」が生きることとは対立するものなのである。だから、「私」が自分の「人生」を生きようとするときには金閣が邪魔をしに来るのである。

　だがしかし、これは「私」の思考の癖である。今述べたような特徴を備えた金閣とは、あくまでも「私」が自分の頭の中で作り上げた金閣なのであって、事実とは違う。金閣をそのようなものとして考える「私」の例とは、そのような意味では非常に特殊なのである。では、この「私」と金閣との関係から普遍的な要素を見出すことができないかと言えばそうではない。「私」が自ら、金閣という〈自己〉を規定し疎外するような象徴的なものを作り上げ、それに苦しめられているように、自らの中にわざわざ自分を支配し苦しめる思考の体系を作り上げている事例は多いのである。そして、「私」にとっての金閣がそうであったように、そのような思考の体系は、その人自身の「人生」を乗っ取り、本来の生命の躍動を阻止してしまう。

けれども興味深いことに、金閣は「私」にとって、自分の「人生」の邪魔をするだけの存在ではない。柏木がスペイン風の洋館の令嬢を篭絡していくやり方を見て、恐怖を覚えた「私」は金閣に助けを求めるのだ。

> 建築は、そこに存在するだけで、統制し、規制していた。周囲のさわがしさが募れば募るほど、西に漱清を控え、二層の上に俄かに細まる究竟頂をいただいた金閣、この不均整な繊細な建築は、濁水を清水に変えてゆく濾過器のような作用をしていた。人々の私語のぞめきは、金閣から拒まれはせずに、吹き抜けのやさしい柱のあいだへしみ入って、やがて一つの静寂、一つの澄明にまで濾過された。（中略）
>
> 私の心は和み、ようようのこと恐怖は衰えた。私にとっての美というものは、こういうものでなければならなかった。それは人生から私を遮断し、人生から私を護っていた。

「私」にとって、金閣すなわち「美」は、現実の混沌と汚濁を「統制し、規制」してくれるものである。金閣は、「濾過器」のように、現実の混乱と穢れを「濾過」する。「私」は、「私の人生が柏木のようなものだったら、どうかお護りください」と、金閣に庇護を求める。自分一人で、何があるかもわからない現実の混沌の中に漕ぎ出していく勇気を持たず、金閣に統制され、護られたいと願うのである。「私」は金閣に依存している。

「私」と金閣の関係は、やがて破綻の兆しを見せる。次節で詳しく検討するが、女を通じて「人生」に歩み出すことに失敗した「私」は、「憎しみというのではないが、私の内に徐々に芽生えつつあるものと、金閣とが、決して相容れない事態がいつか来るにちがいないという予感があった」。「私」が金閣の宿直をした時の、「私」と金閣との関係は微妙な均衡の上にある。

> 私はただ孤（ひと）りおり、絶対的な金閣は私を包んでいた。私が金閣を所有しているのだと云おうか、所有されているのだと云おうか。それとも稀な均衡がそこに生じて、私が金閣であり、金閣が私であるような状態が、可能になろうとしているのであろうか。

「絶対的な」という表現はそれ自体、これ以上ないというほど強烈な表現である。これは金閣の背後にある父の〈言葉〉が、「私」にとって「絶対的」だったということである。そして「私」はここでも、金閣、すなわち父の〈言葉〉と一体化しようとしている。だが台風で、風が強まってきたとき、「私」と金閣の均衡は破れる。

私の心は金閣の裡にもあり、同時に風の上にもあった。私の世界の構造を規定している金閣は、風に揺れる帷（とばり）も持たず、自若として月光を浴びているが、風、私の兇悪な意志は、いつか金閣をゆるがし、目ざめさせ、倒壊の瞬間に金閣の据傲（きょごう）な存在の意味を奪い去るにちがいない。

「私の心」は、金閣を信奉する心とそれを打破する心とに分裂する。「私」は「私の世界の構造を規定している金閣」を、自分の「兇悪な意志」で倒壊させ、その「存在の意味」を剝ぎ取ろうというのである。「私」の意志は建築物としての金閣に向かい、「私」には、金閣が孕んでいる「美」の観念、つまり、父の〈言葉〉の存在には思いも及ばない。だから金閣への放火は、父の支配を打破することの象徴にすらならないのである。建築物としての金閣の破壊はそれだけでは徒爾（とじ）である。

4、「私」の「人生」と、感覚と官能の挫折

前に述べたように、『金閣寺』というテクストの中で、視覚以外の感覚的な表現がなされている箇所はあまり多くない。第一章で、「私」は有為子の体を匂いや感触とともに思ったとされて

いるが、その経験を原型として、「私」が有為子の記憶とともに女を意識するとき、視覚以外の「私」の感覚が蘇る。「私」が初めて有為子を思い出して感覚的な感動に襲われたのは、南禅寺で、後に柏木の女として登場する生け花の師匠と恋人との奇妙な別れの儀式を見たときである。

女は姿勢を正したまま、俄(にわ)かに襟元をくつろげた。私の耳には固い帯裏から引き抜かれる絹の音がほとんど聞こえた。白い胸があらわれた。（中略）

私はそれを見たとは云わないが、暗い茶碗の内側に泡立っている鶯いろの茶の中へ、白いあたたかい乳がほとばしり、滴たりを残して納まるさま、静寂な茶のおもてがこの白い乳に濁って泡立つさまを、眼前に見るようにありありと感じたのである。（傍点引用者）

ここでは、音が聞こえたり、乳の温かさを感じたりという感覚的な経験が語られている。そして「私」は、「私」の官能的経験の原型である有為子を思い出し、その女を、「よみがえった有為子その人だと」思う。

次に「私」の感覚と官能に訴えてきたのは、金閣寺を訪れた「有為子の記憶に抗して出来た影像の、反抗的な新鮮な美しさ」を持つ外人兵相手の娼婦だった。「私」は外人兵に強いられて、倒れている女を踏む。

私は踏んだ。最初に踏んだときの違和感は、二度目には迸る喜びに変っていた。これが女の腹だ、と私は思った。これが胸だ、と思った。他人の肉体がこんなに鞠のように正直な弾力で答えることは想像のほかだった。

このとき「私」は自分の肉体が「昂奮していた」ことに気付く。踏みつけている女の体の弾力を感じて、「私」は快感をえたのである。

しかし私のゴム長の靴裏に感じられた女の腹、その媚びるような弾力、その呻き、その押しつぶされた肉の花ひらく感じ、或る感覚のよろめき、そのとき女の中から私の中へ貫ぬいて来た隠微な稲妻のようなもの、……そういうものまで、私が強いられて味わったということはできない。私は今も、その甘美な一瞬を忘れていない。

「私」は後にこのように記す。ここには「私」の官能のサディスティックな面が表れている。「私」は、女に対して酷薄な扱いを繰り返す柏木のように娼婦に対して振る舞い、快感をえている。

だがサディスティックにではなく、親和的に、女と官能を通じて「人生」へと漕ぎ出そうとする「私」の試みは挫折する。柏木によって用意された機会を「私」はみすみす逃すのである。嵐山への遊山の際、「私」は、柏木が自分にあてがった娘と接吻し、欲望を目ざめさせる。

> 私はむしろ目の前の娘を、欲望の対象と考えることから遁(のが)れようとしていた。これを人生と考えるべきなのだ。（中略）私は決然と口を切り、吃りながらも何事かを言い、生をわがものにするべきであった。（中略）……私はようやく手を女の裾(すそ)のほうへ辷(すべ)らせた。（傍点引用者）

ここで「私」は自身にとって、女と官能がどういう意味を持っているかということを語っている。女と官能を通じて、「私」は「生をわがものにする」ことを求めていたのである。「私」の〈生〉は、自分のものではなかったのである。

しかし、その願いは叶えられない。引用した箇所のすぐ後にはこう続く。

> そのとき金閣が現われたのである。
> （中略）
> それは私と、私の志す人生との間に立ちはだかり、はじめは微細画のように小さかったものが、みるみる大きくなり、あの巧緻な模型のなかに殆(ほとん)ど世界を包む巨大な金閣の照応が見られたように、それは私をかこむ世界の隅々までも埋め、この世界の寸法をきっちりと充た

すものになった。（中略）

下宿の娘は遠く小さく、塵（ちり）のように飛び去った。娘が金閣から拒まれた以上、私の人生も拒まれていた。

金閣が「私」の〈生〉、すなわち「人生」を阻んでいるものだったのである。この後「私」は、「隈なく美に包まれながら、人生へ手を延ばすことがどうしてできよう」、「美の立場からしても、私に断念を要求する権利があったであろう」などと言って、金閣を「美」と考えて、「美」の持つ力によって自分の「人生」が阻まれたとする。だがそうであろうか。

「金閣ほど美しいものは此世にない」と言ったのは「私」の父である。「美」という観念を、「私が人生で最初にぶつかった難問」にしたのは父である。実際の金閣は「私」の目には美しく見えなかったはずである。「私」が自分自身で最初に「美」と出会って、それを「人生」の「難問」としたのではないのである。そして観念と化した「美」は、「私」が自分の「人生」を生きることを許さない。それは実は、父が「私」に、「私」の「人生」を生きることを許さなかったということなのである。

南禅寺で、恋人と不思議な別れの儀式をしていた生け花の師匠は、柏木とねんごろになった後、無残にも捨てられる。彼女は、柏木に邪険にされた絶望感から、あの時の再現だと言って、「私」の前に乳房を掻き出して見せる。

私に或る種の眩暈（めまい）がなかったと云っては嘘になろう。私は見ていた。詳（つぶ）さに見た。しかし私は証人となるに止まった。あの山門の楼上から、遠い神秘な白い一点に見えたものは、このような一定の質量を持った肉ではなかった。あの印象があまりに永く醗酵したために、目前の乳房は、肉そのものであり、一個の物質にしかすぎなくなった。しかもそれは何事かを愬えかけ、誘いかける肉ではなかった。存在の味気ない証拠であり、生の全体から切り離されて、ただそこに露呈されてあるものであった。

「私」の官能と、柏木のエロティシズムの論理には決定的な違いがある。後で見るように、柏木が、「見る」こと、「見られる」ことを徹底して欲望を昂進させるのに対し、「私」は「見る」ことによって不能になる。そしてここでも「私」にとって、官能が〈生〉と同義であるということが暗示される。その時の「私」の目前で、乳房は「生の全体から切り離されて」、「誘いかける肉ではな」くなってしまったのである。

「私」は再びその原因を「美」に求める。

……ふしぎはそれからである。何故ならこうしたいたましい経過の果てに、ようやくそれが私の目に美しく見えだしたのである。美の不毛の不感の性質がそれに賦与されて、乳房は

私の目の前にありながら、徐々にそれ自体の原理の裡にとじこもった。（中略）
私には美は遅く来る。人よりも遅く、人が美と官能とを同時に見出すところよりも、はるかに後から来る。みるみる乳房は全体との聯関を取戻し、……肉を乗り超え、……不感のしかし不朽の物質になり、永遠につながるものになった。
私の言おうとしていることを察してもらいたい。又そこに金閣が出現した。というよりは、乳房が金閣に変貌したのである。

「私」にとっての「美」の性質は、「不毛」で「不感」で「不朽」で、「永遠につながるもの」である。いずれの性質も〈生〉や生命とはほど遠い概念である。だから「私には美は遅く来る」。だから「私」は「美と官能を同時に見出す」ことがないのである。だがそれはあくまでも「私」にとっての「美」である。本来の美の性質はそれだけではなく、生命と共にある美もあるはずなのである[2]。

生命と共にある美とは、それこそが官能である。生命の美すなわち官能と、「私」が「美」とするところのものとは「私」自身によっても意識され、比較される。

あるとき私は、庫裡の裏の畑で作務にたずさわっていた手すきに、小輪の黄いろい夏菊の花を、蜂がおとなうさまを見ていたことがある。（中略）

私は蜂の目になって見ようとした。菊は一点の瑕瑾（かきん）もない黄いろい端正な花弁をひろげていた。それは正に小さな金閣のように美しく、金閣のように完全だったが、決して金閣に変貌することはなく、夏菊の花の一輪にとどまっていた。そうだ、それは確乎たる菊、一個の花、何ら形而上的なものの暗示を含まぬ一つの形態にとどまっていた。それはこのように存在の節度を保つことにより、溢れるばかりの魅惑を放ち、蜜蜂の欲望にふさわしいものになっていた。形のない、飛翔し、流れ、力動する欲望の前に、こうして対象としての形態に身をひそめて息づいていることは、何という神秘だろう！　形態は徐々に希薄になり、破られそうになり、おののき顫えている。それもその筈、菊の端正な形態は、蜜蜂の欲望をなぞって作られたものであり、その美しさ自体が、予感に向かって花ひらいたものなのだから、今こそは、生の中で形態の意味がかがやく瞬間なのだ。形こそは、形のない流動する生の鋳型であり、同時に、形のない生の飛翔は、この世のあらゆる形態の鋳型なのだ。（傍点引用者）

「私」が蜂という一個の生命であるならば、相対する菊は美しくとも、「決して金閣に変貌することはなく」、「何ら形而上的なものの暗示を含ま」ず、自然の中の生命そのものである。ここの箇所では、「私」が蜂という命あるものに成り変り、菊という命あるものの美しさを堪能している。蜂の欲望が「形のない、飛翔し、流れ、力動する」ものとされることも、「形のない流動する生」、「形のない生の飛翔」などという表現からも、前に述べた「私」にとっての「美」とはまったく逆の〈生〉の美しさが語られている。

さらに、これはまた蜂と夏菊になぞらえた官能の比喩であり、引用の箇所の後にはこう続く。

……蜜蜂はかくて花の奥深く突き進み、花粉にまみれ、酩酊に身を沈めた。蜜蜂を迎え入れた夏菊の花が、それ自身、黄いろい豪奢な鎧（よろい）を着けた蜂のようになって、今にも茎を離れて飛び翔（た）とうとするかのように、はげしく身をゆすぶるのを私は見た。

だが、「私」の自然と命との親和は長くは続かない。

ふとして、又、蜂の目を離れて私の目に還ったとき、これを眺めている私の目が、丁度金閣の目の位置にあるのを思った。それはこうである。私が蜂の目であることをやめて私の目に還ったように、生が私に迫ってくる刹那、私は私の目であることをやめて、金閣の目をわがものにしてしまう。そのとき正に、私と生との間に金閣が現れるのだ、と。

……私は私の目に還った。蜂と夏菊とは茫漠たる物の世界に、ただいわば「配列されている」にとどまった。蜜蜂の飛翔や花の揺動は、風のそよぎと何ら変りがなかった。この静止した凍った世界ではすべてが同格であり、あれほど魅惑を放っていた形態は死に絶えた。

菊はその形態によってではなく、われわれが漠然と呼んでいる「菊」という名によって、約束によって美しいにすぎなかった。（傍点引用者）

「私」にとって、官能は〈生〉そのものを意味している。その〈生〉を、金閣は遮りに来るのだ。金閣の「美」は、「不毛」で「不感」で「不朽」で、「永遠につながるもの」である。生命や自然が具体的な美を有しているのに対し、金閣の「美」は抽象的である。その厳しい抽象性に、「私」は抗しきれないのである。蜂と夏菊は、「物の世界」に、対象として「配列され」、分別される。そこでは、そのもの自体であるという具体性や個別性が意味をなさない。「菊」は、「「菊」という名によって、約束によって美しいにすぎな」いのである。「名」とは〈言葉〉である。ここでも〈言葉〉は大きな力を持っている。〈言葉〉によって抽象された「菊」は命ある美しさを失って、「不毛」で「不感」で「不朽」な美しさを帯びる。それが「私」の不能の原理なのである。

以上のように、「私」が金閣に自分の本来の〈生〉を生きることを邪魔されている象徴的な例は、「私」の感覚と官能の挫折である。「私」は女との経験によって感覚と官能を突破口として、自分自身の〈生〉を回復しようとする。なぜならば、感覚と官能ほど生命を感じさせてくれる経験は他にないからだ。感覚と官能を通路にして、生命力を回復し、自分の存在の隅々から金閣、すなわち「私」自身気付いてはいないが、父の支配を排し、ゼロから自分の「人生」を組み立てなおそうとするのである。「私」が自分の「人生」に踏み出すというのはそのようなことだ。

だが「私」は、金閣すなわち「美」の支配の背後には父の〈言葉〉があったということに照準を合わせることができない。「私」は自身の内に父という〈他者〉が常時存在し、〈自己〉の思考と行動を規定し、感情まで制御しているという事実に気づいていない。「私」は「金閣はどうして私を護ろうとする？　頼みもしないのに、どうして私を人生から隔てようとする？」と独言しながら、「いつかきっとお前を支配してやる。二度と私の邪魔をしに来ないように、いつかは必ずお前をわがものにしてやるぞ」と、あくまでも金閣を不遇の根源とするのである。そうして金閣と「美」という観念にことさら深遠な意味付けをして、わざわざ苦しみ続ける。

《註》

（1）佐伯彰一著、「眼の人の遍歴三島由紀夫の国際性」、白川正芳編、『三島由紀夫批評と研究』、芳賀書店、一九七四年十二月、三一八頁。

（2）松本徹は、作者である三島由紀夫が、ヴォリンガーの『抽象と感情移入』（草薙正夫訳、岩波書店、一九五三年九月。）の影響を受けていたのではないかと言う。（「『金閣寺』をめぐって」、松本徹著、初出『奇蹟への回路──小林秀雄、坂口安吾、三島由紀夫』、勉誠社、一九九四年。『三島由紀夫

『金閣寺』作品論集』、クレス出版、二〇〇二年九月、二二九～二三一頁。）ヴォリンガーの同書は芸術論である。ヴォリンガーによれば、外界や自然と親和的関係にある場合は「感情移入衝動」によって「有機的・生命的な形式の美」に没入して「幸福感や満足感を得る」が、もう一方の「抽象衝動」は、「対象において生命に依存せる一切のもの」「から対象を純化」し、「それを必然的ならしめ、確固不動のものたらしめて、存在の絶対的価値へそれを近寄せる（傍点ママ）」ことによって「幸福感や満足感を得」、「美」とするということである。（『抽象と感情移入』、三五頁。）ヴォリンガーは、「抽象衝動は外界の現象によって惹起される人間の大きな内的不安から生れた結果である」（同、三三頁。）と言う。松本の指摘のように、『金閣寺』の「私」における美意識は、ヴォリンガーの言う「抽象衝動」を想起させる。（『抽象と感情移入』からの引用では、旧漢字から新漢字にあらためた。）

三、「私」と〈他者〉

『金閣寺』における〈他者〉の問題は、大きく分けて三つある。一つは、「私」によって手記に取り上げられている「私」以外の登場人物たちと「私」の問題である。二つ目は、テクストが手記であることから考えうる、手記の読み手、受け手という〈他者〉の問題である。そして三つ目が、今まで指摘されてこなかった、「私」の〈言葉〉の中に〈言葉〉として対話的に存在する〈他者〉の問題である。「私」の場合、その〈他者〉とは、おもに父のことであった。

二つ目の問題である手記の読み手、受け手という〈他者〉の問題であるが、「はじめに」で述べたように、この問題について考察することに大きな意義があるとは思えない。したがって、本稿では当該の問題には触れない。また三つ目の、「私」の〈言葉〉の中に〈言葉〉として対話的に存在する〈他者〉の問題については、物語の展開を追いながら、これまでもその影響を見てきた。

そこでここでは一つ目の、「私」によって手記に取り上げられている「私」以外の登場人物たちと「私」の問題について考察する。「私」にとっての〈他者〉として重要な意味をもっていると考えられるのは、まず、「私」に疎外された者としての生き方を示す柏木である。他にも、老師、また鶴川と禅海和尚に対しての「私」の対応には特徴的なものがある。「私」は、老師に対しては否定的・敵対的な反応を示し、鶴川と禅海和尚に対しては肯定的・好意的な反応をしているのである。以下では、同じ被疎外者として生きる者として、「私」の対話の相手となるという重要な役割を果す柏木、次に老師と「私」の問題、最後に鶴川と禅海和尚と「私」の問題という順番で検討していく。

1、「拒まれた者」としての柏木

柏木は「私」にとって、対話的に接触交流しつつ自身の思考を深めていくことのできる相手、〈他者〉である。ただし、柏木は「私」と同様に被疎外者であるという意識をもって生きている人物なので、二人の対話の降りていける深度はあまりない。両者の対話には、被疎外者同士の堂々巡りを繰り返す自閉的な対話といった部分が多い。

柏木に特徴的なのは、被疎外者の立場に固執することである。柏木は「私」にした長い身の上話の最初のところで、何度も繰り返す。

俺は自分の存在の条件について恥じていた。その条件と和解して、仲良く暮すことは敗北だと思った。（中略）

俺は絶対に女から愛されないことを信じていた。（中略）

俺の内翻足という条件が、看過され、無視されれば、俺の存在はなくなってしまうという、君が今抱いているような恐怖に、俺も捕われていたわけだ。（中略）

われわれと世界とを対立状態に置く怖ろしい不満は、世界かわれわれかのどちらかが変れば癒やされる筈だが、変化を夢みる夢想を俺は憎み、とてつもない夢想ぎらいになった。

しかし世界が変れば俺は存在せず、俺が変れば世界が存在しないという、論理的につきつめた確信は、却って一種の和解、一種の融和に似ている。ありのままの俺が愛されないという考えと、世界とは共存し得るからだ。そして不具者が最後に陥る罠は、対立状態の解消でなく、対立状態の全的な是認という形で起るのだ。かくて不具は不治なのだ。……

野島秀勝は、『仮面の告白』の「私」、『愛の渇き』の悦子、『沈める瀧』の昇らの「拒まれた者」の系譜の中に『金閣寺』の「私」を入れる。そして柏木には、悦子や昇と同じ、「自分以外の者にならない」、「拒まれた存在は拒まれたままで生きねばならない」、「断じて許容されてはならぬ」という決心を見る。(1)

拒まれた者も、世界が変れば受け入れられるかも知れぬ。また拒まれた存在の条件が変れば、世界は彼を許容するかも知れぬ。しかし、世界が変っても、拒まれた者は決してその変った世界へと参加しようとはしないのだ。悦子は三郎による世界の変化に、三郎を殺すことによって自己の存在条件に固執した。昇は顕子の「感動」による世界の変化に、その中に「飛び出す」ことを拒否して、自己の存在条件の只中に居残ったのだ。柏木も本質的には、彼らと同質の人物である筈だ。(2)

野島はさらに、三島由紀夫が自身について、「自己の病の不治を頑(かたく)なに信じた者」、「快癒の喜びを決して知らない者[3]」と述べていたことから、これら「拒まれた者」の「存在する境位は、」「三島の作家としての存在条件であり、存在理由であ」り、また「三島自身の存在する境位だ[4]」と言う。確かに三島自身の言葉は、「拒まれた者」たちの生き方を裏書している。そしてその言葉は、それがまた三島自身の生き方であった可能性を示唆している。

柏木の語る自身の童貞を破った顛末の告白の中には、彼が自分を「拒まれた者」として固定していく過程を見ることができる。柏木は、自分のことを愛していると言って、彼の前に身を投げ出した美しい娘を前にして不能であったと言い、次のように語る。

この発見は、決して愛されないという確信の持っていた平安を、内側から崩してしまった。何故なら、そのとき、俺には不真面目な喜びが生れていて、欲望により、その欲望の遂行によって、愛の不可能を実証しようとしていたのだが、肉体がこれを裏切り、俺が精神でやろうとしていたことを、肉体が演じてしまったからだ。俺は矛盾に逢着した。俗悪な表現を怖れずに言えば、俺は愛されないという確信で以て、愛を夢見ていたことになるのだが、最後の段階では、欲望を愛の代理に置いて安心していた。しかるに欲望そのものが、俺の存在の条件の忘却を要求し、俺の愛の唯一の関門であるところの愛されないという確信を放棄することを要求しているのが、わかってしまったのである。

柏木は、その時の自分の肉体の欲望が純粋に肉体だけの欲望ではありえず、「愛を夢見」る精神と不可分であったと言っている。柏木のその時の欲望は、愛されていると信じることなしには発動しなかったというのである。

柏木の告白からは、「拒まれた者」が、何から「拒まれた」と〈自己〉を規定しているのかがわかる。「拒まれた者」は、愛から拒まれている者として〈自己〉を規定するのである。柏木がこのような失態を演じたとき、彼の中にはまだ「愛を夢見」る気持ちがあったということなのであるが、柏木はその後、愛が存在しないことを証明しようとする。柏木は老婆によって童貞を破った経験から、独自のエロティシズムの論理を見出したとする。そして、確信に満ちて次のように言う。

俺がそれ以来、安心して、「愛はありえない」と信ずるようになったことは、君にもわかるだろう。不安もない。愛も、ないのだ。世界は永久に停止しており、同時に到達しているのだ。この世界にわざわざ、「われわれの世界」と註する必要があるだろうか。俺はかくて、世間の「愛」に関する迷蒙を一言の下に定義することができる。それは仮象が実相に結びつこうとする迷蒙だと。――やがて俺は、決して愛されないという俺の確信が、人間存在の根本的な様態だと知るようになった。

柏木の告白は、彼がかつて克服しようとしていた難題が、愛を夢見ることと、不安[5]だったということを示している。

柏木は、愛を夢見てさまよい一喜一憂するよりは、拒まれた場に固定されてあることを望む。愛を夢見ないために、柏木は愛が存在しないことを自らに証明して、「私」にも語るのである。柏木という被疎外者が「拒まれた者」の立場に固執するもう一つの理由は、不安からの脱却である。柏木は、「存在の不安とは、自分が十分に存在していないという贅沢な不満から生れるものではないのか」と言い、内翻足（ないほんそく）が「生の、条件であり、理由であり、目的であり、理想であり、……生それ自身」である柏木の場合、「不安は皆無」なのだという。

柏木には本当に不安はなかったのであろうか。柏木の論理に反して、一般的には、〈自己〉の存在が不安を脱して安定を得るためには、自分は世界に受け容れられているという意識を持つことが必要だと考えられている。

不安とは、自分の存在が世界に受け容れられているかどうか、自分が世界を受け容れることができるかどうかと思い悩む心的状態のことである。柏木はそのような不安を引き受けるよりは、受け容れられない自分という状態に〈自己〉の存在を固定することを選んだのである。自分も世界も変らず、状態が固定していれば、確かにそれは一種の安定であり、そこに不安はない。それを調和と言うことはできなくても、心惑わされ、不安になることはないだろう。

だから柏木は「愛はありえない」と結論することにしたのである。その結果柏木は、愛を求めつつ信じなかった女、『愛の渇き』の悦子、愛を求められて信じなかった男、『沈める瀧』の昇ら「拒まれた者」の系譜に連なることとなった。

さて、「私」が魅了された柏木のエロティシズムの論理であるが、そこには次のような特徴がある。柏木の告白はこうであった。

> 問題は、俺と対象との間の距離をいかにちぢめるかということにはなくて、対象を対象たらしめるために、いかに距離を保つかということにあるのを知った。
>
> （中略）隠れ蓑や風に似た欲望による結合は、俺にとっては夢でしかなく、俺は見ると同時に、隈なく見られていなければならぬ。俺の内翻足と、俺の女とは、そのとき世界の外に投げ出されている。内翻足も、女も、俺から同じ距離を保っている。実相はそちらにあり、欲望は仮象にすぎぬ。そして見る俺は、仮象の中へ無限に顚落しながら、見られる実相にむかって射精するのだ。

柏木は、欲望の対象との融合を決して求めることなく、あくまでも対象として、距離をおいて「見る」。「見る」ことで「欲望は無限に昂進する」というのである。それは、柏木が内翻足であり、見られる存在であったからこそ編み出されたエロティシズムの論理なのだが、そのような柏木が「見る」ということにはどんな意味があるのであろうか。

柏木は内翻足ゆえに見られる存在である。しかし柏木は、一方的に見られる立場にあることに甘んじず、見られると同時に「見る」存在であろうとする。第二章、二の2、対象の支配という意味をもつ、「見るということ」でも取り上げたように、このようなことは、「私」が、弁当を食べている柏木に話しかけようとしたときにも感じたこととして記述されている。「見たほうが勝ち」だというのである。

二節で検証したように、「私」の場合も、「見る」ということには大きな意味があった。「私」の場合、「見る」ということには、対象を支配するという意味があった。対象を徹底的に対象たらしめ、見ることによってそれを支配するのである。柏木のエロティシズムの論理にも同様に、この見ることによる支配への欲望があるであろう。柏木は愛を信じない。柏木のエロティシズムの論理に愛は介在しない。愛か支配か。人間関係において、愛がありえないのであれば、そこには支配があると柏木の告白は告げている。

柏木が他人や物事を認識し、分析し、そして支配する様子は、象徴的に、その生け花の手際のよさによく表れている。


彼の手の動きは見事という他なかった。小さな決断がつぎつぎと下され、対比や均整の効果が的確に集中してゆき、自然の植物は一定の旋律のもとに、見るもあざやかに人口の秩序の裡へ移された。あるがままの花や葉は、たちまち、あるべき花や葉に変貌し、その木賊や杜若は、同種の植物の無名の一株一株ではなくなって、木賊の本質、杜若の本質ともいうべきものの、簡潔きわまる直叙的なあらわれになった。

しかし彼の手の動きには残酷なものがあった。植物に対して、彼は不快な暗い特権を持っているように振舞った。それかあらぬか鋏の音がして茎が切られるたびに、私は血のしたたりを見るような気がしたのである。

「私」は、柏木の生け花に感じたような残酷さを、柏木の女の扱い方にも感じている。父の死に際して「私」も言っているように、「見る」ことにはすでに残酷な要素があるが、柏木はことさら残酷に女を扱う。それは、見ることによる「私」の死んだ父への復讐のように、女に復讐しているかのようである。そこには、柏木の抑えきれない感情、つまり怒りが表れているのではないかとも思われる。

柏木がしばしば口にする「認識」という言葉は、この「見る」ということが応用、展開されたものである。「認識」も「見る」ということも、物事の所有の一形態であり、対象の支配を可能にするのである。

その人は柏木の目を媒介として、私の前に現われる筈なのである。その人の悲劇はかつて明るい神秘の目で見られたが、今はまた、何も信じない暗い目で覗かれている。そして確実なことは、あの時の白い昼月のような遠い乳房には、すでに柏木の手が触れ、あの時華美な振袖に包まれていた膝には、すでに柏木の内飜足が触れたということだ。確実なのはその人がすでに、柏木によって、つまり認識によって汚されているということだ。

柏木の場合、女を徹底的に対象として見ること、認識することが欲望を昂進させたが、前に見たように、「私」の場合は違う。ここに引用した箇所に登場する生け花の師匠との一件も、柏木の場合とは全く違った結果になるのである。

2、父という〈他者〉の代理としての老師

「私」が老師の存在に対して特に意識的になったのは、母に金閣寺の後継者になることを目指せと言われてからである。そしてその意識の仕方であるが、それはなぜか好意的ではなく、「十七歳の私の目は、時折老師を批判して見るようになっていた」というのである。「私」の老師に対する感情は徐々に悪化していき、たとえば、金閣寺見物に訪れた娼婦の腹を踏んで外人兵から得た煙草を老師に贈ったときの老師の反応に、「私」は不満を抱く。

不満が私の体を熱くしていた。自分のした不可解な悪の行為、その褒美にもらった煙草、それと知らずにそれを受けとる老師、……この一連の関係には、もっと劇的な、もっと痛烈なものがある筈だった。老師ともある人がそれに気づかぬことが、私をして老師を軽蔑させる又一つ大きな理由になった。

「老師ともある人が」と言うが、どうして「私」は老師に、そんなに大きな期待を抱くのであろうか。どうして勝手に期待し、勝手に失望するのであろうか。

「私」はこのとき老師から大学進学の話をされる。それを聞いていた副司さんは、「老師のほうから大学進学の話があるのは、よほど嘱望されている証拠だとい」って、「寺じゅうに伝える。「私」は老師に受け容れられている。受け容れられているだけではなく、「嘱望されている」のだ[6]。だが手記には、大学進学の話を聞いて喜んだという記述もなければ老師に感謝したという記述もない。それどころか、「私」はますます老師に対する否定的な感情をつのらせていく。

「私」は、前に見た柏木のように、被疎外者の立場に固執する態度をとっているのではないだろうか。自分を〈他者〉には決して受け容れられない「拒まれた者」として規定し、その立場から絶対に抜け出ようとしないのである。あらゆる〈他者〉に受け容れられることはないと信じる「私」は、老師の好意や期待を素直に受け取ることができない。「私」は柏木同様、『愛の渇き』の悦子、『沈める瀧』の昇らの「拒まれた者」の系譜に連なる者なのである。

さて、娼婦の腹を踏んだ「私」の非行は老師の知るところとなった。にもかかわらず、老師は不問に附した。そのことがまた「私」をして老師を嫌わせる。

> もしかしたら二カートンのチェスタフィールドを私の手からうけとったとき、老師はすでに見抜いていたのかもしれない。不問に附したのはただ、私の自発的な懺悔を、遠くからじっと待つためであったかもしれない。（中略）大学進学の餌を与えておいて、それと私の懺悔とを引換えにして、もし私が懺悔をしなければ、その不正直の罰に進学を差止め、もし懺悔すれば、改悛のしるしを見究めてから、今度は格別に恩着せがましく、大学進学を許すつもりかもしれない。そしてもっとも大きな罠は、老師が副司さんに、このことを私に告げるな、と命じた点にあるのだ。（中略）その罠に私を引っかけている。……ここに思いいたると、私は怒りに駆られた。（傍点引用者）

ここに引用した箇所では、「もしかしたら」に続いて「かもしれない」が三回も繰り返されている。「私」は老師の心中を推測しているに過ぎない。老師の真意は、ここで「私」が考えているようであるとはまったく限らないのである。それなのに「私」は、老師の中に悪意を見ようとする。真偽を確かめようとはせずに、自分にあえて不利な推理をしてそれと決めつけ、「私は怒りに駆られ」るのである。「私」には、否定的な思考を自動的に行ってしまうような自己破壊的

な傾向がある。(7)

どんなに私は老師の一言を待ったことか。老師は意地わるく沈黙を守り、私を永い時間のかかる拷問にかけていた。私も亦、怖れからか、あるいは反抗からか、進学について老師の意向をもう一度質してみることができかねた。

「私」の非行が知られて後、「私」の大学受験について沈黙を守る老師に対して、またしても「私」は否定的な自動思考をする。老師の沈黙を「意地わる」からだとするのも、それを「拷問」だとするのも「私」の思考である。事実とは限らない。

許昊は、「私」が実父の死後、金閣寺の徒弟になったのは、「「私」の身柄が義父に手渡されたような、象徴的な意味を持つ(8)」と述べる。

実際、鹿苑寺内での「私」の数々の非行にもかかわらず、我慢強く見守る住職の態度には、どことなく父性のようなものを感じさせる。また住職に対する「私」の反抗にも、やはり親に対する子どもの甘えみたいなものが感じられる。(9)

許昊の指摘のように、「私」には確かに老師を父親の代理と見立てているかのようなところがある。前に引いた箇所の、「怖れからか」「反抗からか」というのも、まるで父親に対してであるかのような感情の揺れである。また、「老師の一言を待った」というのも、親の指示を待つような、「私」の老師に対する依存心を示している。そして「私」の中で、「老師の姿は徐々に怪物的な巨きさを得て、人間らしい心を持った存在とは見えなくな」り、「何度目を外らそうとしてもそこに存在し、奇怪な城のようにそこにわだかまってい」るようになる。こうなってしまったら、「私」の態度としては、反抗か服従かのどちらかしかないであろう。

その衝動は、早朝、遠方の檀家の葬式に招かれていく老師を見送った際に起こった。

> そのとき私の内には異様な衝動が生れていた。大事な言葉が迸ろうとして吃音に妨げられる時と同様、この衝動は私の咽喉元で燃えていた。私は解き放たれたかった。母がかつて暗示した、住職の跡を襲う望みはおろか、大学進学の望みもこのときにはなかった。無言で私を支配し、私にのしかかっているものから遁れたかったのである。
>
> （中略）
>
> 私の咽喉元で燃える力は、ほとんど制しがたい力になった。すべてを打明けたいと私は思った。老師を追って行って、その袖にすがり、大声で雪の日の逐一を述べ立てたいと思った。老師に対する尊敬がそんなことを思いつかせたのでは決してない。老師の力は、私にとっては一種の強力な物理的な力に似ていた。

「無言で私を支配し、私にのしかかっているもの」とは何であろう。単に母に暗示された「住職の跡を襲う望み」のことではなかろう。金閣とそれが象徴する「美」と、そもそものような観念を植え付けた父がその根源にあり、「私」の世界は支配・被支配のパワーゲームになっているのだ。「私」は自分でも気付かずに、父の支配から逃れ、自分の世界のあらゆる関係にはびこっている支配・被支配の法則から「解き放たれたかった」のではないだろうか。老師は「私」にとっては父の代理のような存在で、「私」には、自分を抑圧する者として反抗したくなる時もあれば、依存的になる時もある相手である。そして「私」は老師に、「一種の強力な物理的な力」に似たものを感じ、いずれその力を頼りに、〈自己〉の解放を試みることになるのである。

テクストには、「私」の〈他者〉に対する感情がストレートに表現されているような箇所はあまりない。ところが老師に対しては、これまでにも見てきたように、「私」が怒りの感情を持ったことが何度か語られるのである。「私」は父に、見ることによる「復讐」をした。「私」は父に対してとてつもない怒りを感じていたということだ。そして「復讐」をしても解消されなかった怒りは、なぜか老師に向けられているようなのである。見てきたように、「私」が老師に怒りを感じる理由は、「私」の推測に基づいたものでしかない。「私」は老師を父の代理と見なして、父にぶつけることのできなかった怒りを老師にぶつけるために、怒りの理由を探しているかのようである。

ある時、女と連れ立って歩いている老師をつける格好になってしまい叱責された「私」は、またしてもその後の「老師の無言の放任に耐えなかった」。

私に何らかの人間的な感情があれば、それに対応する感情を相手から期待していけないという法はない。愛であれ、憎しみであれ。

前に見たように、「私」の感情は疎外されており、本来の自分の感情を見失っているような状態が続いていたはずだ。だが「私」は、老師にだけは時々怒りを覚えている。その上、そのような自分の感情に対応する相手の感情を期待するのである。「私」の押し殺されていた感情は、老師を通路にして吐き出されようとしているかのようである。「私」は自分の感情をぶつけるのであるから、相手からも感情のお返しが欲しいと、〈他者〉との感情のやり取りをしたいと願う。そしてその相手は、「私」にとっては父の代理とでも思われる老師なのである。

「私」は老師から、自分の「感情」に「対応する感情を」期待する。その「感情」は、「憎しみ」でもよかった。「折ある毎に老師の顔色を伺うのが、私の情けない習慣にな」り、「思いあぐね、待ちあぐねた末」、「ただ一つ老師の憎悪の顔をはっきりつかみたいという、抜きがたい欲求の虜(とりこ)にな」って、老師と連れ立って歩いていた芸妓の写真を老師に届けるという子供っぽいいたずらをする。「その目論見(もくろみ)に手をつけてから」、「私」は「打って変って陽気になり、説明のつかない喜びに心」が勇む。

私はこうまで希望を以て何事かを待ったことはない。老師の憎しみを期待してやった仕業であるのに、私の心は人間と人間とが理解し合う劇的な熱情に溢(あふ)れた場面をさえ夢みていた。老師は突然私の部屋へ来て、私をゆるすかもしれなかった。（中略）老師と私はおそらく抱き合い、お互いの理解の遅かったのを嘆くことだけが、あとに残されるに相違なかった。

（中略）

私はひたすら大書院の老師の居間のほうへ聴耳を立てた。何の音もきこえて来なかった。今度は老師の荒々しい怒りを、雷のような大喝を待った。殴打され、蹴倒され、血を流す羽目になっても悔いないだろうと私は思った。

「私」は「拒まれた者」の系譜に連なる者であった。「人に理解されないということが唯一の矜(ほこ)りになっていた」はずである。だが、老師とは、理解し合い、許し合うことを望む。それがかなわないのなら、激しい怒りの感情をぶつけて欲しいと願う。いずれにせよ「私」は、老師と人間らしい感情のやり取りをしたいと望むのである。老師が例の写真をこっそり「私」の部屋の机の抽斗に入れてあったのを見て、「今や確かに彼は私を憎んでいる」と思って、「私」は「得体のしれない喜び」を感じる。「拒まれた」「私」はいつもの場所に落ち着くのである[10]。

「私」は後に出奔するが、その直接の動機は、老師の「お前をゆくゆくは後継にしようと心づもりしていたこともあったが、今ははっきりそういう気持ちがないことを言うて置く」という〈言葉〉だった。「私はずっと前からこの宣告を予感し、覚悟していた筈である」と言うが、「私」は「拒まれた者」として、わざわざ自分で自分の幸運を逃すようなことを着々と行っていたということなのである。

3、「私」を受け容れる〈他者〉としての鶴川・禅海和尚

鶴川は「私」が憧れるような明るく快活な少年だった。だが後に、その死が自殺だったことが判明し、彼も「私」が期待していたような明るい〈生〉を生きていた少年だったわけではないことがわかる。その時に「私」は、「私は記憶の意味よりも、記憶の実質を信じるにいたった」と言って、あくまでも鶴川の明るい側面を信じようとする。だがそもそも、老師のところでも見たように、「私」の〈他者〉に対する認識は、推測で行われていることも多い。問題はその推測を、「私」が好意的に行うか、否定的に行うかということなのである。鶴川の場合、「私」は好意的・肯定的な推測を行っている。

私という存在から吃りを差引いて、なお私でありうるという発見を、鶴川のやさしさが私

に教えた。私はすっぱりと裸かにされた快さを隈なく味わった。鶴川の長い睫にふちどられた目は、私から吃りだけを漉し取って、私を受け容れていた。それまでの私はといえば、吃りであることを無視されることは、それがそのまま、私という存在を抹殺されることだ、と奇妙に信じ込んでいたのだから。

……私は感情の諧和と幸福を感じた。

「私」が鶴川に対して好意的な解釈を行うのは、鶴川が「私」を受け容れる姿勢をはっきり見せてくれたからである。吃りであろうとなかろうと、「私」という存在をそのまま受け容れてくれたのが鶴川だった。「私は感情の諧和と幸福を感じた」。「拒まれた者」として〈自己〉を規定している「私」であるが、一方で、実は〈他者〉に受け容れられたいと思っているのだ。「私」を受け容れることを表明してくれた〈他者〉はもう一人いる。金閣を焼く当夜、鹿苑寺を訪れた禅海和尚である。「和尚には、私の心にひびくやさしさがある」。

私に嘗て知らなかった感情が生れた。一度も人に理解されたいという衝動にはかられなかったのに、この期に及んで、禅海和尚にだけは理解されたいと望んだのである。

ここでも「私」は「一度も人に理解されたいという衝動にはかられなかった」と言うが、老師のところで見たように、「私」は〈他者〉と理解しあうことを実は望んでいる。禅海和尚は素朴で力強く、老師のように無表情で心中がわからないようなところがない。「私」は和尚を好意的に解釈しようとする。

> 和尚が何より私に偉大に感じられたのは、ものを見、たとえば私を見るのに、和尚の目だけが見る特別のものに頼って異を樹（た）てようとはせず、他人が見るであろうとおりに見ていることであった。（中略）私は和尚の言わんとするところがわかり、徐々に安らぎを覚えた。

「私」は和尚に「私を見抜いて下さい」と言い、「見抜く必要はない。みんなお前の面上にあらわれておる」と言われ、「完全に、残る隈（くま）なく理解されたと感じた」。そして「行為の勇気」を得て、金閣放火へと突き進むことになる。

「私」は自分でも気付かないところで、自分を理解し受け容れてくれる〈他者〉を求めている。だが怖れか不安からか、自分を受け容れてくれる〈他者〉をよく見極めることができない。もっとも、明らかに自分に好意的な〈他者〉のことは信じることができるようである。ここにあげた鶴川や禅海和尚はその数少ない例外である。

しかし問題は、〈他者〉に受け容れられるかどうかではなく、「私」が「私」自身を受け容れることができるかどうかである。心の本当の安寧は、自分で自分を肯定し、受け容れることができて初めて得られるものだからである。〈他者〉に受け容れられることは、自分で自分を肯定し、受け容れることができるようになるための第一歩とはなる。だが、そこから今度は自覚的に、「私」は「私」に向き合わなければならない。「拒まれた者」の立場には安住できないのであるから、「私」は出発しなければならないのである。

《註》

（1）野島秀勝著、「「拒まれた者」の美学」、白川正芳編、『三島由紀夫批評と研究』、芳賀書店、一九七四年十二月、一一九頁。
（2）前掲書、一一九頁。
（3）三島由紀夫著、「重症者の兇器」、初出「人間」、一九四八年三月。『決定版三島由紀夫全集27』、新潮社、二〇〇三年二月、三〇頁。
（4）野島秀勝著、前掲書、一二二頁。
（5）二の1のところで取り上げたように、金閣に投影している「私」の心的状況も「不安」である。
（6）許昊は、「「私」の数々の非行にも関わらず住職が見せた寛大さ、しかも他の徒弟を放って置いて「私」だけを大学へ進学させた特別な配慮、一時期とはいえ「私」のような「生来の吃り」を後継にしようと考えたことなど」（許昊著、「『金閣寺』の「裏の筋」――住職と「私」との関係をめぐる一仮説――」、『稿本近代文学』、筑波大学日本文学会近代部会、一九九九年一二月、一〇七頁。）から、老師を「私」の実父とする大胆な仮説を試みている。だが、老師の「私」への期待は、そのような仮説を立てずとも説明できるものなのではないだろうか。「私」は自分に自信がなく、自尊心が低いため、自分自身の価値を実際以上に低く見積もる傾向があるのである。「私」は老師の好意や期待を信じられない。だから、「私」の手記である『金閣寺』のテクストからは、老師から嘱望される「私」の姿は見えてこないのである。

（7）シラルディによれば、動揺するような出来事が起きると自動思考が生じるが、その自動思考が合理性を欠いており、歪んでいたり、過度に否定的だったりする場合があるということである。そのような自動思考は、気分や自己価値観に影響を与えるが、なかなか気付かれないため、抑うつを引き起こすこともあるという。

「私」の場合も、自分では気付かずに、しばしば自己破壊的な自動思考に陥っていると言えるだろう。

グレン・R・シラルディ著、高山巌監訳、『自尊心を育てるワークブック』、金剛出版、二〇一一年一〇月、六八頁。

（8）許昊著、「『金閣寺』の「裏の筋」――住職と「私」との関係をめぐる一仮説――」、『稿本近代文

学』、筑波大学日本文学会近代部会、一九九九年一二月、一〇五頁。

(9) 前掲書、一〇五頁。

(10) 森田健治は「その「喜び」とは、自分の思いどおりに〈作用〉された老師の姿を想像し得た「喜び」でもあるはずだ」、「老師の「人間的な感情」／〝内面〟を見抜くものとして自己を位置付け、老師とのコミュニケーションのメタレベルに自己を措定しコミュニケーションそのものを掌握しようとする身振りである」として、「私」が〈他者〉に対して支配者であろうとする傾向を指摘している。
森田健治著、「〈作用〉する〝言葉〟——三島由紀夫『金閣寺』論——」、初出『昭和文学研究』、二〇〇〇年九月。『三島由紀夫『金閣寺』作品論集』、クレス出版、二〇〇二年九月、三六六頁。

四、金閣を焼くということ

1、なぜ金閣は焼かれなければならないのか

「私」の物語は金閣を焼く必然へと突き進んでいく。「私」の理屈の中では、金閣は焼かれな

ければならないのである。「私」が金閣を焼くということには、「私」が「金閣」の支配から逃れて、自分の〈生〉を取り戻すという意味がある。金閣を焼くことによって、「私」の「別誂え（べつあつら）の、私特製の、未聞の生」がはじまるはずだったのである。問題は、金閣を焼くことでそれが達成できるかどうかである。

　金閣放火を思いつく前に、「私」はまず寺を出奔しようとする。


「何から遁（のが）れたいんだ」

「自分のまわりのもの凡（すべ）てから逃げ出したい。自分のまわりのものがぷんぷん匂わしている無力の匂いから。……老師も無力だ。ひどく無力なんだ。それもわかった」

「金閣からもか」

「そうだよ。金閣からもだ」

「金閣も無力かね」

「金閣は無力じゃない。決して無力じゃない。しかし凡ての無力の根源なんだ」


　旅費を借りようとして、柏木と交わした会話の中で、「私」は「無力」から遁れたいと言う。金閣自体は「無力」であるどころか強大な力をもっている。そうして「私」の「人生」を支配し、「私」から自分自身の〈生〉を生きる力を奪っている。だから「私」にとって金閣は、「無力の根源」なのである。
もっとも「私」は、自ら金閣の「美」という観念に自身の「人生」を否定させ、自分自身の〈生〉を生きる力を無くしているのだ。「私」は父の〈言葉〉を信じ、至上の金閣に自身の「人生」を規定させている。それゆえ出奔は、金閣とその「美」は観念として、「私」の内面に存在しているものなのである。なぜならば、本当の意味で「私」が金閣からの離脱を願望する身振りにすぎないものになる可能性がある。なぜならば、本当の意味で「私」が金閣から遁れるためには、「私」は「私」の内面へと切り込まなければならないからである。
旅先の由良の海では、「私」の心の中に、『金閣を焼かなければならぬ』という想念が浮ぶ。だが、ここで「私」は老師のことに思い及ぶ。

……私はこの窓辺で、又さきほどの想念を追いはじめた。なぜ私が金閣を焼こうという考えより先に、老師を殺そうという考えに達しなかったのかと自ら問うた。

前節でもあげた許昊は、「住職と「私」との関係については、「親殺し」の文学を目指した三島が、この二人の関係を象徴的な親子として用いたと推定するのは容易いことである(1)」とする。これまでに見てきたように、「私」は老師に父親の存在を投影し、それに甘えたり反抗したりしている。実の父は金閣を賛美して、暗にありのままの「私」の存在を否定していた。そのため

「私」は疎外感を抱き、自らを「拒まれた者」として位置づける。そして「私」は、父の代理とも言える老師に父との関係性を投影し、あえて拒まれる状況に自分を追い込むという行動をとってきた。

だがここに来てついに「私」は、「私の環境から、私を縛（いま）しめている美の観念から、私の轗軻（かんか）不遇から、私の吃りから、私の存在の条件から、」「出発せねばならぬ」と思ったのである。金閣の「美」について「私」に語ったのは父である。「私」が出発するためには父を殺さなければならないはずである。だが「私」は、実父はもとより、父の代理とも言える老師を殺すことすら思いつかず、父の〈言葉〉にあった「美」を象徴する金閣という実在を焼こうとする。『金閣寺』は「親殺し」の物語というよりは、失敗した「親殺し」の物語なのではないだろうか。

「私」は金閣を焼くと決心しても、金閣をその頂点とする支配・被支配のパワーゲームからは逃れられていない。「私」は金閣を焼くと決心してから、「寺の生活が楽にな」り、「耐えがたい物事も耐えやすくなっ」て、「あらゆるものから自由の身になった」と感じるが、「私の自由の根拠」とは、「終末を与える決断がわが手にかかっていると感じること」であった。金閣の運命を手中にしているという支配者的な考えが、「私」に「自由」を感じさせているのである。

また「私」は柏木と、『南泉斬猫』の公案をめぐって、「認識」と「行為」のどちらが優位にあるかという議論をする。「生を耐えるのに」は「認識」しかないと言う柏木に、「私」は「世界を変貌させるのは行為」だとする。だが、そもそも、〈生〉は耐えるしかないものなのであろうか。「生を耐える」というのはやはり「被疎外者」、「拒まれた者」の発想である。そして、その「拒まれた」状態に彼らは好んでい続けようとしていたのだ。

だから、「私」が「行為」によってそこから抜け出そうとするのには一応意味がある。問題は「認識」と「行為」の内容である。「認識」は合理的で、歪みの無いことが望ましい。そして「行為」は、そのような「認識」に基づいてなされるべきものである。しかし柏木の「認識」も「私」の「行為」も、これまでに見てきたように、必ずしも合理的ではない。

ところで、柏木との「認識」と「行為」をめぐる議論は、一種の芸術論として考えることもできるだろう。

> 認識にとって美は決して慰藉（いしゃ）ではない。女であり、妻でもあるだろうが、慰藉ではない。しかしこの決して慰藉ではないところの美的なものと、認識との結婚からは何ものかが生れる。はかない、あぶくみたいな、どうしようもないものだが、何ものかが生れる。世間で芸術と呼んでいるのはそれさ。

柏木の芸術論は「拒まれた者」の芸術論ではないだろうか。「拒まれた者」の芸術にももちろん意味はある。だが、それは〈生〉とは親和性がないので、「慰藉」にはならないのであろう。「私」は「美」、すなわちそのような芸術を否定して金閣を焼こうとする。「私」の金閣放火はやはり、「私」の〈生〉の回復を目的としているのである。
金閣を焼くのは「私」が生きるためだと何度も繰り返される。「私の生きる意志がすべて火に懸っていた」、「私はたしかに生きるために金閣を焼こうとしている」などと綴られている。だが、「私」は死の不安にとりつかれる。

これから私は生きる筈であるのに、ふしぎなことに、日ましに不吉な思いが募って、明日にも死が訪れるように思われ、金閣を焼くまでは死がどうか私を見のがしてくれるように祈った。（中略）私を生かしている諸条件の調整やその責任が、のこらず私一人の肩にかかって来たという重みを、日ましに強く感じるようになったのである。

この箇所は、「私」を支配するものであった金閣が、同時に「私」が依存する対象でもあったということを示していて興味深い。前に、柏木の告白を聞き、その恐ろしい生き方にふれて、「私」が金閣に自分を守ってくれるようにと祈ったことを指摘した。だが、金閣を焼く決心をしたからには、もう金閣を頼ることはできない。「私」は自分の〈生〉を取り戻すのだから、自分で自分の命を守っていかなければならないのである。

2、金閣を焼くことと〈他者〉への依存

「私」は、金閣放火実行のため、まだ〈他者〉の存在に依存しようとする。その〈他者〉とはまたもや、「私」の父の代理とも言うべき老師である。

老師は、信頼できないはずの「私」に「恩恵を施し」、大学の授業料と通学電車賃と、文房具購入代を手ずから渡す。「私」は「こうして私の手に金が渡されても、私に対する信頼の虚偽であることは、老師以上に私がよく知っていた」と、老師の真意を確かめることなく決め付ける。「私」は、「老師がそれと知ったら激怒せずにいられぬような、そして即刻私を寺から放逐せずには措かぬような、そういう使途を見つけ出さねばならぬ」と考える。「私」はあくまでも老師に対して「拒まれた者」の位置にい続けようとする。老師の心中を自分に不利なように勝手に推測して、どんどん自分を苦境に追い込んでいくのである。

そして遊郭で授業料を使い果たせば、「老師に、尤も至極な放逐の口実を与えることになる」と考え、また、「もしこれが私の本心だとすれば、私は老師を愛していなければならなかった筈である」と言う。「私」にとって老師は、実は愛を問う対象であったのだ。「私」は老師を愛しつつ、また老師に拒まれることを願う。「私」自身それを「奇妙な矛盾」と言うが、前に見たように、三島由紀夫作品における「拒まれた者」たちは、皆このように、愛しつつ拒まれることを望んでいる。

だが愛しつつ拒まれてしまっては、愛は成立しない。そして愛のないところには支配が、もしくは依存がある。

私は決して老師に、この使途を暗示するような行動に出なかった。告白は不要であり、告白しなくても、老師が嗅ぎつけてくれる筈だったのである。

どうしてそこまで私が、或る意味で老師の力に信頼し、老師の力を借りようとしているのか、説明はむずかしかった。自分の最後の決断を、又しても老師の放逐に委ねようとしているのかわからなかった。

遊郭で金を使い果たしたことを老師に見破ってもらいたい、老師の放逐によって、金閣放火の最後の決断をしたいと「私」は依存する。そのような時、「私」は老師が「庭詰(にわづめ)の姿勢に似」た姿で、「経文らしいもの」をつぶやいている場面に遭遇する。その姿を見ているうちに、「私」は「危うく」「感動に襲われかけ」、「力の限り否定しながら」、「老師をまさに愛慕しようとしているその境目のところにいた」。だが「『私に見せるためにそうしている』と考えたおかげで、すべてが逆転し、私は前よりも硬い心をわがものに」する。

「私」にとって老師は、やはり愛を介して存在すべき〈他者〉である。だが、「私」は「拒まれた者」であるゆえ、その愛を実現することができない。愛することのできない「私」はそのような〈他者〉に依存する。そして依存ができないとなると、その〈他者〉を支配することを望む。森田健治は、「私」が、老師の「庭詰(にわづめ)の姿勢に似」た姿で「経文らしいもの」をつぶやいているところに出会って、金閣放火決行の意志を固めたことについて、次のように述べている。

「『私に見せるためにさうしてゐる』と考へたおかげで、すべてが逆転し」、「放火の決行に、老師の放逐などをあてにすまい」と「思ひ定めた」のは、大きな意味を持っている。ここにおいても、老師にその行為を促しそこに老師の意図の反映——表象を見出す自己を想定することで、自らを優位な位置に措定する「私」の姿が記述されているのである。[2]

森田の言葉で言えば「私」は、「老師とのコミュニケーションのメタレベルに自己を措定しコミュニケーションそのものを掌握しようとする」[3]のである。しかしまた森田は、「『自分の最後の決断』すらもそうした老師の行為なしにはなされ得ないということ[4]」から、そこに逆説的なものを見る。

老師のその振る舞いを自分の行為の〈作用〉と見なす限りで、老師の行為はある種の予定調和の中に位置付けられている。だが、老師の振る舞いがない限りそうした予定調和を成立させ得ないのなら、「私」の「決断」という「内界」に存在すべきものは、「外界」(他者)

との連関をどこまでも必要とするということになろう。とすれば、老師との関係を通して浮き彫りになるのは、他者の〝言葉〟や振る舞いの〈作用〉の圏内に自己を位置付けるあり方なのだということができるだろう。[5]

森田は、「こうした私の読解も、『金閣寺』というテクストによる〈作用〉の圏内で形成されたものでしかない」[6]と言う。この言葉は、森田自身が意識している以上の意味をもっているだろう。

バフチンの言うように、言語の生活がすべて対話関係に貫かれているとしたら、確かにわれわれは〈他者〉の〈言葉〉の「〈作用〉」からは絶対に逃れられない。『金閣寺』の「私」も常に、〈他者〉の〈言葉〉と振る舞いに対して反応している。

だが同時に、「私」の反応の仕方には特徴的なものがある。「私」は森田の言うように、単に「他者の〝言葉〟や振る舞いの〈作用〉の圏内に自己を位置付け」ているわけではないのである。「私」は〈他者〉の〈言葉〉や振る舞いを客観的・合理的に解釈することができない。「私」は〈他者〉の〈言葉〉や振る舞いを「私」特有の思考をもって解釈し、それによって作り上げた、「私」の閉ざされた世界から出ることができないのである。『金閣寺』というテクストには〈他者〉がいないと長年言われ続けてきたが、その大きな理由はここにあるのではないだろうか。

3、金閣を焼くことと「私」の〈生〉の回復

『金閣寺』の「私」の〈他者〉との関係性のあり方は、支配・被支配、依存・被依存が基本であった。だが「私」は「老師のうずくまった姿を見て、いよいよ誰の力にもたよらない決心を」する。「私」は金閣放火の準備を進め、決行の当日をむかえる。

しかし、いざ火を放とうとすると、「幻の金閣」が「闇の金閣」の上に「ありありと見え」、「私」自身が金閣に付与した「美」の力が「私」に及ぶ。

> 細部の美はそれ自体不安に充たされていた。それは完全を夢みながら完結を知らず、次の美、未知の美へとそそのかされていた。そして予兆は予兆につながり、一つ一つのここには存在しない美の予兆が、いわば金閣の主題をなした。そうした予兆は、虚無の兆だったのである。虚無がこの美の構造だったのだ。(傍点ママ)

前にも見たように、「私」は、「私」自身の不安な心情を金閣に投影していた。「私」という存在も、「完全を夢みながら完結を知ら」ないため、安定を得ることができないのである。「私」にとっての金閣の「美」はそれ自体が美でありながら、「ここには存在しない」美を求める。それはその「美」が、すでにある美として味わう美ではなく、観念として、そうあるべきもの[7]として

「私」に提示されたものだからである。そして達成されるべき「美」は永遠に完結しない。それは完成しない「美」なのである。だとすると、そのような観念としての「美」は、確かに構造として「虚無」である。

「私」は「行為」の途中で、「激甚の疲労に襲われた」。「美が最後の機会に又もやその力を揮(ふる)って、かつて何度となく私を襲った無力感で私を縛ろうとしてい」たからである。だが、「何かの言葉がうかんで消えた（傍点引用者）」。

……その言葉が私を呼んでいる。おそらく私を鼓舞するために、私に近づこうとしている。（中略）言葉はつづいてすらすらと出た。

『仏に逢うては仏を殺し、祖に逢うては祖を殺し、羅漢に逢うては羅漢を殺し、父母に逢うては父母を殺し、親眷(しんけん)に逢うては親眷を殺して、始めて解脱(げだつ)を得ん。物と拘(かか)わらず透脱(とうだつ)自在なり』

言葉は私を、陥っていた無力から弾き出した。（傍点引用者）

〈言葉〉は単なる言語ではなく、常に対話関係を含んでいる。ここで「私」を鼓舞したのが〈言葉〉だったのは、その〈言葉〉が、〈他者〉への応答であったからである。もっとも「私」にとっての〈他者〉は、誰とはっきり意識されたものだと言うよりも、漠としているか、もしくは見当違いである。「私」は実在の金閣を焼いて、「美」を殺そうとしていた。そしてその予感は「私」にもあり、「心の一部」で、「これから私のやるべきことが徒爾だと感じている。

この臨済録示衆の一節が、「父母を殺し」と言っているのは示唆的である。「私」は「私」の父に向かってこの〈言葉〉を言い、父とその〈言葉〉を殺す必要があったのではないだろうか。

ところで『金閣寺』には、手記として書かれているとみなすことのできる根拠が多く見られる。[8] にもかかわらず、それをモノローグだとする評者もあり、[9] たびたび争点となってきた。許昊は、「『金閣寺』がモノローグだという誤解は、作品自体が抱えている欠陥から生じている」[10] と述べる。そして手記として書かれてきた『金閣寺』が、前に引用した、第十章の、「私」が臨済録示衆の一節を思い出して放火を実行に移す場面のあたり、「……さて私は今まで永々と、幼時からの記憶の無力について述べて来たようなものだが」で始まる箇所以降モノローグに変ったとする。

この箇所以降には確かに、手記として読むと多くの矛盾がある。だが喜谷暢史はそもそも、『金閣寺』を手記として実体的にとらえるナラトロジー的方法論に対し疑問を呈する。そして「作品を統括する装置、「〈語り手〉を超えるもの」を想定」する。喜谷は最終章について「同時進行的、実況中継的な語りの要素が増大している」[11] と述べるが、喜谷の言う「作品を統括する装置、「〈語り手〉を超えるもの」」があるとするなら、ここでそのような表現がなされているのにはどのような意味があるのであろうか。

前に見たように、臨済録示衆の一節の〈言葉〉に力を得て、「私」は放火を実行する。すると燃え上がる火を見て、「私」には、「この火に包まれて究竟頂で死のうという考えが突然生じ」る。だがその「扉は開かない」。

> 扉は開かない。三階の鍵は堅固にかかっている。
> 私はその戸を叩いた。叩く音は激しかったろうが、私の耳には入らない。私は懸命にその戸を叩いた。誰かが究竟頂の内部からあけてくれるような気がしたのである。
> そのとき私が究竟頂に夢みていたのは、確かに自分の死場所であったが、煙はすでに迫っていたから、あたかも救済を求めるように、性急にその戸を叩いていたものと思われる。
> (中略)ともかくそこに達すればいいのだ、と私は思っていた。

「扉は開かない」、このフレーズは三回繰り返される。そして「ある瞬間、拒まれているという確実な意識が私に生れ」、「私」は「身を翻えして階を駆け下り」、「韋駄天(いだてん)のように駆け」逃げた。

金閣を焼いて、自由に生きるはずだったのに、「私」はこの期に及んで金閣との心中を夢見た。このことは、金閣を焼いても、「私」はその支配からは逃れられないかもしれないということを暗示している。だが偶然にも金閣三階、究竟頂(くきょうちょう)の扉は開かず、そこからは一転して生きるために、ただひたすら生きることを目指して、「私」は逃げた。「私」は夢中で走って、左大文字山の頂きに至る。

> 身を起して、はるか谷間の金閣のほうを眺め下ろした。（中略）
> ここからは金閣の形は見えない。渦巻いている煙と、天に沖している火が見えるだけである。木の間をおびただしい火の粉が飛び、金閣の空は金砂子を撒いたようである。

「私」が究竟頂の扉を叩く場面以降では現在形が多く使用されている。究竟頂の扉を叩く場面からテクストの終わりまでは、例のモノローグ的な、あるいは「同時進行的、実況中継的な語り」が特に目立つ箇所である。語り手は、自分の行為の一部始終を現在経験しながら、逐一それを報告するかのように語っている。このような語りを形式的な破綻としてしまえばそれまでである。だが、一方でこの場面の語りには異様な切迫感があって、「私」の行動は実に生き生きと表現されている。

そして物語は次のように終わる。

> 気がつくと、体のいたるところに火ぶくれや擦り傷があって血が流れていた。手の指にも、さっき戸を叩いたときの怪我とみえて血が滲んでいた。私は遁れた獣のようにその傷口

を舐めた。

ポケットをさぐると、小刀と手巾に包んだカルモチンの瓶とが出て来た。それを谷底めがけて投げ捨てた。

別のポケットの煙草が手に触れた。私は煙草を喫んだ。一ト仕事を終えて一服している人がよくそう思うように、生きようと私は思った。


一息ついて、「私」は自分の体のことに気がつく。体は傷ついて血が流れている。「私」は本能的に、自分の体を癒すしぐさをする。流れる血を見て、「私」には、肉体をもつ自分が生きている実感が湧いてきたのではないだろうか。生きている「私」に小刀とカルモチンはもう用がない。「生きようと私は思った」のである。

究竟頂の扉が開かず、「拒まれている」と思った「私」は、その後、ただひたすら生きることを目指した。生きるために走って逃げた。「私」は肉体を取り戻し、生きている実感を得、自分の〈生〉を取り戻したのである。テクストの最後の一句、「一ト仕事を終えて一服している人がよくそう思うように、生きようと私は思った」は、「私」が金閣を焼いて自身の〈生〉を取り戻したことの強調である。本来物語は、「私は煙草を喫んだ」で終わっても差し支えないはずなのである。

許昊は、『金閣寺』の十章における形式上の問題とこのような結末に、作者である三島由紀夫の実生活上の変化の影響を見ている。三島は当時ボディビルに熱中していたが、『金閣寺』の雑誌連載中にはその成果が出てきていた。許昊は、「『金閣寺』の構想の段階では、三島自身も溝口のような」「劣等感の固まりのような」人間であったが、「雑誌連載の途中から筋肉を身につけ、生への希望を覚えたのである」[12]。と述べる。

本来は獄中手記として完成するはずであった『金閣寺』は、十章に至ってモノローグに変わった。そのような破綻は、作者である三島の肉体の変化が影響していると許昊は言う。周知のように、三島はそのように鍛えた肉体を自ら破壊してその生涯を終える。それを考えると、この時期三島が単純に「生への希望を覚えた」と言うことができるかどうかは疑問である。もっとも、肉体への関心が〈生〉への関心と連動していた可能性はある。肉体の発見が〈生〉の発見を促すのだ。そして、〈生〉は、本質的には過去も未来も持たない。〈生〉は、「今、ここ」で起っていることだからである。〈生〉自体は、未来に「希望」など持たないのである。

『金閣寺』の「私」も、その瞬間は、「生への希望を覚え」て「生きようと」「思った」わけではないであろう。「私」はたまたま死に拒まれて逃げたところ、「生きようと」している自身の肉体を発見して、未来を何も思い描くことなく、ただ「生きようと」「思った」のではないだろうか。それは「遁れた獣」のように、本能的に何も考えずに、「今、ここ」を生きる一つの生命のあり方である。

十章のモノローグの部分には、まさに「私」の「今、ここ」が活写されている。それまでは手記として、過去が記述されていたのに、その部分にいたって、時間は現在になった。『金閣寺』の形式上の破綻と言われる十章におけるモノローグへの変化は、そのような「私」の「今、ここ」の強調、つまりは、今現在生きられつつあった「私」の〈生〉の強調なのではないだろうか。それは金閣とその「美」に支配され、自身の〈生〉を乗っ取られた「私」の死んだような人生に生き生きと血がかよいだしたということなのである。

だがここで思い起こされるのは、あの『南泉斬猫』の公案である。柏木は、猫を斬っても「美の根は絶たれず、たとい猫は死んでも、猫の美しさは死んでいないかもしれない」と言っていた。「私」は金閣を焼くことによって、「美」から自由になることができたのであろうか。

「私」の言う「美」は、「幻の金閣」の「美」であった。今そこにあって、堪能できる美ではなく、いつまでも完結することのない虚無的な観念としての「美」である。その「美」は、「私」の父が「私」に〈言葉〉として植えつけたものである。「私」は父の〈言葉〉によって、自身を「美」に疎外されたものとして位置づける。父の〈言葉〉によって、「私」は「美」を崇め、自身のありのままの存在を否定することとなったのだ。

しかし「私」はそのような生きづらさに耐えかね、本来の自分の〈生〉を取り戻し、自由になろうとした。そして自身を縛っていた「美」を破壊するために、金閣を焼くことを思いつく。金閣を焼こうとして、「私」は少しずつ自分自身の〈生〉を取り戻していった。遊郭に行って、官能をある程度回復できたのもその一例である。そして第十章では、金閣を焼いて裏山へ逃げたその一部始終を語る語りが、「私」の〈生〉の躍動を伝えている。「私」は「私」の〈生〉を取り戻したかに見えた。

三島は小林秀雄との対談で、「人間がこれから生きようとするとき牢屋しかない、というのが、ちょっと狙いだったんです[13]」と言っている。この言葉は、作者である三島自身が、人間があらゆるものの支配から逃れて、自由に生きることなどできないと言っているようにも聞こえる。逃げたつもりがやっぱり逃げられない、と言っているように聞こえるのだ。だが繰り返すが、「私」が逃れられなかったのは、父という〈他者〉の〈言葉〉からである。「私」は父の〈言葉〉としての「美」に対話的に向き合って、それを批判的に検証すべきだったのである。

もっとも、「私」が金閣について父と対話をしたのは幼い頃からのことである。子供である「私」が、父の〈言葉〉に対して疑問をもつだけの判断材料をもっていたとは考えられない。ましてや対話の相手は父である。子供が白紙で生まれてきて初めて出会う〈他者〉の一人である。たとえ自分に対して不当な〈言葉〉しか与えてくれないとしても、子供である「私」は、そのような〈他者〉を意識することによって、〈自己〉を意識し、その存在を確立していくしかないのである。

さらに、子供はその親という〈他者〉に全面的に依存しなければ生きてはいけないものである。自身の生存のためにも、子供である「私」が父の〈言葉〉に従わないわけにはいかないのである。こうして「私」の考え方や生き方は、父の思惑にそって決定されることになる。「私」は成長した後に、そのように決定された考え方や生き方をして、自分が不幸になってはじめて、何かがおかしいと気付き始めるのである。

だが、親の〈言葉〉というものは、〈自己〉の内面の深いところ、ほとんど無意識のところに根付いてしまっているために、それと気がつくことは難しい。

金閣という「猫」を断っても「猫の美しさは死んでいない」。柏木の言う「美の根」とは観念である。それは「私」の場合、父の〈言葉〉である。「私」が本当の意味で自由になり、自分の〈生〉を取り戻すためには、その父の〈言葉〉を否定し去ることが必要だったのである。

『金閣寺』の「私」の物語は、一個人に及ぼす〈他者〉の〈言葉〉の威力の恐ろしさを象徴的に示している。物語の中で「私」は、金閣を焼くことによって自身の〈生〉を取り戻したかに見えたが、自分を縛っていた〈言葉〉の背後にいた〈他者〉に気付かなかったため、その企ては中途半端な、しかも破滅的な形で終わらざるをえなかった。人間の言語の生活はすべて対話関係に貫かれている。自由な思考と、調和のとれた自由な〈生〉を獲得するためには、対話における〈他者〉とその〈言葉〉に、時には先入観や感情を排して、合理的に向き合う必要があるのだが、『金閣寺』の「私」の場合、それは困難なことであったと言えるだろう。

《註》

（1）許昊著、「『金閣寺』の「裏の筋」―住職と「私」との関係をめぐる一仮説―」、『稿本近代文学』、筑波大学日本文学会近代部会、一九九九年一二月、一一一頁。

（2）森田健治著、「〈作用〉する〝言葉〟―三島由紀夫『金閣寺』論―」、初出『昭和文学研究』、二〇〇〇年九月。『三島由紀夫『金閣寺』作品論集』、クレス出版、二〇〇二年九月、三六七頁。

（3）前掲書、三六六頁。

（4）前掲書、三六七頁。

（5）前掲書、三六七頁。

（6）前掲書、三七四頁。

（7）川崎寿彦は、「私」の「幻の金閣」の「偏在性」と「永遠性」と「超絶性」を指摘し、「このような期待をになっている存在とは、簡単にいえば、地上のイデアではないだろうか」と述べている。川崎寿彦著、『分析批評入門―新版』、明治図書出版、一九八九年四月、五四五～五四六頁。

（8）東郷克美は、『金閣寺』を手記であるとする様々な根拠をテクストの中から抽出している。東郷克美著、「「金閣寺」―監獄のなかのエクリチュール」、『國文学解釈と教材の研究』、學燈社、一九九三年五月。

（9）　三好行雄など。三好行雄著、「背徳の倫理――「金閣寺」三島由紀夫」、初出『国文学解釈と鑑賞』、一九六七年四・五・六月。『三島由紀夫『金閣寺』作品論集』、クレス出版、二〇〇二年九月、三一頁。
（10）許昊著、「『金閣寺』論――手記とモノローグの間――」、初出『稿本近代文学』、一九九七年一二月。『三島由紀夫『金閣寺』作品論集』、クレス出版、二〇〇二年九月、三二八頁。
（11）喜谷暢史著、「三島由紀夫『金閣寺』論――手記の中の〈認識〉と〈行為〉――」、『国文学論考』、都留文科大学国語国文学会、二〇〇〇年三月、五一頁。
（12）許昊著、前掲書、三三六頁。
（13）対談「美のかたち――『金閣寺』をめぐって」、初出『文藝』、一九五七年一月。『決定版三島由紀夫全集39』、新潮社、二〇〇四年五月、二八三頁。

第三章

三島由紀夫における二元論の克服が意味するもの

——『太陽と鉄』を中心に——

はじめに

三島由紀夫の手になるテクストを読んでいくと、しばしば二つの対立する概念として提示されている幾組かの対の言葉に出合うことがある。たとえば『金閣寺』における「内界」と「外界」、あるいは「認識」と「行為」、また『太陽と鉄』の「精神」と「肉体」、「文学」と「行動」などである。そして『太陽と鉄』においては、「文武両道」などといって、対立する二つの概念の統一的解消が希求されている。

小笠原賢二は、「三島由紀夫は、「幸福」や「至福」に憑かれた作家であった」と言う。小笠原によれば、三島は「いささか気恥かしさを催させなくもないこの言葉を」、「要所要所で重要な意味を込めて使っている」とのことだが、もちろんそれらは「可視的で世俗的な「幸福」」を意味しているのではなく、「文学的、存在論的な次元でのまったき自己解放、自己救済に関わる局面で、キーワードめいた役目を果している」というのである。[1]

小笠原は、三島は終生「二元論の解消」、「二元論の克服」を目指したものと主張する。三島は、相反する二つのものが「一体化」する境地を夢想し、そこに「至福」を見出していたのではないかというのだ。もっとも小笠原は、三島にとって、「念願がかなって究極的な「幸福」を手中にすることは同時に死ぬことを意味した」[2]、『憂国』にもみるように、「切腹や心中によって二元論が解消され「至福」が訪れることを」、三島は「強調しているとしか思えない」[3]と言う。小笠原によれば、三島は「永生と死が同義であるような、この世ならぬ不可能性としての「幸福」や「至福」を常に夢想し究極の理念としていた」[4]というのである。

小笠原の言うように、三島とそのテクストにおける「幸福」および「至福」という言葉の意味するものが、相反する二つのものの「一体化」という課題を含んでいるとすれば、まずは、三島の思考とそのテクストにおいて対立するとされる任意の二つの概念とその関係性について考察することが求められるであろう。『太陽と鉄』において三島は、自身が幼時より一方ならぬ愛着をもってきた〈言葉〉についての不信をあらわにしている。そしてそれについて論証していくのだが、その際、〈言葉〉に対立する概念として、「現実」、「肉体」、そして「行為」をあげている。

『太陽と鉄』の中で三島は、「第一段階において、私が自分を言葉の側に置き、現実・肉体・行為を他者の側に置いていたことは明白であろう」と述べている。三島はそのすぐ後で、ここにあげた二項対立を「このような故意に作られた二律背反」と言っており、三島自身それを絶対的な所与のものだとは考えていなかったことがわかる。しかしその「二律背反」は、絶対的な所与のものではないにもかかわらず、引き続き維持され、第二段階以降、自分をそのいずれの側に置くか、さらにはその「二律背反」自体がどうなっていくかということが議論の中心になってくるのだと三島は示唆している。

三島は「自分を言葉の側に置き、現実・肉体・行為を他者の側に置いていた」と言うが、このことから、三島にとっての「二律背反」はまた、〈自己〉と〈他者〉との関係性の問題でもあったということがわかる。だが三島の〈自己〉、そして〈他者〉認識とはどのようなものだったのであろうか。そしてそれはどの程度の深度にまで達していたと言えるのだろうか。

三島の小説には〈他者〉がいないとたびたび言われてきた。たとえば小林秀雄は『金閣寺』を評して、そこには「現実の対人関係っていうものが出て来ない」、「対社会関係も出て来ない」、『金閣寺』はリアリズムの小説ではなくて、「コンフェッションの主観的意味の強調」、すなわち「抒情詩」であると言っている。[5] また清水徹は「三島氏の小説には——少なくとも「陽画的」系列のそれには——他者は不在である。それらは独白の劇だ」とし、「他者の切り棄てと美への信仰によって彼の小説は高次の完成度へと達していることに、なんぴとも異論はあるまい」[6] と述べる。

三島における〈他者〉の問題を考えるのならば、その小説や戯曲という虚構の世界についてだけを対象にするのでは不充分であろう。たとえば、三島の場合、何よりも衝撃的だったあの自決事件自体が、やはり〈他者〉の不在という問題を提起している可能性があるからである。現実に存在した作家三島由紀夫という人物の行為や行動と、彼の創作した虚構の世界を混同するのは確かに危険である。だが、その三島事件という現実の出来事自体がそれらの虚構の世界に通じる劇的構造を持っていたとしたらどうであろう。

中村雄二郎は、三島の自決について次のように述べている。

一つには、色濃いニヒリズムがその背景にあること、もう一つには、いわば劇的構造上「他者」がないことであり、この二つは互いに結びついている。「殉教」はなんといっても「他者」の手になる死であり、まずその意味でも、「他者」の厳存を前提として成り立つ。そして、翻って考えるに、本質的な意味で「他者」の存在しないところでは、果たして「ドラマ」がありえようか。あるいは、いかなる「ドラマ」がありえようか。この問いは、三島事件と三島に向けられる問いであるとともに、三島自身がほとんどその生涯にわたって自問しつづけていた問いであったはずである。[7]

中村は三島事件を、「自己劇化」と呼ぶ。中村によれば、「自己劇化」とは、「劇的状況のうちに生きることではなくて、みずから劇的状況をつくり出すことであり、そこにおのずから、濃密な意味の世界、秩序立った価値の世界を、瞬間的にもせよとりもどす働きを持っている[8]」ということである。ドラマにおける「劇的状況」とは、一般的には〈他者〉との葛藤である。〈自己〉と、それに対立する〈他者〉がいるからドラマになる。〈他者〉の存在しないところに強引にドラマをつくろうとするなら、「自己劇化」をしなければならないのである。

中村の言う「みずから劇的状況をつくり出すこと」は、仮にでも〈他者〉を設定することから始まる。中村は、「「政治」の世界を支配するものは、「他者」性の原理である」から、「三島が後年「政治」とその相関者たる「行動」への憧れを強めたのも、ゆえなしとしない」[9]と言う。三島は確かに「行動」に憧れた。そして「行動」について三島自身はこう言っている。

まず行動ということを考えた。それが先です。私は、思想ないし観念、精神というものがどうして敵を見出さない時にこんなに衰弱するものかということを骨身にしみて感じた人間だと思うのです。（中略）どうしても人間というものは行動をして精神が動かされなきゃいかんということをまず考えた。精神が動き出すにはどうすればいいのだ。それは肉体を動かさなきゃ駄目だということがわかった。（中略）行動には必ずリアクションがある。そのリアクションがどこからくるかというと、自分の敵からくるわけですね。（中略）私はどうしても自分の敵が欲しいから共産主義というものを拵（こしら）えたのです。（中略）私は自分の行動を起すにはどうしても敵がなきゃならんから選んだ。[10]

三島は「まず行動ということを考え」、「敵」という〈他者〉を必要としたと言っている。三島の「精神」は、「敵」という〈他者〉を見出さず、「衰弱」していたという。確かに三島の言うとおり、〈他者〉との葛藤というドラマのダイナミズムは、精神を躍動させずにはおかないであろう。だから三島は、「衰弱」した自身の「精神」を動かすために、「肉体」をともなった「行動」を思い描き、その「行動」に対する「リアクション」をしてくれる「敵」という〈他者〉を必要としたと言っているのである。

しかし、三島の言う「敵」とは果して〈他者〉であろうか。三島にとっての「敵」である「共産主義」は本当に、「行動」に対する「リアクション」をしてくれる〈他者〉だったのであろうか。三島の言う「敵」は、「拵えた」「敵」であり、「選んだ」「敵」である。『太陽と鉄』の中で、〈言葉〉に対立する概念として「他者の側に置い」た、「現実」、「肉体」、「行為」をあげたのと同様に、「故意に作られた」ものなのである。

〈他者〉とは本来、所与のものである。〈他者〉とは誰にとっても、否が応でも、すでに与えられているはずのものなのである。それなのに三島は、「行動」というドラマにおける「敵」という〈他者〉を「拵え」、選ばなければならなかった。このことは三島が、もともと与えられている自身にとっての〈他者〉の存在に気づいていなかったということを意味してはいないだろうか。三島は、自身にとっての所与の〈他者〉の存在に気づかないまま、とにもかくにもその「精神」を動かされたいと思って、〈他者〉の存在を前提とする「行動」を起こそうとしたのではないかと考えられるのである。

三島の言う「敵」が本来の〈他者〉でないとすれば、中村雄二郎の言ったように、三島事件は「自己劇化」の果てになされたものと言える。三島は自身にとっての所与の存在である〈他者〉に気づかなかった。自らに与えられている「劇的状況」に気づくことなく、その「劇的状況」のうちに、自身の「精神」を動かすことができなかった。だがなにゆえにか、三島は「精神」を動かす必要性を痛切に感じて、「行動」という〈他者〉の存在を前提とする「劇的状況」を求めた。しかし、三島の〈他者〉理解は前述のとおりであったため、その「行動」は「自己劇化」に過ぎないものとなってしまったということなのではないだろうか[11]。

では、三島にとっての所与の存在である〈他者〉とはいかなるものであったのだろうか。前にも述べたように、三島の言う「共産主義」という「敵」は所与の〈他者〉ではない。「共産主義」の背後にいる現実に肉体を持った人間たちも〈他者〉ではない。だがとりあえず〈他者〉を「敵」と呼ぶのなら、『太陽と鉄』の中で疑問を付され、否定されていく〈言葉〉こそが、三島にとっての所与の〈他者〉だったのではないだろうか。

なお、〈言葉〉は客観的で純粋な言語としては訪れない。主観を持った誰かの〈言葉〉として訪れる。〈言葉〉の背後には必ず、その〈言葉〉を発した肉体を持つ現実の人間という〈他者〉がいる。〈他者〉は〈言葉〉として訪れるのである。

「人間、生れ落ちた瞬間はすべてが他人の言葉[12]」とは、詩人の谷川俊太郎の〈言葉〉である。

生まれたばかりの人間は、自分のまわりの「他人の言葉」を聞いて、それらを吸収して育っていく。「他人の言葉」、すなわち〈他者〉の〈言葉〉はニュートラルな言語ではありえず、子供は言語を習得しながら、〈他者〉の存在そのものも取り込んでいくことになる。したがってその際、子供にとっての〈他者〉とその〈言葉〉が真に子供を慈しむものであったなら、それらを学習して子供は安定的に成長していける。だが子供にとっての〈他者〉とその〈言葉〉が子供を害するようなものであったとしたら、〈言葉〉はその子供をずっと脅かし続けるだろう。

子供は自分にとって、ある〈他者〉の〈言葉〉が不当であったり、自分を傷つけるものであったりしても、そのような〈言葉〉しか与えられないのであれば、それを受け容れていくしかない。ましてや、子供にとっての〈他者〉の〈言葉〉のほぼすべては、親をはじめとする親密な、自分を愛してくれるはずの人たちの〈言葉〉である。そのような人たちの〈言葉〉を子供は疑いたくはない。何よりも、子供はその人たちに愛されたいし、その人たちには自分を生かしてもらわなければならない。子供は立場上からも、そんな〈他者〉の〈言葉〉には従わないわけにはいかないのである。

子供は〈他者〉の〈言葉〉に囲まれて育たざるをえない。問題は、それらの〈言葉〉が不当だった場合でも、子供がそれらに反論するだけの力と経験と、充分な〈言葉〉を持ち合わせないということである。

『太陽と鉄』において三島は、自分の幼時における〈言葉〉の訪れについて語っている。「言葉の記憶は肉体の記憶よりもはるかに遠くまで遡る」と言って、自身の人生における根源的な課題が、この幼時に訪れた〈言葉〉であると言っているのだ。その認識はおそらく正しい。だが三島に、〈言葉〉の問題が〈他者〉の問題と共にあるという意識があったであろうか。

バフチンの言うように、〈言葉〉はすべて、対話関係に貫かれている。発話は対話的なものなのである。

> 我々の実際の日常生活的な発話には、他者の言葉が満ち溢れている。我々は、ある他者の言葉については、それが誰の言葉であるのかを忘れて、それに自分の声を完全に融合させたり、また別の他者の言葉については、それを自分にとって権威ある言葉として受け取り、それによって自分の言葉を補強したり、さらにまた別な他者の言葉については、そこにその言葉に無縁な、あるいは敵対的な自分自身の志向性を組み込んだりしているのである。[13]（傍点引用者）

三島の幼時に訪れた〈言葉〉も当然「他者の言葉」である。そして子供である三島は、子供であるがゆえに、「それが誰の言葉であるのかを忘れて、それに自分の声を完全に融合させ」、自分の〈言葉〉として語り始めたのではないだろうか。

〈言葉〉はすべて対話関係に貫かれているものである。三島が幼い頃から、極めて高い学習能力をもって獲得していったその〈言葉〉も、必ずや〈他者〉の声を包摂している。

対話は合意に終わるときばかりではなく、時には対立する。たとえば、三島の言う「内界」という〈言葉〉は、「外界」という〈言葉〉を包摂しながら、それと対立している。「内界」とだけ言いつつ、それに反論する「外界」という〈他者〉の〈言葉〉が想定されているのである。「内界」と「外界」という二律背反は、それ自体が対話関係にある。そしてもし、「外界」という〈言葉〉が〈他者〉によってもたらされたものであるなら、それに対話的に発せられた〈自己〉の〈言葉〉なのかもしれない。また逆に、「内界」という〈言葉〉が〈他者〉から発せられたのなら、「外界」という〈言葉〉で〈自己〉が応えたものなのかもしれないのである。

多くの評者が言うように、三島の観念世界には、はっきりこれと特定できる〈他者〉がいない。確かな形を持った〈他者〉との葛藤のあとがなく、これといったドラマもない。だが現実的に、〈他者〉のいない世界を生きる人間はいないのである。三島事件が「自己劇化」だったとしても、「自己劇化」せざるをえなかった事情の中に、〈他者〉との葛藤はあったと考えるのが妥当である。

小笠原賢二は、三島は終生「二元論の解消」、「二元論の克服」を夢見たと言う。三島にとって、二元論の解消や克服は、「幸福」や「至福」を意味していたというのである。二つの対立する概念、二つの〈言葉〉の矛盾なき合一は、三島に「至福」をもたらしてくれるはずのものだった。

三島は「文武両道」という〈言葉〉の中に「至福」を夢想したのではないだろうか。三島において「文武両道」とは、「文学」、すなわち〈言葉〉と、「武」、すなわち「行動」の合一を目指したものである。〈言葉〉の背後には〈他者〉がいる。〈言葉〉は〈他者〉である。「行動」が〈自己〉の「精神」と「肉体」の躍動、すなわち自身の〈生〉を意味しているなら、それが〈言葉〉、すなわち〈他者〉との矛盾なき一致を夢見たものが「文武両道」なのではないだろうか。

小笠原によれば、三島にとって、二元論の解消や克服は「幸福」や「至福」を意味していたはずである。三島は「文武両道」を、自身の「幸福」な状態と心得て、それを目指した。だが小笠原の言うように、「念願がかなって究極的な「幸福」を手中にすることは同時に死ぬことを意味した」。三島事件の顛末はこれを現実化したものである。

三島にとって、二元論の解消は死をもってしかありえなかった。〈他者〉との合一は生きながら実現することができなかった。三島事件はその実践であるが、〈他者〉との合一という「永生と死が同義であるような、この世ならぬ不可能性（小笠原）」は、三島による虚構の世界にもたびたび登場する。

本稿では、三島自身によって「告白と批評の中間形態」と言われる『太陽と鉄』をはじめ、『中世に於ける一殺人常習者の遺せる哲学的日記の抜粋』などの同様のモチーフを持った虚構のテクストを参照して、三島由紀夫における二元論の克服が意味するものを明らかにすることを目的とする。その際には、三島にとっての〈言葉〉と〈他者〉に着目し、そこにおける隠された葛藤の存在を明らかにして、それが導いていったところを追っていくこととする。

《註》

（1）小笠原賢二著、『時代を超える意志』、作品社、二〇〇一年一〇月、一二八頁。
（2）前掲書、一三二頁。
（3）前掲書、一四〇頁。
（4）前掲書、一二八頁。
（5）対談・「美のかたち――「金閣寺」をめぐって」、初出『文藝』、一九五七年一月。『決定版三島由紀夫全集39』、新潮社、二〇〇四年五月、二七八～二八〇頁。
（6）清水徹著、「ジョルジュ・バタイユと三島由紀夫」、『國文學解釈と教材の研究』、學燈社、一九七〇年五月、一五五頁。
（7）中村雄二郎著、『ミシマの影』、福武書店、一九八八年六月、二二八頁。
（8）前掲書、二二九頁。
（9）前掲書、二二八頁。
（10）「国家革新の原理――学生とのティーチ・イン」、初出・初刊「文化防衛論」、新潮社、一九六九年四月。『決定版三島由紀夫全集40』、新潮社、二〇〇四年七月、二六六～二六七頁。
（11）モーリス・パンゲは三島事件における〈他者〉の問題の存在に、また違った角度から言及している。パンゲは次のように述べる。

他者のまなざしのもとで生きたいという心の傾斜は彼において非常に強かったので、外国人旅行者が本当の日本人というのはこういう風に死ななければならないのだと考えているようなやり方で、三島は死のうとしたのである。（モーリス・パンゲ著、竹内信夫訳、『自死の日本史』、筑摩書房、一九九二年一一月、六〇二頁。）

パンゲは事件の内部にではなく、外部に、三島にとっての〈他者〉の存在を認めている。この指摘は三島にとって、自分を〈他者〉に見せたり、自分が〈他者〉に見られたりすることが大きな意味をもっていたということを示唆している。後に見るように、三島におけるそのような〈他者〉の存在はその生涯に多大な影響を及ぼした。

(12)『毎日新聞（夕刊）』特集ワイド、二〇一四年一〇月一六日。

(13)ミハイル・バフチン著、望月哲男・鈴木淳一訳、『ドストエフスキーの詩学』、筑摩書房、一九九五年三月、一九三頁。

一、〈他者〉との合一

三島由紀夫における二元論の克服には畢竟、〈他者〉との合一という意味があるのではないだろうか。三島はそのテクストの中で時おり、人間同士が出会い、融合する瞬間について、憧れを込めて語っている。ここでは、肉体を持つ具体的な存在である人間同士の合一が、それぞれのテクストの中でどのように描かれているかということに着目し、三島が〈他者〉との合一をどのようなものとして考えていたかを考察し、そこにある三島にとっての〈言葉〉と〈他者〉の問題を明らかにする。

1、殺人による合一

千種キムラ・スティーブンは、『中世に於ける一殺人常習者の遺せる哲学的日記の抜粋』（一九四四年）には、「被害者は殺害されることを望んでおり、殺害の瞬間に加害者と被害者の間に至福のコミュニケーションが成立する[1]（傍点引用者）」という考えを見出すことができるとしている。スティーブンが例としてあげるのは次の箇所である。

北の方朧子を殺害。はっと身を退く時の美しさが私を惹きつけた。蓋し、死より大いなる羞恥はないから。
彼女はむしろ殺されることを喜んでいるもののようだ。その目にはおいおい、つきつめた安らぎの涙が光りはじめる。私の兇器のさきの方で一つの重いもの——一つの重い金と銀と錦の雪崩れるのが感じられる。そしてその失われゆく魂を、ふしぎにも殺人者の刃はけんめいに支えているようである。この上もない無情な美しさがこうした支え方にはある。

被害者である北の方が「むしろ殺されることを喜」び、「殺人者の刃はけんめいに」、その「失われゆく魂を」「支えている」というのはまさに、殺される者と殺す者が出会い、共感し、そして死を共に完遂してゆく「至福のコミュニケーション」である。「殺人者」にとっての〈他者〉である北の方は、殺されることによって「殺人者」の意志に合一する。その時そこには「至福のコミュニケーション」が成立するというのである。
『中世に於ける一殺人常習者の遺せる哲学的日記の抜粋』で、「殺人者」は自身のことを「投身者」と言う。

失われゆくものを失わしめつゝ殺人者も亦享けねばならない。殺人者はその危い場所へ身を挺する。かくて彼こそは投身者——不断に流れゆくもの。彼こそはそれへの意志に炎えるものだ。恒に彼は殺しつゝ生き又不断に死にゆくのである。

柴田勝二は、「殺人者」の言う「投身」という言葉が「実存主義」からの距離を表しているとして、次のように述べる。

これらの言説（サルトル著『存在と無』、ハイデッガー著『存在と時間』…引用者註）における個の実存が、いずれも他者との連関を否定して、あえて自己を孤立化することを志向しているのに対して、『哲学的日記』の「殺人者」の「投身」は逆に他者との合一、融合を目指している。実存主義的な投企が、いわば誰もいない場所に向けて自己を投げかけようとするのと裏腹に、「殺人者」は「投身」によって、殺人の対象の中に分け入り、その生命の新たな形を摑み取ろうとする。[2]（傍点引用者）

「殺人者」の「投身」について柴田が引用しているのは次の箇所である。

朱肉のような死の匂いのなかで彼女は無礙（むげ）であったのだ。彼女が無礙であればあるほど、私の刃はます〱深く彼女の死へわけ入った。そのとき刃は新らしい意味をもった。内部へ入らずに、内部へ出たのだ。

紫野の無礙が私を傷つける。否、無礙が私へ陥没ちてくる——。

陥没から私の投身が始まるのだ、すべての朝が薔薇の花弁の縁から始まるように。

殺人者はかくてさまざまなことを知るであろう。(げに殺すとは知ると似ている)(傍点ママ)

三島は、『中世に於ける一殺人常習者の遺せる哲学的日記の抜粋』について自注を書いている。それによれば、作中における「殺人者」は「芸術家」であり、「航海者」は「行動家」であるということだ。そのことから柴田は、次のように言う。

ここでは生命を無化されていく数瞬間の内にあらためて舞の主体としての遊女が自由を得、「無礙」でたおやかな存在へと高められていくという逆説が明らかである。それは刃とともに遊女の存在の「内部へ出」ることによって、「殺人者」が彼女の未知の存在の輝きを「知る」行為であり、それが投企としての「殺人」の成就としてもたらされている。「殺人者」はこの行為において、相手の身体に崩壊をもたらす点では超越者となるが、その瞬時の輝きへの願望に支配されている点では、殺害する相手に従属する者にほかならない。その意味で「殺人者」の実存のあり方は、同じ不測の未来に投企する存在でありながら、その行為の正否を自身の眼で検証しうる芸術の表現者のそれになぞらえられる。(4)

「芸術の表現者」は、とある瞬間の、ある対象の輝きをなんらかの形で定着させようとする意志を持つものである。しかしその行為は、殺人に喩えられる。なぜならば「美術作品は、また詩のテクストは、ひとたび現われた（かと思える）輝きを不在のままに喚起するのであって、実体化するのではないから（傍点ママ）」である。「固定した〈事物〉ほど惨めな、死物のようなものはなにもない[5]」。あるものを芸術作品にするということは、対象の輝きを固定すると同時に、その存在を不在にしてしまうということだ。固定されたものはもはや生きてはいない。その意味で、そのような行為は殺人に等しいと言えるのである。

前述の柴田は、「芸術家」になぞらえることのできるこの「殺人者」と、「行動家」とされる「航海者」のことを、「客観的に眺める限り、両者はいずれも行動者であり、むしろ「殺人者」は現実行動と表現行動の狭間で揺れ動きつつ、他者への能動性と受動性の両極に引き裂かれている存在である[6]」と言う。しかし、「殺人者」はあくまでも「芸術家」の比喩である。「殺人者」の殺人自体も、単に「表現行動」の比喩であるなら、それをあえて「現実行動」であると指摘する必要はない。この「芸術家」の特異なところはそこではない。この「芸術家」は芸術家でありながら、対象に没入しようとするところが特異なのである。

芸術家とは、「自分の愛するものは自らの手を逃れ去るのだと感じている者、そうやって逃れ去るものを果てしなく再発見することができる道を創り出そうとしても、そんな努力は空しく尽きるかもしれないと感じている者[7]である。つまり、芸術家には常に対象となる〈他者〉が存在するのである。そして〈他者〉はまた常に「逃れ去る」。逃れ去ってこその〈他者〉である。ところが、この「殺人者」という「芸術家」は、「投身」によって、「他者との合一、融合を目指している」のである。

実は「殺人者」にとっても、〈他者〉は絶対的な〈他者〉である。「殺人者」は、「行動家」である「海賊」に、「海であれ」と呼びかけられる。「海賊」は自らのことを「無他」であると言い、「生まれながらに普遍が俺たちに属している」と言う。「海賊」には自他の区別がなく、その生きかたはすべての存在と調和している。「海賊」は、〈自己〉と〈他者〉の対立という二元論とは無縁な「行動家」だというのである。「海賊」にそう言われて「殺人者」は泣く。

殺人者は黙っていた。とめどもなく涙がはふり落ちた。

他者との距離。それから彼は遁(のが)れえない。距離がまずそこにある。そこから彼は始まるから。

「芸術家」である「殺人者」は、対象である〈他者〉への「投身」——それは殺人でもある——によって〈他者〉との合一、融合を目指す。なぜならば、「殺人者」には「他者との距離」、「遁(のが)れえない」「距離」があるからだ。「殺人者」は、その「距離」を越えるために「投身」し、殺す。

死が「他者との距離」を無化し、「他者との合一、融合を」許してくれるからだ。「距離がまずそこにあ」り、「そこから彼は始まる」というのは、その「他者との距離」が、「殺人者」に与えられた存在の条件だということである。そのような意識のあるうちは、「殺人者」は「海賊」にはなれず、「殺人者」のままに孤独をかこつこととなるだろう。

『中世に於ける一殺人常習者の遺せる哲学的日記の抜粋』の「殺人者」は「芸術家」の比喩で、その芸術は「他者との合一、融合を目指している」。このことは、三島の虚構作品には〈他者〉がいないとする評と見事に符合してはいないだろうか。三島は、『中世に於ける一殺人常習者の遺せる哲学的日記の抜粋』についての自注で、「この短かい散文詩風の作品にあらわれた殺人哲学、殺人者（芸術家）と航海者（行動家）との対比、などの主題には、後年の私の幾多の長編小説の主題の萌芽が、ことごとく含まれていると云っても過言ではない[8]」と言っている。このことからも、三島の虚構作品、すなわち芸術作品には、逃れ去る本来の〈他者〉はそこに現れず、〈自己〉と〈他者〉が融合したかのような登場人物が現れていると考えることができる。もしくはそのような作品は、〈自己〉と〈他者〉の合一と融合という夢そのものが作品化されたものだと言うことができるであろう。

しかし三島はやがて、「文学」という芸術の世界から「行動」の世界へと軸足を移していく。『中世に於ける一殺人常習者の遺せる哲学的日記の抜粋』の「海賊」が自らを「無他」であると称したように、「行動」の世界でもこの「他者との合一」は夢見られていたのであろうか。

三島にとっての「行動」が、テロルを意味していたのは周知のとおりである。そして「行動」は、三島自身の言葉によれば、「敵」すなわち〈他者〉を見出し、〈自己〉の「精神」を動かすために必要なものであった。三島は「行動」の雛形を二・二六事件に見ていた。三島は事件を、自身の言う「悲劇的なもの」ととらえ、様々なところで言及している。そしてそれを下敷きにして、戯曲『十日の菊』を書く。

『十日の菊』（一九六一年）は、『憂国』（一九六一年）と同年に発表された。これら二作と、後に書かれた『英霊の声』（一九六六年）はすべて二・二六事件を素材としているので、「二・二六三部作」と称されている。

千種キムラ・スティーブンは、三島の「テロルの倫理」を想定している。前述したように、スティーブンは、三島の『中世に於ける一殺人常習者の遺せる哲学的日記の抜粋』（一九四四年）に注目し、テクスト中の、殺害の瞬間の加害者と被害者の間に成立する至福のコミュニケーションの存在を指摘している。『中世に於ける一殺人常習者の遺せる哲学的日記の抜粋』については、すでに述べたように、そこにはさらに「芸術家」と「芸術」の問題が盛り込まれている。が、スティーブンはその「芸術」の問題には触れずに、「加害者と被害者の間の」「至福のコミュニケーション」の存在を、「三島が「十日の菊」ならびにその作品の解釈の中で主張した」[9]とする。

『十日の菊』は、三島が二・二六事件に擬して設定した十・一三事件をテーマとした戯曲である。舞台は事件の十六年後で、事件当時大蔵大臣として、叛乱軍に命を狙われた森重臣は次のように言う。

わしが怖がったの怖がらなかったのということは問題じゃない。狙われたということだけが重要なんだ。暗殺者に、それも一個中隊の叛乱軍に狙われる。これこそ政治家の光栄の絶頂だ。よくも狙ってくれたものだ。あの若い兵隊たちの鼻の上には、いつも憎いわしの銅像が、国賊の銅像、資本家どもの守り神の銅像が、のしかかって笑っていたのだ。あの一人一人の兵隊の鼻の上に、昼となく、夜となく……。あとでそれを思うと、わしは喜びでぞくぞくしたもんだ。

森はまた、自分に狙いを定めて神経を張り詰めていたときの下級将校たちと自分との距離を、「同じ血潮の夢をえがきながら、あんなにまで老人と若者がお互いに近づいたことはなかった」と言って、狙われる者でありながら、狙う者との距離が縮まったことを喜んでいる。このような、死を媒介とした抜き差しならない出会いとコミュニケーションについては、三島自身が「二・二六事件と私」で解説をしている。

加害者・被害者の、一秒の何十分の一の短い瞬間にせよ、出会と共感が、あの事件の最高の瞬間にひらめいたと考えるのは、単に私の夢想であろうか。青年将校たちによってあの事件が夢みられていたと同時に、狙われていた重臣たちによっても、別の形で夢みられており、反対側からそれぞれ急坂を駆けのぼって、その絶頂で、機関銃の砲火の只中に出会ったのではないだろうか。「話せばわかる」「問答無用」という、あの五・一五事件の有名な端的な会話には、殺戮(さつりく)を前にした魂の恐怖と戦慄のうちに、このような人間的出合が語られていはしないだろうか。そのようなとき、人間はただ、銃弾か刃によってしか、語り合うことができないのではなかろうか。[10]

前にあげたスティーブンの関心は、三島のクーデター観や「テロルの論理」にある。したがってスティーブンは、「「話せばわかる」という発言が示すように、（犬養首相は…引用者註）言葉による話し合いを求めた」「にもかかわらず、青年将校たちは「問答無用」と射殺した」と言い、「「銃弾か刃によって」殺されることを犬養首相が「人間的出合い」の場と感じ、殺した側の将校と「共感」したという三島の主張は、テロルを擁護するための詭弁にすぎないといわねばならない」[11]とする。現実の事件においては、スティーブンの言うように、三島の主張は荒唐無稽な「詭弁」であろう。だが、事件における加害者と被害者の、瞬間の「出会と共感」という三島の「夢想」には、切実な意味が込められていた可能性がある。

「（事件が）狙われていた重臣たちによっても」「別の形で夢みられて」いたとはどういうことなのであろうか。「二・二六事件と私」には、前に引用した部分の少し前に、次のようにある。

至高の栄光の瞬間とは、云うまでもなく、狙われた人間の目に映った二・二六事件である。彼は狡智と人間的絶望との固まりであるが、その狡智も絶望も、もはや現実の政治権力として現実化されることはない。彼は、かつてその人間蔑視の孤独が、事件によって攻撃目標となったときに、一挙に救われるのを感じたのであるが、奥山菊の挺身的助力によって命を拾ってからは、もう二度とそのような栄光の救済は、自分の人生に現れないことを知っている。[12]

三島は、政治家である森を「狡智と人間的絶望との固まり」であると言い、「その人間蔑視の孤独」からの「栄光の救済」が、「事件によって攻撃目標となった」ことであるとする。三島は、十六年後の「奥山菊の再訪に接して、ふたたび彼のうちに、このような狡智と絶望のダイナミズムが、現実に働きかけようとする意欲がよみがえる」が、「これこそ、彼に可能な唯一の政治的行為、すなわち欺瞞であり、第三幕における菊の裸問答、その異様な十六年後の恋の告白は、ただちに彼の政治的行為なのである[13]」と述べる。「政治的行為」とは、〈他者〉との関係性のうちに成り立つ「行為」である。三島によれば森は「孤独」である。なぜならば、彼のなしうる「唯一の政治的行為」、すなわち〈他者〉への働きかけは「欺瞞」だからだ。

政治という他者性の原理に支配されているものは〈言葉〉によって動く。〈言葉〉によって〈他者〉に語りかけることから始まるのが政治である。五・一五事件の時に犬養首相が「話せばわかる」と言ったというのはこのことだ。「政治的行為」が「欺瞞」だというならば、その〈言葉〉が「欺瞞」だということである。三島にとって、「政治的行為」という〈言葉〉を介した〈他者〉との関係は「欺瞞」であった。だから、真実の「政治的行為」、すなわち真実の〈他者〉との関係を求めるのならば、〈言葉〉を排するしかない。「話せばわかる」と言われても、「問答無用」と答えるしかない。「そのようなとき、人間はただ、銃弾か刃によってしか、語り合うことができない」ということになるのである。

三島によれば森は、「欺瞞」に満ちた「人間蔑視の孤独」のうちに生きるより、「狙われた人間」という「至高の栄光」のうちに殺害されることを望むという。殺害されることが「人間蔑視の孤独」からの「救済」になるからだ。死を媒介とした被害者と加害者の「出会と共感」という一瞬のコミュニケーションには「欺瞞」の介入する余地がない。なぜならその時、殺される者と殺す者との間に〈言葉〉が交わされないからだ。「欺瞞」は排除され、両者のコミュニケーションは、どんな〈言葉〉でも言い表すことのできない「至福」の一刹那となる。だが繰り返すが、そのような〈他者〉との「至福」のコミュニケーションは、死が大前提となっているのである。

ここまで三島によるテクストの中から、殺人による〈他者〉との合一への憧れが描かれている主なものを検討してきた。すると、初期の『中世に於ける一殺人常習者の遺せる哲学的日記の抜粋』では、殺人は芸術と芸術家の問題でもあったことがわかった。作家である三島にとっての芸術は文学である。したがって、三島にとっての殺人とは、対象となる〈他者〉を〈言葉〉に置き換えて殺すことでもあった。そしてその時三島に特徴的なことは、〈他者〉を〈言葉〉にし、その存在を殺しつつ、自らもそこに没入しようとすることであった。

三島は後年「行動」へ舵を切って、〈言葉〉を排する方向へと進んでいく。『十日の菊』に見るように、政治的な現場で、〈言葉〉の完全に消失した地点に、死を媒介とした被害者と加害者との至福のコミュニケーションを夢見るようになる。〈言葉〉はいらない。殺人という「行動」によって、被害者と加害者の合一がなされるというのである。

2、「肉体の言葉」との合一

『太陽と鉄』は三島が、「小説という客観的芸術ジャンルでは表現しにくいもののもろもろの堆積を」、「告白と批評との中間形態」のうちに表現したものだという。したがってそこには、三島自身の問題が期せずして表出されている可能性がある。

三島は次のように、その問題とは「私」、すなわち三島自身の存在の問題だと述べる。

私が「私」というとき、それは厳密に私に帰属するような「私」ではなく、私から発せられた言葉のすべてが私の内面に還流するわけではなく、そこになにがしか、帰属したり還流したりすることのない残滓があって、それをこそ私は「私」と呼ぶであろう。

　そのような「私」とは何かと考えるうちに、私はその「私」が、実に私の占める肉体の領域に、ぴったり符号していることを認めざるをえなかった。私は「肉体」の言葉を探していたのである。（傍点引用者）

　ここで早くも三島は自身と〈言葉〉との問題を提起している。〈言葉〉は決して「「私」というとき」の三島自身のすべてを表すわけではなく、〈言葉〉の表しきれない「残滓」がある。そしてその〈言葉〉で表しきれない「私」の一部とは、三島の「肉体」であったという。三島の中では、〈言葉〉と「肉体」とは相反するものであった。しかし、三島の肉体はそこで〈言葉〉と決別する道を選ばない。三島は「「肉体」の言葉」を探したというのである。


　つらつら自分の幼時を思いめぐらすと、私にとっては、言葉の記憶は肉体の記憶よりもはるかに遠くまで遡る。世のつねの人にとっては、肉体が先に訪れ、それから言葉が訪れるのであろうに、私にとっては、まず言葉が訪れて、ずっとあとから、甚だ気の進まぬ様子で、そのときすでに観念的な姿をしていたところの肉体が訪れたが、その肉体は云うまでもなく、すでに言葉に蝕まれていた。

　まず白木の柱があり、それから白蟻が来てこれを蝕む。しかるに私の場合は、まず白蟻がおり、やがて半ば蝕まれた白木の柱が徐々に姿を現したのであった。

三島は、「世のつねの人」と自分の場合は決定的に違うと言いたげだが、「世のつねの人」にとってても、〈言葉〉とはこのようなものなのではないだろうか。谷川俊太郎は、「人間、生れ落ちた瞬間はすべてが他人の言葉」[14]と言うが、だれもが既存の〈他者〉の〈言葉〉の群れの中に生れ落ちるのである。そして幼い子供の存在は、まずは〈他者〉の〈言葉〉によって規定されていく。したがって、「世のつねの人」が「肉体の記憶」を思い起こそうとしても、それは〈言葉〉によってかたどられている。「世のつねの人」が思い起こすのも、「観念的な姿」をしている「肉体」である。だれにとっても過去の「記憶」とは、〈言葉〉によって認識されたものを含むからである。

ではなぜ三島は、これほどまでに自身の幼時に訪れた〈言葉〉を特別視しなければならなかったのであろうか。しかも「白蟻」だなどと言って、〈言葉〉に対する否定的な感情を表明せざるをえなかったのであろうか。

言語は本来ニュートラルなものである。しかし現実に肉体を持つ人間に使用されることによって、それは対話的なものとなり、なんらかの価値意識を含んだ〈言葉〉となる。言語は〈言葉〉となることによって批判的になり、対象を肯定することも否定することもできるようになる。三島が〈言葉〉に対して否定的な感情を持っていたということは、彼が幼時に出合った〈言葉〉の多くが否定性を帯びていたということを意味している可能性がある。三島は幼い頃から、強烈な否定性を持ち込む〈他者〉の〈言葉〉にさらされていたのではないだろうか。三島が幼いときに、否定性を帯びた多くの〈言葉〉にさらされたのかもしれないという可能性を裏付けるように、三島は究極的には〈言葉〉を信じることができず、「何とか言葉の全く関与しない領域で現実に出会おうという欲求」を膨らませていく。

だが、三島にとっての〈言葉〉は否定的なものばかりではなかった。

私が私自身に、言葉の他の存在の手続を課したときから、死ははじまっていた。言葉はいかに破壊的な装いを凝らしても、私の生存本能と深い関わり合いがあり、私の生に属していたからだ。そもそも私が「生きたい」と望んだときに、はじめて私は、言葉を有効に使いだしたのではなかったか。私をして、自然死にいたるまで生きのびさせるものこそ正に言葉であり、それは「死にいたる病」の緩慢な病菌だったのである。（傍点引用者）

三島は、〈言葉〉は何よりも、自分の「生存本能と深い関わり合いがあり」、自分の「生に属していた」と言う。〈言葉〉は三島の命に関わるものだったのである。三島が「「生きたい」と望んだときに」「有効に」使われだした〈言葉〉が、三島自身の存在を否定するものではありえない。それらの〈言葉〉は、三島の存在と、三島の〈生〉を肯定するものである。だが、三島自身の〈言葉〉によれば、そのような〈言葉〉は「本質的に、言葉の起源と発祥に背いている」という。

言葉ははじめ、普遍的な、感情と意志の流通手段として、あたかも石の貨幣のように、一民族の間にゆきわたる。それが手垢に汚れぬうちは、みんなの共有物であり、従って又、それは共通の感情をしか表現することができない。しかし次第に言葉の私有と、個別化と、それを使う人間のほんのわずかな恣意とがはじまると、そこに言語の芸術化がはじまるのである。まず私の個性をとらえ、私を個別性の中へ閉じ込めようと、羽虫の群のように襲いかかってきたのはこの種の言葉だった。しかし、襲われた私は全身を蝕（むしば）まれながらも、敵の武器でもあり弱点でもある普遍性を逆用して、自分の個性の言葉による普遍化に、多少の成功を納めたのであった。

その成功は、だが、「私は皆とはちがう」という成功であり、本質的に、言葉の起源と発祥に背いている。

「「私は皆とはちがう」という成功」が、どうしてこのように否定的に語られなければならないのであろう。その「個性をとらえ」、三島を「個別性の中に閉じ込め」るとして、どうしてある種の〈言葉〉が「羽虫の群」だなどと言われなければならないのであろうか。三島自身の存在と〈生〉を肯定する〈言葉〉はまた、三島の「個性」と「個別性」を肯定するものである。それなのに、三島はそのような〈言葉〉と、自身の「個性」の言語化と、その成功に満足しないのである。

三島にとって、〈言葉〉は二種類ある。共同体の成員が「共通の感情」と「意志」を流通させるために共有する「普遍的な」〈言葉〉と、その〈言葉〉によって、「個別」的・「個性」的な自分自身を表現する、言語芸術に代表されるような〈言葉〉である。後者は三島の「生存本能と深い関わり合いがあり」、三島の「生に属して」いる。またそのような〈言葉〉は、それを使用する人の「個性」と「個別性」を表現できるため、三島にも小説家としての「成功」をもたらした。

だが、なぜか三島はそれには満足せず、前者の〈言葉〉を求めるようになる。すなわち、自身の「個性」と「個別性」を放棄し、「共通の感情」、共通の「意志」をしか表しえない「みんなの共有物」としての〈言葉〉を獲得しようとする。「私が私自身に、言葉の他の存在の手続を課した」というのはそのようなことを意味している。そして、そのときから三島の「死ははじまっていた」。「共有物」としての〈言葉〉は、三島にその命を差し出すこと、つまりは「死」を要求したのである。

では、「みんなの共有物」としての〈言葉〉とは何であろう。それこそが、三島の言う「肉体の言葉」である。

『太陽と鉄』の中で三島は、江田島の参考館で特攻隊の遺書を見たことについて述べている。三島によれば、特攻隊の遺書には二種類ある。「立派な規矩(きく)正しい遺書と、ごく稀な走り書の鉛筆の遺書」である。「走り書の鉛筆の遺書」は、若さと元気に溢れる自分が、特攻によって数時間後には死んでいることへの疑問を投げかけるようにして、唐突に終わっていたそうである。そのような遺書について三島は、「真実を語ろうとするとき、言葉はかならずこのように口ごもる」と言う。

一方、七生報国や必敵撃滅や死生一如や悠久の大義のように、言葉すくなに誌された簡潔な遺書は、明らかに幾多の既成概念のうちからもっとも壮大もっとも高貴なものを選び取り、心理に類するものはすべて抹殺して、ひたすら自分をその壮麗な言葉に同一化させようとする矜り(ほこり)と決心をあらわしていた。

（中略）

それらの言葉は単なる美辞麗句ではなくて、超人間的な行為を不断に要求し、その言葉の高みへまで昇って来るためには、死を賭した果断を要求している言葉であった。はじめは決意として語られたものが、次第次第にのっぴきならぬ同一化を強いるにいたるこの種の言葉は、はじめから日常瑣末な心理との間に架せられるべき橋を欠いていた。それこそ、意味内容はあいまいながらこの世ならぬ栄光に充ちあふれ、言葉自体が非個性的にモニュメンタルであればこそ、個性の滅却を厳格に要求し、およそ個性的な営為によるモニュメントの建設を峻拒している言葉であった。もし英雄が肉体的概念であるとすれば、あたかもアレキサンダー大王がアキレスを模して英雄になったように、独創性の禁止と、古典的範例への忠実が英雄の条件であるべきであり、英雄の言葉は天才の言葉とはちがって、既成概念のなかから

選ばれたもっとも壮大高貴な言葉であるべきであり、同時にこれこそかがやける肉体の言葉と呼ぶべきだったろう。（傍点引用者）

やや長い引用となったのは、ここには三島の言う「肉体の言葉」の説明が尽されていると考えるからである。三島の言う「肉体の言葉」は、それを使用する人物に、そこへの「同一化」を強いる。「肉体の言葉」は、「非個性的にモニュメンタルで」、「個性の滅却を厳格に要求」する。これは前に見た「みんなの共有物」としての〈言葉〉である。そしてそのような〈言葉〉はやはり、「死を賭した果断を要求している言葉であ」る。「個性の滅却」は究極的には、その人物の存在自体を否定するからである。

三島は、自身の言う「肉体の言葉」に「同一化」することをひたすら目指した。「肉体の言葉」と言うからには、その肉体的資格をえるために、自身の肉体を改造してまで、その〈言葉〉に「同一化」しようとした。では一体、そのような〈言葉〉はどこから来たのであろうか。

われわれは二種の呼び声を持つ。一つは内部からの呼び声である。一つは外部からの呼び声である。その外部からの呼び声とは「任務」に他ならない。もし任務に応ずる心が、内部からの声とみごとに照応していたら、それこそは至福というべきであろう。

ここに言う「外部からの呼び声」は、「「任務」に他ならない」ため、「肉体の言葉」で成り立っていると考えられる。「肉体の言葉」は「外部」にある。それは明らかに〈他者〉によってもたらされるものである。「任務」とは〈他者〉の要求であり、「呼び声」とは〈他者〉の〈言葉〉である。したがって、それらに応じるというのは、「任務」の遂行によって、〈他者〉の要望と合一するということである。

ここにも三島の思考における〈他者〉との合一というモチーフがみてとれる。そしてそのような〈他者〉との合一は、ここでもやはり「至福」であると述べられている。「内部からの声」とは、三島自身の存在の根源から湧きあがってくるものであろう。それが「任務に応ずる心」と「照応」する、すなわち〈他者〉の要求に一致したなら、それはこの上ない幸せであろうというのである。

三島は、「煩瑣な観念の網目でからめとられるときに生ずる甘い苦痛」を感じながら、「肉体を堺にして、二種の呼び声が相応ずるときに」生まれる「根源的な喜び」の存在を信じて、〈他者〉の「呼び声」に応じ、自らの命をも差し出すと言う。たかが〈言葉〉、されど〈言葉〉である。三島の事例が示すのは、〈言葉〉が、たかが〈言葉〉ごときが、人間を生かしもすれば殺しもするという厳粛な事実である。

《註》

（1）千種キムラ・スティーブン著、『三島由紀夫とテロルの倫理』、作品社、二〇〇四年八月、一七七頁。
（2）柴田勝二著、『三島由紀夫――魅せられる精神』、おうふう、二〇〇一年一一月、四〇頁。
（3）三島由紀夫著、『花ざかりの森・憂国』、新潮文庫、一九六八年九月、「解説」、二五八頁。
（4）柴田勝二著、前掲書、四一頁。
（5）湯浅博雄著、『他者と共同体』、未來社、一九九二年六月、一三三頁。
（6）柴田勝二著、前掲書、四一頁。
（7）湯浅博雄著、前掲書、一三三頁。
（8）三島由紀夫著、前掲書、二五八頁。
（9）スティーブン著、前掲書、一七七頁。
（10）三島由紀夫著、「二・二六事件と私」、初出「英霊の声」、河出書房新社、一九六六年六月。『決定版三島由紀夫全集34』、新潮社、二〇〇三年九月、一〇九～一一〇頁。
（11）スティーブン著、前掲書、一六五～一六六頁。
（12）前掲、『決定版三島由紀夫全集34』、一〇九頁。
（13）前掲書、一〇九頁。
（14）『毎日新聞（夕刊）』特集ワイド、二〇一四年一〇月一六日。

二、三島由紀夫の〈他者〉

三島由紀夫における二元論の一つにはまた、「見ること」と「存在すること」というのがある。これは「見ること」すなわち認識することと、見られることすなわち認識されることとの対立とも言い換えることができる。「見ること」と「存在すること」は、『太陽と鉄』の中では、「自意識」と「存在」との間の「背理」とされる。もちろん、「自意識」と「存在」の間に「背理」をみるのは、三島の個別的な特徴である。三島の「存在」は自分自身によって「見ること」・見られることを強く願っている。「見ること」・見られることによって、〈自己〉の「存在」の確証を得ることを希求しているのである。だが、「存在」することは〈自己〉の問題であっても、「見ること」は本来、〈他者〉の問題ではなかったか。三島は「見ること」と「存在すること」の「背理」を〈自己〉だけの問題としてとらえているが、それはもともとは〈自己〉と〈他者〉との関係性の問題であったと考えられるのである。

三島の〈他者〉はまた様々な形をとって存在する。そしてそのような〈他者〉は三島に特有の特徴をもっている。

ここでは三島自身には気づかれることのなかった、三島にとっての〈他者〉のあり方と、その特徴について考察する。

1、内在化した〈他者〉

『太陽と鉄』には三島の言う様々な「二律背反」が提示されているが、「見ること」と「存在すること」もその一つである。

見ることと存在することとを同一化しようとすれば、自意識の性格をなるたけ求心的なものにすることが有利である。自意識の目をひたすら内面と自我へ向けさせ、自意識をして、存在の形を忘れさせてしまえば、人はアミエルの日記の「私」のように、しかと存在することができる。しかし、いわばそれは、芯が外から丸見えになった透明な林檎のような奇怪な存在であり、その場合の存在の保証をなすものはただ言葉だけである。(傍点引用者)

「自意識をして存在の形を忘れさせてしまえば」と三島は言うが、三島自身はあくまでも「形」にこだわった。

だが、世には、ひたすら存在の形にかかわる自意識というものもあるのだ。この種の自意識にとって、見ることと存在することとの背反は決定的になる。なぜならそれは、ふつうの

> 赤い不透明の果皮におおわれた林檎の外側を、いかにして林檎の芯が見得るかという問題であり、又一方、そのような紅いつややかな林檎を外側から見る目が、いかにしてそのまま林檎の中へもぐり込んで、その芯となり得るかという問題である。そしてこのほうの林檎は、見たところ、あくまで健やかな紅に彩られた常凡の林檎存在でなければならないのだ。（傍点引用者）

三島は、「林檎の芯」にたとえられた自らの「自意識」が、〈自己〉の内側にあるまま、外側から〈自己〉の「形」を見ることを望んでいる。三島は〈自己〉の「存在」の「形」を、自分の「目」で、「外側から」見たいと言っているのだ。言うまでもなくそれは不可能なことである。だから、「見ることと存在すること」とは矛盾してしまうのである。

林檎にたとえられた三島の「存在」は動揺せざるをえない。

林檎の中心で、果肉に閉じこめられた芯は、蒼白な闇に盲(めし)い、身を慄(ふる)わせて焦燥し、自分がまっとうな林檎であることを何とかわが目で確かめたいと望んでいる。林檎はたしかに存在している筈であるが、芯にとっては、まだその存在は不十分に思われ、言葉がそれを保証しないならば、目が保証する他はないと思っている。事実、芯にとって確実な存在様態とは、存在し、且、見ることなのだ。

「林檎」の「芯」が、どうして自分の「存在」の「形」を「外側から」見たいのかというと、「自分がまっとうな林檎であることを何とかわが目で確かめたいと望んでいる」からである。「林檎」の「芯」は、自身の「存在」のあり方をまだまだ「不十分」だと思い、かわいそうなくらいに「焦燥」している。そして「林檎」の「芯」は、自分の「存在」を「見」、かつ「保証」するものは、自分の「外側」にしかないと思っている。「外側」にある「目」に、自分の「存在」を保証してもらいたい。「林檎」の「芯」は、自分の「存在」の「保証」を、内側から、すなわち自分自身ではすることができないと固く信じているのである。

「存在」の内側と「外側」という二項対立は明らかに、〈自己〉と〈他者〉という二項対立に一致する。そして三島が「林檎」の「芯」という比喩で語った自身の「自意識」は、内側から、すなわち自分で自分の「存在」の「保証」をすることはできないと思っている。自身の「存在」は「外側」から「保証」されなければならない。つまり、〈他者〉の「目」によって「見」られ、承認されなければならないというのである。

だがここでは問題が複雑化している。〈自己〉の「存在」の「保証」は〈他者〉に委ねざるをえないと無意識のうちに感じつつ、三島は〈自己〉の外側にいる〈他者〉の存在に気づいていないのである。三島は〈自己〉に相対する〈他者〉の存在を意識できない。だから三島の「自意識」は、〈自己〉の「存在」を「保証」する〈他者〉の「目」の役割までも自分で担おうとするのである。

「存在」の「保証」を自分でするのか、それとも〈他者〉に委ねるのか、その上〈他者〉の代理までしようとするのかは、それぞれの生き方であり考え方であるので議論の他である。しかし、三島の「林檎」の比喩はまたしても「死」を暗示して終わる。

この矛盾を解決する方法は一つしかない。外からナイフが深く入れられて、林檎が割かれ、芯が光りの中に、すなわち半分に切られてころがった林檎の赤い表皮と同等に亨ける光りの中に、さらされることなのだ。そのとき、果して、林檎は一個の林檎として存在しつづけることができるだろうか。すでに切られた林檎の存在は断片に堕し、林檎の芯は、見るために存在を犠牲に供したのである。

「存在を犠牲」にして、〈自己〉の「存在」の充実を「見」なければならないとは、「存在を犠牲」にしてまで、〈自己〉の「存在」の充実を「保証」しなければならないということである。あるいは、「存在を犠牲」にしてこそ、「存在」の充実が証明されるということである。その証明は誰に対してなされるべきものだろう。三島はあくまで自身の「目」で「見」なければならないと言っている。自分の「存在」証明は自分のためであると三島は言うだろう。しかしその「目」は「林檎」の「外側」になければならなかったものである。「外側」にあるものは、〈自己〉ではない。三島はそうとは気づいていなかったが、自分の「存在」を、その「外側」にいる〈他者〉に認めてもらいたかったのではないだろうか[1]。

三島にとってのその〈他者〉はまた、三島の「存在」の内部に深く入り込んでいた。バフチンの言うように、そのような〈他者〉は同時に〈言葉〉でもある。したがって、その〈他者〉の〈言葉〉を自分の〈言葉〉としてしまった三島の「自意識」は、常にそれに追い立てられることとなった。そして〈自己〉の「存在」のあり方はまだまだ「不十分」だと思い込み、ついにその「存在」の充実を証明するために、〈自己〉の「存在を犠牲」にすることを思いつくのである。

三島にとって自分の「存在」の「形」を「見ること」とは、その「存在」の検閲と承認であった。三島は自分で自分の「存在」を確認、検閲して、承認しようとした。しかし、そのような〈自己〉の「存在」を承認するための条件は、三島の場合、〈自己〉の「外側」にあった。三島の「存在」は実は、〈自己〉の「外側」にいる〈他者〉の「目」によって承認されなければならなかった。三島の「存在」は、そのような〈他者〉によって、いつも充実を期待され、見張られている状態にあったのである。

だが三島の「存在」を検閲する〈他者〉とは、かならずしも実体をもった存在ではなかった。そのような〈他者〉は〈言葉〉となって、〈自己〉の〈言葉〉と重なり合い、〈言葉〉として内在化し、常に〈言葉〉でもって問いかける。三島の比喩で言えば、「林檎」は、「おまえは林檎として「まっとう」なのか」と問われ続けることになったのだ。このような状態は、〈自己〉の「内面」に厳しい検閲官という〈他者〉を抱え込んだ状態である[2]。

三島は、認識の対象でありつつ「存在」しなければならなかった。自分が自分を認識する〈他者〉でありつつ、対象である〈自己〉として「存在」しなければならなかった。自分が〈自己〉を「見」る〈他者〉の「目」になる。そして〈自己〉の「存在」を承認する〈他者〉になる。しかし、そのような〈他者〉が〈自己〉の「存在」に満足してくれることは永遠にない。なぜならば、〈他者〉とは、捕らえようとしてもその都度逃げ去って、永遠に捕らえることのできない未知なるものだからである。

2、絶対の〈他者〉

三島は、敬愛する林房雄との長い対談の中で次のように述べている。

いまの日本は小規模ながら結局、なんのために命を捨てるかとか、なんのために身を捨てるかという、個人的な契機というものが見つからない。[3]

磯田光一によれば、一九四五年八月十五日の終戦以来、「「美しい夭折」への希望を失ってしまった三島にとって、世界は意味を喪失した等価な瓦礫の塊であった」[4]ということだ。磯田は、三島の「重症者の兇器」から、「秩序への、倫理への、平静への、盗人たけだけしい哀切な憧れを意味する。[5]」という箇所を引用して、三島は「虚無に面しつつ、その虚無感をうずめてくれる「秩序」という他者を痛切に求めているのだ[6]（傍点引用者）」と言う。

生きるとは、少なくとも生甲斐ある人生を生きるとは、何らかの目的のために生を燃焼させてゆく過程にほかならず、それは何ものかのために「死にうる」という自覚と本質的にはまったく同義なのである。[7]

磯田はこう述べ、「（三島は…引用者註）「人間」——「エゴイズム」——「ヒューマニズム」という論理で戦争を耐え戦争から「被害」だけをうけたと考えている世代（今日の五十代）との決定的な発想の相異を形づくっている[8]」として、三島を支持する。磯田によれば、「人間に内在する「美しい死」へのひそかな希求、自己否定・自己超越の貫徹によって救われようとする「精神」の逆説は、近代ヒューマニズムの人間観からは常に網の目からこぼれ落ちる[9]」。だが磯田は、「自身の精神の問題」として、それを取り上げたいと述べるのである。

磯田の言うように、「こういう「死の哲学」は、ひとり第二次大戦下の日本だけに関係のある事柄ではなく、太古以来、人間の心を深くとらえてきた、無意識的、非合理的な情念にも通じている[10]」であろう。この問題は、戦争を経験した、とある世代の問題としてだけあるのではない。そして時代や民族とも関係のない、なんらかの契機を由来としている普遍的な問題なのである。そして磯田が、「虚無感をうずめてくれる「秩序」」を「他者」と呼んだように、この問題の根元にはやはり、〈自己〉と〈他者〉との関係性の在り方がある。

磯田は、戦後の三島が「「秩序」という他者を痛切に求めている（傍点引用者）」と言った。このことは三島が、救済を〈他者〉、つまりは〈自己〉の外部に求めていたということを表している。三島は、そのような〈他者〉のために生き、死ぬことを望んでいた。周知のように、三島がその「命を捨てる」「契機」とした〈他者〉は、「天皇」という〈言葉〉に象徴される。三島はさまざまな言辞を弄して、「天皇」にはそのために生き、そのために死す意味と価値があると力説したが、〈言葉〉に熱がこもればこもるほど、それらの発言は空疎に響いた。

しかし三島の言う「天皇」自体について考察するのではなく、〈他者〉としての「天皇」を三島がどのように語っているかと考えれば興味深い。なぜならば、三島にとって「天皇」は、そのために生き、そのために死ぬに値する絶対の〈他者〉であったからだ。

古林尚との対談は「三島由紀夫最後の言葉」とされる。その中で三島は、自分は「絶対者である天皇が必要だといつも主張してい[11]」る、「民衆もやっぱり絶対者をどこかで求めているだろうと思[12]」うと述べている。また、前出の林房雄との対談では、「天皇」について次のように語っている。

天皇制というのは、少しバタ臭い解釈になるが、あらゆる人間の愛を引き受け、あらゆる人間の愛による不可知論を一身に引き受けるものが天皇だと考えます。[13]

三島にとって「天皇」は絶対の〈他者〉である。そして「天皇」は、「あらゆる人間の愛を引き受け」る〈他者〉だからこそ絶対なのである。三島の言う「天皇」は、「愛を引き受け」る。「天皇」という〈他者〉には「愛を引き受け」てほしい、「天皇」という絶対の〈他者〉は「愛を引き受け」てくれるはずだ、というのである。三島とその〈他者〉の問題にはこのように、愛の問題が潜んでいる。三島の愛の問題が、「天皇」なり「大義」なりという〈言葉〉に託されていると考えることができるのである。

モーリス・パンゲは次のように述べる。

三島が書いた極めて激烈な調子の政治的著作を読めば、これは口実ではないかという読後感を禁じえない。それらの著作は、一個の死への欲望が、目的に向って前進するときにかぶった仮面なのである。真実を判別できるのは行為においてのみだというのであれば、彼の切腹が異論の余地なく彼の意図の純粋、彼の信念の誠実を証明している。だがこの切腹はむしろ、最初から賞賛と欲望と幻想と計画の対象であった、つまり行き着くべき目的であった、ように思われる。それが実行されたということがむしろ、それを正当化するために挙げられた根拠に疑問を抱かせる。[14]（傍点ママ）

パンゲは、三島の掲げる「天皇」という「大義」が、「死への欲望」を完遂するための「口実」なのではないかと言う。確かに、三島による「切腹」とその顛末の動機として「天皇」という「大義」を挙げるのは説得力を欠く。だが三島の場合、パンゲの言うように、はじめに死ありきだったとしても、その死を要求するような〈他者〉などいなかったと言うことはできないのではないか。

三島の言う「天皇」は、「愛を引き受け」てくれる存在である。発した「愛を引き受け」てくれる〈他者〉として想定されたのが「天皇」である。「天皇」という名を冠するのが不適切ではあっても、そこには〈他者〉の存在が歴然としてある。三島に相対する〈他者〉は確かに存在した。その〈他者〉は三島にとって、絶対的な愛の問題の対象であった。そしてその〈他者〉は、三島に、自分のために生きることを求めただけではなく、究極の自己否定の形である自死にまで至らせるような存在だったのである。

《註》

（1）　見る・見られる関係というのは、三島のテクストにたびたび登場しては大きな意味を持つ。『金閣寺』では父の葬儀で、「私」が、ただただ見られる存在になってしまった父の遺体に対して、「見る」という「復讐」をしたと述べられている。また『憂国』では、武山中尉の切腹の模様の一部始終を、妻である麗子がしかと見届け、後追い心中に及ぶ。『憂国』における武山中尉と麗子の、見る・見られる関係は、『太陽と鉄』の「林檎」の比喩を想起させる。すべてを分かち合う一心同体の夫婦とも見える『憂国』の武山中尉と麗子だが、実はそれは、一人の人間が〈自己〉と〈他者〉とを同時に演じることの比喩なのではないだろうか。つまり、武山中尉が「林檎の芯」という「自意識」であり、麗子は中尉の「存在」の充実を「外側」から見て承認する役割をまかされたもう一人の〈自己〉でありかつ〈他者〉であるのだ。『憂国』においても「存在」の充実の証明のためには、「存在を犠牲に供」さざるをえなかった。〈自己〉の生命と「存在」の放棄によって、「背理」を解消しようとしたのである。

（2）　野口武彦は、三島由紀夫における〈他者〉の問題について次のように述べている。野口の言う「内部なる「認識者」」は、〈自己〉に対して検閲を行う内在化した〈他者〉とも言うことができるであろう。

この作家にはもともと、『金閣寺』のモデルの林養賢、『青の時代』の山崎晃嗣、その他もろもろの他人どもから他者性を感じとる趣味がなかった。いや、終生そうであった。それならば、その他者性をどこに感知したのか。だれあろう自己の内部なる「認識者」に対してであった。（傍点ママ）

（野口武彦著、「はじめに判決ありき――三島由紀夫と刑事訴訟法」、初出『海燕』、一九八五年八月。『三島由紀夫『金閣寺』作品論集』、クレス出版、二〇〇二年九月、一五八頁。）

（3）対談・「対話・日本人論」、初出・初刊『対話・日本人論』、番町書房、一九六六年一〇月。『決定版三島由紀夫全集39』、新潮社、二〇〇四年五月、六四七頁。

（4）磯田光一著、『殉教の美学』、冬樹社、一九七九年六月、二四頁。

（5）三島由紀夫著、「重症者の兇器」、初出「人間」、一九四八年三月。『決定版三島由紀夫全集27』、新潮社、二〇〇三年二月、三一頁。

なお、「重症者の兇器」の中で三島は、自身にとっての〈他者〉について次のように述べている。

芸術とは私にとって私の自我の他者である。私は人の噂をするように芸術の名を呼ぶ。それというのも、人が自分を語ろうとして嘘の泥沼に踏込んでゆき、人の噂や悪口をいうはずみに却って赤裸々な自己を露呈することのあるあの精神の逆作用を逆用して、自我を語らんがために他者としての芸術の名を呼びつづけるのだ。（中略）――端的に言えば、私はこう考える。（きわめて素朴に考えたい）生活よりも高次なものとして考えられた文学のみが、生活の真の意味を明らかにしてくれるのだ、と。（傍点引用者）（同、三二頁。）

「芸術」という三島にとっての〈他者〉は、〈自己〉の「生活よりも高次なものとして考えられ」ている。ここには、〈他者〉と〈自己〉、また「芸術」と「生活」という二元論が存在する。

（6）磯田光一著、前掲書、二五頁。

（7）前掲書、一八頁

（8）前掲書、一九頁。

（9）前掲書、二三〜二四頁。

（10）前掲書、二四頁。

（11）三島由紀夫対談「いまにわかります——死の一週間前に最後の言葉」、初出『図書新聞』、一九七〇年一二月。戦後派作家対談7「もう、この気持は抑えようがない——三島由紀夫最後の言葉」、初出『図書新聞』、一九七一年一月。『決定版三島由紀夫全集40』、新潮社、二〇〇四年七月、七七〇頁。

（12）前掲書、七五四〜七五五頁。

（13）前掲、「対話・日本人論」、六六一頁。

（14）モーリス・パンゲ著、竹内信夫訳、『自死の日本史』、筑摩書房、一九九二年一一月、五八五頁。

三、三島由紀夫の「自由」と「幸福」

はじめに述べたように、三島由紀夫はしばしば、その手になるテクストの中で「幸福」という〈言葉〉をキーワードのように使う。実は、同じように使われる〈言葉〉がもう一つある。それは「自由」である。テクストの中で、三島の言う「幸福」も「自由」も、三島自身の存在のあり方にかかわる重要な意味を持って使われている。ここでは、三島の言う「幸福」と「自由」についての検証を試みる。

1、三島由紀夫の「自由」

古林尚との対談の中で、三島は二種類の「自由」について語っている。三島はソルジェニーツィンの事件から小説の運命ということについて考えたとして、「自由」について言及しているのである。

小説は十九世紀にことに発達しましたから、小説の基盤となる自由という観念は、もともとニュートラルな自由、ネガティブな自由、人間性でこれだけのことは主張できるというギリギリの線の自由、つまり根底的にはフランス革命の基本的人権につながってゆくような、そうした性格を備えているわけですよ。[1]（傍点引用者）

一般的に考えると、「基本的人権」につながっていくような「ニュートラルな自由」こそが自由である。しかし三島はそのような自由を「ネガティブな自由」と呼び、次に「ソビエトの国家体制内における自由」について語る。

昔は支配階級があり、権力が世襲的に存在していた。いまでは人民が自己の自由において政権をえらび、理想的には労働者独裁という形で共産主義国家を作っている。つまり国家の成り立ち、政治体制の成り立ち自体が、すでにポジティブな自由によってできあがったものなんです。だからソビエト国家は、ポジティブで公的な自由の体現そのものと考えられる。[2]（傍点引用者）

ソビエトという名の国家はすでにない。そのことを考えるにつけても、三島の発言には疑問を感じざるをえない。三島の言う「ポジティブな自由」とは、「政権」という権力を選択する自由である。権力という〈他者〉、あるいは権力を持つ〈他者〉に同化する自由である。だとすればそのような「自由」は時として、権威、権力に依存し、おもねる「自由[3]」ということになる。そのような「自由」を自由と言えるのであろうか。

三島は共産主義国家には、小説のような「私的な作業ではなく、叙事詩とか劇などのような集団的な制作、あるいはページェント、またはモニュメンタルな彫刻や建築」があれば充分だと言う。「個人の自由」や「芸術家の自由」を理念とする「私的な、ネガティブな芸術[4]」は、いずれ共産主義国家からはなくなるべきだというのである。

三島は資本主義国家において保証されている、私的な選択に関するあらゆる自由を、「ネガティブな自由」、「ニュートラルな自由」と呼んで冷笑する。そして、たとえば共産主義国家のような、集団に積極的に参加し、同化していくという選択の自由を「ポジティブな自由」と呼ぶ。三島の言う「自由」は独特だが、このような理解をすると、次にあげるようなその「自由」の意味を理解することができる。

> 或る朝、叢林にかこまれた小高い丘の上から、ひとりひとり個別の命令を与えられて、命令書の示す角度へ、磁石の針と歩測だけをたよりに直進して、正しい地点に立てられた標識を探すコンパス行進は、そのがむしゃらな爽快さで私を魅した。ただ直進する、それだけのことが人間に与える自由。任務が与える、命令が与えるあふれるような自由感。その自由というのは、叢林の夥（おびただ）しい藤蔓（ふじづる）、棘（とげ）をものともせず、しばしばラオコオンのように手足をからまれ、頬を傷つけられながら、木洩れ陽のなかを息をはずませ、下草を踏みにじりながら、し

かも、歩測を口のなかで数えて、ただ直進、ただ直進することなのである。[5]（傍点引用者）

これは三島が自衛隊に体験入隊した際に書かれたレポートの一部である。ここに書かれている「自由」こそは三島の言う「ポジティブな自由」である。

三島の自衛隊体験入隊については批判も多かったが、三島と親交のあった徳岡孝夫によれば、本人はいたって無邪気で朗らかだったそうである。徳岡はしかし、三島のレポートにある前記の箇所の「自由」について、一言述べないわけにはいかなかったようである。

一口でいえば、命令と規律によって行動が縛られる不自由な秩序の中に、三島さんはかえって自由を実感した。（中略）

危難共同体がみずからを守るには規律が必要であり、規律を守るためには命令が発せられなければならない。共同体の構成員が、そのような命令を運命と観じれば、強制感はたちまち消え去り、果てしない自由が感じられる。とくに『仮面の告白』いらいの被虐志向ある三島さんには、恍惚と陶酔へのプロセスが普通以上にスムーズだったのではないか。[6]

徳岡の発言で興味深いのは、三島が自身の言う「自由」を感じつつ、「恍惚と陶酔」の中にあったということを指摘していることである。このことからは、三島が単に理念として、自身の言う「ポジティブな自由」を支持していたのではないということがわかる。三島は感情的な、あるいは感覚的な範疇で、そのような「自由」に傾倒していたのである。また徳岡はさらに、三島に「被虐志向」を見ており、ここでいう三島の「自由」がそのような傾向と不可分でないことを示唆する。三島の言う「ポジティブな自由」とは、共同体との同化であり、拘束である。したがってその「自由」は、本来は「ネガティブな自由」というべきものではなかったか。

三島は自身の言う「ネガティブな自由」を捨てて、「ポジティブな自由」を求めた。だがその様子は、自由を捨てて拘束されることを望んだようにしか見えない。しかしこのような話を聞くのは初めてではない。自由を捨てて自由から逃走する人々というのは存在するのである。

個人的自我を絶滅させ、たえがたい孤独感にうちかとうとする試みは、マゾヒズム的努力の一面にすぎない。もう一つの面は、自己の外部の、いっそう大きな、いっそう力強い全体の部分となり、それに没入し、参加しようとする試みである。その力は個人でも、制度でも、神でも、国家でも、良心でも、あるいは肉体的強制でも、なんでもよい。ゆるぎなく強力で、永遠的で、魅惑的であるように感じられる力の部分となることによって、ひとはその力と栄光にあやかろうとする。ひとは自己自身を屈服させ、それのもつすべての力や誇りを投げすて、個人としての統一性を失い、自由をうちすてる。[7]

フロムは、ナチのイデオロギーに魅了された人々の精神構造を分析しつつ、この世には、自由からの逃走を企てる人々のあることを証明してみせた。このことは、時代や民族に関係なく、一定数の人々が常に磯田光一の言う「死の哲学」[8]にひきつけられるということを表している。

フロムによれば、サディズムも〈他者〉を支配することによって、「たえがたい孤独感にうちかとうとする試み」である。そこでフロムは、前述のようなマゾヒズム的な性格をもつ人々に加えて、サディズム的な性格をもつ人々のことをも「権威主義的性格」と呼ぶ。三島の場合も、フロムの言う「権威主義的性格」の特徴が色濃く表れている。

権威主義的性格のもつ勇気とは、本質的に、宿命やその人間的代表者や「指導者」などが決定したことがらを、たえしのぶ勇気である。不平をいわずたえしのぶ勇気である。たえるということ、これがかれの最高の美徳である。それは苦悩を終らせようとしたり、苦悩を減少させようとする勇気ではない。宿命を変えることではなく、それに服従することが、権威主義的性格の英雄主義である。[9]

このようなフロムの指摘は、三島の自衛隊への体験入隊を想起させる。三島は、命令にしたがって、「叢林の夥(おびただ)しい藤蔓(ふじづる)、棘(とげ)をものともせず、しばしばラオコオンのように手足をからまれ、頰を傷つけられながら、木洩れ陽のなかを息をはずませ、下草を踏みにじりながら、しかも、歩

測を口のなかで数えて、ただ直進、ただ直進すること」によって、そのような「勇気」を発揮したのである。(10)

小笠原賢二は『美徳のよろめき』における節子の堕胎について、次のように述べる。

こうした「矛盾」は、密会のため夫への嘘が増えるにつれて深刻になり、土屋との交渉によって二度も妊娠するに及んで、一層抜きさしならないものになって行く。注目されるのは、節子がそうした堕胎を避け得ない窮状を逆手に取るようにして、「一種の自由」を得ようとすることだろう。それは、自ら進んで自身を困難な場所に追い込むことによって、むしろ確かな生の手応えをつかもうとする、大変に自虐的な心理作用の現れだ。(11)

小笠原が注目した節子の「一種の自由」も、また本来の自由ではない。節子は困難な状況から抜け出そうとはせず、揚句の果てには、麻酔なしで堕胎手術を受けるという苦痛を耐え忍ぶ、怖ろしいまでの「勇気」を発揮する。節子もまたマゾヒスティックな「権威主義的性格」の持主である。だが、そのような困難な状況に進んで身を置くことは「一種の自由」と称される。

これまでに見てきたように、三島由紀夫の「自由」とは、独立した人格をもつ人間が、個人の成長と幸福の追求のために必要とする、一般に言う自由とは異なった「自由」である。しかし、三島の言う「自由」はそれだけにとどまらない。三島は、この世における「自由」なものとして二つあげている。それは「天皇」と「芸術」である。
林房雄との対談の中で三島は次のように言っている。

人間は宿命のなかの動物です。しかし自分が宿命で、こんなに苦しんでいるだけにどこかに自由はないだろうか。自分の宿命を超脱するような自由がほしいではないか。そうしたら自由のイメージを描くのが普通でしょう。それが自分に実現できなければ、どこかに宿命から超脱した人間というものを求めるでしょう。それが天皇であり、宿命に対する自由の象徴なんです。[12]

三島も人間であり、「宿命のなかの動物」であった。「宿命」に苦しんで「自由」に憧れ、「自由のイメージ」を描いた。その「自由のイメージ」が「天皇」だというのである。三島はさらに続ける。

つまり僕にとっては、芸術作品と、あるいは天皇と言ってもいい、神風連と言ってもいいが、いろいろなもののね、その純粋性の象徴は、宿命離脱の自由の象徴なんですよ。つまりね、それ一つ自分が作品をつくると、その作品は独特の秩序をもっていて、この宿命の輪やね、それから人間の歴史の必然性の輪からポンとはみ出す、ポンと。これはだれがなんと言おうと、それ自体の秩序をもって、それ自体において自由なんですね。[13]

芸術作品が「純粋性の象徴」であり、「宿命離脱の自由の象徴」であるというのは理解できる。三島の言うように、「作品をつくると、その作品は独特の秩序をもっていて」、現実の人間社会の時間的な流れの中から抜け出して、別次元の時空間の中に、自律的に、永遠に浮かんでいるかのように見える。そのような芸術の場では、人間の「宿命」や「歴史の必然性」はなんの影響も及ぼすことができないのである。神風連についても芸術作品と同じように考えることができる。神風連の理念も、構成員の生き方も、それらに基づいて行われた行動も、芸術作品のように、同時代の人間社会や歴史と決して交わることなく、独立して存在するはずの純粋なものなのである。では、「天皇」の「純粋性」とはいかなるものなのであろうか。

前に挙げた発言の中で、三島は「天皇」のことを「宿命から超脱した人間」と言っている。「天皇」は「宿命に対する自由の象徴」なのだというのである。宿命とは、事物も含めたあらゆる〈他者〉との所与の関係性のことである。三島の言う「天皇」は、与えられたすべての〈他者〉との関係性において、相対的に〈自己〉を成立させる必要のない絶対的な存在である。三島の言う「天皇」は、この世のすべての〈他者〉になんら影響されることもなく、純粋なままに存在することができるというのである。

しかし、もしも「天皇」が三島の言うような絶対の存在なのだとしたら、どうしてその純粋性を保つことができるのであろうか。そこにはやはり力の問題があるのではないか。

「天皇」が「宿命」と称される〈他者〉の影響を受けずにいるためには、強大な権力が必要である。三島にとって「天皇」は、「ゆるぎなく強力で、永遠的で、魅惑的であるように感じられる力」をもつ存在だったと考えられる。「雅」などという言葉で飾ったとしても、「天皇」にはやはり権威と権力の象徴を見たからこそ、三島は「天皇」の名の下に、生き、そして死すことを望んだのである。三島はフロムの言う「権威主義的性格」をもった人物の典型であると言わざるをえない。

ここまでに見てきたように、三島は個人的な自我を捨てて、圧倒的な力をもつと思われる〈他者〉と同化する選択を「自由」と言う。そのような「自由」は、個人を成長と幸福に導く本来の人間の自由とは異なる。

ではなぜ三島は本来の自由から逃れて、実際は拘束であるような「自由」を求めたのか。もしかすると三島は、自分自身であり続けることそのものに苦痛を感じていたのかもしれない。自分自身であり続け、自由に、自身の成長と幸福を追求することに三島は罪悪感を抱いていたのではないだろうか。

三島は自分自身から自由になろうとしたのかもしれない。本来の自分の意志、本来の自分の感情から自由になろうとしたのかもしれない。三島は自身の意志、自身の感情を捨て去って、〈他者〉の意志、〈他者〉の感情に合一しようとした。そして、自分が自分であろうとすることへの罪悪感から、あるいは、楽であったり、快かったりすることを求めることへの罪悪感から、「自由」

になるために、あえて苦痛を求めた。三島の場合、苦痛は自分自身から逃れる「自由」を与えてくれるものであったのである。

2、三島由紀夫の「幸福」

再び三島と古林尚との対談を取り上げる。対談の中で古林は次のように言っている。

三島さんには一種の終末感の美学みたいな考え方があって、死が美に通じる——つまり自己否定が最高の至福につながるのだという特異な哲学があるんですね。[14]

三島の場合、「自己否定」が「自由」につながるのはこれまでに見てきたとおりである。古林によれば、「自己否定」は三島の「至福」にもつながるという。

『太陽と鉄』で、三島は自身の「幸福」について述べている。

……何の言葉も要らない幸福について語るのは、かなり危険なことである。

（中略）

私の一日は能（あた）うかぎり肉体と行動に占められていた。スリルがあり、力があり、汗があり、筋肉があり、夏の青草が充ちあふれ、土の径を微風が埃（ほこり）を走らせ、徐々に日ざしは斜めになって、私はトレイニング・パンツと運動靴で、そこをごく自然に歩いていた。これこそは私の望んだ生活だった。夏の夕方の体育の美しさに思うさま身を浸したのち、古い校舎と植込みの間をゆく、孤独な、荒くれた、体操教師の一刻はこのとき確実に私のものになった。（傍点ママ）

そこには何か、精神の絶対の閑暇があり、肉の至上の浄福があった。夏と、白い雲と、課業終了のあとの空の、何事かが終ったうつろな青と、木々の木洩れ日の輝きににじんでくる憂愁の色と、そのすべてにふさわしいと感じることの幸福が陶酔を誘った。私は正に存在していた！（傍点引用者）

自衛隊体験入隊時の初夏のある日、課業終了のあとで三島は「幸福」を感じたという。三島の二元論はここでは解消されている。「精神」に「絶対の閑暇」が与えられ、残されたものは「肉」だけとなり、そこに「至上の浄福」がもたらされる。このような形で「精神」と「肉」の両者は一体化している。そして三島の「幸福」は、その「存在」の問題と深く関わっている。三島は自身を、外界の事物の「すべてにふさわしいと感じる」ことによって、その「存在」を確認し、「幸福」に「陶酔」した。外界の事物とは〈他者〉である。三島は〈他者〉との調和によって自身の「存在」が保証されたときに、「幸福」を感じているのである。

このような「幸福」な感覚はさらに、〈言葉〉と〈他者〉の問題へとつながっていく。

> この存在の手続きの複雑さよ。そこでは多くの私にとってフェティッシュな観念が、何ら言葉を介さずに、私の肉体と感覚にじかに結びついていたのである。軍隊、体育、夏、雲、夕日、夏草の緑、白い体操着、土埃、汗、筋肉、そしてごく微量の死の匂いまでが。そこに欠けているものは何一つなく、この嵌絵（はめえ）に欠けた木片は一つもなかった。私は全く他人を、従って言葉を必要としていなかった。この世界は、天使的な観念の純粋要素で組み立てられ、夾雑物（きょうざつぶつ）は一時彼方へ追いやられ、夏のほてった肌が水浴の水に感じるような、世界と融け合った無辺際のよろこびに溢（あふ）れていた。（傍点引用者）

「精神」が「絶対の閑暇」にあるということは、そこには〈言葉〉がないということである。三島の自我のつぶやき――それは〈言葉〉である――はなく、すでに「世界」という〈他者〉と「融け合った」三島に、〈他者〉が呼びかける――それも〈言葉〉によって――必要もない。そのことを三島は、「全く他人を、従って言葉を必要としていなかった」と言うのである。だがそれは、三島にとっての〈他者〉が存在しないという状態なのではない。三島は〈他者〉と「融け合った」のである。〈他者〉は三島を飲み込んだ、あるいは、三島が〈他者〉を取り込んで、融合した。そしてその状態が、「無辺際のよろこびに溢れ」た三島にとっての「幸福」なのである。

〈他者〉との融合を実現した「世界」は、「天使的な観念の純粋要素で組み立てられ」た「純粋」なものであると三島は言う。そこで排された「夾雑物」とは〈言葉〉である。〈他者〉の呼び声という〈言葉〉、それに応じようとする〈言葉〉、またもしかすると、それに抵抗しようとする〈自己〉の〈言葉〉、それらのすべての〈言葉〉が「追いやられ」、三島の言う「幸福」[15]は訪れるのである。

「世界」との融合はしかし、「ごく微量の死の匂い」を含んでいる。三島が「世界」と融合するためには、やはり「死」の介入が必要なのである。

……私が幸福と呼ぶところのものは、もしかしたら、人が危機と呼ぶところのものと同じ地点にあるのかもしれない。言葉を介さずに私が融合し、そのことによって私が幸福を感じる世界とは、とりもなおさず、悲劇的世界であったからである。もちろんその瞬間にはまだ悲劇は成就されず、あらゆる悲劇的因子を孕(はら)み、破滅を内包し、確実に「未来」を欠いた世界。そこに住む資格を完全に取得したという喜びが、明らかに私の幸福の根拠だった。

三島と〈他者〉との蜜月は長くはない。〈他者〉との「融合」が可能な世界は「悲劇的世界」であり、それは「あらゆる悲劇的因子を孕み、破滅を内包し、確実に「未来」を欠いた世界」、すなわち〈自己〉の「死」を前提とする世界であったからである。三島の場合、〈自己〉を滅却したところに「幸福」な〈他者〉との融合はある。だがそれはまた、究極の「自己否定」である自死を意味している。三島はフロムの言う自由から逃走する人のように、「個人的自我を絶滅させ、たえがたい孤独感にうちかつ」[16]ち「幸福」を得るが、その「幸福」とは、〈自己〉の「死」と引換えに得る「幸福」だったのである。

《註》

(1) 三島由紀夫対談「いまにわかります──死の一週間前に最後の言葉」、初出『図書新聞』、一九七〇年一二月。戦後派作家対談7「もう、この気持は抑えようがない──三島由紀夫最後の言葉」、初出『図書新聞』、一九七一年一月。『決定版三島由紀夫全集40』、新潮社、二〇〇四年七月、七六五頁。

(2) 前掲書、七六五頁。

(3) 三島は自著である『潮騒』について、「自由」という言葉をつかって次のように述べている。

一つの道徳の中で自由であること、これが物語の人物たちの生活の根本に横たわる幸福でなければならぬ。(中略) 私がモデルにえらんだ島は、裕福とはいえないが、少くとも貧しさの害悪が甚だ乏しく、その貧しさが素朴にまぎれ、都会生活とのたえざる対比がよびおこす羨望や嫉妬のたえて見られない、それ自身、自己にみちたりた島であった。（傍点引用者）（「あとがき」（「潮騒」用）、『決定版三島由紀夫全集28』、新潮社、二〇〇三年三月、二七四～二七五頁。）

三島は、「一つの道徳」という〈他者〉の中で「自由」であることは「幸福」でなければならないと述べ、『潮騒』で、既成道徳に同化して「自由」を感じながら、「自己にみちたりた」「幸福」というものを描き出してみせた。だが、そのような「自由」や「幸福」が現実にありうるかどうかは疑問である。

（4）前掲書、七六七頁。
（5）三島由紀夫著、「自衛隊を体験する──46日間のひそかな〝入隊〟」、初出『サンデー毎日』、一九六七年六月。『決定版三島由紀夫全集34』、新潮社、二〇〇三年九月、四一〇～四一一頁。
（6）徳岡孝夫著、『五衰の人』、文藝春秋、一九九六年一一月、五二～五三頁。
（7）エーリッヒ・フロム著、日高六郎訳、『自由からの逃走』、東京創元社、一九五一年一二月、一七四頁。
（8）磯田光一著、『殉教の美学』、冬樹社、一九七九年六月、二四頁。
（9）フロム著、前掲書、一九〇頁。
（10）ここでは三島の「権威主義的性格」のマゾヒスティックな側面を取り上げているが、三島にはサディスティックな面もあったことを指摘することができる。たとえば『仮面の告白』における「私」にはその傾向が顕著であった。また、その力への意志の思想に共鳴してか、三島はニーチェに言及することが多かった。フロムがマゾヒズムもサディズムも「権威主義的性格」と一括しているように、両者は同じものの表裏と考えられる。そしてサディズムであるが、フロムによれば「力への欲望は強さにではなく、弱さに根ざしている」。（フロム著、前掲書、一八〇頁。）マゾヒズムもサディズムも、〈他者〉の存在に依存しているのである。

(11) 小笠原賢二著、『時代を超える意志』、作品社、二〇〇一年一〇月、一三四頁。

(12) 対談・「対話・日本人論」、初出・初刊『対話・日本人論』、番町書房、一九六六年一〇月。『決定版三島由紀夫全集39』、新潮社、二〇〇四年五月、六六六頁。

(13) 前掲書、六六七頁。

(14) 前掲「三島由紀夫　最後の言葉」、『決定版三島由紀夫全集40』、新潮社、二〇〇四年七月、七六二頁。

(15) 『潮騒』の第十二章にはインターテクストというかたちで、「デキ王子の伝説」というものがさしはさまれている。

> 王子の生涯が何の句碑も残さず、附会され仮託されがちなどんな悲劇的な物語もその王子に託されて語られなかったということは、たとえこの伝説が事実であったにしろ、おそらく歌島（うたじま）での王子の生涯が、物語を生む余地もないほどに幸福なものだったということを暗示する。（傍点引用者）

『潮騒』の語り手、ひいては作者の三島は、「幸福」とは語られるものではないと考えていたことがわかる。反省も対立の意識もない直接的無媒介な状態には〈言葉〉が必要ない。そのような「幸福」は、デキ王子を髣髴する口下手な主人公の新治をとおして、『潮騒』でも語られている。

(16) フロム著、前掲書、一七四頁。

四、三島由紀夫における二元論の克服が意味するもの

これまでに見てきたように、三島由紀夫の実人生における〈他者〉は、三島本人には意識されることなく、その作品の制作や、生き方そのものに多大な影響を与えていた。三島は多くの作品や数々の発言の中で、しばしばさまざまな二元論に言及し、その克服を切望したが、それらの二元論は、三島とこの所与の〈他者〉との関係の象徴であると考えることができる。

そして本人に意識されることはなかったが、三島にとって、そのような〈他者〉の存在は常に違和感を覚えさせるものだった。だから三島はそれらの二元論の克服に執着したのである。

しかし二元論は矛盾そのものであり、その克服は本来不可能である。違和感を覚えつつ、さらには、どこかで不可能と知りつつ、〈他者〉と同化したいというのが、三島由紀夫における二元論の克服だった。そのような〈他者〉との合一が、自我の滅却を要求し、自身の命と引き換えに得られるものであったとしても、三島はそれを実現することを望んだ。〈他者〉との相克という

二元論は、相手を殺すか自分が死ぬかでしか克服できない。そこで三島は自分が死ぬことを選んだのである。

ではそのように三島に、死に至るまでの自我の滅却を要求した〈他者〉とは、そもそも誰だったのか。

安部公房との対談の中で、三島は「無意識」について語っている。安部は「作者の中の読者」という表現で、〈他者〉の問題に次のように触れている。

つまりおのれのなかの読者、というものが、僕は、伝承している主体だと思うのだ、作者ではなくて。だからきみが言っているように、出来上がった結果を受け継いでいるにしても、その受け継いでいる人間はさ、作者三島ではないのだ、きみの対話者なんだな。だからその対話者がきみであって、作家三島は他者だよ、他人だよ、きみにとっては。[1]

安部は、一人の人間の中に〈自己〉と〈他者〉とが対話的に存在し、その両者の対話の結果、小説のような作品ができると言っている。これは小説に限らず、人間の発言、あるいは思考のすべてについて言えることであろう。しかし三島は「そういう考えには、どうしてもついていけない」と答える。また安部が「今度のきみの芝居を読んで、つくづく思ったな、ああ、これは書かされた芝居だ、書いている芝居ではない[2]」と言って、「無意識」に書いたものが傑作となると言うと、

「無意識というものは、絶対におれにはないのだ[3]」と三島は断言する。

三島は自分の内部で展開されていた〈自己〉と〈他者〉との相克に気づいていなかったばかりか、自分には「無意識」はないと言い切って、そこで思考を停止させる。三島にとっての原初の〈他者〉が、外部から来たことは確かである。そしてその〈他者〉は三島の内部に取り込まれた。しかし三島は、その存在に気づかないばかりか、自身の無意識の存在まで否定して、それこそ無意識に、そのような〈他者〉の存在を隠蔽する。

三島にとっての絶対の〈他者〉たる「天皇」は、国民の愛を引き受ける対象であった。三島にとっての原初の〈他者〉とは、三島における愛の問題の中心人物だったと思われる。三島はその〈他者〉を、我が身を捨ててでも愛したかったのである。そのような三島であったから、三島の〈他者〉は、三島に対して、強大な権力を振るい続けることができたのだ。

《註》

(1)「二十世紀の文学」、初出『文芸』、一九六六年二月。『決定版三島由紀夫全集39』、新潮社、二〇〇四年五月、五四一頁。
(2) 前掲書、五四一頁。

（3）前掲書、五四二頁。

第四章

三島由紀夫における感情と権威主義的倫理の問題
――『豊饒の海』を中心に――

はじめに

三島由紀夫の敬愛したラディゲは、その短い生涯において書き上げた傑作の一つ、『ドルジェル伯の舞踏会』について、「心理がロマネスクであるところの小説。」という覚え書きを残している[1]。ラディゲによれば、この作品で重要なのは感情の展開とその分析であり、背景や外的な事件に書き手の努力が集中されることはないという。

ラディゲを夭折の天才、あるいは、天才の夭折の一典型と見なして、三島はたびたびラディゲに言及している。その中には、「ドルジェル伯の舞踏会」というエッセイもある。エッセイを書くほどに、三島が『ドルジェル伯の舞踏会』に心惹かれた理由はなんであろう。ラディゲは登場人物の感情の展開と分析が作品の主眼だと述べている。三島がこの作品に興味をもったのも、その心理の分析と描写の手際の鮮やかさに感服してのことではないだろうか。

生島遼一は、『ドルジェル伯の舞踏会』を理解するにあたって大切なことは、ラディゲが「純潔な恋愛の発生のもとに、自然な感情のうごきをはっきりと見ていることである」[2]と述べている。

> 恋愛の発生には常に自然な感情がある。珍しい発見ではないが、ラディゲはこれを非常に正確に書いている。そして、この源泉的な感情は、フランソワとマオの恋愛の発展につねに伴奏しているばかりでなく、この小説のえがく心理の二重性、《錯誤の喜劇》を解くポイントでもある。フランソワとマオは田舎を愛し、《緑色したもの》を愛し、戸外で語ることを愛する。雨の日に客間に閉じこめられるともう落着かない。一方、アンヌ・ドルジェルやポール・ロバンは、《人工的な雰囲気、人がいっぱい集まっていて強烈に照らされた室内にいないと気持が落着かぬ》人種なのである。かれらの周囲にいる多くの上流人はすべてそういう人間だ。つまり《仮装舞踏会》の人びとである。題名の《舞踏会》はこのように仮面をつけることを常習とし、《自己以外の人間になること》に熱情をもつこれらの人びとの人工的な世界を象徴している。[3]（傍点引用者）

「私は私でありたくない」と熱望していたのは『仮面の告白』の「私」である。生島によれば、『ドルジェル伯の舞踏会』に登場する社交的な人々のほとんどが、「《自己以外の人間になること》に熱情をもつ」。三島が『ドルジェル伯の舞踏会』に惹きつけられた最大の理由は、この「《自己以外の人間になること》に熱情をもつ」人々の心理と、その存在だったのではないだろうか。「《自己以外の人間になること》に熱情をもつ」人々や、「私でありたくない」「私」の感情はすでに仮装している。『ドルジェル伯の舞踏会』でそれらの仮装している感情と対比されるのが、恋愛の発生における「自然な感情」なのである。「《自己以外の人間になること》に熱情をもつ」前には、その人々の本来の〈自己〉がある。同様に、「私でありたくない」「私」になる前に、本来の「私」がある。それらの人々のそのときの本来の感情とはいかなるものであろうか。「恋愛の発生には常に自然な感情がある」とのことだが、『仮面の告白』の「私」と園子との恋愛の発生のもとには、「自然な感情」が動いたとは言い難いものもある。『豊饒の海』第一巻『春の雪』の最大のモチーフは清顕と聡子の恋愛であるが、そこに「自然な感情のうごき」をみることはできるのであろうか。

ところで、これら自己以外の人間になりたがる人々は、どうして自然のままの自分ではいられないのだろうか。アンヌ・ドルジェルやポール・ロバンの場合、彼らが身を置く階級や時代がそうさせたのだとも考えられる。『ドルジェル伯の舞踏会』の舞台である二十世紀初頭のパリの上流階級には、アンヌのような社交が仕事である人種がいた。アンヌは「社交人としての職業を立派に果(4)」たすために、「自分の感じないことをしか巧みに表現できない(5)」のだ。三島はこの社交的な人々の「心理の二重性」に共感したのであろう。

だが、一般的な読者が、アンヌのような社交的な人々の心理に共感するとは考えにくい。『ドルジェル伯の舞踏会』におけるアンヌ・ドルジェルやポール・ロバンの役割は、明らかに道化だからだ。アンヌたち社交的な人々は皮肉な喜劇しか生まないのである。

悲劇的なのは、そんなアンヌにフランソワへの自身の恋心を打ち明けてもまともに取り合ってもらえないマオである。植民地生まれのマオは自然と親しい存在で、「源泉的な感情」というものをまだ持ち合わせている。マオは自身の恋心という「自然な感情」に気づいて苦しむ。彼女はアンヌに対する貞節を貫くために、自身の感情を屈折させる。マオの場合は、貞節という倫理によって、「心理の二重性」を経験することになるのである。三島はそのようなマオの悲劇に共感したのだろうか。そして、悲劇の背景には倫理があると思い定めて、『ドルジェル伯の舞踏会』を傑作とし、エッセイを書いたのであろうか。

エッセイ「ドルジェル伯の舞踏会」の中で、三島はラディゲに、「僕は無秩序と無倫理の時代の子だ[6]」と言わせている。また「僕」には、ラディゲに話しかけるかたちで、「君はただ実践倫理的契機を全く離れた単なるモチーフとしての『倫理』を作品の中へ導入したにすぎなかった[7]」と言わせている。古典的主題としての「倫理」が、かつては「運命視され」、「美的な超倫理的な見地から悲劇の主題になりえた[8]」のに対し、ドルジェル伯の時代には、もはや倫理は「運命」と言えるほどの絶対の力をもっていなかったというのである。

だから、ラディゲによる登場人物たちの殺人は、「神から借りた」「悲劇の手袋[9]」をはめて行われたとされる。ラディゲの殺人は手袋をはめて行われたので、その手はちっとも汚れていない。

倫理の問題に立ち入ることは、もはや悲劇作家自身を傷つけることがない。ラディゲは、倫理が絶対の力をもち得ない、「無秩序と無倫理の時代の子」だからだというのである。[10]

　したがって三島にとって、マオの悲劇とは、もはや悲劇になりえない悲劇である。しかし、だからこそそれは絶望的な悲劇なのである。三島に言わせれば、貞節という倫理が運命のような絶対的な力をもたないことこそが悲劇である。三島は、「無秩序と無倫理の時代」に切実な感情を抱くこともなく、「《自己以外の人間になること》」に血道をあげるドルジェル伯爵たちの滑稽な姿にも共感する。エッセイの中で三島はラディゲに、「あの小説の終りに近づく数節に流血の惨事を見ない読者を僕は信用しない」と言わせている。エッセイの中でラディゲは、人間の心が流す血、流れきらずに凝結する血という悲劇を「結末近くのドルジェル伯の心理描写で」「幾分暗示した[11]」と言うのである。

　エッセイ「ドルジェル伯の舞踏会」の中でラディゲはまた、「千九百二十年代は戦後の混乱と無秩序と頽廃と絶望と病的な楽天主義の時代なんだ[12]」と言わされている。三島は太平洋戦争後の日本の世相を、ドルジェル伯の時代に投影したのだと思われる。三島に言わせれば、そのような日本の「戦後の混乱と無秩序と頽廃と絶望と病的な楽天主義の時代」にあって失われたのは、「美学の見地から眺めた倫理[13]」となろう。

　『ドルジェル伯の舞踏会』を三島のように読むことは、かならずしも妥当ではないだろう。生島の解説にも明らかなように、『ドルジェル伯の舞踏会』においては、何よりも「自然な感情」と、

「心理の二重性」、あるいは仮装した感情の対比にその主題があるからである。作中で扱われる倫理についても、三島の言うほどに絶対的なものである必要もない。それなのに、そこに倫理と秩序の問題を拡大していくこと自体が三島に特徴的なことだと言えるのである。

三島は「倫理」と「秩序」を同列で扱う。無秩序な状態を、「頽廃と絶望と病的な楽天主義の時代」と言う。そして、「重症者の兇器」では次のように述べる。

> ただ何らかの意味で私たちが、成長期をその中に送った戦争時代から、時代に擬すべき私たちの兇器をつくりだして来たということを言いたかったのだ。（中略）盗人にも三分の理ということは、盗人が七分の背理を三分の理で覆おうとする切実な努力を、つまりはじめから十分の理をもっている人間の与り知らない哀切な努力を意味している。それはまた、秩序への、倫理への、平静への、盗人たけだけしい哀切な憧れを意味する。[14]（傍点引用者）

磯田光一はここに、「虚無に面しつつ、その虚無感をうずめてくれる「秩序」という他者を痛切に求めている[15]（傍点引用者）」三島の姿を読み取る。

磯田は概して三島とその作品および思想に対して好意的で、たとえば『美しい星』については次のように言う。

私が『美しい星』をユニークな政治小説の一つに数えるのは、人間の対他的支配形態のみならず、超越的観念を渇望してそのために殉じようとする人間の情念を、ともかくもわが国の文学風土で造型することに成功した作品だからである。[16]

磯田によれば、『美しい星』の登場人物が信奉する思想の愚かしさを嘲笑するのは、作者三島の意図ではないという。磯田は次のように述べる。

> 大杉や羽黒は何と生き生きと活動していることか。それはあらゆる狂信的殉教者のように、ファシスト政治家のように、そしてスターリン主義者のように、自己を目的意識で拘束し、その目的意識のためにはあらゆる現実を、彼自身の生命さえも否定しうるという実感によって、生きているのである。そしてこのような生存の原理、すなわち「非存在」のために自らの生を燃焼させ、そこに生甲斐を感じるという生存様式は、人間一般に通じると同時に、昭和という時代が或る世代に強いた、歴史の苛酷な刻印の一つでもあったであろう。[17]（傍点引用者）

磯田は「「非存在」のために自らの生を燃焼させ、そこに生甲斐を感じるという生存様式は、人間一般に通じる」と言い、「人間の歴史をエゴイズムの闘争と見る唯物史観は、所詮は一面的な見解にすぎ」ず、三島の言う「「英雄的な死」「壮烈な死」への希求とは、人間に内在する自己否定の根源的欲求を指しているにちがいない[18]（傍点引用者）」と述べる。

磯田によれば、「神」や「秩序」からの解放は必ずしも人間一般を幸福にはしない。「外的な規制を排して、現実的な次元における社会の進歩をおし進めることによって、人間は内面的に救われうるか（傍点引用者）」というのが磯田の疑問であり、「自己の生を意味づける超越的な原理の喪失は、人間に内在するエロスの衝動、美しい目的のために死にたいという根源的欲求を、宙に迷わせる結果をもたらした[19]」というのである。だが、磯田の言う「自己否定の」、あるいは「美しい目的のために死にたい」というのは、人間一般の「根源的欲求」なのだろうか。

磯田に言わせれば、ナチズムや日本ファッシズムを支えた大衆のエネルギーもむべなるかなということになる。磯田はエーリッヒ・フロムを引用しつつも、次のように述べざるをえない。

スターリン主義にせよ、ファッシズムにせよ、「世界観的な政治」が古典デモクラシーと本質的に異なる点がある。しかもここで注目すべきことは、「敵意にみちた世界のなかで、孤独な状態におかれた個人の不安」（フロム『自由からの逃走』）に対して、壮大な世界観が、統一された「美しい生きる目標」を与えることによって、心理支配をもくろむことである。この場合、世界観的な政治を支える被支配層（たとえばナチズムを支えたドイツ農民層）を単なる被害者と見ることはできない。美しい世界観が、失意の被支配階級に、彼らの生と死を意味づける原理を提供しているという限りにおいて、その世界観は一面において「恩寵」としての役割を持つのである。[20]

「壮大な世界観」に取り込まれるのは、「個人の不安」からだとあるが、その「不安」はどこから来るのであろうか。また、磯田はここでフロムを引いているが、フロムがはたして磯田の言う「美しい生きる目標」を、「人間に内在する自己否定の根源的欲求」に対する「恩寵」とすることに賛成したであろうか。[21]

エッセイ「ドルジェル伯の舞踏会」や「重症者の兇器」にあるように、三島にとって、倫理とその喪失は自身の生死にも直結する大問題であった。一方フロムには、「倫理の問題、すなわち、人間に自己と自己の可能性とを実現させる、規範と価値の問題」[22]を論じている著書がある。三島や磯田の言う「倫理」はフロムによれば、どのようなものとされるのであろうか。フロムは言う。

精神分析の臨床家としての経験から、私は、理論的にも臨床的にも、パースナリティの研究から倫理の問題を省くことはできない、という確信を持つようになった。われわれの価値判断というものはわれわれの行動を決定し、そしてわれわれの精神的健康や幸福は、その価値判断が妥当であるか否かにかかっているのである。[23]

フロムは、「「善」よりむしろ「適応」を強調し、倫理的相対主義にくみする現代心理学の風潮」にあえて反して、「心理学という学問が、誤った倫理的判断の仮面を剝ぐだけに止まらず、さらに積極的に行為の客観的な、かつ妥当な規範をきずく基盤となり得る(24)」という立場をとる。「過去のすぐれた人道主義的倫理思想家たち」と同様に、「人間の本性の理解と、生活上の価値や規範の理解とが関連しあっていると信じていた(25)」うえに、フロムには、人間の「精神的健康や幸福」の実現に寄与する意図があったのである。

三島はその著書の中で「幸福」という言葉をたびたび使う作家であった(26)。だが、三島の言う「幸福」は人間の本来の「幸福」だったのであろうか。それは無意識のうちに行われた、何ものかの不合理な合理化だったのではないだろうか。

「重症者の兇器」を引いて、「（三島が…引用者註）虚無に面しつつ、その虚無感をうずめてくれる「秩序」という他者を痛切に求めている（傍点引用者）」と磯田が述べていたように、三島にとって、「秩序」あるいは「倫理」は、〈他者〉であった。それは〈自己〉の外側にあり、決して〈自己〉と交わることのない、絶対の〈他者〉である。磯田の言葉を借りれば、その〈他者〉とは、とある人間がそれを渇望して、そのために殉じようとさえする「超越的観念」なのである。

そのような「秩序」や「倫理」を信奉する人びとは、磯田の言うように、「自己を目的意識で拘束し、その目的意識のためにはあらゆる現実を、彼自身の生命さえも否定しうるという実感によって、生き」さえする。磯田は「自己の生を意味づける超越的な原理の喪失は、人間に内在するエロスの衝動、美しい目的のために死にたいという根源的欲求を、宙に迷わせる結果をもたらした」と言うが、確かにそのような「超越的な原理」は、それを信奉する人物に、究極的には死につながるような自己否定を要求する。

そして「超越的な原理」がなぜそのようなことを要求するのかと言うと、それは、それ自体が〈他者〉だからである。「超越的な原理」は〈自己〉の外側にあり、〈自己〉を規制するような〈他者〉である。そこには、〈他者〉の思惑通りに生きるためには、本来の〈自己〉を殺さなければならないという生死のパラドックスがある。〈他者〉は〈自己〉とは一致しないから〈他者〉なのである。磯田の言う「人間に内在する自己否定の根源的欲求」というのも、そのような対他関係において発生したものと考えるのが妥当である。

磯田が三島作品、あるいは三島自身の生き方に見た「超越的観念を渇望してそのために殉じようとする人間」とは、フロムの言う「権威主義的精神」をもつ人、あるいは「権威主義的倫理」の信奉者にそっくりである。フロムは「人道主義的倫理対権威主義的倫理」という問題設定をする。フロムによれば、「権威主義的倫理」とは次のようなものである。

形式上からいえば、権威主義的倫理は、人間に善悪の弁別力があることを否定する。規範を与えるものは、いつでも個人を超越した権威である。このような体系は理性と知識とにもとづくものではなく、権威に対する畏怖と、権威に屈従するものの弱さと依存の感情とにもとづくものである。（中略）実質的に、または内容的にいえば、権威主義的倫理は善悪とはなんであるかという疑問に対して、従属者の関心からではなく、何よりもまず権威そのものの関心からこたえる。[27]（傍点ママ）

フロムは、「権威主義的倫理」の形式的側面と実質的側面とを分けてしまうことはできず、「権威がそれに屈従する者から搾取しようとしなければ、権威は畏怖と情緒的屈伏によって支配する必要はなかったであろう」[28]とも言う。

一方、「権威主義的倫理」に対する「人道主義的倫理」とは次のようなものだとフロムは述べている。

それ（人道主義的倫理…引用者註）は、形式的には、徳と罪とのための基準を決定し得るものは人間自身の他にはなく、決して人間を超越する権威によるのではないという原理にもとづいている。一方、実質的にいえば、「善」とは人間にとってよいものであり、「邪悪」とは人間にとって有害なものである、という原理を根拠としている。いいかえれば、倫理的価値の唯一の基準は人間の幸福ということなのである。[29]（傍点ママ）

繰り返すが、三島の著書の中には「幸福」という言葉が頻出する。しかし、その「幸福」は、フロムの言う「人道主義的倫理」が目指す「幸福」[30]ではないだろう。三島の言う「幸福」は、自己否定の上、「超越的な原理」という〈権威〉に奉仕して得られるものだと考えられるからである。

また、ここで仮に「超越的な原理」としている〈権威〉であるが、その名前をたとえば、三島がしばしば口にしていた「美」とか、「天皇」とか呼ぶのはたやすい。しかし、そのように〈権威〉自体に名前を付けることに大きな意味はないだろう。それよりも、三島と三島によるテクストにおける登場人物および、物語のプロットに、ある種の〈権威〉への従属的なあり方が大きく反映しているだろうことのほうが重要な意味をもつ。

本稿では、『豊饒の海』を中心とした三島由紀夫によるテクストを、フロムの言う「権威主義的倫理」と「人道主義的倫理」という考え方を踏まえて分析することにより、三島における「権威主義的倫理」の問題を明らかにすることを目的とする。考察をとおして、その問題のもつ意味や起源も同時に明らかとなり、本稿が、いずれ人間にとっての倫理の問題に踏み込まざるをえないことが予想される。

なお、方法の一つとして、テクストの分析を進める際には、そこに表れた感情にも着目する。テクストに表れた感情、および登場人物の感情には、〈権威〉への従属的なあり方特有の感情が表現されていると考えられるからである。

フロムによれば、「権威主義的良心」は、「人の自分自身に対する破壊性によって育まれ、したがって破壊的な追求が美徳を装って働き続ける[31]」ということである。〈権威〉の期待に沿うためには、究極的には、自身の要望を含む、本来の自分のすべてを殺さなければならないし、また〈権威〉の期待に沿えない場合は、自身を責めることになる。「権威主義的良心」を育み続ける人は、「自らのうちにある憎しみをその人自身に向け」、「そのような憎しみの動機から行動[32]」する。「権威主義的良心」によって疚しい心を抱いた人は、激しい怒りを自分自身に感じるのである。

　このように「権威主義的倫理」について考える際には、そこにある破壊性の問題を避けて通ることができない。そしてそのような破壊性の問題に取り組むために、フロムはまず憎しみを、合理的・「反応的」な憎しみと、不合理な「性格状態」としての憎しみの二つの種類に区別する。

> **反応的・合理的**な憎しみは、自分や他の人の自由や生命や思想などを脅かすものへの反応である。そのたてまえは生命の尊重にある。合理的な憎しみは、重要な生物的機能をもっている。すなわち、それは生命の防護に尽くす行動と同価値の感情であり、由々しい脅威に対する反応として現われ、その脅威が去れば消えるものであって、**それは生命の追求と対立するものではなくそれに随伴するもの**である。
>
> 　**性格状態**としての憎しみは質的に異なったものである。それは性格特性であって、外部からの刺戟に憎しみの反応を示すというのではなく、敵意に充ちた人の中にわだかまっている不断の憎もうとする状態である。不合理な憎しみも、反応的な憎しみを起こす現実的な脅威と同種のものによって、起こりうる。しかし、しばしば、それは、あらゆる機会に表現され、

そして反応的な憎しみだと合理化される理由のない憎しみなのである。[33]（傍点ママ）

「反応的・合理的な憎しみ」は、「生命の追求と対立するものではなくそれに随伴するものである」から、「人道主義的倫理」の範疇に属する。それに対して「性格状態としての憎しみ」は、「権威主義的倫理」とかかわりをもつ。「権威主義的倫理」は、「成長し生きようとする生命の趨勢」を妨害し、それによって「阻止されたエネルギー」は「変化の過程を経て、生命を破壊するエネルギーに変形する」[34]（傍点ママ）からである。

ということは、「性格状態としての憎しみ」とは、はじめは「自分や他の人の自由や生命や思想などを脅かすものへの反応」、すなわち単なる「反応的・合理的な憎しみ」であったものが、恒常的な妨害にさらされ続けるうちに、蓄積し、変化し、定着してしまったものだということである。つまり、「性格状態としての憎しみ」の対象は、もともとは、自身の自由や生命や思想などを脅かした〈権威〉に向けられていたはずのものなのである。

「自分自身に対してほとんど敵意を持たない人たちの中には、他人に対する強力な破壊性は見られ[35]」ないという。だが、不合理な憎しみをもつ人、すなわち「権威主義的精神」をもつ人の敵意は、まず自分自身に向けられ、次に他人に向けられる。そのような人たちの敵意や憎しみは、それぞれの無意識のうちにしまいこまれており、爆発の機会を待っている。そしてあからさまな悪意となって、あるいは、しばしば正義の仮装をして、激しい怒りをもって、自分を、また他人を攻撃するのである。

「権威主義的精神」をもつ人は、〈権威〉から離れて孤独に陥ると、不安に満ちた日々を送る。「権威主義的精神」をもつ人の感情的な特性としては、激しい怒りとともに、この強い不安感をあげることができる。「権威主義的精神」をもつ人が、なぜそのような心理状態にあるかと言うと、自分自身を含めた人間一般を信頼することができず、常に世界を疑い、世界に敵意をもってさえいるからである。フロムが『自由からの逃走[36]』で明らかにしたように、そのような人びとは孤独に満ちた不安から遁れるために、自由を放棄し、〈権威〉のもとへ走る。たとえその〈権威〉に自らの生殺与奪の権を与えることになっても、孤独で不安でいるよりは、自由を失ったほうがましなのである。

一方、「人道主義的倫理」は〈生〉を肯定する。したがって、その目的は、「人間が先天的にもっている根本的な可能性を生産的に用いることにある[37]」。それぞれの人間がもっている能力が〈権威〉のような〈他者〉に利用されることなく、自分自身のために生産的に使われたとき、生きる喜びは生まれる。そのためには、自身を統制する何ものかの力に頼らないという意味で、人間は自由でなければならない。「人道主義的倫理」はまず、人間における自由をその条件とする。自由が孤独をもたらしたとしても、自分を信じ、人間を信じ、世界を信じることができたなら、不安を感じる必要はないのである。

「人道主義的倫理」に沿って生きるためには、人間は理性をもたなければならない。本来の自分を見失わないため、また自身の力が何であり、それをなんのためにどう用いるかということを判断するため、人間は理性をもたなければならないからである。幸福とは、そのような理性的で自由な生き方と状況のことを言うのである。三島の言う「幸福」は、そのような「人道主義的倫理」にもとづいた幸福とは、大きく異なっているだろうことが予想される。

『ドルジェル伯の舞踏会』が「心理の二重性」をテーマとし、それを三島が熱烈に好んだというのは示唆的である。三島は某かの〈権威〉に忠実であるあまり、自身の本来の感情を押さえ込み、仮装した感情でもって生きざるをえなかったのではないかと考えられるからである。三島には、『ドルジェル伯の舞踏会』の登場人物たちに共感する理由があった。『豊饒の海』をはじめとする三島によるテクストには、そのような封じ込められた感情が何らかの形で表現されていると思われる。その感情の質と意味とを精査していきたい。

《註》

（1）レイモン・ラディゲ著、生島遼一訳、『ドルジェル伯の舞踏会』、新潮社、一九五三年五月、八頁。
（2）前掲書、二二三頁。
（3）前掲書、二二四頁。
（4）前掲書、二一三頁。

(5) 前掲書、一八四頁。
(6) 「ドルジェル伯の舞踏会」、初出『世界文学』、一九四八年五月。『決定版三島由紀夫全集27』、新潮社、二〇〇三年二月、六四頁。
(7) 前掲書、六一頁。
(8) 前掲書、六二頁。
(9) 前掲書、六四頁。
(10) 倫理を美学的にとらえるのは三島の独創であろう。そこにも意味はあると考えられるが、ここでは立ち入らない。
(11) 前掲書、六三頁。
(12) 前掲書、六四頁。
(13) 前掲書、六四頁。
(14) 「重症者の兇器」、初出『人間』、一九四八年三月。『決定版三島由紀夫全集27』、新潮社、二〇〇三年二月、三二頁。
(15) 磯田光一著、『殉教の美学』、冬樹社、一九七九年六月、二五頁。
(16) 前掲書、六〇頁。
(17) 前掲書、六一頁。
(18) 前掲書、六九頁。

(19) 前掲書、七〇頁。

(20) 前掲書、五七頁。

(21) 日本ファシズムを支えた大衆のエネルギーが、生と死を意味づける超越的な原理によっていたということからは、井上俊の「『死にがい』の喪失」が想起される。社会学者の井上は鶴見俊輔から、「戦後派の若い人たちは何のためなら死ねるか、ということについて考えてみて下さい」という手紙をもらって、「『死にがい』の喪失」について書くことになったという。『死にがいの喪失』には次のようにある。

世のなかには生を恐れる人もあるし、死を愛する人もあるが、一般的にいえば、生を愛し死を恐れるのが、大多数の人びとの通常の態度だろう。そこで、どんな社会も、なんらかの形で死を意味づけ、そのことによって成員に自らの死を納得させ受けいれさせるメカニズム、いわば「死にがい付与のメカニズム」を備えている。(中略)

「死にがい」付与の「メタフィジカルな体系」が最も必要とされるのは、おそらく戦時においてであろう。死の可能性をふくむ戦争という目標に、人びとを効果的に「動員」するためには、なんらかの形で人びとにみずからの死を納得させることが必要である。(井上俊著、『死にがいの喪失』、筑摩書房、一九七三年四月、八～九頁。)

井上は、言うところの「死にがい」が、実は「生きがい」と同じであることを確認しつつ、同書の中で、戦後世代の「死にがい」と「生きがい」について考察している。しかし、最初に引いたところにも明らかなように、井上は人間一般にとって、死は受け入れるのに困難なものだとしており、三島や三島に共感する磯田とは違って、生きることを前提にして、「死にがい」をテーマとして取り上げている。

(22) E・フロム著、谷口隆之助・早坂泰次郎訳、『人間における自由』、東京創元社、一九五五年五月、三頁。

(23) 前掲書、三〜四頁。

(24) 前掲書、三頁。

(25) 前掲書、四頁。

(26) たとえば『太陽と鉄』には次のようにある。

> ……私が幸福と呼ぶところのものは、もしかしたら、人が危機と呼ぶところのものと同じ地点にあるのかもしれない。言葉を介さずに私が融合し、そのことによって私が幸福を感じる世界とは、とりもなおさず、悲劇的世界であったからである。もちろんその瞬間にはまだ悲劇は成就されず、あらゆる悲劇的因子を孕み、破滅を内包し、確実に「未来」を欠いた世界、そこに住む資格を完全に取得したという喜びが、明らかに私の幸福の根拠だった。(傍点引用者)

(27) E・フロム著、前掲書、二一七〜二一八頁。

(28) 前掲書、二九頁。
(29) 前掲書、三〇〜三一頁。
(30) フロムによれば、「幸福」や「不幸」とは次のようなものである。

実際において、幸、および不幸は、まったき有機体の、すなわち全パースナリティの状態を表わすものである。幸福は、活力の増加や感情や思考の激しさ、または生産性などにつれて生ずるものである。不幸は、これらの能力や機能の減退の結果である。(フロム著、前掲書、二一八頁。)

(31) フロム著、前掲書、一八四〜一八五頁。
(32) 前掲書、一八五頁。
(33) 前掲書、二五四〜二五五頁。
(34) 前掲書、二五六〜二五七頁。
(35) 前掲書、二五六頁。
(36) E・フロム著、日高六郎訳、『自由からの逃走』、東京創元社、一九五一年一二月。
(37) 前掲書、二七〇頁。

一、『豊饒の海』と、怒りという感情

三島由紀夫最後の小説『豊饒の海』は、「「豊饒の海」完。昭和四十五年十一月二十五日」と書かれて終了している。今さら言うまでもないことであるが、この日付は例の激烈な事件の起ったあの日を示している。『豊饒の海』第四巻、『天人五衰』は三島によって書かれた最後の小説である。三島には、いわゆる政治的な発言とされる檄文などの一連の文章がある。だがそれらとは違って、小説である『天人五衰』は、そこに感情や心理の問題を見出すことのできる、三島最後の文章なのである。

人間の感情は指標である。感情は、その人が今置かれている立場や状況を表す。感情が動く背後には、かならずきっかけとなる出来事があるが、その人がおかれている立場や状況によっては同じことを経験しても違う感情をもつことがある。何かが起こって、喜びのような肯定的な感情をもつことができるのは、その人が今よい状態にあるということを示しているし、何かが起こって、怒りのような否定的な感情をもつのは、その人が今不幸な状態にあることを示している。

『ドルジェル伯の舞踏会』のように感情が複雑な心理劇を展開するのには、相応に複雑な理由がある。だが複雑であるとは言え、それらを解きほぐしていけば、いつか源泉の感情とでもいうべきものに至る。そうなると感情は極めて正直で、自らすべてを物語る。感情を精査すれば、背

後にある根本的な問題が明らかになるのである。

そこでここではまず、三島最後の小説である『天人五衰』に表れた感情と心理の問題について考察する。『天人五衰』に極まった感情の何たるかを検証した後、そこから遡って、三島によるテクストに表れた同様の心理の問題を分析していく。そしてそのような心理が、どのような背景によって引き起こされたものなのかを明らかにする。

1、怒れるテクスト

根本美作子は、『豊饒の海』の語りの調子が、第三巻、第四巻に入ってから、第一巻、第二巻とは変わったことを指摘する。根本は、「それまでの二巻では、語りは登場人物の視点を辿って(『春の雪』あるいは人物をただちに登場させるために(『奔馬』)語り出していた」、「いわば古典的な語りであった」のに、「『暁の寺』の冒頭で」「語っているのはいったい何・誰なのか[1]」と疑問を呈している。

根本はまた、『暁の寺』冒頭の語りに「不快感」を見出しているが、それは、三島が「小説とは何か」に書いた次の箇所を参照してのことである。

つい数日前、私はここ五年ほど継続中の長編「豊饒の海」の第三巻「暁の寺」を脱稿した。

> これで全巻を終わったわけでなく、さらに難物の最終巻を控えているが、一区切がついて、いわば行軍の小休止と謂ったところだ。路ばたの草むらに足を投げ出して、煙草を一服、水筒の水で口を湿らしているところを想像してもらえばよい。人から見れば、いかにも快い休息と見えるであろう。しかし私は実に実に実に実に不快だったのである。[2]（傍点引用者）

同じ文章の中で、三島は自身のこの不快感について説明しているのだが、その前提として、まず、自身が「作品内の現実」と「作品外の現実」という「二種の現実のいずれにも最終的に与せず、その二種の現実の対立・緊張にのみ創作衝動の泉を見出す[3]」作家だと述べている。三島は、その「二種の現実のいずれかを、いついかなる時点においても、決然と選択しうるという自由[4]」の感覚なしに書き続けることはできないとしている。「文学を捨てるか、現実を捨てるか」という「選択の保留」が「書くこと」であり、「自由抜き選択抜きの保留[5]」には耐えられないというのである。

だが、「「暁の寺」の完成によって、それまで浮遊していた二種の現実は確定せられ、一つの作品世界が完結し閉じられると共に、それまでの作品外の現実はすべてこの瞬間に紙屑になった[6]」という。『暁の寺』の完成は、三島にとっての「二種の現実」を一つにまとめてしまった。三島にとっての「作品内の現実」すなわち「文学」と、「作品外の現実」すなわち「現実」が一致してしまったのである。しかも、「現実」は「紙屑」になり、「文学」の中にしか「現実」、つまり真実はなくなってしまったというのである。

「この小説がすんだら」という言葉は、今の私にとって最大のタブーだ。この小説が終ったあとの世界を、私は考えることができないからであり、その世界を想像することがイヤでもあり怖ろしいのである。そこでこそ決定的に、この浮遊する二種の現実が袂を分ち、一方が廃棄され、一方が作品の中へ閉じ込められるとしたら、私の自由はどうなるのであろうか。唯一ののこされた自由は、その作品の「作者」と呼ばれることなのであろうか。（中略）

私の不快はこの怖ろしい予感から生れたものであった。(7)

三島は自身の「自由」について強く意識しているが、そもそも三島にはどれほどの自由が、またどんな自由があったというのであろうか。第三章で検証したように、三島の「自由」とは極めて限定的な特殊なものだったのではないだろうか。

さらに、三島は「作品の「作者」」という存在を意識している。文学研究史では、テクストにおける「作者」「作者の死」が唱えられてから久しい。しかしテクストにおいて、あるいは作品において、「作者」は本当に死んだのであろうか。三島の言うように、三島にとっての「作品外の現実」が「作品内の現実」に統合されてしまったのだとしたら、作品、あるいはテクストの中には、三島由紀夫というペンネームで小説を書いた、生身の一人の人間の、その存在の痕跡が色濃く残されていると考えるほうが自然なのではないだろうか。

三島は『暁の寺』の完成によって、自身の「作品内の現実」に「作品外の現実」が呑み込まれてしまったと語っている。そうであるならば、『暁の寺』の次の巻である『天人五衰』には、三島の「作品外の現実」がもっとも強く反映しているはずである。創作ノートの研究により、『天人五衰』は、当初の想定とはまったく異なった結末に落着いたとの事実が広く知られている。見てきたように、『暁の寺』も、作者三島の制御が難しくなって完成したものである。三島ほどの知性が制御できないほどに、そこからあふれ出たものとは一体何だったのであろうか。

さて、根本が指摘する『豊饒の海』の語りにはもう一つの問題があった。それは、「『暁の寺』の冒頭で」「語っているのはいったい何・誰なのか」ということである。田崎英明は、『豊饒の海』の語りの視点について次のように述べている。

『豊饒の海』を通して、基本的には、語り手は二人の人物に同一化している。この人物が見た世界、見るであろう世界が描かれ、そこにインターテクスチャルに、法話や、手記、裁判記録などが嵌め込まれてこの作品は出来上がっている。『春の雪』では清顕と本多、『奔馬』では勲と本多、『天人五衰』では透と本多である。それが、『暁の寺』では本多一人なのだ。清顕の生まれ変わりであるはずのジン・ジャンに語り手は同一化しない。[9]

田崎は、『豊饒の海』の語りは、基本的にはそれぞれの巻の二人の人物の視点に同一化しているが、『暁の寺』では語り手は本多一人に添っていると言う。だが『暁の寺』の語りがそれまでの巻と違うのはそれだけではない。根本が指摘するように、『暁の寺』では、特にその冒頭部分で、語り手が本多をはじめとする登場人物の視点を離れて一人歩きしているように見える。根本も述べているように、『暁の寺』の冒頭の語りには独自の価値判断が見られる[10]など、語り手自身が実体をもって語り出している印象を与えるのである。

『天人五衰』の書き出しも同様に、語り手の視点は登場人物の誰とも一致していない。根本は、「最終的には、登場人物透の視点に首尾良く回収されてはいるものの、現在形に支配された簡潔な短い文の連なる、生身の人間の独り言が四頁も続」き、「物語世界からかけ離れている[11]」としている。そして、「語りが本多の視点に宿っているときとはまるで違った、直接的な感情が、この冒頭には漲っている[12]」と言う。『天人五衰』の冒頭では、『暁の寺』の冒頭以上の感情の噴出が見られるのである。

『天人五衰』の冒頭の語りとは次のようなものである。語り手は、透が日がな眺めている伊豆の海を描写する。

きわめて低い波も、岸辺では砕ける。砕ける寸前のあの鶯いろの波の腹の色には、あらゆる海藻が持っているいやらしさと似たいやらしさがある。

（中略）

> 五月の海のふくらみは、しかしたえずいらいらと光りの点描を移しており、繊細な突起に充たされている。
>
> （中略）
>
> 日が曇るにつれて、海は突然不機嫌に瞑想的になり、鶯色のこまかい稜角に充たされる。薔薇の枝のように棘（とげ）だらけの波の茨（いばら）でいっぱいになる。その棘自体にも、なめらかな生成の跡があって、海の茨は平滑に見えるのだ。（傍点引用者）

『天人五衰』の冒頭の語りに見られる感情とは怒りである。根本が指摘するように、この箇所で語り手は、「現在形で、現在のあるたまらない苛立ちを語[13]」っている。そして「この感情の現在は、直接疑問を投げかけ、何かに対して抵抗し」、「結局は透にあてがわれる[14]」怒りなのである。『天人五衰』冒頭の語りは、いったい何に対して怒っているのであろう。その怒りを托された透は、義父である本多と激しく闘う。『天人五衰』は全編、怒りと憎しみという感情に占拠され、絶えず闘いがくりひろげられている。それらの闘いの中心には、本多と透という義理の親子の対立がある。この本多と透の対立と闘いの意味を明らかにすることが、『天人五衰』と『豊饒の海』を、さらには、作者である三島自身を理解することにつながるのではないだろうか。

2、海に見る「悪」と、雲に見る「神」

『天人五衰』の冒頭で、語り手は海を描写しつつ、自身の怒りをあらわにしていた。その後十三章にも、透が望遠鏡で海を見る箇所があり、またもや語り手は苛立ちつつ海を描写する。そこでは一応、語りは透の視点に同一化しているように読める。だがその語り口は、冒頭の怒れる語りにそっくりで、語り手が透の考えを代弁しているのか、自分自身の考えを述べているのか判然としないのである。

無量の一枚の青い石板のような海水が、波打際へ来て砕けるときには、何という繊細な変身を見せることだろう。千々にみだれる細かい波頭と、こまごまと分れる白い飛沫は、苦しまぎれにかくも夥(おびただ)しい糸を吐く、海の蚕のような性質をあらわしている。白い繊細な性質を内にひそめながら、力で圧伏するということは、何という微妙な悪だろう。(傍点引用者)

透の考えなのか、語り手の考えなのかはっきりとはしないが、ここで語りは海の中に「悪」を見ている。また、「力で圧伏する」という表現には、海の支配的な圧力を感じていることが表れている。

自然は全体から断片へと、又、断片から全体へと、たえずくりかえし循環していた。断片の形をとったときのはかない清冽さに比べれば、全体としての自然は、つねに不機嫌で暗鬱だった。

悪は全体としての自然に属するのだろうか？

それとも断片のほうに？

自然を「全体」と「断片」に分けて考え、透、あるいは語り手は、自身をどちらに位置づけるのであろうか。透は天涯孤独な少年である。実際の生活も、精神的な面でも、孤独な透は「断片」であろう。そしてまた、「断片の形をとったときのはかない清冽さ」という表現が想起させるのは、透の過去世の姿と目される清顕や勲やジン・ジャンである。

透、あるいは語り手は、自然の中に「悪」を見る。「全体」としての自然、もしくは「断片」としての自然のいずれかに「悪」があるとする。だが、海と同じ自然の一部である雲にはまた別のものを見る。所長が、透を養子にしたいという本多の申し出を伝えに来た日の翌日、夕景の空をながめる透の視点と同一化して、語り手は次のように語る。

その夕景の空は美しかった。沖の幾条の横雲の彼方（かなた）に、積乱雲が神のように佇（たたず）んでいたの

である。（傍点引用者）

透の意識の中にはなぜか「神」がある。このことについてはどのように考えたらよいのであろうか。透は雲に「神」を見、一方同じ自然の一部である海には「悪」を見る。透にとって、自然の中には「神」も「悪」もあるのである。

今、駿河湾は、ひとつの愛もなく陶酔もなく、完全にさめ切った時間の中に寝そべっている。この怠惰な、この無傷の完全性を、やがて白光を放つ剃刀（かみそり）の刃のように滑って来て、切り裂いてゆく船がなければならぬ。船はこんな完全性に対する涼しい侮蔑の兇器で、ただ傷口を与えるために、海のはりつめた薄い皮膚の上を走ってゆくのだ。しかしついに深手を与えることはできずに。

透はひそかにそのような自然を破壊することを夢見る。海の「無傷の完全性」を「切り裂いてゆく」船とは、透のことであろう。「愛もなく陶酔もな」い、しかし「神」のように完全な海は悪意を隠している。そのような「悪」に、「悪」をもって一矢報いるのが透の船なのだが、それは「神」でもある自然の全体なので、「ついに深手を与えることはでき」ないのである。

神は〈権威〉になりうる。と言うよりも、神は〈権威〉であったことのほうが多い。神が〈権威〉になったとき、それは絶対的なものとなる。人間が神を〈権威〉として自身の内面に取り込んでしまうと、それは究極的な価値基準となる。すると人生の細部に至るまで、その人はあらゆることの承認をそこに求め続けなくてはならなくなる。もちろん、神に抵抗することもできる。だが、服従するにしても抵抗するにしても、神に支配されることに変わりはない。透は漠然と「神」を意識し、その中に絶対性と「悪」を見ている。そして抵抗することも支配されることだとは気づかずに、透は抵抗することを選んだのである。

怒りや抵抗にはかならず相手がある。しかし、怒る主体は、その相手という〈他者〉を特定できていないことがある。いやむしろ、特定できないからこそ、怒りは常に身を去らないのである。そのような人は、自分を怒らせた相手を特定できないまま、絶えず苛立ち、復讐心と憎しみをもって世界に向き合うことになる。透の怒りもそのように本来の対象を見出せず、漠然と、海のような自然や世界や人間たちに向けられる。だが、怒りはその原因となった相手に返さない限りおさまることはない。透には「たえずひそかに人を傷つけずにはやまぬという衝動」がやがて生まれるが、怒りの原因を特定しないまま、周囲のあらゆる人々を傷つけたところで、気持ちが晴れることはないのである。だから透の「悪」は無際限なものとなる。

3、透の「認識」と破壊性

透は、本多が疑いつつも、清顕にはじまった夭折する美しい存在の生まれ変わりと信じ、養子に迎えた少年である。透はそうとは知らずに、生まれ変わりであることを期待されつつ、本多の息子になった。

透は、三島作品にたびたび登場する「行為」と「認識」という二項対立の「認識」の側にいる。これまでの転生者たちが「行為」の側にいたのに対し、透は、いわゆる「行為者」としての「美しい」という資格を備えていながら、「認識者」なのである。

そこまで目を放つことこそ、透の幸福の根拠だった。透にとっては、見ること以上の自己放棄はなかった。自分を忘れさせてくれるのは目だけだ、鏡を見るときを除いては。

そして自分は？

この十六歳の少年は、自分がまるごとこの世には属していないことを確信していた。この世には半身しか属していない。あとの半身は、あの幽暗な、濃藍の領域に属していた。従ってこの世で自分を規制しうるどんな法律も規則もない。

透の認識は「自己放棄」と一体である。そして認識は「透の幸福の根拠」だという。「自分がまるごとこの世には属していない」という浮遊した存在の感覚は、透が自分の人生を自分自身のものにしきれてはいないということを表している。自分自身の存在を自分のものにできていない「透の幸福」は、自身のもてる能力を用いて生産的に生きるという本来の幸福からは遠い。透は「この世で自分を規制しうるどんな法律も規則もない」と言うが、それは透が自由であるということを意味してはいない。透は「自分を忘れさせてくれる」ものを求め、自分自身から自由になることを欲している。

確かに、透は自分以外のものを見ることには長けている。〈他者〉の心理を見透かして、陥れるなどお手の物である。しかし透に自分のことは見えていたのであろうか。透は自分の自己認識に自信をもっていたが、自己放棄を行いながら、〈自己〉を客観的に見ることなどできないのではないだろうか。

すべては自明、すべては既知、認識のよろこびは海のかなたの見えない水平線にしかなかった。人々は何を今更おどろいているのだろう。（中略）

彼は自分の機構については、隅から隅までよく知っており、点検は行き届いていた。無意識なんか少しもなかった。

「無意識なんか少しもなかった」という透の自己認識は、三島のそれとそっくりである。安部公房との対談の中で、三島は、「おれは、だけれどももう、無意識というのはなるたけ信じないようにしているのだ。」と言っている。安部がしつこく反論するにもかかわらず、「駄目だよ。おれは無意識はないよ。[15]」と譲らず、最後は物別れに終わる。だが、安部の言うように、無意識のない人間などいないのではないだろうか。自分に認識のできない自分の意識を無意識と呼ぶのなら、誰にでも無意識はあるだろう。

自分の存在を、地に足のついたものとして確立できていない透に、本来の自己認識ができているとは考えにくい。自分自身を客観的に見ることのできていない透が、「自分の機構については、隅から隅までよく知っており、点検は行き届いてい」たと考えるのは難しい。「無意識」は、ないのではなく、気づかないから無意識というのである。そして無意識とは、自分では決して制御できないものである。

『僕がもし無意識の動機に動かされて何かを言ったりしたりするとすれば、世界はとっくにぶっこわされているだろう。世界は僕の自意識に感謝すべきだ。統御ということ以外に意識の誇りはないから』

と透は考えていた。

ある意味では、認識とは所有と支配である。透が自分を完全に認識できていたと考える、またそう思いたがるのは、透が自分自身を知り尽くし、完璧に統御したいと切望していたからである。透は自らのうちにある破壊性を意識している。その破壊性を、自意識によって統御していると透は考えている。だが、やがてそれは前面に出てくることとなる。透の意識の裏側には無意識があって、破壊性はそこに潜んでいる。透は自身の破壊性の正体を知らない。そんなものがなぜ自分にあるのかわかってはいない。それこそが、透にも無意識というもののある証拠である。「心理の二重性」があるように、意識にも二重性があるのである。

そして破壊性にふさわしい感情が何であるかと言えば、それは怒りに他ならない。語り手は透の冷酷さを強調し、透が決して感情的になる人物ではないことを繰り返し述べるが、侮蔑の背後にあるのは怒りである。『天人五衰』冒頭の語りに見られた怒りは、その視点とともに、そのまま透に引き継がれているのである。

実は、破壊性は透の養父である本多にもある。慶子を伴って三保の松原へ旅行する際、東京駅に向う途中のビル群の光景を眺めながら、本多はある感覚に陥る。

　本多はいずれ自分が死ぬときには、これらのビルは全部なくなるのだ、という想いに、一種の復讐の喜びを味わった（中略）この世界を根こそぎ破壊して、無に帰せしめることは造作もなかった。自分が死ねば確実にそうなるのだ。世間から忘れられた老人でも、死という無上の破壊力をなお持ち合わせていることが、少し得意だったのである。

本多の中にも破壊性がある。したがって、本多の無意識の中にも怒りがあると、容易に想像することができる。透と本多の対決は、怒りと怒り、破壊と破壊の応酬なのである。

破壊性について、フロムは次のように述べている。

破壊性は、人がその第一義的な可能性を実現し得なかった時にのみ現われる、その人の中の第二義的な可能性であるというわれわれの想定が正しければ、人道主義的倫理にとっての障害の一つが解答されたことになる。われわれは、人は必ずしも悪ではないが、ただその成長発展のための適当な条件が欠けている場合にのみ悪になる、ということを示してきたのである。悪は、それ自体で存する独立的な存在ではない。それは善の欠如であり、生命を実現し得なかった結果である。[16]（傍点引用者）

透は本多に出会ったときにはすでに内面に「悪」を蔵する破壊的な性格であった。ということは、透はもともと「成長発展のための適当な条件が欠けている」ところで育ち、「第一義的な可能性」である「生命を実現」できていなかったということになる。そこに本多という養父を得て、いよいよ「悪」を発揮することとなった。本多のもとで、透はますます「成長発展」も「生命を実現」

することもできなくなったのである。

一方、本多が透の「第一義的な可能性」である「成長発展」を助けることができなかったのは、自身が「生命を実現し得」ていないことによって、「破壊性」、すなわち「悪」を内にもった人物だったからである。本多の自覚のとおり、透と本多はまったくよく似ていたのである。

前に示したように、透は海や自然に「悪」を見ている。透の見る海は、「白い繊細な性質を内にひそめながら、力で圧伏する」理不尽な存在である。また、「全体としての自然は、つねに不機嫌で暗鬱」で、その中に暮らす者は、自然の顔色をうかがいつつ暮らさざるをえない。

透は自身の怒りの原因については無自覚なまま、「悪は全体としての自然に属するのだろうか?」、「それとも断片のほうに?」と、自身から「成長発展」の機会を奪ったものの象徴である「全体としての自然」と、自分自身の象徴である「断片」のどちらに「悪」があるのかと問うが、どちらにもあるというのが正解だろう。養父となって、透から「生命を実現」する機会を奪った本多と、奪われた透の両方に「悪」はある。

海も自然も、本来は生命を産み出し育む、母ともゆりかごとも言えるものである。その海や自然に、「悪」や絶対の「神」を見ざるをえなかったところに、透の不幸はあったと考えられる。

《註》

（1）根本美作子著、「『豊饒の海』あるいは型に嵌められた現実」、小林康夫・松浦寿輝編、『テクスト危機の言説』、東京大学出版会、二〇〇〇年三月、一八二頁。

（2）「小説とは何か」、初出『波』、一九七〇年五月。『決定版三島由紀夫全集34』、新潮社、二〇〇三年九月、七三七頁。

（3）前掲書、七三九頁。

（4）前掲書、七三九頁。

（5）前掲書、七四〇頁。

（6）前掲書、七四〇頁。

（7）前掲書、七四一頁。

（8）当初の構想とされているものは次のとおりである。

第四巻――昭和四十八年。

本多はすでに老境。（中略）ついに八十〔「八十」抹消〕七十八歳で死せんとすとき、十八歳の少年現われ、宛然（さながら）、天使の如く、永遠の青春に輝けり。（中略）

この少年のしるしを見て、本多はいたくよろこび、自己の解脱の契機をつかむ。

（中略）

本多死なんとして解脱に入る時、光明の空へ船出せんとする少年の姿、窓ごしに見ゆ。（バルダザールの死）（『決定版三島由紀夫全集14』、新潮社、二〇〇二年一月、六五二頁。）

（9）田崎英明著、「オリエンタリズム（「春の雪」「奔馬」「暁の寺」「天人五衰」から）」、『國文學解釈と教材の研究』、學燈社、一九九三年五月、四五頁。

（10）根本はバンコクを紹介する「暁の寺」冒頭の一部、「――バンコックが東洋のヴェニスと呼ばれるのは、結構も規模も比較にならぬこの二つの都市の、外見上の対比に拠ったものではあるまい。」という箇所を引いて、「不可思議な「――」に仕切られたアクチュアルな価値判断を下しているものは誰なのか」と述べている。（根本美作子著、前掲書、一八二頁。）

（11）根本美作子著、前掲書、一八二～一八三頁。

（12）前掲書、一八三頁。

（13）前掲書、一八三頁。

（14）前掲書、一八三頁。

（15）「二十世紀の文学」、初出『文芸』、一九六六年二月。『決定版三島由紀夫全集39』、新潮社、二〇〇四年五月、五四二～五四三頁。

（16）E・フロム著、谷口隆之助・早坂泰次郎訳、『人間における自由』、東京創元社、一九五五年五月、二五八頁。

二、「認識」することと「行為」すること

　三島由紀夫研究において、「認識」と「行為」の二項対立の構図について言及することは、陳腐であるとともに、避けることのできない重要な課題である。だが『金閣寺』における「私」と柏木の論争からか、これまでの議論は、「認識」と「行為」のいずれが世界を変えることができるかというような比較のレベルにとどまることが多かった。

『豊饒の海』では、第一巻から第三巻までの主人公、清顕、勲、ジン・ジャンが「行為者」、すべての巻に登場して物語の成り行きを見守る本多と、本多の養子となった透が「認識者」とされる。そして「認識者」である本多が、「行為者」たちに憧れるという見方がなされる。しかし、テクストで使われる「認識」という言葉と「行為」という言葉を掘り下げると、意外な意味と構図が見えてくるのではないだろうか。

　そこでここでは、テクストにおける「認識」と「行為」という言葉から、それぞれどのような意味を引き出すことができるかということを考察し、「認識」と「行為」という対立する構図から、比較にとどまらない関係性のあることを明らかにすることを目的とする。

1、本多の「認識」の意味するもの

本多の「認識」の意味するものが明らかになるのは、『豊饒の海』第四巻、『天人五衰』においてである。それは「認識者」本多が、養子である透に対して、どのような「行為」をしたかということにあらわれる。「認識者」とされる本多の透に対する「行為」から、読者はその「認識」の意味を知ることとなるのである。

前の一文からもわかるように、認識と行為とは本来対立する概念ではない。人間は生きていれば、だれでも認識し、行為するのだ。それをことさら対立する概念であるかのように使い分けるのは、それらの言葉にそれぞれ特別な意味が付与されているということである。

本多が極めて知性的な人物として描かれているように、三島によるテクストにおいては、「認識」と言えば知性と結びつけて考えられている。それに対して、知ること、考えることをせずに、情熱のまま、心のままに行動することが「行為」とされているのである。『豊饒の海』第三巻までの主人公、清顕、勲、ジン・ジャンのいずれもが、かならずしも知性的ではなく、自身の感情や感覚に忠実に、激しく人生を駆け抜けた人物として描かれている。そしてそれらの人物たちが「行為者」と呼ばれているのである。

では、「認識者」と呼ばれる本多は、それらの「行為者」とはどう違うのであろうか。

本多の見ることへの執念はすさまじい。そうまでして見ることにはどんな意味があるのだろうか。『暁の寺』には次のような箇所がある。

生の絶対の受身の姿、尋常では見られない生のごく存在論的な姿、そういうものに本多は魅せられすぎ、又そういうものでなくては生ではないという、贅沢な認識に染まりすぎていた。

「生の絶対の受身の姿」、「生のごく存在論的な姿」という表現自体が、本多の「認識」を前提にしている。そのような姿を見せる者たちは、本多の「認識」の対象であり、完全な客体である。本多の「認識」の対象は、清顕、勲、ジン・ジャンの三人であった。本多に言わせれば、彼らはそれぞれの「運命」につかまれ、「運命」に対して受身で、なすすべもなく情熱的に短い人生を生ききった、つまり「生の絶対の受身の姿」を見せたということになるのである。

本多は見ることに執着するあまり、夜の公園で恋人たちの「行為」を見つめる「覗き屋」になるが、それはその恋人たちが、「生の絶対の受身の姿、尋常では見られない生のごく存在論的な姿」というものを見せてくれていると思っていたからである。

恋人たちの戦慄と戦慄を等しくし、その鼓動と鼓動を等しくし、同じ不安を頒ち合い、これほどの同一化の果てに、しかも見るだけで決して見られぬ存在にとどまること。

魅せられ、憧れる存在との「同一化」を願う気持ちは、『仮面の告白』の「私」が書いていたことである。『仮面の告白』の「私」は近江への恋情を意識するようになって、「愛の奥処(おくが)には、寸分たがわず相手に似たいという不可能な熱望が流れていはしないだろうか?」と述べる。

しかし本多は、「見るだけで決して見られぬ存在にとどまること」を望んでいる。これは本多が、相手に対して絶対的に優位な地位を保ちたいと考えていることを意味している。自分は見ても、相手から見られたくはないのである。

認識はある意味では所有と支配である。本多は自分が支配をしても、支配されたくはないのである。本多は「行為者」たちの人生にも、自分がなにがしかの影響を与えた、無意識にでも、自分の支配が及んだと思いたがっている。

清顕と勲については、かれらの人生がそういう水晶のような結晶を結ぶのに、いささかの力を致したという自負が本多にはあった。その二つの人生において、本多はさしのべる救いの手であり、同時に、何の役にも立たない無効の手であった。重要なことは、本多がその役を、何も知らずに、はなはだ自然に、純粋な愚かしさの中で、(自分は知的な役割を演じているつもりで)、演じ了(おお)せたことだ。しかし、「知ってしまった」あとでは！

「知ってしまった」本多は、ジン・ジャンに恋焦がれてたびたび接触をこころみては、冷たくあしらわれる。清顕や勲のときは、そうとは知らずに彼らの人生に関与していたが、ジン・ジャンの場合はそうと知りつつ、本多は積極的に関わりを持ちたがる。前に見たように、『暁の寺』は、筆者である三島の制御が難しくなりつつ完成した巻である。だがそれと反比例するように、作中人物である本多の動きは大きくなって、この巻から、転生者に対して意識的に関与の度合を強めていく。そしてついに『天人五衰』では、転生者と目した透を自分の思い通りに育て上げようと、養子にして支配するようになるのである。

平嶋さやかは、「彼（本多…引用者註）の透に向けられた教育は、まさに支配だった[1]」と端的に書いている。『天人五衰』十七章では、養子に迎えた透に対して、食事の作法から身につける教養に至るまで、本多は事細かに指図している。その間、「ねばならない」、「なければならない」、「なくちゃいけない」、「てはいけない」、「ならぬ」という語尾で終わる言葉が次々と繰り出される。また、「いかん」、「だめだね」という否定の言葉、さらには「べき」という義務を負わせる言葉も頻出している。

頭脳明晰と思われる透が本多の養子になったのも、その口うるさい指示を素直に聞くことができたのも、透には「本質的な拒絶を以て物事を受け容れる」という「武器」があったからである。「自由は他人のものだった」し、手記に書いているように、「僕の人生はすべて義務だった」という意識が透にはあった。

> 港とこの小さな信号所の部屋とは、港の反映をここへ収斂（しゅうれん）させて固く結ばれ、ついにはこの部屋自身が、自分を高い巌の上へ打ち上げられた船であるかのように夢みていた。（中略）日もすがら夜もすがら、海と船と港とに縛（いま）しめられ、ただ見ることが、凝視することが、この部屋の純粋な狂気にまでなっていた。その監視（ワッチ）、その白さ、そのあなたまかせ、その不安定、その孤立そのものが船だった。

透のかつての職場であった信号所は、透そのものである。透は自分の人生を自分自身のものにできてはおらず、この部屋と同様に、「縛しめられ」、「あなたまかせ」な存在となっていた。本多が透を養子にし、教育という名の支配をほどこす土壌はすでに透の中に培われていたといえるだろう。だが、透とは、本多がその中に、「自分と全く同じ機構の歯車が、同じ冷ややかな微動を以て、正確無比に同じ速度で廻っているのを直感した」少年である。透は本多と同じ「認識者」なのである。透と同じなのだから、透に対しては支配者である本多も、別の立場では被支配者であった可能性が高い。本多にとっては、「自分以外の何者かが、いつも自分を見張っていて、何事かを強いている、と考えるほうが自然」だったことがそれを示している。

それではなぜ本多は、透を支配しようとしたのであろうか。

彼らも（清顕と勲とジン・ジャン…引用者註）そうすればよかったのだ。自分の宿命をまっしぐらに完成しようなどとはせず、世間の人と足並を合せ、飛翔の能力を人目から隠すだけの知恵に恵まれていればよかったのだ。世間は飛ぶ人間を世間はゆるすことができない。翼は危険な器官だった。飛翔する前に自滅へ誘う。あの莫迦どもとうまく折合っておきさえすれば、翼なんかには見て見ぬふりをして貰えるのだ。（中略）

清顕も勲も月光姫も、一切この労をとらなかった。それは人間どもの社会に対する侮蔑でもあり傲慢でもあって、早晩罰せられなければならない。かれらは、苦悩に於てさえ特権的に振舞いすぎたのだった。

「飛ぶ人間」を世間がゆるせないと言うのは、世間には抑圧に耐えて生きている人間が多いと言っているのと同様である。自身の心のおもむくまま、自身の情熱に忠実に生きることをだれもが心の底では願っているが、世間の目というものがあるかぎりそうはできない。それなのに「翼」をもち、それを隠すこともせず、「飛翔」しようとするなんて、「傲慢」だ。だから「飛ぶ人間」は世間からゆるされず、その「飛翔」は「自滅」と同義になってしまうというのである。

実は本多も「飛ぶ人間」をゆるしてはいない。彼らに憧れつつ、決してゆるしてはいない。本多自身も、「清顕や勲に対する」「もっとも基本的な感情は、あらゆる知的な人間の抒情の源、すなわち嫉妬だった」と気づいている。憧れつつ嫉妬するというのは、『仮面の告白』の「私」にも見られた。「私」は近江に憧れつつ嫉妬した。そして本多のように、憧れや嫉妬の対象から優位にあるためには、自身の知性を確認しなければならなかったのである。

嫉妬とはいかなる感情であろうか。「知的な人間」は嫉妬から「抒情」をくむというが、それゆえに本質が見えにくくなるということがあるだろう。嫉妬とは何よりも、自分と誰かを比べて自分が相手より恵まれていない、劣っているなどと感じたときにわき起こってくる感情である。自分と誰かを比較して、判断をする考え方や生き方がその基本にある。

したがって、自分のもてる能力を生産的につかって、自分らしく幸福に生きることのできている人、自分の人生や自分自身に満足をしている人は嫉妬をしない。誰かと自分を比べる必要がないからである。だがそうでない人は、自分がそう生きたいと思うような生き方をしているように見える人を見て嫉妬する。そのような人は常に自分と人とを比べ、相手が自分より劣っているか優れているかと気にしている。

当然ながら誰しも、すべての面で人より多くを所有することなどできない。そこで嫉妬する人は永遠に気の休まることがない。また嫉妬する人は、あらゆる点で人より優れていないと気がすまないので、すべての物事において常に懸命に努力していなければならない。けれども、どんなに努力をしたところで、いつまでたっても心が満たされず、不安にさいなまれることになる。嫉妬する人は、人より優れていれば、人より多くを持っていれば幸福になれると信じているが、すべてにおいて満足のいく状態になど到底到達できないので、幸福になるどころか、永遠に不幸なままである。そしていつまでも、ないものの数を数え続けている。

本多が誰かを憎んだり嫉妬したりするのは、相手に憎まれたり嫉妬されたりする理由があるからではない。本多自身が憎んだり嫉妬したりするような人物だからである。憎んだり嫉妬したりするのは、その人物が何がしかの理由で怒りの感情を溜め込んでいるからである。透のことを本多は、「知っていてなお美しいなどということは許されない（傍点ママ）」と、自身でも気づかない激しい怒りと憎しみをもって言っているが、「美しい」だけでも嫉妬をかりたてられて許せないのに、その上「知ってい」ることが本多にはどうしても許せないのである。

本多は自身を「認識者」として「認識」しつつ、「認識」を、と言うよりも自分自身を憎んでいる。だから、同じように「認識者」である透をどうしても許すことができないのである。これは憎まれる透の問題ではない。憎む本多の問題なのである。本多は自分自身に憎しみを向ける、フロムの言った「権威主義的良心」を育む人そのものである。[2]

2、三島由紀夫によるテクストにおける「行為」の意味

これまでに見てきたように、本多の「認識」は事物や〈他者〉の支配を意味している。このことから、三島によるテクストにおける「認識」の意味は支配であると考えることができる。それでは三島の言う「行為」の意味は何であろうか。

『金閣寺』では主人公の「私」と柏木が、世界を変えるのは「認識」か「行為」かという論争をしている。世界を変えるのは「認識」だとする柏木に対して、「私」は「行為」だと言い、実際に金閣を焼失させるという「行為」をする。「私」が『金閣を焼かなければならぬ』と決意したのは、自分自身の人生を生きようとするたびに、金閣が立ちふさがったからである。「私」は自身の人生が常に金閣に支配されていると感じており、金閣に抵抗したのである。

このように、『金閣寺』における「認識」に対する「行為」の意味は、極めて単純に、支配に対する抵抗であると言うことができる。もちろん、そのような「行為」が、「認識」という支配を打ち破ることができたかどうかはまた別の問題である。『金閣寺』で柏木が言うように、「美の根は絶たれず、たとい猫は死んでも、猫の美しさは死んでいないかもしれない」のである。「美の根」、「猫の美しさ」についての正しい認識がなされない限り、それらからの支配を脱することはできない。「私」にそれはできなかった。柏木にもできているとは言えない。そのような意味では両者は同類である。

本来の行為は、正しい認識の下になされるべきものである。正しい認識のもとになされた行為が世界を変える。字義通りでは、柏木の言うように「世界を変貌させるものは」認識なのである。だがそのときの認識とは、事物や〈他者〉の支配を意味しない。同様に行為も、支配に対する単なる抵抗ではないのである。

『金閣寺』の「私」は、金閣を焼くという「行為」をしたにもかかわらず、「世界を変貌させる」

ことはできなかった。それは「私」が、自身にとっての「美」の意味を正しく認識できていなかったからである。そして『金閣寺』で解決できなかった問題は、その後の三島作品の主人公たちに受け継がれる。『豊饒の海』における輪廻転生の物語のように、「認識」と「行為」の問題は、『金閣寺』以後の主人公たちの中に再生し続けたのである。

そしてその中には『春の雪』の清顕も含まれる。清顕は本多によって、「翼」をもった「行為者」だと目されている。だが本多は、その「行為」が何かの支配に対する単なる抵抗であったとは気づいていない。本多の奇妙な友人である慶子は、そのような本多の話を信じていて、透に、透以前の三人の転生者について次のように告げる。

> 松枝清顕は、思いもかけなかった恋の感情につかまれ、飯沼勲（いいぬまいさお）は使命に、ジン・ジャンは肉につかまれていました。あなたは一体何につかまれていたの？　自分は人とはちがうという、何の根拠もない認識だけにでしょう？
>
> 外から人をつかんで、むりやり人を引きずり廻すものが運命だとすれば、清顕さんも勲さんも、ジン・ジャンも運命を持っていたわ。では、あなたを外からつかんだものは何？　それは私たちだったのよ

「肉につかまれていた」というジン・ジャンであるが、テクストにおいて、本人が語る場面が

ほとんどないということと、語り手が一切ジン・ジャンの視点からは語らないということから、その「行為」の本質を特定することは難しい。それに対して、清顕や勲の場合には、本人の言葉や語り手が代弁する思念をたどることができるので、それぞれの「行為」の意味を考察することが可能である。

慶子は、清顕は「思いもかけなかった恋の感情につかまれ」たと言い、それを「運命」と言うが、本当であろうか。清顕の運命は別にあったのではないだろうか。『金閣寺』の「私」に見るように、三島によるテクストにおける「行為」は、支配に対する抵抗である。清顕の「恋」の「行為」も、何かの支配に対する単なる抵抗だったのではないだろうか。

『春の雪』の中で、清顕は常に自身に対する何者かの支配を感じ、それに抵抗していた。清顕は、誰からも支配されまいと身構えていた。特に自分を支配するものとして、清顕は年上の幼馴染の聡子を意識していた。聡子は、「自分の幼時をあまりにもよく知り、あまりにも感情的に支配していた女性（傍点引用者）」で、「清顕がいつもたじろいで、その視線に批評的なものを読んでいた人物だという。

前（一の1）に引用した田崎英明が言うように、『春の雪』では、語り手は清顕か本多の二人の視点から語っていることがほとんどで、聡子に同一化することはほぼない。したがって、清顕の思考について知ることはできても、それと比較して、聡子について客観的に判断する材料はあまりない。だが、清顕の聡子についての認識がゆがんだものであろうことは容易に想像することができる。

思えば清顕は、ただ美しい女として聡子を考えたことはない。彼女が表立って攻撃的であったためしはないのに、いつも針を含んだ絹、粗い裏地を隠した錦、その上清顕の気持もかまわずに彼を愛しつづけている女、という風に感じていた。静かな対象としての心の中に決して横たわることのない、いらいらと自分本位に昇る朝陽の、その批評的な鋭い光りが隙間からさし入って来ないように、彼は心の雨戸を堅固に閉ててきたのである。

清顕は聡子のことを、「自分の美しさを知っている（傍点ママ）」、「何でも知っている」と言って、知ること、すなわち「認識」に対する警戒と嫌悪を示している。三島によるテクストにおいて「認識」は支配を意味している。清顕は苛立ちながら、聡子による支配を警戒していたのである。もっともテクストからは、聡子が本当に清顕の思うような支配的な女であったかどうかは読み取れない。清顕は自尊心を傷つけられることに極度に敏感で、真意もわからないのに侮辱されたと感じると、「自分にも、自分を取り巻くすべてのものにも怒りを感じ」るような少年で、「批判」や「批評」にも過敏だったのである。

だが、そんな清顕が聡子と、命がけの恋をしたというのである。鶴田欣也は清顕がナルシシスティックであるとして、次のように述べる。

清顕と聡子の恋愛が、華麗な言葉の上だけでは燃えながら、なにか中からほとばしり出るものや、内部に躍動するものが感じられないのは、清顕にいちばん重要なのはあくまでも自己であり、けっして聡子を愛していないからである。清顕が恋に陥ったのは聡子自身ではなくて、勅許が下りた後、彼女が「不可能」になったときであり、彼は不可能というイデーに恋したのである。もっと正確にいえば不可能に身をぶつける自分に恋したのである。(3)

清顕が「けっして聡子を愛していない」というのは確かなことであろう。清顕の聡子に対する態度には、愛することのできる人にある優しさやいたわりや配慮がない。鶴田は清顕をナルシスティックであると言い、「清顕にいちばん重要なのはあくまでも自己であ」ると言う。だが、だからと言って清顕が自分を愛し、大事にしていたと言えるであろうか。〈他者〉を愛することのできない人物は、〈自己〉を愛することもできない。そのような人物は〈自己〉を愛することができないから、〈他者〉を愛することもできないのである。清顕にとって愛は不毛である。

しかし、愛情はなくても、清顕には噴出する機会を待っていた、たぎる情念があった。その情念は、勅許が下りる前の聡子に、苛立ちや冷たさといった形で少しずつぶつけられていたが、聡子どころではない、もっと巨大な支配者が出現して、ついにここぞという所を得たのである。清顕の「行為」はもっともふさわしい機会を得た。「不可能」という言葉に象徴される状況ほど、清顕を絶体絶命の状態に縛り付ける支配的状況はない。これ以上ない究極の支配に対して、清顕は激しく、また一方で甘美な陶酔に浸りながら、反逆を試みたのである。鶴田が「不可能というイデーに恋した」、「不可能に身をぶつける自分に恋した」と言うのはこのことである。反逆という行為にふさわしい清顕の情念は、「恋」という形をとってあらわれたのである。

このようなことから清顕の中にも、自分を支配する何者かに対する怒りがあったのだと考えられる。もちろん聡子はそのような支配者その人ではないのだが、清顕を愛していたために、不幸にもその怒りの捌け口にされてしまっていた。そして、清顕を愛していたために、「恋」という形で、「不可能」に反逆する清顕を手助けすることとなってしまったのである。

鶴田は、「(『春の雪』には…引用者註)自己愛はあっても恋人間の愛は不在である[4]」と述べるが、清顕に対する聡子の愛もなかったと言えるのだろうか。『豊饒の海』の謎めいた結末を知る人の一部は、聡子に愛がなかったからあのような結末となったと言うかもしれない。あるいは、あの結末に愛の問題は関係ないと言うかもしれない。だがここであえて『豊饒の海』の解釈に愛の問題を持ち込むのならば、聡子は清顕を愛していたから、あのようなことを言ったと言えるのではないだろうか。少なくとも、聡子は清顕について本当の意味でよく知っていた。知っていたからこそ、知らないと言わざるをえなかったのではないだろうか。この問題については終章でまた考察することとする。

なお『奔馬』では、清顕の生まれ変わりと目される勲が、自分の「使命」を果すために要人を暗殺するという「行為」をしたとされる。だがこれについても、漠然とした支配に対する単なる反逆だったと言ってよいだろう。支配的なものに対して反抗したという意味では、清顕の場合とまったく同じで、「使命」という言葉でいくら飾ったところで、そこには内実がともなっていないのである。

しかも勲の「行為」であるが、フロムに言わせれば、これ以上の傲慢はないというようなものなのである。

判事の職についていない多くの人びとも、道徳的な判断をする時には、有罪、無罪を決定する判事の役割をとる。かれらの態度にはしばしば、多くのサディズムや破壊性が含まれている。美徳と見せて妬みや憎しみを行なわせる「義憤」ほど破壊的な感情を蔵する現象は恐らく他にないであろう。「憤っている人は」、自分が優れていて正しいのだ、という感情を持って、人を「劣等者」と軽蔑したり、そのように扱ったりすることに一度だけの満足を覚えるのである。[5]

勲の中にも憤りがあり、それが「義憤」という形で吐き出されたのである。清顕から勲への転生があったとしたのなら、清顕の怒りが解消しないまま、勲に転生したのだとも言うことができる。

もっとも勲の場合は、自身の死が大前提であった。蔵原は語り手の言うように、是が非でも暗殺されなければならない人物でもなく、勲の目的は自刃することであったと言える。勲の「サディズムや破壊性」は結局自分自身に向けられた。勲は自分を許すことができなかったのである。前に本多を、フロムの言う「権威主義的良心」を育む人だと述べたが、勲も同様の人物である。勲は「認識」する人ではなく、「行為」する人だとされているが、「認識」する人である本多と同じ「権威主義的良心」を育む人なのである。三島における「認識」と「行為」はそれぞれ支配と支配への抵抗であり、相反するものではあるが、同じコインの裏と表である。どちらもフロムの言う「権威主義的倫理」の範疇にある概念なのである。

3、「認識」と「行為」、あるいは「認識」と「行為」に似た「認識」の共棲

『天人五衰』には常に議論になるいくつかの謎がある。透が本物の転生者なのか贋物なのかというのも、そのような謎の一つである。だが、そんなことよりももっと興味深い謎がある。たとえば、慶子から自分が本多に養子に迎えられた理由について聞かされて、転生者であることを証明するために透は自殺を図るが、そうまでしてなぜ転生者でありたかったのであろうか。若い透には、険悪な関係に陥り、安寧から程遠い本多との関係を解消して、出て行くこともできたはずである。またなぜ本多も、それほどまでのひどい仕打ちを受けながら、透を放擲（ほうてき）すること

を考えなかったのであろうか。透と本多はすさまじいまでに傷つけあってなお、お互いに離れられなかった。そこには大きな理由があったと考えられる。

これまでに見てきたように、本多は「認識者」として透を支配してきた。透は本多と同じ「認識者」ではあるが、「認識者」であるからこそ、支配されるだけには終わらず、支配をし返そうとして、本多に対して激しい抵抗をする。

三島によるテクストにおいて、支配に対する抵抗は「行為」と呼ばれるはずだが、透の抵抗は陰湿で悪意があり、何よりも、本多というはっきりした標的を持っているという点で、清顕や勲などの「行為」とは一線を画している。透の抵抗は「行為」とは呼ばれずに「悪」と呼ばれる。もっとも透の場合、本多という自分を支配するものが日前にいたのだから当然である。透の場合、養子になるまでは意識すらしていなかった敵の姿が、本多という抑圧者として具体化したのである。

透と透の婚約者だった百子がホテルの庭を散歩する様子を本多は見ていたが、それは「見ている」とは語られない。

本多は見ているのではなかった。認識者の目で覗き穴から覗いているのではなかった。明るい夕光の公明正大な窓辺に立って、自らの自意識が、命じたとおりに動くさまを、片や心の中で自ら演じ、片や全能の力で指揮しているのだった。（傍点引用者）

透は本多の操り人形である。ただし、透は本多の思惑通りに動く人形ではなかった。透は「行為者」ではなく、「認識者」だった。被支配者となるよりは、支配者となるほうがふさわしかったのである。

「認識者」が「指揮して」「行為者」と目した人物を動かすというのは、『禁色』にもあった話である。『禁色』では小説家の檜俊輔が美青年悠一を操って、自分に冷たくした女たちに復讐を企てる。俊輔の計画はすべてうまくゆき、悠一と関わることによって、俊輔を侮り傷つけたという女たちは次々と不幸になる。だが俊輔は次第に、自身の悠一に対する複雑な感情をもてあますようになっていく。また悠一も、俊輔に支配されていることに気づいて、「現実の存在になりたい（傍点ママ）」と言って俊輔から離れようとする。俊輔はそのような苦しい状況に耐えきれず自殺する。そして遺言により、俊輔の一千万円に近い財産のすべてが悠一に遺贈された。

悠一が五十万円の負債を返そうとした企ては徒（あだ）になった。そればかりか一千万円に表現された俊輔の愛に、一生縛られることを思うと憂鬱になったが、この場にこうした感情は相応（ふさ）はなかった。

愛が誰かの一生を縛るなどということがあるのだろうか。また、愛が誰かを憂鬱にしたりするのだろうか。誰かを縛ったり憂鬱にしたりするのなら、それは愛ではないのではなかろうか。誰かを縛ったり憂鬱にしたりするものは、愛ではなく支配である。

一千万円に縛られることを憂鬱に感じた悠一であるが、俊輔の死に立ち会った夜が明けるとまた違う感情を抱くようになる。

> 名状しがたい自由は、夜じゅうの憂鬱よりも、さらに重たく胸にかかり、その不安が足取を不器用に速めた。こういう不安は、むしろ徹夜のせいだと考えたほうがよかったろう。

悠一は俊輔の支配を逃れて、自由になりたかったはずである。だが俊輔が死に、悠一が手にした自由は、「名状しがたい自由」であった。その「自由」は「重たく胸にかかり」、「不安」を呼んだ。悠一の「自由」は「不安」と表裏一体だったのである。

三島の小説には「不安」をうったえる人物が時々登場する。『豊饒の海』の場合、本多について次のような記述がある。

> どうして本屋にいると心が落着くのか、本多は幼少の頃から、そういう癖（へき）を持っていたとしか云いようがない。清顕にも勲にもそういう癖（へき）はなかった。それはどういう癖（へき）であろう。たえず世界を要約していなくては不安な心、まだ記録されない現実は執拗に認めまいとする

頑（かたく）なな心、ステファヌ・マラルメではないが、何事もいずれは表現されるのであり、世界は一冊の美しい書物に終るのであれば、終ってから駈けつけても遅くはないのだ。（傍点引用者）

ここからは本多の「認識」がどのような性質をもっているのかがよくわかる。本多の「認識」とは、状況の把握と支配である。そしてなぜ「認識」せずにはいられないのかと言うと、「不安」だからなのである。

一方、「不安」はないと言う人物もいる。『金閣寺』の柏木である。「私」を相手に、柏木は自らのことを語る。

> 鏡を借りなければ自分が見えないと人は思うだろうが、不具というものは、いつも鼻先につきつけられている鏡なのだ。その鏡に、二六時中、俺の全身が映っている。忘却は不可能だ。だから俺には、世間で云われている不安などというものが、児戯に類して見えて仕方がなかった。不安は、ないのだ。俺がこうして存在していることは、太陽や地球や、美しい鳥や、醜い鰐（わに）の存在しているのと同じほど確かなことである。世間は墓石のように動かない。
> 不安の皆無、足がかりの皆無、そこから俺の独創的な生き方がはじまった。自分は何のために生きているか？　こんなことに人は不安を感じて、自殺さえする。俺には何でもない。内翻足が俺の生の、条件であり、理由であり、目的であり、理想であり、……生それ自身な

のだから。存在しているというだけで、俺には十分すぎるのだから。そもそも存在の不安とは、自分が十分に存在していないという贅沢な不満から生れるものではないのか。

柏木は別のところで「内翻足が俺を引止めにやって来る」と言っている。柏木にとっての内翻足は、「私」にとっての金閣とまったく同じ役割をはたしている。柏木の内翻足は、柏木を支配するものなのである。だが柏木はその支配から脱することをよしとしない。内翻足という「一つの頑固な精神」にむしろ徹底的に支配されつくして、独創的な人生を創り出していると言っているのだ。内翻足は柏木の存在の条件だという。内翻足は柏木の幸福を決して約束してはくれないが、その存在の確かさから、柏木を「不安」にすることもない。柏木は自身の幸福の追求など思いつきもせず、「不安」であるよりは内翻足とともに不幸であることを選ぶ。そして、常に怒りをかかえ、人を傷つけ、「悪」と呼ばれる破壊的な行動をするのである。

柏木は、内翻足に生れついたという不幸に固執するあまり、内翻足という条件に頼らずに生きていくということができなくなってしまったのではなかろうか。内翻足にこだわらない自分、何者でもあって何者でもない自分という存在となって生きていく自由が幸福につながるのであろうに、その自由が怖ろしくて、自身の人生を支配する内翻足に依存的になっているのである。

同様に、透が本多のもとを去らなかったのは、「自由」になって、「不安」になりたくなかったからではないだろうか。また本多が透を放擲しなかったのも、「自由」になって「不安」になりたくなかったからではないだろうか。自分自身を傷つけ抑圧するようなどんなに苛酷な状況でも、「不安」よりはましだと彼らは考える。「認識」と「行為」、あるいは「認識」と「行為」に似た「認識」、すなわち支配と被支配の共棲である。

依存し苦しもうとする願望と、他人を支配し苦しめようとする願望とが、正反対のものであることは疑いない。しかし心理学的には、この二つの傾向は一つの根本的な要求のあらわれである。すなわち孤独にたえられないことと、自己自身の弱点とから逃れでることである。私はサディズムとマゾヒズムのどちらの根底にもみられるこの目的を、共棲（symbiosis）と呼ぶことにしたい。心理学的意味における共棲とは、自己を他人と（あるいはかれの外側のどのような力とでも）、おたがいに自己自身の統一性を失い、おたがいに完全に依存しあうように、一体化することを意味する。（中略）ひとびとはサディズム的であるか、あるいはマゾヒズム的であるのではない。共棲的複合体には、つねに振子のように、能動的な側面と受動的な側面とがあり、それゆえその瞬間にどちらが働いているかをきめることは、しばしば困難なことがある。(6)（傍点ママ）

「不安」な人物たちがすることとは、物事や人を支配するか、されるかである。「不安」な人は、誰かを支配する側にまわるだけでなく、支配されて、「不安」や孤独から逃れることもあるのである。そのような人々は、自分がおかれている状況がいかに不幸であっても、そこから抜け出すことを考えることはない。そのような人々にとって、自分の幸福を追求する責任と「不安」を引き受けることに比べたら、不幸に甘んじたほうがよほど楽だからである。

《註》

（1）平嶋さやか著、「『豊饒の海』の結末について」、『日本文学誌要』、二〇〇七年七月、九一頁。

（2）フロムは次のように述べている。

権威の内面化ということは二つの意味をもつ。すなわち、その一つは今まで論じてきたように、人が権威に服従するということであり、もう一つは、人が自分自身権威者の役割を担い、自らを同じ峻厳さと苛酷さとをもって遇するということである。（中略）重要なのは、権威主義的良心が人の自分自身に対する破壊性によって育まれ、したがって破壊的な追及が美徳を装って働き続けるという事実である。（E・フロム著、谷口隆之助・早坂泰次郎訳、『人間における自由』、東京創元社、一九五五年五月、一八四～一八五頁。）

（3）鶴田欣也著、「英訳「春の雪」の評価とD・リッチーの三島論」、『国文学解釈と鑑賞』、志文堂、一九七三年三月、一九二頁。

（4）鶴田欣也著、前掲書、一九二頁。

（5）E・フロム著、谷口隆之助・早坂泰次郎訳、『人間における自由』、東京創元社、一九五五年五月、二七七頁。

（6）E・フロム著、日高六郎訳、『自由からの逃走』、東京創元社、一九五一年一二月、一七六〜一七七頁。

三、輪廻転生の物語と権威主義的倫理の問題

これまでに見てきたように、『豊饒の海』を中心とした三島由紀夫によるテクストにおける主要な登場人物のほとんどが、フロムの言う権威主義的な人物であった。彼らは自身の存在の不安と孤独から逃れるため、自由を擲ち（なげう）、〈他者〉を支配するか、〈他者〉に支配されるか、あるいは支配されつつ支配するかという生き方を選ぶ人々である。ただし、そのような生き方が人を幸福にするはずもなく、彼らは常に怒りをかかえ、「悪」という破壊的な行動をとって人を傷つけたり、我が身の安全も顧みず、「行為」という反逆を試みたりする。

『豊饒の海』全編を通して登場し何らかの役割をはたす本多も、そのような権威主義的な人物の一人である。本多は『春の雪』の清顕を起点とする輪廻転生の物語を信じていた。本多が信じ

ていた輪廻転生の物語とは何であったのだろうか。そこにはどんな問題があるのだろうか。また、三島作品に繰り返し現れる、似たような人物の姿は、作者である三島由紀夫という人物における問題を暗示していると考えられる。だとすると、その問題とは何であったのか。三島自身がフロムの言う権威主義的な人物だったのではないのか。

以上の問題について考察し、本稿の結論とする。

1、『豊饒の海』における輪廻転生の物語

平嶋さやかは、『豊饒の海』の輪廻転生の物語は「本多の輪廻転生という思考に支えられて展開している」と述べる。「輪廻転生とは、本多が彼自身の世界の中に創り出した現象に過ぎない[1]」というのである。「思考」が「現象」をつくるとは、『豊饒の海』の中でたびたびふれられる、まさに「唯識」の考え方であり、ここにも『豊饒の海』を読み解く鍵があると考えられる。

物語をつくると言えば、三島は多くの戯曲を書いている。三島は幼い頃から能や歌舞伎を観て育ったというが、その影響からか、舞台における「型」を重視する発言がたびたびあり、戯曲にもそのような傾向がある。

たとえば『わが友ヒットラー』では、ヒットラーをはじめとする登場人物が時局の変化にとも

なって、その象徴する意味と役柄を変えるのだが、それぞれがその役柄の「典型」をあらわすのである。また、『わが友ヒットラー』と一対の作品とされる『サド侯爵夫人』では、サド夫人ルネは「貞淑」、夫人の母親モントルイユ夫人は「法・社会・道徳」、シミアーヌ夫人は「神」、サン・フォン夫人は「肉欲」、サド夫人の妹アンヌは「女の無邪気さと無節操」、召使シャルロットは「民衆」を代表しているとされ、それぞれがやはりその「典型」を演じるという[2]。

三島は「演技の型」について次のように述べている。

鹿鳴館時代と限らず、われわれの過去の時代には、たしかに心理の型というものがあった。時候の挨拶、吉凶禍福の挨拶、すべての挨拶の型からはじまって、日常心理そのものが型によって充足されていた。今ではこんなものは、花柳界や芸人の社会にしか残っていない。そういう時代、そういう社会では、ある突発事件、ある悲劇などが生ずる場合も、型がいちはやくその感情を包みに来て、型による表現そのものが感情の慰藉(いしゃ)になったのである。(中略)

さて、新劇の演技術の成り立ちは、近代生活がこのような社会の慣習的な感情類型をぶちこわしたところに生れたと云っていい。たとえば流涕(りゅうてい)の型は、能ではシヲルという一つの形しかないが、近代生活はこれに無数のニュアンスを加え、個人的色彩、いわゆる個性を加えたのである。[3]

三島における「型」、あるいは「典型」という考え方は多くを示唆している。三島によれば、「型」に対立するのは「個性」である。ある人物がある人物であるための諸特徴を「個性」と言うが、近代に入って、日本人は感情にも「個人的色彩」を加える「個性」を獲得したために、「型」による「感情の慰藉」をあきらめなければならなくなったという。人間が「個性」を獲得したら、悲劇的な事件に遭遇しても、個別的で多彩な悲しみに一人で耐えなくてはならない。「型」という集団的な救済に頼れないと、誰にも理解されないまま、自身の感情に対処しなければならないというのである。しかし、「型」どおりの悲しみ方が本当に人を癒すであろうか。

今日、「型に嵌める」という言葉はあまり良い意味ではもちいられない。「型」に嵌まったものはそれこそ、「個性」が感じられず、おもしろみがないというのである。実は三島の戯曲『わが友ヒットラー』にも、そのようなきらいがないとは言えない。場面場面でそれぞれの「典型」が演じられたところで、いったい何がおもしろいのかというのである。だが三島は「型」にこだわった。

『豊饒の海』で、輪廻転生の物語を創造したと目される本多にもそのような傾向がある。『豊饒の海』の登場人物たちは、それぞれが「典型」的である。本多は、その物語を創造する際、「行為者」という「典型」に、清顕や勲やジン・ジャンを、「認識者」という「典型」に自身や透をなぞらえ、現実を「型」に嵌めていったのである。そして一旦そうと決めてしまったら、以後それらの人物のゆらぎも変化も認めない。本多の輪廻転生の物語は、現実の周囲の人物たちを「型」

に嵌めて創造されている。本多は、現実の存在であった周囲の人物、清顕や勲やジン・ジャンを自分が創造した「型」に嵌めて見ることによって、物語を継いでいった[4]のである。本多は清顕たちにとっても物語にとっても支配者である。

　本多という物語の支配者が輪廻転生の物語を夢見、その物語の主人公という「型」に、次々と現実の人物をなぞらえていった。現実の人物が、その「型」どおりに生き死にしたように見えることもあるにはあったが、それらは偶然、あるいは、誰かが言ったことが、言われた人物の思考と行動に影響を与え、その予言が実現するという、「予言の成就」であったと考えられないこともない。なによりも、結末の聡子の言葉がそれを裏付けている。

　しかし松枝清顕さんという方は、お名をきいたこともありません。そんなお方は、もともとあらしゃらなかったのと違いますか？　何やら本多さんが、あるように思うてあらしゃって、実ははじめから、どこにもおられなんだ、ということではありませんか？

　本多の物語の主人公という「型」どおりに生き死にしたと見える人物たちは、あくまでも本多の物語に登場する人物であり、現実そのままの存在ではない。もしくは、現実の清顕が本多の夢見る主人公を「型」どおりに演じたのだと考えることもできる。清顕は、現実に生きて死んでいったのではあるが、本多の物語の中では主人公という「型」を演じた役者であり、演技の外側にあったはずの清顕自身の実人生を生きていたわけではない。本多の物語の中で、清顕は本来の自分自身であったことがなく、また本来の自分自身の人生を生きたこともない。つまり、本来の清顕自身というものは、本多の物語の中には一度も存在しなかった。過ぎた年月を自身の創作した物語としてしかとらえることのできない本多にとって、現実の清顕は一度も存在したことがないということになる。結末の聡子の言葉は、そう考えると、至極もっともなのである。

唯識という観念を持ち出すまでもなく、思いが世界をつくるというのはある意味では事実である。本多の物語という思いは、世界がそのようにあるかのごとく見せることもあれば、〈他者〉の思いとぶつかって破綻することもある。

本多によって「認識者」とくくられた透は、「認識者」たる本領を発揮して、本多の支配に反逆し、支配をし返そうとした。しかし、透は本多と共棲関係にあったので、そうとは意図しないまま、結果的に本多の輪廻転生の物語の創造に加担し、服毒して二十歳になる前に死のうとした。だが透は自殺に失敗し、無残な姿をさらして余生をおくることとなる。本多の物語の破綻である。

本来の透は、『金閣寺』の「私」のように、自身の人生を規定する何者かの支配を打ち破って、自由に「生きよう」としたかったのではないだろうか。透が死にきれなかったのは、そうして「生きたい」という思いが強かったからなのではないだろうか。思いが世界をつくるのである。透という〈他者〉の思いは本多の思いと対立し、本多の輪廻転生の夢物語は破綻してしまった。透は本多の物語の中では「贋物」であるが、物語が物語に過ぎない以上、現実の存在としては、透は本物でも贋物でもない、透自身である。

2、三島由紀夫における愛の問題

あまり注目されることはないのだが、三島由紀夫によるテクストの中にはしばしば、愛や愛情についての言及が見られる。『天人五衰』では慶子が、本多は「愛情」から透を養子にしたのだと透本人に話している。慶子は、「どうしてもあなたを救おうとして、事情を告げずに養子にしたのは、明らかにあの人の愛情です。」と言って、本多が、透を夭折する運命から救ってやろうとして養子にしたのだと言う。

しかし本多の「愛」は複雑である。

透の死を思うことが、このごろの本多を慰めて来たことは多大なものだった。屈辱の底にこの若者の死を念じ、心ですでに彼を殺していた。

（中略）

何もかも知っている者の、甘い毒のにじんだ静かな愛で、透の死を予見しつつその横暴に耐えることには、或る種の快楽がなかったとはいえない。（中略）人間は自分より永生きする家畜は愛さないものだ。愛されることの条件は、生命の短さだった。

（中略）

死の予感が無意識に彼を動かして、こうも苛立たせているのかもしれない。そう思うと、無際限なやさしさが本多の心に生れ、この前提の下に、透ばかりかすべての人間を愛することができるような気がした。彼はあらゆる人間愛の不吉を学んだ。

前に確認したように、「認識者」たる本多が透に対して行っていたことは支配であった。だが本多は、それを「愛」だと言う。そこには「甘い毒」がにじみ、「心ですでに彼を殺していた」にもかかわらず、あくまでもそれは「愛」と呼ばれるのである。

支配が「愛」と呼ばれるのは、『奔馬』における槙子の勲に対する「愛」も同様である。槙子は勲を救うため、裁判で堂々と偽証を行ったが、その動機も「愛」だとされる。

考えられる動機は愛、それも衆目の前で敢（あえ）て危険を冒した愛だけだった。何という愛！自分の愛のためなら、槙子は勲のもっとも大切にしているものを泥まみれにして恥じないのである。しかも、はなはだ辛（つら）いことは、勲がその愛に応えなくてはならない、ということだった。（中略）勲のもっとも厭（いと）うやり方で、槙子を救うことによって勲自身を救うことになる罠（わな）をしつらえたのだ。のみならず、槙子は必ず勲がそうするだろうということも知っていた！……勲は全身にかけられた縄を、何とかふりほどこうとして身もだえした。（傍点引用者）

「愛に応えなくてはならない」とあるが、愛はそのような義務を課すものであろうか。「全身にかけられた縄」という表現が、槙子の「愛」の本質をあらわしている。決起の密告も槙子がしたことだと佐和は言い、勲に「あの人はあんたの命を救うためにすべてを賭けていたが、同時にあの人はあんたが牢にいることを喜んでいたんだよ。」と言う。生かしておきながら自由を奪う、それが槙子の「愛」だった。槙子は『暁の寺』で、本多の同類である「認識者」としての性格をあらわにするが、その「愛」も本多と同様に内実は支配だったのである。

人間同士の一体化、〈他者〉との融合を一般に愛と言う。だが、〈他者〉との融合をすべて愛と呼ぶことはできないとフロムは述べる。「実存の問題にたいする成熟した答えとしての愛」と、「共棲的結合とでも呼びうるような未成熟な形の愛[5]（傍点ママ）」があるからである。「共棲」という言葉はすでに、「認識」と「行為」の「共棲」という形でつかった。「認識」が支配で、「行為」がそれに対する抵抗だが、それぞれはお互いに依存し合っているため、離れることができず、一体化しているという文脈においてである。

ここでは三島によるテクストにおける「愛」について考える。三島の言う「愛」とは、フロムの言う「愛」の前者なのかそれとも後者なのか。

「認識」と「行為」の関係に、「共棲」という言葉を使わざるをえなかったことからもわかるように、三島のテクストにおける「愛」は、フロムの言う「共棲的結合とでも呼びうるような未成熟な形の愛」にそっくりである。

共棲的結合の受動的な形は服従の関係である。臨床用語を使えばマゾヒズムである。マゾヒスティックな人は、堪えがたい孤立感・孤独感から逃れるために、彼に指図し、命令し、保護してくれる人物の一部になりきろうとする。その人物はいわば彼の命であり酸素である。

（中略）

共棲的融合の能動的な形は支配である。マゾヒズムに対応する心理学用語を用いれば、サディズムである。サディスティックな人は、孤立感や閉塞感から逃れるために、他人を自分の一部にしてしまおうとする。自分を崇拝する他人を取りこむことによって、自分自身をふくらます。[6]（傍点ママ）

『豊饒の海』における「行為者」たちは、支配に抵抗する人物たちであった。したがって最終的には、「愛」という名の支配にも甘んじない。勲は槙子の思惑通りにはならず、蔵原を暗殺して自刃する。我が身を犠牲にしなければならなかったが、とにもかくにも勲は支配から逃れ、共棲的結合の受動的な形に陥ることはなかった。勲は我が身を殺してでも、槙子の「愛」に服従するわけにはいかなかった。そして槙子はと言えば、自身の従属者たるべき勲に、死というかたちで裏切られ、復讐されたのである。

一方双方が「認識者」とされる透と本多の関係は、「マゾヒスティックな人がサディスティックな人に依存しているのに劣らず、サディスティックな人も服従する人物に依存している」、「どちらも相手なしには生きてゆけない[7]」という状態そのものである。フロムによれば、マゾヒスティックな人もサディスティックな人も「より深い感情面では、両者の相違点は共通点よりも小さく、いずれの融合も「完全性に到達しない[8]」という点で共通しているという。だから、「同じ人物が、ふつうはべつべつの対象にたいして、サディストにもマゾヒストにもなりうる[9]」というのである。

本多と透の場合は、別々の対象ではなく、それぞれを対象にして、サディストになったりマゾヒストになったりしている。透は養子になった直後は、本多の支配に服従するマゾヒストであったが、後に本多を虐待するサディストになり、盲目になってからは再び本多にその生の一切を依存するマゾヒストになった。また本多は、透を養子に迎えた当初は、透の人生の一切に口出しして支配するサディストであったが、やがて透からの虐待を受けるマゾヒストになり、最後に盲目となった透の生を支配せざるをえない消極的なサディストになったというわけである。

このように、三島のテクストにおける「愛」は、フロムの言う「共棲的結合」を指していることが多い。ただし、それが「愛」だとされるのは、支配する側が支配される側に対してほどこすものの場合である。支配者の被支配者に対する感情が「愛」だとされるのである。透はたびたび自分の世界の「どこを探しても愛がないという状態」を確認し、「何ものも愛さないという自明な前提」を保ち続ける。本多に対しては被支配者であるところからはじまった透の側に、「愛」

は存在しないのである。

では、三島によるテクストにフロムの言う「実存の問題にたいする成熟した答えとしての愛」が描かれていることはないのであろうか。成熟した愛そのものが描かれているわけではないが、どこかにある本当の愛の存在を暗示するというようなエピソードが、『天人五衰』には実はあるのである。

本多が学習院中等科のころ、ある雪の日に帰宅すると、母がホット・ケーキを焼いてくれたという。

> 本多が夢にたびたび想起するのは、そのときのホット・ケーキの忘れられぬ旨さである。雪の中をかえってきて、炬燵にあたたまりながら喰べたその蜜とバターが融け込んだ美味である。生涯本多はあんな美味しいものを喰べた記憶がない。
>
> しかし何故そんな詰らぬことが、一生を貫ぬく夢の酵母になったのであろう。その雪の午後、日ごろは厳しい母の突然のやさしさが、ホット・ケーキの美味を大いに増したことはたしかである。そしてこの思い出すべてにまつわる何か得体の知れぬ哀感、（中略）母の一生言わずに通した何かの憂悶が心の裡に在って、それがそのときの母の妙に一心でひたむきな挙措や、常ならぬやさしさに、ひそんでいたのかもしれない。それがホット・ケーキのふくふくした旨さを通じて、少年の無邪気な味覚を通じて、愛のうれしさを通じて、突然透明に

直視されたのかもしれない。そうでも考えなくては、夢にまつわる哀感が説明されないのである。（傍点引用者）

ここには「愛のうれしさ」とある。ホット・ケーキを焼いてくれた母の「愛」が、少年の本多にはうれしかったというのである。それから六十年後、本多は「或る感覚が胸中に湧き起って、自分が老爺(ろうや)であることも忘れて、母の温かい胸に顔を埋めて訴えたいような気が切にする」と言っている。老境に至っても母を慕う本多であるが、母はそんな本多をやさしく抱きしめてくれるであろうか。母は、少年の本多を「愛」してくれていたのであろうか。

愛の思い出に「哀感」がまつわるというのはどういうことであろう。本多は、「愛のうれしさを通じて」、少年の自分が母の「一生言わずに通した何かの憂悶」に気づいて、思い出に哀感をくわえてしまったのではないかと考えている。少年の本多は、ホット・ケーキを焼いてくれる母が自分を愛してくれていると思ったので、うれしくて、自分も愛の目で母を見てみると、母は何かの不幸を抱えていることに気づいてしまった。心優しい少年の本多は、そんな母がかわいそうで、ホット・ケーキが温かくふっくらとして、美味しければ美味しいほど、悲しくなってしまったということなのではないだろうか。

本多の母が少年の本多に対して、フロムの言う「実存の問題にたいする成熟した答えとしての愛」を実践できていたとは考えにくい。なぜならば、本多は少年であり、母の子どもであるにもかかわらず、母に対して、優しい気遣いと配慮をせざるをえない立場に立たされていたことを、このエピソードが物語っているからである。本来は逆でなければならない。子どもである本多が、母に優しく気遣われなければならないのである。

しかも、本多は少年であったから、母が何がしかの不幸をかかえていることを知っても、できることは限られていた。少年の本多が母の「憂悶」を取り去ってやることなどできるはずもなかったのである。本多の「哀感」は、そのような自身の力に対する無力感や、母を助けられなかった罪悪感にも根ざしているかもしれない。母の問題は母自身が解決し、その幸福は母自身が責任をもって築かなければならないのに、子どもである本多にこのような憂慮をさせる。本多と母の関係は、親子の役割が逆転していた可能性がある。

> 無条件の愛は、子どもだけでなくすべての人間が心の奥底から憧れているものの一つである。
>
> それにたいして、長所があるから愛されるとか、愛される価値があるから愛されるという場合は、つねに疑惑が残る。ひょっとしたら自分は、愛してもらいたい相手の気に入らなかったのではないか、といったあれこれの疑惑が残り、愛が消えてしまうのではないかという恐怖がたえずつきまとう。（中略）だから、子どもも大人も母性愛への憧れを捨てきれないのは不思議ではない[10]。

本多はこの雪の日のホット・ケーキのエピソードを、「一生を貫ぬく夢の酵母」だと言っている。本多は母に愛されてはいなかった。だがだからこそ、この愛の幻とも言えるホット・ケーキのエピソードを繰り返し、繰り返し夢に見た。本多は愛に、しかも「無条件の愛」に、心から憧れていたのだと言うことができるだろう。

一方、三島の小説には、母が自分を愛してくれていると信じて疑わない主人公もいる。『仮面の告白』の「私」である。

幼い「私」は、派手なごてごてした母の着物を身にまとい、「天勝」と称して、祖母や母や来客や女中のいるところへ得意満面で入っていった。

私の熱狂は、自分が扮した天勝が多くの目にさらされているという意識に集中され、いわばただ私自身をしか見ていなかった。しかしふとした加減で、私は母の顔を見た。母はこころもち青ざめて、放心したように坐っていた。そして私と目が合うと、その目がすっと伏せられた。

私は了解した。涙が滲んで来た。

何をこのとき私は理解し、あるいは理解を迫られたのか？「罪に先立つ悔恨」という後年の主題が、ここでその端緒を暗示してみせたのか？　それとも愛の目のなかに置かれたときにいかほど孤独がぶざまに見えるかという教訓を、私はそこから受けとり、同時にまた、私自身の愛の拒み方を、その裏側から学びとったのか？

「私」は母の期待を裏切った「罪」を意識し、「悔恨」している。このような母の態度が同様に繰り返されたとしたなら、一般的に言って、「私」がこの後、自身が存在すること自体に「罪」を感じ、「悔恨」するのに充分である。母のこのような態度は、あるがままの「私」の存在を否定しているのだ。「私」は「理解を迫られていた」。そして「私」は、母からの「私の期待通りに振舞いなさい」という無言のメッセージを「理解し」たのである。

だが「私」はそこに「愛」の問題を持ち出す。「愛の目のなかに置かれたとき」、「孤独がぶざまに見える」というのである。「私」は、母が自分に向けているものを「愛」だと信じている。けれども、フロムの言うような無条件の愛が人を恥じ入らせることはない。「愛の拒み方」を「学びと」ると言うが、それが本来の愛であれば、拒む必要などないのである。拒まなければならないとすると、それは愛ではない。

このエピソードは、三島自身が実際に幼少期に経験したことのようで、「扮装狂」には次のようにある。

僕はついお母様のお顔をみてしまった。お母さまはいくらか青い顔をして放心したように僕をみていられたが、僕と目をあわすとすっと目を伏せてしまわれた。ああそんなことがあってよいものかしら。お母様が僕の目をよけるなんて。僕はもう観念してしまった。僕は目をつぶってしまった。[11]

このとき三島、いや平岡公威少年が感じたことは、『仮面の告白』において前掲のように実に精確に再現されている。他のテクストの登場人物と同様に、『仮面の告白』の「私」にも、現実の三島自身が反映していると考えることができるであろう。ただ、これまでに見てきたように、『仮面の告白』の「私」も、現実の三島も、本来の愛がどんなものかは知らなかったのである。

3、三島由紀夫における感情と権威主義的倫理の問題

これまでに見てきたように、三島によるテクストに登場する人物はそのほとんどが、フロムの言う権威主義的精神をもつ人々であった。それらの人物の心理や行動を精査すると、細部に至るまで、権威主義的な性格をもつ人物の特徴をあらわしていた。前にも述べたように、三島は、自身が権威主義的倫理の信奉者の特徴を色濃くあらわしていた。したがって、三島の書いた小説の登場人物のほとんどに、三島由紀夫、あるいは本名の平岡公威という一人の人間としての存在とその性格が反映していると見て差し支えないと思われる。

三島において、倫理とはまた〈他者〉の謂いであった。三島がそのために生き、そのために死ぬことを切望した倫理、あるいは秩序とは〈他者〉だったのである。〈他者〉は〈他者〉であるからこそ、〈権威〉となり、権威主義的倫理をもたらした。かくして三島は、次にあげるフロムの言葉のような生き方をすることとなってしまった。

権威主義的性格は、人間の自由を束縛するものを愛する。かれは宿命に服従することを好む。宿命がなにを意味するかは、かれの社会的位置によって左右される。兵士にとっては、それはかれが進んで服従する上官の意志や鞭を意味する。(12)

『豊饒の海』の中では、慶子が「松枝清顕は、思いもかけなかった恋の感情につかまれ、飯沼勲は使命に、ジン・ジャンは肉につかまれていました」と言っている。それぞれがそれぞれの「運命」にしたがって短い生涯を終えたことを「美しい」とし、これといった「運命」ももたず、おめおめと生き延びるであろう透を非難しているのである。ここにはフロムの言う権威主義的性格をもつ人物が、自分が服従すべき「運命」(「宿命」)を美化しようとする心情があらわれている。

三島が「運命」を美化したいのはなぜか。「運命」につかまれて生きる生を「美しい」とするのはなぜなのか。そこには、その「運命」を与えた〈権威〉である〈他者〉が誰だったのかということが大きく関係しているだろう。

ここであらためて確認しておきたいのは、三島にとっての〈権威〉の実質を「美」だとか、「芸術」だとか、「日本文化」だとか、あるいは「天皇」だとかと議論することにはほとんど意味がないということである。なぜならば、三島はもともと権威主義的な性格だったために、その人生をかけるのにもっともふさわしい〈権威〉を特定しようと、後から「美」だとか「天皇」だとか懸命に言っていたに過ぎないと考えられるからである。問題は三島が、そもそも権威主義的な性格をもつ人物であったということなのである。

〈権威〉の実質を特定する前に、まず三島由紀夫、あるいは作家になる以前の一人の人間としての平岡公威が、なぜ権威主義的な性格になったのかと問う必要がある。三島が権威主義的な人物でなかったのなら、「美」も「天皇」も出る幕はなかった。「美」や「天皇」が二義的な〈権威〉だとすると、三島を権威主義的な性格にしてしまった一義的な〈権威〉が存在するはずなのである。

フロムは、現代の家庭や社会の中で「無名の権威」が働いていることを指摘する。

現代の非権威主義的文化においてすら、しばしば、両親は子供たちが「役に立つ」者であることを願っている。すなわち、両親が自分の生涯で果たし得なかった希(のぞ)みを果たさせるためにである。もし親が成功しなかったとすれば、子供たちは、彼らに代償的な満足を与えるために、成功すべきである。もし親が愛されなかったと感じている場合（ことに両親が互いに愛し合っていない場合）には、子供は愛する役を仰せつかる。また、もし彼らが、社会生活での自分の無力を感じている場合には、彼らは子供を支配することに満足を見出そうとする。たとえ子供たちがこれらの期待に応えたにしても、やはり子供たちはまだ充分ではないと感じ、したがってなお両親を失望させていると思って、罪を感じるのである。[13]

フロムによれば、「はっきりとした権威のかわりに無名の権威が、はっきりした命令のかわりに情緒に強く訴えるというしかたで、その要求を表現している[14]」という。「この無名の権威は明確な権威以上に圧倒的で」、「子供はもはや自分が支配されていることに気がつかない（両親も自分が命令を下しているとは思わない）、したがって子供は反抗することができず、したがってまた独立心を発展させることができない[15]」というのである。[16]

よく知られていることではあるが、三島由紀夫（平岡公威）は幼い頃、厳格でわがままな祖母と母親との確執のもとに育った。病気がちで誇り高い祖母は、幼い三島を自分の身近に置いて厳しいしつけをほどこし、母親とは引き離しておくことが多かったという。三島の母親は三島の死後手記を書いているが、その中で、「幼時に培われた精神構造が、あの事件と関連があるものかどうか」、「しかし、環境が柔い幼年時の芽を蝕むことはある筈である[17]」と言って、義母、三島にとっての祖母との、幼い三島をめぐっての関係や、当時のさまざまな事件とその時々の自身の心情とを書いている。

健康な母親がすぐ傍に在りながら、生活の殆どを祖母の手に掌握されていた公威の異常な幼時を、私はハラハラしながらみつめ続けていた。もし将来道を誤り、非行に走った場合にも、これを見れば立ち直ってくれるに違いない、という必死の祈りをこめて、僅かな隙を盗んで走り書きしたメモがある。公威が中学校へ入学するまでの、私の涙の記録である。[18]（傍点引用者）

ここに書かれているような母親の「メモ」を、生前の三島が見たことがあるかどうかはわからない。だが一般的に、「道を誤」った息子が、母親の「涙の記録」を読んで改心するであろうか。「私の涙の記録である」という言い方からは、「かわいそうな私のため、おまえは私の期待通りに生きるべきだ」という要求が透けて見える。傷ついた息子に愛を与えるどころか、そんな息子に愛を要求しているのである。息子の側としては、愛を求めて「非行に走」るのに、愛を求められたところで、与えられるものは何もないはずである。

三島の母にとって義母は、息子（三島）を取り合うライバルで、夫（三島の父）は「面倒なことは一切御免だとばかりそっぽを向」くような人物だったそうである。三島の母は、「（夫の…引用者註）口をついて出るのは一方的な命令ばかりで、夫婦の対話というものをかつて私は知らない」[19]と言っている。三島は幼い頃からそんな家族の間に、どうにか波風が立たぬよう、あちらこちらに気配りをして生きていたようなのである。三島は長じてからも家族の間におこった問題を解決する役をはたしていたようで、母親は三島のことを自分の唯一の相談相手だったと言っている。また三島は、両親に対する「朝晩の挨拶を四十五年間一日として欠かしたことが無」かったとのことだが、そこには母親の言う「律儀な性格[20]」以上のものが感じられる。

三島の母は、事件後、三島の棺が自宅から運び出されていく際、「立派でしたよ。見事でしたよ。」と声をかけてやりたかったができなかったと悔いて、手記に「私だけが公威の心情を全面的に汲みとってやれる唯一の人間なのに……[21]。（傍点引用者）」と書いている。また、三輪山の大神(おおみわ)神社の三枝祭(さいぐさのまつり)から三島が持ち帰った百合の花については次のように書いている。

三枝祭の帰り、公威は、たった一本の淡いピンク色の姫百合を、折れないように大切に新幹線で運んで私のために持ち帰った。お祭りに供された中から、一本を選び、どうしても私に手渡したいと遠路を運んだ心情の一途なものに、感動なしには受取れないものを覚えた[22]。

（傍点引用者）

「私だけが」、「唯一の」、「たった一本の」という表現によって、三島の母親は、自身が三島にとって唯一無二の存在であったと強調している。徳岡孝夫は三島の死後、三島の父が出版した息子についての本の解説の中で、三島の母のことを「姑夏子以上の影響を三島に与えた母だった[23]」と書いている。三島の母の手記の中にも書かれているが、三島はたびたび母を連れ出してはいろいろな体験をさせてやっていたそうである。徳岡は、三島は「異様な程度に親孝行だった」と言って、「私は亡き瑤子夫人の胸中を忖度して、さぞ堪らなかっただろうと感じる」[24]とまで述べている。それでは三島自身は、自分と母親との関係をどのように語っているのであろうか。

当然、このような夢は子供に向うもので、私が身体が弱く、祖母に育てられて、感受性の鋭い子になっていけばいくほど、母はそこに、自分の失われた夢の投影を見るようになったのだと思う。母は私に天才を期待した。そして、自分の抒情詩人の夢が息子に実現されることを期待した。今では私は、母のこういう夢が間違っていたとはっきり言えるけれど、芸術家の母胎として、人からゆだねられたそういう甘い期待が、どこかで必要なように思われる。私は、抒情詩人でもなく天才でもなく、散文作家として成長するようになったが、長いこと、その抒情的な夢から抜けられなかった。私は無意識のうちに、母の期待するような者になろうとしていたのであろうと思う。なぜなら、物心つくと同時に私は詩を書き始めたからである。私の詩や物語の最初の読者は母であった。母は、私に芸術的天分があるということを誇りにした。[25]

「私は無意識のうちに、母の期待するような者になろうとしていた」とあるが、前にもあげた安部公房との対談の中で、三島は、自分には「無意識」はないと言っていたはずである。三島の

「無意識」の中には、その母親だけが住まうことができたのであろうか。いずれにしても、ここで言われている三島の母は、フロムの言う「無名の権威」の典型である。だがフロムの言うように、三島もその母も、お互いが共棲関係にあるということにはまるで気がつかなかった。三島の母は自分が息子を支配しているなどと、三島自身は母親に支配されているなどと、夢にも思っていなかったのである。

三島は無邪気に、「大体、作家的才能は母親固着から生まれるというのが私の説であるから[26]」などと述べているが、自身を縛って「人生」を「義務」と感じさせていたのは、その母親である。自分の心にしたがって何かをしようと思ったときに、立ちはだかって、力を奪っていたのはその母親である。三島が終生悩まされた虚無感の源泉は母親だったのである。

『金閣寺』において、金閣を焼こうとしながら金閣に力を奪われて、主人公の「私」は激甚な疲労を感じる。その「私」の疲労は、金閣が、三島の母の象徴であったと考えると合点がいく。「私」にとっての金閣、三島にとっての母親は、自身に対する一切の抵抗を許さず、彼らが自分らしく生きようとすると立ちはだかり、その力を奪う虚無の源泉だったのである。

しかし三島はあくまでも自分のほうを〈権威〉の期待に近づけようとする。

> ものを書きはじめると同時に、私に鋭く痛みのように感じられたのは、言葉と現実との齟齬（そご）だったのである。

そこで私は現実のほうを修正することにした。幼時の私に、正確さへの欲求が欠けていたと言うよりも、むしろ正確さの基準が頑固に内部にあったというほうが当っている。私はベッドの寸法にあわせて宿泊者の足を切ってしまうという盗賊の話が好きだった。[27]

ここで三島は、自分にとっての〈言葉〉と現実との関係、すなわち自身の芸術について語っているのだが、ここからはそれだけではない、三島の生き方とでも言うべき、倫理の問題が読み取れるのである。三島は母親との関係から、自身の内部に〈権威〉という〈他者〉とその〈言葉〉を取り込み、自分の存在をも含めた現実を、その〈他者〉の〈言葉〉という「基準」に合わせるという思考形式を確立してしまっていた。するとそれは自身の芸術ばかりではなく、自身の生き方をも決定することとなってしまった。三島はフロムの言う権威主義的倫理にそって生き、そして死ぬことになってしまったのである。

これまでに見てきたことを踏まえるならば、三島の母親の言うように、「幼時に培われた精神構造」は「あの事件と関連がある」と言わざるをえない。三島が自身の内に〈権威〉という〈他者〉を取り込み、権威主義的倫理を育んでいってしまったのは、幼い頃から母親が「無名の権威」となって、「情緒に強く訴えるというしかたで、その要求を表現し」続けていたからである。

権威主義的倫理は、〈権威〉の従属者が自分の生命や固有の能力を能動的に使って、その人らしく発展し成長していくことを妨げる。〈権威〉はその従属者の罪悪感を利用し、依存させ、その人が独立し、本来の〈自己〉を実現することを阻止する。〈権威〉は、それに従属する人がその人らしく生きる力をじわじわと奪っていく。〈権威〉は自分自身の利益のために、従属者の、その人本来の人生をのっとり、利用する。だから、〈権威〉と、権威主義的倫理に取り込まれた人は、自分らしさと、自身のエネルギーが損なわれていることに対する潜在的な激しい怒りをもっている。

現実に作家として生きていた三島由紀夫、あるいは平岡公威が、実生活において感情をあらわにしたというようなことがあったであろうか。後先も考えずに、三島が自身の感情をそのまま誰かにぶつけたなどということは想像しにくいのである。特に母親に対しては、その手記を読む限りでは、まるで親子の役割が逆転したかのような冷静な包容力を示している。一般には時々ある、母親に対して怒りをぶつけて悪態をつくなど、三島には思いつきもしなかったことだと思われる。だがだからこそ、そのかわりに、三島の怒りはそのテクストに転写されたのではないだろうか。『暁の寺』、『天人五衰』の語りに表れた激しい怒りは、本来は現実に生きていた一人の人間、三島由紀夫、あるいは平岡公威のものだったと言うことができるであろう。

三島はラディゲに心酔していた。ラディゲは『ドルジェル伯の舞踏会』で、心理の二重性の引き起こす悲喜劇を描いた。『ドルジェル伯の舞踏会』に登場する人物たちは、恋するマオとフランソワ以外、自分自身の本心を見失っている人たちばかりであった。三島は、そんな人工的に作り上げられた人々の心理に、どこかで深く共感していたのではないだろうか。

三島の母は手記の中で、三島が「好き勝手なことを存分にやっていると他人は思うらしいけれど、自分でやりたいと思った事が通った例しがない[28]」と言っていたと述べているが、この言葉はおそらく三島が意識して言っていたこと以上の意味をもっている。

『豊饒の海』の結末では、聡子が清顕の存在を否定し、本多も自身の存在自体に疑いを持たざるをえなくなった。本多による輪廻転生の物語の中で、清顕が自分本来の人生を生きていたと言うことはできない。同様に、〈権威〉に支配されて、本多もかつて一度でも自分本来の人生を生きていたことがあっただろうか。本来の自分であったことのない清顕も本多も、清顕や本多その人として、確かに存在していたとは言うことができない。同じように、三島も自分自身の人生を、最後まで本来の自分のものとすることができなかったのである。三島はそのことをはっきりと意識することはなかったが、最後の小説である『豊饒の海』の末尾で、漠然と、自分自身に問うことになったのではなかろうか。

権威主義的倫理に取り込まれた人は、本来の自分を殺して生きることを余儀なくされる。さらに、その破壊性は、〈権威〉の期待には常に充分応えることができないという罪悪感から、結局自分自身に向かう。〈権威〉の期待に応えられないという引け目から、憎しみは自分自身に向かうのである。そのような自己否定と自己処罰は、自分自身からエネルギーと生命力を奪い、心身ともに健康を損なったり、極端な場合には、自殺を招いたりする。三島は「美」のために死んだのでも、「天皇」のために死んだのでもない。ましてやそこに政治的な意味はない。権威主義的な性格をもった人物が、権威主義的倫理に取り込まれ、自身の生と死を、せめてそれにふさわしい〈権威〉のために捧げようとしてあのような儀式を決行したということだ。それは〈権威〉を絶対のものとした自己否定の徹底であった。

空襲を人一倍おそれているくせに、同時に私は何か甘い期待で死を待ちかねてもいた。たびたび言うように、私には未来が重荷なのであった。人生ははじめから義務観念で私をしめつけた。義務の遂行が私にとって不可能であることがわかっていながら、人生は私を、義務不履行の故をもって責めさいなむのであった。こんな人生に死で肩すかしを喰わせてやったら、さぞやせいせいすることだろうと私には思われた。

『仮面の告白』にあるように、「人生」が「義務観念」で「私」をしめつけていたのは、単に「私」が異性愛者であることを期待されていたからではない。『仮面の告白』のテクストの中から読み取れることは、三島によるテクストにおける他の多くの登場人物と同様に、「私」も権威主義的倫理のもとで生きている人物であったということである。「私」は異性愛者であるべきことも含めたすべてのことにおいて、〈権威〉に期待されていたのである。

だから「私」はそんな「人生」に「死」でもって「肩すかしを喰わせて」やりたいと思った。そしてそれは三島の人生において現実のこととなったのである。三島の母は、事件前に三島が死の決心をしていることを嗅ぎ取ったが、とても異を唱える余地はなかったと言っている。三島もその母もそうとは気づかなかったが、あの事件は三島にとっての「行為」、すなわち母の支配に対する反逆であった。またあるいは、母の期待通りに本来の自分を殺しつつ、母の支配からは逃れるという、母の意志と自分の意志とを矛盾なくおさめる唯一の方法であった。三島は終生、〈他者〉すなわち母の〈言葉〉との合一という、二元論の克服を夢見ていたのである。

《註》

（1）平嶋さやか著、「『豊饒の海』の結末について」、『日本文学誌要』、二〇〇七年七月、九〇〜九一頁。

（2）三島由紀夫著、「跋」、初出「サド侯爵夫人」、河出書房新社、一九六五年一一月。『決定版三島由紀夫全集33』、新潮社、二〇〇三年八月、五八五頁。

（3）三島由紀夫著、「楽屋で書かれた演劇論」、初出『芸術新潮』、一九五七年一月、『決定版三島由紀夫全集29』、新潮社、二〇〇三年四月、四二五頁。

（4）『豊饒の海』の登場人物に「典型」を見たり、物語に「型」を見たりする考え方は、根本美作子にもある。（根本美作子著、「『豊饒の海』あるいは型に嵌められた現実」、小林康夫・松浦寿輝編、『テクスト危機の言説』、東京大学出版会、二〇〇〇年三月、一六三〜一八六頁。）

(5) E・フロム著、鈴木晶訳、『愛するということ』、紀伊国屋書店、一九九一年三月、三八頁。
(6) 前掲書、三八〜三九頁。
(7) 前掲書、四〇頁。
(8) 前掲書、四〇頁。
(9) 前掲書、四〇頁。
(10) 前掲書、七〇頁。
(11) 三島由紀夫著、「扮装狂」、初出『新潮臨時増刊「三島由紀夫没後三十年」』、二〇〇〇年一一月、『決定版三島由紀夫全集26』、新潮社、二〇〇三年一月、四四八頁。
(12) E・フロム著、日高六郎訳、『自由からの逃走』、東京創元社、一九五一年一二月、一八八頁。
(13) E・フロム著、谷口隆之助・早坂泰次郎訳、『人間における自由』、東京創元社、一九五五年五月、一八七頁。
(14) 前掲書、一八八頁。
(15) 前掲書、一九〇頁。
(16) 子供の倫理的判断や価値判断の発生過程とは次のようなものである。

子供の価値判断は、自分の生活の中で重要な意味をもつ人が、自分に対して示す親しげな反応、または白々しい反応にもとづいて作り上げられる。子供は完全に大人の配慮と愛とに依存して生活していることを考えれば、子供に善悪の弁別を教えるには、母親の承認したり拒否したりする表情一つで充分であるということは、いささかも驚くにはあたらない。（中略）
「善」とは、それを行なえばほめて貰えることであり、「悪」とは、社会のいろいろな権威や仲間の多数がひんしゅくしたり、罰したりすることなのである。実際、拒否されはしないかという不安と、承認して貰いたいという要求とは、倫理的判断におけるもっとも強力な、ほとんど唯一の動機であるように思われる。こうした激しい情緒的圧力があるために、子供が、また後には大人が、善という判断は一体自分にとっての善なのか権威にとっての善なのかを、批判できなくなるのである。（E・フロム著、前掲『人間における自由』、二八～二九頁。）
(17) 平岡倭文重著、「暴流のごとく――三島由紀夫七回忌に」、『新潮』、一九七六年一二月、九九頁。
(18) 前掲書、九九頁。
(19) 前掲書、一〇六頁。
(20) 前掲書、一一三頁。
(21) 前掲書、一一二頁。
(22) 前掲書、一一八頁。
(23) 平岡梓著、『倅・三島由紀夫』、文芸春秋、一九九六年一一月、二六五頁。
(24) 前掲書、二六八頁。
(25) 三島由紀夫著、「母を語る――私の最上の読者」、初出『婦人生活』、一九五八年一〇月、『決定版三

島由紀夫全集30』、新潮社、二〇〇三年五月、六五二頁。

(26) 前掲書、六四八頁。

(27) 三島由紀夫著、「電灯のイデア――わが文学の揺籃期」、初出『新潮日本文学45三島由紀夫集月報』、新潮社、一九六八年九月、『決定版三島由紀夫全集35』、新潮社、二〇〇三年一〇月、一七九頁。

(28) 平岡倭文重著、前掲書、一〇九頁。

―結語として―

三島由紀夫の手になるテクストを分析してきてあらためて痛感したことは、テクスト、いや、作品の背後には、現実に日々を生きていた生身の人間、すなわち作者の存在が確かにあったということだ。今回取り上げたいずれの作品も、どれ一つとして、作者三島の実人生を反映していないものはないと言わざるをえない。書かれたものは、厳密に言うと、すべてが痕跡でありフィクションである。それでもなお、そのような痕跡は、作者三島にしか残せなかった痕跡である。その作品を知ることは、かつてこの世にただ一人存在した三島由紀夫その人を知ることに等しい。

言うまでもなく、三島は極めて特異な人生を送った人物である。彼のような生き方、死に方をする人間はまずいない。ではその人生は、例外としてわきに退けておいて、参照するに値しないとしてしまってよいものなのかどうか。三島の作品は存命中から現在に至るまで、たくさんの読者をもっている。またその死については、いまだに多くの謎を含むものとして語り継がれている。それらのことは、三島の作品や人生が、一般の人々にとっても示唆に富んだものだということの証左であろう。

三島作品を研究してきてわかったことは、三島の問題が、一般の多くの人々にも通ずる、実に単純なものであったということである。実に単純な問題が、作家三島由紀夫という際立った才能の持主によって、複雑化・先鋭化されていたのである。もっとも問題は単純であればあるほど盲点となりやすい。その盲点に気づくことが求められていた。

一、〈他者〉、あるいは〈権威〉としての〈他者〉の問題

本論では、『仮面の告白』、『金閣寺』、『太陽と鉄』、『豊饒の海』と、作品の成立順に精査をした。解明の糸口として注目したのは、作品における〈他者〉である。見てきたように、三島作品には〈他者〉がいないという評は同時代以来たびたびあらわれ、さまざまな形で言及がされてきた。しかし、〈他者〉のいない世界を生きる人間はおらず、それは三島作品における主人公も、作者である三島自身も同様である。

『仮面の告白』の中にも、主人公「私」にとっての〈他者〉は存在した。それはまず、少年時代の「私」が恋をした相手、近江である。近江は当初、「私」がそれと接触交流し、〈自己〉の中に取り込んで、そのつど主体を更新しては成立させつつあった、真正の〈他者〉であった。「私」の恋は本物で、恋をすることによって、「私」という主体が開かれ、変化し、成長する兆しを見せていた。また、第二章の「雪晴れのある朝」の場面や、遊動円木で落としっこをするという遊びの場面などでは、「私」のみずみずしい恋心が鮮やかに描かれていて、実に感動的である。

本論の中でも、前述のような場面が感動的に描かれていることにあえて触れている。それは、

以後三島作品の中で、同様の感動的な場面にはほとんど出会うことができないという事実を強調するためでもある。鶴田欣也は「三島はあくまでもアンチ・エクスタシーの信奉者であって、彼の演劇から頭脳体操は得られても、感動の影さえ見つけることはできない[1]」と言ったが、確かに、『仮面の告白』の恋の場面以外で、三島作品から感動を味わったという記憶はほとんどない。鶴田の言う「頭脳体操」、つまりは分析的に読むからおもしろいとは言えても、感情に訴えかけるものがないのである。

しかし作品の中で近江は、「私」によって、やがてイメージ化されてしまう。「私」は近江の「完全無欠な幻影を仕立て」、近江はイメージ化され固定して、「私」の意識の中では生命を失う。近江は真正の〈他者〉であることをやめ、「私」の心象というフィルターを通してのみその存在を推測できる、三島作品におなじみの〈他者〉の一人となってしまったのである。

そのように〈他者〉をイメージ化して固定的に分類することはまた、「私」に特有の〈他者〉支配の方法であるとも言える。そして〈他者〉を固定してしまった「私」は〈自己〉をも同時に固定してしまう。したがって主体としての「私」は、以後〈他者〉に対して閉ざされ、変化することも成長することもなくなる。主体として鮮やかな変貌を見せることのなくなった「私」は、手記を読む者の感情に訴えることもなくなり、手記の中からは感動的な場面が消えていったのである。

一方園子は、はじめから「私」の中の何かに対応する〈他者〉であり、園子自身が完全な〈他者〉として自律的に存立したことはない。もちろん現実の存在としての園子は〈他者〉なのであるが、近江との接触交流とは違って、いくら園子と交流したところで、「私」の主体が揺るがないのである。だが「私」にとって、園子の意味するものは大きかった。園子は「私」にとって、〈生〉を意味していたのである。「私」自身はそのことに気づかず、園子は最後まで謎の存在であった。したがって、近江とは違い、園子はついにイメージ化されることがなかった。意識の中で「私」は、園子を支配することができなかったのである。

『仮面の告白』の「私」は、「人生」を「義務観念」でしめつけるものだと考えている。「私」にとって戦争が恩寵でありえたのは、一つにはそんな「人生」を死で断ち切れる可能性があったからだ。しかし一方で、「私」は生きたいと思っている自分自身にも気づく。戦争という生命の危機の瀬戸際で、「私」は死から逃れること、何も考えずに、ひたすら生きることを目指す本来の自分を発見する。だから、〈生〉を表象するかのような園子に惹かれ続けたのである。

しかし「私」は「人生」を振り捨てて、自らの〈生〉を追求することができなかった。「義務」を課すという「人生」を突破して、あるがままの生命として生きるということができなかったのである。そしてここにはまた、「私」にとっての〈他者〉の大きな問題が潜んでいる。「私」の「人生」に「義務」を課したのは誰なのかという問題である。「義務」は必ずや誰か、もしくは何かに対しての「義務」である。〈他者〉の存在なくして「義務」はありえない。もちろん一般的には、自ら選び取る義務というものもある。だが、そのように義務を引き受けるときには、すがすがしい感覚がともなうものだ。「私」のように、重苦しい気分になることはない。「義務」が重いとき、その「義務」は、誰かに押し付けられたものである可能性が高いのである。

〈他者〉がイメージ化してしまうというのは、同時に〈自己〉をも固定化して、揺らぎもしなければ成長もしないということである。〈他者〉の問題が根本的に解決されない限り、作品の中の人物は変容できない。つまりそれぞれが持てる能力を生かして、自分らしく十全に生きるという幸福から隔てられ続けるということである。そこで『金閣寺』の「私」は、〈自己〉の「人生」を「規定」する金閣を焼くという「行為」に走る。

金閣は「私」にとって最大・最強の〈他者〉であった。金閣の「美」とは、「かくあらねばならぬ」という、いわば「義務」の象徴である。そして「美」という高位の価値を持つものであるかぎり、その「義務」はいつも困難なものか、不可能なものである。「私」が金閣を「虚無」の源泉と言い、金閣から力を奪われ続けたのは、金閣が次々に応えきれない要求を繰り出して、「私」のあるがままの存在を否定し続けていたからである。「私」は金閣に疎外されながら、「義務観念」には縛られ続け、その行動から感情までも支配され続けていた。

ではなぜ金閣が、「私」の「人生」を規定するような〈他者〉になってしまったかと言えば、それは父の〈言葉〉のためである。「私」によれば、父は「金閣ほど美しいものは地上にな」いと言ったそうだが、その父の〈言葉〉に何の疑いも差し挟まず、幼い「私」はそこに自分の声を重ねてしまった。父という〈他者〉の〈言葉〉を取り込んで規範とし、それに縛られてもがき苦しむという「人生」を選んでしまったのである。
金閣は、とある人物の人生を支配する〈他者〉の象徴である。あるいは、〈他者〉がある人を支配する際に課す、無理難題を含んだ「義務」の象徴が金閣であり、またその「美」である。象徴の影にはそのような「義務」を課した生身の人間がいる。「義務」を課して支配する〈他者〉がいるのである。『金閣寺』の「私」の場合、それは父であった。

「私」には、何ものかに支配されているという意識がずっとあり、その象徴である金閣を焼いた。だが「私」は、支配の根源に父がいたことに気づかなかった。それは柏木の「美の根は絶たれず、たとい猫は死んでも、猫の美しさは死んでいないかもしれない」といった言葉を想起させる。また、作者である三島は小林秀雄との対談の中で、「人間がこれから生きようとするとき牢屋しかない、というのが、ちょっと狙いだったんです(2)」と言っているが、金閣を焼いても完全に解放されるということはなく、「生きよう」としたときに牢の中に囚われているという作品の結末は図らずも、「私」の「人生」における父の支配という根本的な問題が解決されていないということのみごとな比喩となっている。

金閣に火を放ってから、「私」は何も考えずにただ走った。走って、走って逃げた。その時の描写からは、まさに「生きるために金閣を焼こうとしてい」た「私」が、自分自身の〈生〉を取り戻していった様子がうかがえる。それはまた『仮面の告白』で、「私」が空襲警報を聞いて、あるいは徴兵検査で誤診をされて、「ともかくも「死」ではないもの、何にまれ「死」ではないもののほうへと」ひたすら駈けたということと同様である。『金閣寺』の「私」も『仮面の告白』の「私」も、生きたかったのである。

『父母に逢うては父母を殺し』という臨済録示衆の〈言葉〉に鼓舞され、「私」は父を殺すべきであった。本来の自分の人生を取り戻すために、「私」は意識の上で、父を殺す必要があったのである。自分自身の生命の逆りに気づいたときはチャンスであった。「生きたい」と思った自分の〈生〉の勢いにのって、父の支配を突破すべきであった。だが『金閣寺』における親殺しは中途半端な形で終ってしまう。「私」は「猫」を切っただけで、「美の根」を絶つことができなかったのである。

金閣に依存しつつも、『金閣寺』の「私」には、金閣が象徴するものへの漠然とした違和感があった。金閣が、本来の〈自己〉とは相容れない要求を常にし続けていることへの反感もあった。だが、『太陽と鉄』にいたると、違和感のあるものと積極的に同化しようとする態度が表明され始める。『中世に於ける一殺人常習者の遺せる哲学的日記の抜粋』における「殺人者」は、〈他者〉との距離を意識し、殺人によって〈他者〉との合一を夢見る人物である。一方『太陽と鉄』においては、三島は〈自己〉の「個」を滅して、積極的に集団や環境の中に溶け込む「幸福」について言及する。もちろん「個」を殺すのであるから、そのような「幸福」は象徴的にでも、〈自己〉の死が前提となっている。だが、三島は死にふさわしい肉体を作り上げてでも、そのような境地にいたることを希求する。そして、「文武両道」が表象するような二元論の克服を夢想したのである。

『太陽と鉄』の中で批判されているのは〈言葉〉である。三島は〈自己〉の個別性をかたどってきた〈言葉〉をもはや信じようとはしない。〈言葉〉でなければ「肉体」であろうというのが三島の思考の流れである。だが「肉体」にも〈言葉〉がないわけではないと三島は言う。「肉体」の世界の〈言葉〉は「集団」の〈言葉〉、「われら」の〈言葉〉であり、それらの〈言葉〉は個性の滅却とそこへの忠誠と同化を要求しているというのである。

三島によって「肉体の言葉」と称されるこれらの〈言葉〉は、〈自己〉に対して呼びかけてくるものである。ということは、その〈言葉〉とは、明らかに〈自己〉の外部で〈他者〉が発したものである。その声を聞いて、かつての三島は「甘い苦痛」を感じていたという。しかし三島は、「外部の呼び声」に「内部の呼び声」が無理なく照応する「至福」を夢見た。

三島に呼びかけていた〈他者〉はまた、〈言葉〉となって三島の内部に入り込み、三島の存在のあり方を厳しく検閲するようになっていた。自分では気づいていなかったと思われるが、おそらく三島はそのような息苦しさに耐えかねていたのだろう。だから、象徴的に、あるいは現実的にでも、〈自己〉の存在を殺してまで、自身の中にある〈他者〉とは和解し、合一しようとしたのである。

三島の言う「自由」は奇妙な「自由」である。『潮騒』のあとがきで述べているように、三島にとって、「一つの道徳の中で自由であること」は「幸福でなければならない(3)」なかった。『太陽と鉄』の中で語られている「自由」も、条件つきの「自由」である。すなわち、一つの理念やイデオロギーに何の疑問ももたずに同化し、その中で感じる「自由」である。だがそのような「自由」は〈自己〉の本来の感情や意思を排して得られるものである。そして三島は、「一つの道徳の中で自由であること」は「幸福」であるとするのだが、本来の〈自己〉を殺して得る「幸福」は、やはり死を前提としていた。

三島の死について、「この切腹はむしろ、最初から賞賛と欲望と幻想と計画の対象であった[4]（傍点ママ）」と述べるパンゲはにべもないが、三島が自身の命を供して得たかったという賞賛は誰からのものであったのか。それは三島の言う「外部の呼び声」を発する〈他者〉ではなかったか。違和感をおぼえつつ、虚しさに耐えながら、三島はその「呼び声」に応えていた。その「呼び声」、すなわちその〈他者〉は、三島が〈自己〉を滅却して、自分に忠実であるようにというメッセージを発し続けた。三島はその〈他者〉に忠実であるあまり、〈自己〉を完全に殺すことにしたのである。では、その〈他者〉とは一体誰であったのか。

『金閣寺』の場合、金閣が象徴的に〈他者〉となって、「私」の「人生」を規定していた。そして、金閣の背後には、金閣を通して「私」の「人生」を支配していた父という〈他者〉がいた。金閣は、「私」の「人生」を支配する父という〈他者〉のみごとな比喩であった。そのような比喩をもちいるまでもなく、とある人物の人生を規定し、支配するのは、多くはその親である。『豊饒の海』第四巻、『天人五衰』における本多と透の義理の親子の間には、支配・被支配の関係性しかない。

本多は透にとって〈他者〉である。そしてその〈他者〉は、自身の価値観にもとづいた教育を透に押し付けたばかりでなく、透を自分の思い描いた物語の主人公に仕立て上げようとした。あるがままの透の存在を否定し、透の上に自身の願望を実現しようとしたのである。そのような本多は、透にとっての〈権威〉である。〈権威〉は常に、その従属者のためだと言いながら、実は自分自身の利益を最優先している。本多の場合は、清顕を起点として紡いできた、輪廻転生の物語の継続を、透においても欲望したのである。

もっとも、本多が透にとって〈権威〉であったのは、本多自身がなにがしかの〈権威〉に支配されつつ成長した人物であったからである。そのことは透と同様に、本多も周囲に対する敵意と破壊願望をもっていたということからうかがえる。本多は「認識者」と称して、「認識」という支配を実行するが、人間は教えられないことはできないものである。本多が〈他者〉を支配するようになったのは、かつて身近に〈他者〉を支配するような人物がいたからである。本多自身がそのような〈他者〉に支配されていたからなのである。

しかし、透は本多の支配などには屈しない。おそらくは、孤児であったという出自ゆえ、内面に怒りをため込んでいた透は、その怒りをぶつけるようにして、悪意を持って本多に抵抗する。透は本多と同じ「認識者」だとされる。「認識者」たる透は、支配されようとしたら、逆に支配し返そうとする。透はただ抵抗するために本多のもとを去らなかったかのようである。あるいは、抵抗しつつ、孤独に陥ることへの不安のため、不毛な状況から抜け出せなかったかのようである。結局透は、本多の思い描いた輪廻転生の物語を継承するべく、毒をあおいで死のうとする。その結末は実に象徴的である。透という現実は物語の主人公にはなれず、本多との共棲関係だけが絶望的に続くのである。

『金閣寺』の「私」の「行為」が金閣の支配に対する抵抗であったように、三島のテクストに登場する「行為」とは、支配に対する抵抗である。『春の雪』の清顕も、『奔馬』の勲も、テクストを丹念に読み込んでいけば、彼らが何者かに支配されているという意識を持ちながら生きていたことがわかる。清顕も勲も、自分を支配する〈他者〉の存在を無意識のうちに感じて、人生全体で、それに抵抗していたのである。だが彼らはそのような〈他者〉を特定することができなかった。そして支配者は、彼ら自身の中に住み続けたのである。だから清顕と勲にとって、自分を支配する〈他者〉を殺すことは、自分を殺すことでもあった。

清顕や勲という「行為者」の末路を知って、三島の実人生を思い出さないわけにはいかない。それでは、三島を支配していた〈他者〉とは誰であったのか。三島がその〈他者〉の要求を善として、フロムの言う「権威主義的倫理」を内面化していかざるをえなかった〈権威〉とは何であったのか。

ほとんどの人間が生れ落ちて最初に接する〈他者〉は親である。それも、子供に多大な影響を与えるのは母親である。生きていくためには、あらゆる意味で、子供は母親に全面的に依存せざるをえない。母親によって養育してもらえなければ、子供は生きていくことさえできないからである。それに対して、まったくの白紙の状態で生まれた子供に、母親は自分の欲望を百パーセント押し付けることができる。母親は、自分の意に沿わぬことをしたら見捨てると、子供を脅すことさえできるのである。両者の関係は著しく不公平だ。

生育の条件や、残された家族の手記等を見る限りでは、三島の場合も、母親がそのような〈他者〉であり、〈権威〉であったようである。三島は母親に異様なまでに忠実であった。三島の場合もそうであったが、自分の親が自分の人生を生きにくくしているという事実にはなかなか気づくことができない。子供は誰しも、まさか自分の親が自分を不幸にする元凶であるなどとは思いもしないのである。その理由は、後にも触れるが、子供が、親は自分を愛していると信じているからである。

三島は『ドルジェル伯の舞踏会』のアンヌたちのように、「《自己以外の人間になること》に熱情をもつ」人物であった。『仮面の告白』には、「人生というものは舞台だという意識にとらわれつづけ」、「とにかく演技をやり了せれば幕が閉まるものだと信じていた」とある。三島は実人生においても、その演技性をたびたび指摘されるような生き方をしたようだ。しかし、信奉する〈権威〉にありのままの自分を受け容れてもらえず、こうあるべきだという、〈権威〉にとっての理想を常に押し付けられていたら、本来の自分を隠して、演技することが「人生」だと思うほかなくなるであろう。三島は〈権威〉に、ありのままの自分というものを否定されたのである。そんな〈権威〉に忠実であった三島の場合、本来の自分を殺して演技するということが生き方そのものになってしまっていた。

『豊饒の海』の本多は物語の支配者であった。目に映った現実を、輪廻転生の物語という型に嵌め込み、その完成を夢見た。だが現実はそんな物語を破綻させた。三島がこのような小説を書いたのは、どこかで、人をも現実をも支配しようとする〈権威〉に抵抗していたからではないだろうか。それとは気づかないまでも、自らの人生を支配している母親という〈権威〉の存在をどこかで意識し、そのような支配がいずれは破綻するのだと言いたかったのではないだろうか。

三島の場合も、彼を支配した〈権威〉の思い描いた物語はみごとに破綻した。〈権威〉を末永く守り、喜ばせ続けてくれるはずだった従属者は、自ら命を絶って、その契約を破棄したのである。その結末は、〈権威〉にとっても思いもかけないことであっただろう。三島はあのような形で、自分を支配し続けた〈権威〉に復讐を遂げたのである。自身の命と引換えにではあったが、三島は〈権威〉に一矢を報いた。だがそれでも、三島が現実に、〈権威〉の思い描いた物語の中で生き、死んでいくことしかできなかったということに変わりはない。本来の自分自身の人生を生きることができなかった三島は、『豊饒の海』の結末で、清顕の存在自体を一切否定することで、図らずも、自らの一生を暗示したのではないだろうか。

二、三島由紀夫、その愛と献身という徒爾

三島は林房雄との対談の中で、自らにとっての天皇について次のように述べている。

天皇制というのは、少しバタ臭い解釈になるが、あらゆる人間の愛を引き受け、あらゆる人間の愛による不可知論を一身に引き受けるものが天皇だと考えます。(5)

三島の想定した絶対の〈他者〉である天皇は、「あらゆる人間の愛を引き受け、あらゆる人間の愛による不可知論を一身に引き受ける（傍点引用者）」存在であった。三島における〈他者〉の問題はこのように、切実な愛の問題でもあったのである。

三島の残した作品のすべては、究極的には愛をテーマとしている。もっとも愛は、すべての人間、すべての事象にとっても、最大のテーマである。愛は、この世における、いや、想定されるあの世においてさえも取りざたされる、人間にとっての最大の関心事なのである。もちろん、ここで言う愛は、ロマンスという言葉でくくれるような、単なる甘い感情ではない。あるいは、肉親の情などと言い換えられるような単なる愛着のことでもない。そうではなくて、愛とは、あらゆる生きものや事象において、重要な役割をはたすある種の態度であり、また力なのである。

あまり指摘されることはないのだが、三島作品の中には、たびたび愛という言葉が出てくる。たとえば『愛の渇き』などは、タイトルに「愛」という言葉が使われており、文字通り愛がテーマとなっている。だが三島作品において、真っ向から愛を取り上げて論じることは今まで避けられてきたようである。その理由は、あるいは前に述べたように、愛がロマンスや情と言い換えられ、論ずるには足らずとされてきたからなのかもしれない。しかし、あらためて愛を定義するという労を厭わなければ、愛は三島作品にとっての、最大にして究極のテーマであることがわかるはずなのである。

『仮面の告白』には、「私」の近江に対する恋が取り上げられている。しかし「私」にとって愛は謎であった。「愛とは私にとって小さな謎の問答を謎のままに問い交わすことにすぎなかった」のである。「私」と近江との関係も進展することなく、近江はやがて「私」の意識の中でイメージ化して、現実の存在としては生命を失う。

一方園子との場合、「私」にとって愛は「当為」となる。「私」は園子を「愛さなければならぬ」と思い続けるのである。「私」は園子を愛することができない。だから、愛することが「当為」となるのだ。だがここで注意しなければならないのは、「私」の用意した文脈どおりに読まされてはならないということである。「私」は、園子が女だから愛することができなかったと言いたいようであるが、女であろうが男であろうが、そもそも「私」は人を愛することのできる人物だったのであろうか。

確かに男である近江の場合、「私」の感情は、はじめは恋であり愛であった。しかし時間がたつにつれ、「私」の心は現実の近江から離れ、理想的な近江のイメージのみを愛するようになる。そのような愛は、人間に対する愛とは言えない。そういう意味で、「私」はやはり愛することのできる人間ではないと言わざるをえないのである。

『金閣寺』では、柏木が愛について述べている。内翻足の柏木は、「ありのままの俺が愛されないという考えと、世界とは共存し得る」と言う。愛は柏木にとっても、実は大問題だったのである。しかし柏木は、「一つの頑固な精神」と化した内翻足という自身の存在条件に固執し、「愛されないという確信」を放棄することを徹底的に拒んで、「他人の存在理由」をも、「世界の中に包まれた自分」をも一切認めない。そして「愛はありえない」と信じて、否定ばかりの人生を生きるのである。

だが「私」は愛を信じていないわけではなかったようである。『仮面の告白』の「私」同様、『金閣寺』の「私」にとっても愛は謎だったであろうが、「私」はしばしば、自分と老師との間に愛の存在を予感する。「私」は老師に対して子供っぽい反抗を繰り返し、自ら破滅へと至りつつ、「もしこれが私の本心だとすれば、私は老師を愛していなければならなかった筈である」と、自身の老師に対する愛を予感しているのである。もっとも、「私」が老師を愛することができていれば、そのような反抗などしなかったはずである。「私」が老師を「愛してい」たのではなく、「私」は老師に愛されたかったのである。愛されたいのに、愛されないようなことばかりするというのは、愛することのできない人間にまたありがちなことである。

フィクションではない『太陽と鉄』で愛が問われることはない。もしかするとそれは、三島にとって、現実の世界では、愛が自明のことであったからなのかもしれない。しかし後にみるように、愛を正しく定義したとき、『太陽と鉄』の中にも重大な愛の問題を見出すことができる。そこではもはや愛とは何か、愛は存在するかという問い自体が無意味である。他のどこかに愛が存在するとしても、『太陽と鉄』に愛は存在しない。愛の不在が『太陽と鉄』を成立させたと言っても過言ではないのである。

三島最後のフィクション『豊饒の海』で、愛の問題はまた繰り返される。『豊饒の海』においても、本多の透に対する「愛」、槙子の勲に対する「愛」などと、愛という言葉を各巻に見出すことができる。そして、透は「何ものも愛さないという自明な前提」のもとに生き、勲は「誰をも愛したことがない」とされ、愛されるはずの側の人物たちは、愛さないというかたちでまた、愛がその人生の大きなテーマであるということを逆説的に示唆している。

しかし、本論でも述べたように、本多の「愛」も、槙子の「愛」も、支配であって愛ではない。透も勲も、そのことを敏感に察知してか、そのような「愛」には応えないばかりか反逆をする。こうしてみてきたように、三島作品における人物たちは、愛することも愛されることもできない人間ばかりなのである。

それでは、三島作品、ひいては三島の実人生においても最大のテーマであった愛とは何であろうか。愛にまつわる問題が、とある人物にかくも大きな影響を与えるのはなぜなのか。

エーリッヒ・フロムによる愛の定義とは次のようなものである。

愛とは、本質的に人間的な特質が具体化されたものとしての愛する人を、根本において肯定、

> することである。(6)（傍点引用者）
>
> 愛とは、まずその対象を「肯定する」、しかも「根本において肯定する」ことである。「根本において肯定する」というのは、対象の人物が、表面上いかに好ましくない様相を呈していても、それをも含めて、その存在のもっとも深い部分で肯定するということである。したがって、相手が自分にとって好ましいときだけ肯定するというのはここで言う愛ではない。相手が自らの意に沿うときだけ肯定するという条件つきの愛は、後にもみるように、かえって対象に悪影響を与えるのである。

本論でも述べたように、三島にとっての愛の問題とは、まず、その母親との愛の問題であった。多くの子供たちと同様に、三島は、自分の母親が自身を愛していると信じて疑わなかったようである。だから、母親の自分に対する反応は、すべて自分に対する愛ゆえだと解釈する。「扮装狂」にも、『仮面の告白』にも取り上げられているエピソードはその典型であろう。客の前に天勝の扮装をして出て来た少年は、母には恥だと思われた。母は、悪ふざけとしか見えない息子の姿を客の前に恥じ、目を伏せて、その存在自体を否定してしまったのである。

> 息子の反応は痛ましい。
>
> 私は了解した。涙が滲んで来た。

—結語として—

何をこのとき私は理解し、あるいは理解を迫られたのか？「罪に先立つ悔恨」という後年の主題が、ここでその端緒を暗示してみせたのか？　それとも愛の目のなかに置かれたときにいかほど孤独がぶざまに見えるかという教訓を、私はそこから受けとり、同時にまた、私自身の愛の拒み方を、その裏側から学びとったのか？

極めて学習能力の高い子供であった「私」（平岡少年）は、このとき多くのことを「理解」したのだと思われる。母の思うように振舞わなければ、自分は愛してもらえないのだと悟ったであろう。だが同時に、そのような愛が本物の愛でないこともどこかで知っていたのではないだろうか。「愛の目のなかに置かれたときにいかほど孤独がぶざまに見えるか」というが、本当の意味で愛されていたのなら、「孤独」など感じるはずがない。また、「私自身の愛の拒み方」とあるが、本物の愛であったなら、それを拒む理由はない。

三島の母は、わがままな姑や無理解な夫との関係の中で、自身は被害者であり、かつ、自己犠牲的であるとさえ思っていたかもしれない。だが、そのような母は、フロムの言う「非利己的」な母親であった可能性が高い。フロムによれば、「非利己的」な母親とその影響とは次のようなものである。

そういう母親は、子どもは母親の非利己主義を見て、愛されるということはどういうことなのか、さらには愛するとはどういうことなのかを学ぶにちがいない、と信じている。ところが、彼女の非利己主義は、彼女の期待どおりの影響はおよぼさない。子どもたちは、愛されていると確信している人間が見せるような幸福な表情を見せない。彼らは不安におびえ、緊張し、母親に叱られることを恐れ、なんとか彼女の期待に沿おうとする。ふつう子どもたちは、人生にたいする母親の隠された憎悪を、はっきり認識できるわけではないが、敏感に察知し、それに影響され、ついにはそれにたっぷり染まってしまう。

結局のところ、「非利己的な」母親の影響は利己的な母親の影響とたいして変わらない。いやそれどころか、ときにはもっともタチが悪い。なぜなら、母親が非利己的なので、子どもたちは母親を批判することができない。子どもたちは、母親を失望させてはならないという重荷を科せられ、美徳という仮面のもとに、人生への嫌悪を教えこまれる。(7)

条件つきの愛しか与えてくれない母に愛されるため、平岡少年、さらに長じてからの三島は、本来の自分の感情を押し殺して、ずいぶん努力をしたものと思われる。残念ながら、人間の生き方として、そのような生き方は甚だしく歪んだものである。本当の意味で愛されなかった、すなわち、存在の「根本において肯定」されなかった三島が、愛することも愛されることもできずに、華麗な否定に彩られた一生を送ったのも故なきことではない。

さて、対象を「根本において肯定する」という愛を、さらに詳しく述べると次のようになる。

純粋な愛は生産力の表現であり、そこには配慮、尊敬、責任、理解（知）が含まれている。愛は誰かに影響されて生まれるものではなく、自分自身の愛する能力にもとづいて、愛する人の成長と幸福を積極的に求めることである。(8)

ここで想起されるのは、フロムが「権威主義的倫理」の対極にあるものとして掲げた「人道主義的倫理」である。「人道主義的倫理」の目的は、「人間が先天的にもっている根本的な可能性を生産的に用いることにある(9)」からである。

愛は、「人道主義的倫理」においても大きな役割を果す。存在を「根本において肯定する」という愛は、愛する人の〈生〉を当然肯定する。しかも愛は、あるがままの対象の存在を肯定し、対象がその持てる能力を生かして成長し、幸福になることを求める。愛される人は愛されることによって、自分の力を信じることができる。自分の力を信じて、さまざまなことに挑戦し、成長することができる。また愛される人は、自分が幸福を求める資格のある人間だと思うことができる。人生を楽しんで、積極的に幸福を求めてもよいのだと思うことができる。愛は、愛される人が本来の自分でありつつ、成長し、幸福になるための、後押しする力ともなるのである。

「権威主義的倫理」は〈他者〉の存在が前提であると同時に、倫理として、〈他者〉そのものでもある。しかし、「人道主義的倫理」は決して〈他者〉にはなりえない。「人道主義的倫理」は、

〈他者〉の存在を前提としないのはもちろん、それ自体が〈他者〉となることもない。なぜならば、「人道主義的倫理」とは、理念としては、人間の本来の面目に帰るということであるからだ。

「人道主義的倫理」を突き詰めていくと、〈生〉を肯定することに行き着く。「権威主義的倫理」が、時に命を差し出す犠牲を求めるのに対し、「人道主義的倫理」は、一人一人の責任において、まずは自分の命を確保することをその目的の前提とする。これは生きものとしては当たり前のことである。動物は自殺しない。一個の生きものとして生きること、生きること自体を目的にすることとは生きものとしては当然のあり方であって、私たち人間の中にも備わっている本性である。「人道主義的倫理」は、まずこの基本に立ち返ることを求める。誰のためでもない、ただ自分のために、自分自身を目的として、生きる。それは生きものとしての人間にも、もともと備わっている本性なので、「人道主義的倫理」に沿って生きるということは、人間の本来の面目に帰るということを意味する。だから、「人道主義的倫理」は〈他者〉にはならない。むしろ、「人道主義的倫理」は〈自己〉そのものである。

さらに「先天的にもっている根本的な可能性を生産的に用い」て、成長し、幸福を求めることは、「人道主義的倫理」におけるテーマであると同時に、すべての人間にとっても究極のテーマである。したがって、それを妨げられた人の心には激しい怒りがわく。「権威主義的倫理」に取り込まれた人は、一見穏やかな思いやりに満ちた態度をとっていても、その裏に実は怒りを隠しもっている。そしてその怒りは潜在的な破壊願望につながって、〈他者〉に向けられたときには〈他者〉を傷つけ、〈自己〉に向けられたときには〈自己〉を傷つけるのである。「権威主義的倫理」のもとで生きる人は、〈自己〉に対しても〈他者〉に対しても否定的な感情をもっている。つまり、「権威主義的倫理」のもとには愛がないのである。

人間にとって、もって生まれた能力を生産的に用いて生きる充実感こそが幸福である。そのような幸福のもとでは、人間は何よりも、〈自己〉と調和している。〈自己〉と調和するというのは、〈自己〉の中に、〈自己〉を脅かす〈他者〉――多くの場合、それは否定的な〈言葉〉となって存在する――がおらず、ありのままの〈自己〉を根本から深く肯定できている状態である。〈自己〉の中にのみ判断の基準があるそのような幸福に、〈他者〉の存在は一切関係ない。判断の基準を外部に求め、〈他者〉に認められたから自分を肯定でき、幸福を感じるというのは、「権威主義的倫理」のもとにある幸福である。

「人道主義的倫理」における〈自己〉はまず、〈自己〉だけで充足する。そこには〈自己〉を根本から深く肯定する態度、すなわち〈自己〉に対する愛がある。そして〈自己〉を肯定することはやがて、同じ人間である〈他者〉を肯定することにつながる。〈自己〉を「人道主義的倫理」に沿って扱うことのできる人は、〈他者〉をも同様に扱える。〈自己〉を愛することのできる人だけが、〈他者〉を愛することができる。「人道主義的倫理」は〈自己〉を肯定することから始まり、〈他者〉を肯定することにつながる。「人道主義的倫理」は自他を肯定すること、すなわち、愛にもとづいているのである。

しかるに、『太陽と鉄』に表明されている三島の、〈自己〉を滅却して〈他者〉に同化しようとする態度は、「人道主義的倫理」から大きくはずれている。『太陽と鉄』の中には「幸福」という言葉がたびたび出てくるが、そのような「幸福」は、〈自己〉の個別性を殺して〈他者〉に合一することであり、その延長には、現実の〈自己〉の死が予定されている。三島の言う「幸福」には〈自己〉の否定があり、〈自己〉に対する愛がない。三島は「権威主義的倫理」の信奉者の典型であった。そして本論でもみたように、三島にとっての〈権威〉とはその母親であった。三島は文字通り、〈自己〉を殺してでも〈権威〉である母という〈他者〉の意思に合一したかったのである。

『太陽と鉄』で懸命に試みられているのは、どうしても承認することのできない〈他者〉の意向に、なんとか同意しようとすることである。承認することのできない〈他者〉の意向をどうしても肯定したい、それだけが三島の意志であり、切なる願いであった。しかし〈他者〉の意向はあくまでも〈他者〉の意向である。〈他者〉の願望をかなえてやったところで、違和感と、〈自己〉を犠牲にした苦痛がどこかに残る。しかも、〈他者〉はあくまでも〈他者〉である。〈他者〉自体もその要望も、完全に理解することなど不可能だ。〈他者〉は逃げ去るものである。〈他者〉を完全にとらえることは永遠にできない。〈他者〉の要求に応え続けることは、そのような意味でも非常に虚しいのである。

―結語として―

『金閣寺』で金閣の美は次のように語られる。

それは完全を夢みながら完結を知らず、次の美、未知の美へとそそのかされていた。そして予兆は予兆につながり、一つ一つのここには存在しない美の予兆が、いわば金閣の主題をなした。そうした予兆は、虚無の兆だったのである。虚無がこの美の構造だったのだ。（傍点ママ）

ここにおける金閣の美は、とらえきることができない、永遠に逃げ去る〈他者〉のイメージそのものである。三島が金閣の美の特質として描き出したものは、自分に対する〈権威〉の側からの要求である。絶えることのない〈権威〉からの要求、しかも、〈他者〉から繰り出されるものである限り、そのような要求に完璧に応えることなど永久にできない。三島が生涯にわたって抱えていた虚無感とは、このように「権威主義的倫理」に取り込まれていたことに根ざしているのである。

三島は本来の自分の感情や意思を犠牲にして生きざるをえなかった。したがって、その人生のほとんどすべてが「当為」であった。自分を支配する〈権威〉の要求に応え続けようとする人生は、「そうしたい」ではなく、「そうせねばならぬ」ことばかりとなる。だがそれは、幾多の「ねばならぬ」の根源に、ただ一つの「したい」があったからだとも言いうる。

三島は〈自己〉を支配し苦しめる、〈権威〉としての〈他者〉である母を愛したかったのである。『仮面の告白』の「私」は園子を愛したかったと再三訴えるが、三島自身は、もっともっと切実に、母を愛したかったのである。母を愛したい、母をその存在の根本から肯定したい、それが三島の願いであった。しかしそれはまた、三島は実は母を愛せてはいなかったということを示している。

三島は、母の要求も母自身の存在も、決して根本から肯定できていたわけではないからこそ、母には忠実だったのであろう。また、母に認められたい、母に愛されたいという単純な願いも当然あったであろう。だから無意識のうちに、自分の感情や意思を徹底的に殺して、孝行息子を演じきったのである。

「愛したい」と思ったときにはすでに愛しているという考え方もある。三島は母を愛したかった。そのような考えにもとづけば三島は母を愛していた。しかしその愛は、決して報われることのない愛であった。三島の母に対する愛も献身も徒爾だったのである。

《註》

（1）鶴田欣也著、『芥川・川端・三島・安部　現代日本文学作品論』、桜楓社、一九七三年六月、一二五頁。

（2）対談「美のかたち――『金閣寺』をめぐって」、初出『文藝』、一九五七年一月。『決定版三島由紀夫全集39』、新潮社、二〇〇四年五月、二八三頁。

（3）『潮騒』のあとがきには次のようにある。

「禁色（きんじき）」二部作によって、既成道徳との対決の困難を味わいつくした私は、今度は悪魔が仏陀に化けるように、私自身、私の敵手である既成道徳に化け変って、小説を書こうと発心したのである。（中略）
一つの道徳の中で自由であること、これが物語の人物たちの生活の根本に横たわる幸福でなければならぬ。悪は存在しないのだ。私はとにかく既成道徳に化けたのであるから、既成道徳の善さと美しさとしか語ろうとしなかったのである。
（「あとがき」（「潮騒」用）『決定版三島由紀夫全集28』、新潮社、二〇〇三年三月、二七四頁。）

三島は自分自身が、『潮騒』の世界の中で「既成道徳」であったという。「既成道徳」とは規範であり、物語の世界の中の人々の人生を規定する〈他者〉である。三島は自分自身がそのような〈他者〉となり、人々の人生を支配する〈権威〉になったと言っているのだ。そして、そのような〈権威〉のもとで「自由」であることは「幸福」でなければならないと言う。

だが、〈権威〉のもとで「自由」であるというのは本来の自由ではない。それでもそこに「自由」を見出そうというのなら、そのような「自由」とは、〈自己〉の本来の感情や意思からの「自由」ということになるだろう。〈自己〉の感情や意思を擲って、〈権威〉と同化する。そのとき、〈自己〉の感情や意思が〈権威〉に対して発する不満の声から「自由」になるということである。

いくら三島がそこに「悪は存在しない」と信じ、その「善さと美しさとしか語ろうとしなかった」としても、〈権威〉がその信奉者の幸福を実現することはない。〈権威〉とはそれ自身の利益に貢献することを道徳とし、倫理とするものだからである。後に三島自身が、『潮騒』の登場人物たちを「痴愚」のようだったと評しているように、そのような〈権威〉に疑問をもたない人々というのは、単なる操り人形であって、人間としては自立していないと言わざるをえない。『潮騒』の登場人物たちの「自由」も「幸福」も、作者三島由紀夫という〈権威〉の生み出した夢想だったのである。

現実の三島にとって、「幸福」を約束してくれるはずの〈権威〉は母であった。『潮騒』で「既成道徳」を支持しつつ、自身にとっての「既成道徳」である母をも擁護していたのであろう。

(4) モーリス・パンゲ著、竹内信夫訳、『自死の日本史』、筑摩書房、一九九二年一一月、五七五頁。
(5) 対談・「対話・日本人論」、初出・初刊『対話・日本人論』、番町書房、一九六六年一〇月。『決定版三島由紀夫全集39』、新潮社、二〇〇四年五月、六六一頁。
(6) エーリッヒ・フロム著、鈴木晶訳、『愛するということ』、紀伊国屋書店、一九九一年三月、九五頁。
(7) 前掲書、九九〜一〇〇頁。
(8) 前掲書、九五頁。
(9) エーリッヒ・フロム著、谷口隆之助・早坂泰次郎訳、『人間における自由』、東京創元社、一九五五年五月、三頁。

＊『決定版三島由紀夫全集』からの引用は適宜、旧仮名遣いを現代仮名遣いに、旧漢字を新漢字に改めた。

あとがき

中村光夫との対談の中で三島由紀夫は、「サドが何だろうかという問題は、ぼくにとっては、おれは何だろうかという問題とほとんど同じです。」と言っている。この言葉を私は、そっくりそのまま、「三島由紀夫が何だろうかという問題は、私にとっては、私は何だろうかという問題とほとんど同じ」だったと言い換えることができる。私は三島がかわいそうでかわいそうで仕方がなかった。だが、かわいそうなのは自分だったのだ。

三島由紀夫をはじめて強く意識したのは、雑誌『文藝』の問うた、「歴史上の男性で好きな人物は？」という質問に三島が、「二・二六事件の将校たち」と答えているのを知ったときだ。自分と同じではないかと思ったのである。「歴史上の男性で好きな人物は？」と聞かれて「二・二六事件の将校たち」と答えるのはかなり珍しい。三島由紀夫が自分と同じ、そんな珍しい好みをもっていたということが、私には単純にうれしいことだった。

「二・二六事件の将校たち」が好きだというのは、『仮面の告白』にある「悲劇的なもの」や、「「身を挺している」と謂った感じ」への憧れといったものに直結している。我が身一つの欲求を押し殺し、全体に奉仕する感じ、大義のために、うっとりと、自分を破滅させる快感、そんなものを

「二・二六事件の将校たち」が象徴しているのである。『仮面の告白』の中に、「悲劇的なもの」、「身を挺している」と謂った感じ」という記述を見つけて「これだ！」と思い、私はしみじみと共感したのである。

以来、三島由紀夫研究は私のライフワークとでもいうものになってしまった。私はただ、三島の真実が知りたかった、つまり、自分の真実が知りたかったのである。謎を解くために、文学だけではなく、いろいろな学問分野の理論にも触れた。本当に長い時間をかけた。だが、長い長い時間をかけても、これという結論には至らなかった。ところが、あるとき突然視界が開けたのである。

それは書物や理論からきたものではなかった。答えは、我が身に起こった一つのある切実な体験がもたらしたのである。

二〇一一年三月一一日に東北地方を巨大な地震が襲った時、私は、それが自分の人生を大きく変えるきっかけとなるなどとはまったく思わなかった。私の住む地域もかなりの揺れに見舞われたが、不謹慎ながら、我が身の命に関わる一大事とは思えなかったからだ。

ところが、地震や津波に引き続き、原発の爆発という思いもかけないニュースに接することとなり、私は生まれてはじめて、自分の命というものに真正面から向き合ったのである。

今となってはことの真偽を確かめる術もないが、ごくごく私的に、原発からゆうに二百キロ離れた当地でも、年間許容量を一日で越える放射線の値を検知したという情報がもたらされ、私は自分の命が危険にさらされていると痛切に感じた。そして、他の人のことはどうでもよい、社会的な責任などどうでもよい、自分の、我が身一つの命を守ろうと、西へ西へと逃げたのである。

のちにこの話をある人たちにしたところ、「ひどいね」という反応をされた。自分だけ助かろうとするのは利己的だというのである。だが、自分で自分の命を守ろうとするのは利己的だろうか。自分で自分の命を守る、それは権利ではなく、むしろ、義務なのではないだろうか。自分で自分の命を守る努力をまず各々がして、その上で、必要に応じて、誰かに助けを求めたり、誰かを助けたりするのが本来ではないのか。自分の命を自分で守り、もてる能力を生産的に生かして自分らしく生きる、それが一人一人のすべきことなのではないか。今の私はそう考える。

我が身一つの命を守ろうとして、後先考えずに行動したのち、私は自分についてのとんでもない真実に気がついてしまった。何が起っても、まず自分の命と健康を最優先して考えようとしたところ、私の中に、それを許さないものがあるのに気づいたのである。私の中に、私の献身を要求する、とある〈他者〉が住み着いていた。驚天動地、私にとって、それはまさにコペルニクス的転回であった。

私はあの地震のあと、その〈他者〉が私に課す義務を遂行することがどうしてもできなくなった。その〈他者〉は、私が自分を犠牲にして奉仕することを要求し、私を重苦しい気分にした。その〈他者〉は、私を否定しつつ、自分を尊敬させて、その〈他者〉自身の存在を支えていた。

その〈他者〉が発するメッセージはたとえば、「おまえは駄目だけれど、私はすばらしい」だった。

そのようなメッセージは必ずしも〈言葉〉によって伝えられたものではなく、態度や表情によって伝えられもしたものだが、私の中では〈言葉〉に変換された。〈他者〉は〈言葉〉となって私の中に存在していたのである。

その〈他者〉は私を否定しながら、「おまえの義務は、かわいそうな私を助けることよ」と、私に依存していた。その〈他者〉は「おまえは私を幸福にしなければならない」と、自分を喜ばせることが私の義務だと言わんばかりであったが、そのくせ、私が何をしても満足しなかった。私の中に住んでいた〈他者〉は、自分で自分の命を守り、自分で自分の幸福に責任をもって、自分で自分の存在を支えるという義務を果さず、私を否定しながら、私に頼っていたのである。私の怒りはしばらくおさまらなかった。

怒りという感情は恐ろしい。長年そのような〈他者〉に支配され、自分本来の感情や欲求を抑圧せざるをえなかったことに対する私の怒りは無意識の中に蓄積し、そうとは気づかず、今度は私が別の〈他者〉を攻撃していたのである。私は加害者でもあったのだ。私を支配していた〈他者〉がそのことにまったく気づいていなかったように、私も気づかなかった。事態が抜き差しならないところまできて、はじめて、何かがおかしいと思い始めたのである。

近年臨床心理学の分野では、そのように、自分の中に住み着いた〈他者〉に支配され、一生苦しむ事例の数多くあることが指摘されている。それらの文献を読むにつけ、深く得心がいき、私の事例もその典型で、決して珍しいことではないと知った。

私は原発事故をきっかけに、何よりもまず、自分自身の〈生〉を尊重しようと思うようになった。自分自身の人生を大切にしようと思った。それらは他の誰のものでもない。自分のものである。そう思うことによって私は、三島由紀夫の問題も、これと同じではないかと気づいたのである。

『仮面の告白』の主人公の「私」は、戦時中空襲警報を聞いて、「ともかくも「死」ではないもの、何にまれ「死」ではないもののほうへと、」「駈けた」とある。これは三島の経験を反映しているだろう。三島もそのとき、自身の〈生〉の迸りにすなおに身をゆだねることができたなら、自分を支配する〈他者〉の存在に気づけたのではないだろうか。だが、そのようなチャンスをみすみす逃し、三島は自身の命を、自らを支配する〈他者〉に供する方向へと突き進んでしまったのである。

三島は、あるいは真実を知ることが怖かったのかもしれない。真実を知ってしまったら、一から人生を作り直さなければならないことになるからである。どんなに居心地が悪くても、予想もつかない未来に向かって、現在もてるものを手放すのは大変な勇気がいる。現在の人間関係も、財産も、仕事も、地位も、ありとあらゆるものを手放す覚悟がなければ、ときに真実には向き合えないからである。

多くの人にとって、変化というものが何よりも恐ろしいものであることは、私も経験的に知っている。『金閣寺』の柏木が自身の内飜足にこだわり続けたのもおそらく、ただ変化が恐ろしかったからだ。しかし、真実を見極めようと思ったときから変化は始まっている。三島由紀夫の真実、